AF191986

AMIRA N.H. HARRIS

VÁRATLAN
szerelem

novum pro

www.novumpublishing.hu

© 2023 novum publishing

ISBN 978-3-99131-975-7
Lektor: Sósné Karácsonyi Mária
Borítóképek:
David Burke, Ahmet Ariturk,
Dmitry Bairachnyi | Dreamstime.com
Borító, tördelés & nyomda:
novum publishing

www.novumpublishing.hu

Nyomtatva az Európai Unióban
környezetbarát, klór- és savmentes,
fehérített papírra.

Climate neutral
Print product
ClimatePartner.com/16547-2201-1002

TARTALOM

Ha érzed a szíved dobbanását, és hallod,
ahogyan ütemesen ver,
akkor szerencsés ember vagy...

1. FEJEZET

Amikor szembesültem vele, hogy kihasználtak és megaláztak, teljesen összetörtem.

Akkor megígértem saját magamnak, hogy soha többet nem nyitom meg a szívemet senkinek. Naiv voltam és azt hittem, szerelmes, hagytam, hogy a rózsaszín felhő belepje a létezésemet. Utána egy plátói szerelembe menekültem, ami gyötrelmes volt, de édes, és egy idő után kiderült, hogy kölcsönös. Tudtuk mind a ketten, hogy nem fog működni, ezért a barátság mellett döntöttünk, de a szívem köré vastagabb falat emeltem. Egy idő után azt vettem észre, hogy nem érzem, hallom a szívem dobbanását, hangját. Szinte érzelmek nélkül éltem. Amikor erre ráébredtem, tudtam, változtatnom kell, mert hogyan lehet érzelmek, szív nélkül élni?

A válasz: egyszerű sehogyan.

– Kisasszony, kérem, csatolja be az övet, lassan felszállunk.

– Elnézést kérek, kicsit elmerengtem – mosolyogtam vissza a stewardessre.

Igen, újra repülőre ültem. Amikor ráeszméltem, hogy nagyon nem éltem az életemet, csak csináltam, amit elvártak, szinte érzelmek nélkül, akkor eldöntöttem: vissza kell hoznom a szívemet az életbe. Hallani szeretném a dobbanását, érezni szeretném...

Egyiptomba menekültem. Csodálatos felfedezéseken keresztül, a Vörös-tenger szépségeivel sikerült átlátnom és tervet készíteni, hogy mit is szeretnék én. A másik hely Törökország volt – a mecsetek és a Boszporusz hazája –, ahol órákon át képes voltam ülni, nézni a tengert és hallgatni a sirályokat, s nem utolsósorban a jövőmet tervezni. Így immár a negyedik éve kétszer ülök repülőre és veszem az irányt márciusban Törökországba, novemberben pedig Egyiptomba. Törökországba mindig egyedül megyek, Egyiptomba pedig barátokkal, munkatársakkal vagy éppen családdal.

– Maga nem fél a repüléstől? – kérdezte a mellettem ülő nő.

– Először nyugtalan voltam, hogy milyen lesz a felhők felett, de amint elkezdtünk felszállni, semmi félelem, izgalom nem maradt. Először repül?

– Igen, a leányomat megyek meglátogatni Isztambulba. Tudja, oda ment férjhez, és jövő héten érkezik az első unokám. Ott szerettem volna lenni, de akkor nem is gondoltam bele, hogy repülnöm kell.

– Gratulálok a babához, és hadd segítsek önnek! Henrietta vagyok – mosolyogtam barátságosan.

– Klára vagyok, örvendek, és már attól, hogy beszél velem, úgy érzem, sokkal nyugodtabb vagyok.

Az eszemben pörögtek az első repülésem emlékei. Az egyik barátnőm fiával utaztam, Thomassal, és nagyon sokat beszéltünk, szinte az egész úton végig. Közben figyeltem a felhők feletti világot, és el kell, hogy mondjam, gyönyörű látvány volt.

Klárával én is végigbeszéltem az egész utat, és míg a csomagjainkat vártuk, telefonszámot cseréltünk, hogy majd beülünk egy kávéra valahol Isztambulban. Fogtam egy taxit, majd elvitettem magamat a szállodába, ami Isztambul szívében volt.

– Henrietta, üdvözlöm, már nagyon vártuk – mosolygott Muzafer a pult mögül, és meg is indult, hogy üdvözöljön.

– Muzafer, nagyon jól áll neked a jegyesség, szinte kivirultál. Ece hogy van?

– Köszönöm, nagyon jól van. Szeretném megkérdezni, hogy hozott-e nekünk valamit.

– Muzafer, na de ilyet! Azt gondolod, hogy elfelejtettelek? – néztem rá rosszallóan, de szemeim csillogásával nem tudtam megtéveszteni. Olyan boldog volt, hogy a protokollt félretéve a nyakamba borult.

– Muzafer, már négy éve ismerjük egymást, e-maileket váltunk, beszélünk telefonon, többször jövök csak hétvégére munka-ügyben is, és te olyat kérdezel tőlem, hogy elfelejtettem-e? Amúgy meg tegezz nyugodtan, már annyiszor kértelek.

– Csak nagyon izgulok, és Ece nagyon rá van pörögve, én pedig mindent meg szeretnék adni neki. Nagyon örülök, hogy megismertelek és barátunknak mondhatlak, de itt dolgozom és van egy protokoll.

– Aha, protokoll... akkor miért öleltél meg? – mosolyogtam rá, hogy a labdát visszadobjam, majd kacsintottam és kértem a szobámat.

A szobám négy éve mindig ugyanaz volt; szerettem az első pillanattól fogva. Igaz, Isztambul szívében található, de gyönyörű kertje van és hatalmas a terasza, ahonnan látható a tengerpart. A reggeli kávémat mindig a szobámba kérem, és a teraszon fogyasztom. Bejártam Törökországot, szinte mindenhol voltam, ettem a nemzeti ételeiből, de a vágyam az, hogy egy igazi török reggelit, ebédet, vacsorát ehessek, nem azt, amit a szállodák vagy éttermek kínálnak. Azt, amit az emberek otthon tálalnak és fogyasztanak. Muzafer megígérte, hogy egyszer meghív magukhoz és megízlelhetem az igazi, hagyományos török ételeket. De erre még nem adódott idő – eddig.

– Anyukám, apukám, sziasztok, már a hotelben vagyok. Most már megnyugodhattok. Üdvözlök mindenkit. Kipakolok, és megyek egyet sétálni.

– Édes gyermekünk, arról volt szó, ha leszáll a géped, rögtön hívsz.

– Tudom, de így egyszerűbb volt. Mellettem utazott egy hölgy, aki először repült, neki segítettem leküzdeni a félelmeit, utána meg azon voltam, hogy minél gyorsabban a szállodában legyek. A kicsikém hogyan viseli, hogy otthagytam?

– Most a nyomomban van. Kétszer sírt, de szerintem most már minden rendben lesz. Vigyázz magadra, édesem, és pihenj, de azért, hogy nyugodtak legyünk, jelentkezz mindennap! Rendben?

– Persze, anyukám, úgy lesz, most megyek, puszillak benneteket.

Kipakoltam, lezuhanyoztam és úgy döntöttem, útnak is indulok. Vár Isztambul és a Boszporusz. Az idén nem szeretnék kimozdulni Isztambulból: pár mecset, a Boszporusz, és én. Muzafer már várt, s hatalmas léptekkel haladt felém. Tanúja voltam az első munkanapjának és az Ecével való szerelmük kibontakozásának is. Ha létezik a szerelem, akkor az olyan, mint az övék.

– Muzafer?

– Henrietta, szeretném megkérdezni, hogy akarsz-e programokat, és ha igen, akkor milyeneket.

– Nem, most csak Isztambulnak és a Boszporusznak szeretném ezt a két hetet szentelni. Bár Bursába szívesen elmennék.

– Megértelek, Isztambul gyönyörű és magával ragadó. Itt bármi megtörténhet a legváratlanabb időben és helyen. De holnap este hétkor Ecével várunk téged; szeretnénk mindent megbeszélni és kiválasztani a ruhát, ezért egy vacsorával egybekötve gondoltuk. Ezt, kérlek, ne felejtsd el.

– Bármi megtörténhet? Hm... Alig várom – kacsintottam Muzaferre. – És hol fogunk találkozni? – Titkon reméltem, hogy vagy Ecééknél vagy náluk, hogy végre valódi török ízek érintsék a számat.

– Úgy, ahogyan hallottad és mondod: bármi...

– Rendben, holnap hétkor a tietek leszek, ezt nem felejtem el. Hol találkozunk?

– Itt, a pultnál foglak várni. Apámmal már lebeszéltem, a többit majd holnap megtudod.

– Hm... Muzafer úr, nem nagyon sok információt oszt meg velem. Köszönöm, hogy végre tegezel. Most viszont megyek, sétálok egyet vacsora előtt.

– Gondolom, a Boszporusz az úticél.

– Mint minden első napon – mosolyogtam, majd a fejem felett intettem és már szárnyaltam is, hogy mihamarabb annak a csodálatos, békés helynek a rabja lehessek.

Gondolataimba belemerülve az agyam csak úgy szárnyalt, már éreztem a tenger sós illatát, hallottam a sirályok dallamát. Hirtelen a telefonom csengése szakította félbe a gondolataimat. Lehajtottam a fejemet, úgy kutattam a táskámban, mikor egy hatalmas, kemény valaminek ütköztem. Megszédülve éreztem, hogy rögtön a földön fogok heverni és mindenki rajtam fog nevetni, de az éles fájdalomnak a vállamban és az erős karok ölelésének hála, nem estem el. Ahogy emeltem fel a fejemet, szinte mint a mágnes, simultam megmentőm karjaiba. Szemeim is mágnesként keresték a tekintetét; az arcunk olyan közel került egymáshoz, hogy szinte majdnem egymás ajkát érintettük. Az első sokkos állapotból következett a második. Teljesen elvarázsolt a teste, a szeme: olyan volt, mint mikor két megfelelő mágnes összekapcsolódik. Felismertem megmentőm személyében egy híres színészt, akinek nem is olyan régen néztem a filmjét, s elvarázsolt. Most meg itt állok Isztambul utcáján vele ölelkezve, bámuljuk egymást, az ajkaink olyan közel, és egyikünk sem mozdul. Erőt kell vennem magamon, nem maradhatunk így itt. De furcsa dallamot hallok, szép ütem üti meg a füleimet, s rám tör a felismerés, hogy ez a szívem dallamának üteme. Még jobban zavarba jöttem, így kezemmel jeleztem, hogy jól vagyok és elengedhet.

– Nagyon sajnálom, hogy magának futottam, kérem, ne haragudjon!

A fájdalom belehasított a vállamba, és a másik kezemmel ösztönösen odakaptam.

– Maga jött nekem? Nem egy oszlopnak csapódtam? Miből van maga? Sziklából? Tudja mit? Felejtsük el, oké? Jól vagyok, és azért köszönöm, hogy nem hagyta, hogy a földre zuhanjak.

– Nagyon megütötte a vállát, jó lenne rá egy kis jég.

– Igen, nagyon, de jól vagyok. Lesz egy csúnya foltom, de az majd emlékeztet, hogy ne lefele bámuljak, mikor az utcán sétálok.

Próbáltam mosolyogni, de rabul ejtettek barna szemei. Derekamon még mindig éreztem a karjait, s tudtam, minél gyorsabban el kell mennem, mert ha nem, a szívem saját uralmat fog gyakorolni.

– Mennem kell, és tényleg jól vagyok. Szép napot! – ezzel sarkon fordultam.

Nem hiszem el... soha senki ilyen hatást még nem gyakorolt rám. Mint egy mágnes, úgy vonzott. Befutottam az egyik kedvenc étterem-kávézómba és szóltam a pincérnek, hogy hozzon egy török teát és egy zacskóban jeget. Leültem egy asztalhoz és sajgó vállamat próbáltam olyan pózba helyezni, hogy enyhítsem a fájdalmat. Most komolyan, ez a pasi már a tévé előtt ülve is hatással volt rám, de így, ilyen közelről, hú...

Heni, hagyd abba, szabadságon vagy, és senki és semmi nem ronthatja el.

Közben CeyCey meghozta, amit kértem.

– Újra Isztambulban? – kérdezte kedvesen.

– Igen, Isztambul egy nagy szerelem. Köszönöm, CeyCey. Majd ki is fizettem, de valami a másik oldalra vonzotta a tekintetemet.

– Can, kedves barátom, üdvözöllek.

– CeyCey, én fizetem a hölgy fogyasztását. Képzeld, miattam sérült le. Nagyon sajnálom, engedje, hogy jóvá tegyem!

– CeyCey, kérlek, tedd el a pénzt! Az úrtól elég annyi emlék, ami a kék folt fog tükrözni.

Ezután visszatárcsáztam a telefonszámot, amely miatt figyelmetlen voltam. Nem törődtem tovább a mellettem álló mágnesemmel.

– Christina, bocsáss meg, de nem tudtam felvenni. Mondd, miért hívtál? Tudod, Isztambulban vagyok két hétig.

– Szia! Igen, tudom, és ne haragudj, de tudod, fél év múlva férjhez megyek. Nincs mit felvennem, és mivel te tervezel és van is készen menyasszonyi ruhád, csak azt akartam kérdezni, hogy el tudnék-e menni anyával a műhelyedbe, üzletedbe?

– Drágám, ezek szerint Philippel végre összekötitek az életeteket. A csajok dolgoznak, szólok nekik, hogy mentek. Gondolom, csütörtökön szeretnétek... de mikor? Délelőtt vagy délután? Csak azért, mert videochaten leszek veletek.

– Igen, úgy döntöttünk, itt az ideje. Csütörtökön, és ha lehet, akkor egy óra környékén.

– Rendben, telefonálok nekik, hogy készítsenek elő mindent. Ha esetleg nem találsz közöttük olyat, ami tetszik, akkor miután hazaértem, átmegyek. Elmondod, mit szeretnél, és megcsinálom neked. Rendben?

– Köszönöm szépen, és tényleg ne haragudj, hogy most hívtalak. Jó pihenést!

– Köszönöm, szia. – Letettem a telefont és hívtam a barátnőmet, aki egyben a fő segítségem is a cégemben.

– Emili, szia! A volt főnököm leánya csütörtökön egy óra környékén felkeres. Meg szeretné nézni a bérelhető menyasszonyi ruháinkat. Kérlek, mindegyiket készítsétek elő, próbababára is adjatok fel párat, hogy teljesen átláthassa. Vagy tudod mit? Először a katalógust mutasd meg nekik.

– Szia, te nem szabadságon vagy? – kuncogott a telefonba.

– De, azt hiszem, azon lennék, de ez fontos nekem, és örülök, hogy Christina rám gondolt.

– Akkor mindent intézek, te meg pihenj és élvezd Isztambult.

– Úgy lesz, szia.

Ezt nem hiszem el! Ez az alak még mindig itt áll mellettem! Mit nem lehet érteni azon, hogy nem akarok semmit, hagyjon békén? Felé fordultam – nem mintha tehettem volna mást; úgy vonzott, mint a mágnes. Olyan érzés volt, mintha folyamatosan ölelne: a szívem zakatolt, a gyomromban millió pillangó repdesett, és szinte alig jött ki a szó a számon. De ez tényleg nem normális, össze kell szednem magamat és ki kell jutnom innen, amilyen gyorsan csak lehet.

– Can, köszönöm, hogy jóvá szeretnéd tenni, de jobban vagyok. Szeretném a szabadságomat a terveim szerint folytatni.

– Te tudod a nevemet, de én a tiédet nem. És lehet, hogy furcsán fog hangzani, de nem bírok elmenni.

– Jó, akkor majd megyek én. Szép napot.

CeyCeynek szóltam, hogy holnap jövök, majd intettem és elindultam az eredeti uticélom felé. Gondolatban azonban a barna szempár és a vonzás bűvöletében rekedtem...

2. FEJEZET

A sós tenger illata, a madarak hangja, a hullámok... Istenem, miért érzem mindig úgy minden egyes alkalommal, mintha először látnám? Mellettem egy szerelmespár üldögélt a másik padon. Szerelem? Vajon tényleg mindenkinek csak egyszer adatik meg az életben, hogy átélje? Többször éreztem, hogy szerelmes vagyok, de egy idő után mindig rá kellett jönnöm, hogy ez nem szerelem. Felismerném, ha szerelmes lennék, vagy egyáltalán, rám is rám talál, átélhetem az igaz szerelmet? Kérdések hada zakatolt a fejemben erősen, elnyomva Cant. Vele tényleg semmi esélyünk nem lenne. Ő felkapott színész, nagyon jól néz ki, és ha jól tudom, párkapcsolatban él. Töröld ki a fejedből, hagyd abba! Olyan érzésem volt, hogy a közelemben van, pontosabban, mintha a hátam mögött. Lassan megfordultam, és mit, vagyis kit pillantottam meg a hátam mögött? Őt. Komolyan nem értettem, miért jön folyton utánam. Felszegtem az államat, de a szemei rabul ejtettek; egyetlen pillanatra sem bírtam elfordítani a fejemet.

– Elárulnád, kérlek, hogy miért botlom folyton beléd? Komolyan mondom, ebből kezd elegem lenni. Ma érkeztem Isztambulba, és minden eddigi tervemet sikerült elrontanod.

Miért nem tudok szabadulni a szemeitől? Legszívesebben megsimogatnám az arcát, és hozzásimulnék.

Szedd össze magadat és menj el! Ez nem vezet sehová. Ne akarj lerombolni mindent, amit eddig felépítetté!

– Bocsáss meg! Nem szerettem volna, hogy miattam rossz élményeid legyenek. CeyCeytől tudom, hogy turista vagy.

Kérlek, Allah, mondd, mi ez a vonzalom, ami nem engedi, hogy magára hagyjam? Milyen próba elé állítasz? Miért nem tudok sarkon fordulni, és csak úgy itt hagyni? Itt állok immár harmadszor előtte, és próbálok többet megtudni róla. Szeretnék a közelébe férkőzni, de rá biztosan nem ilyen hatással vagyok, hisz' folyton elküld, vagy csak fogja magát és faképnél hagy.

– Még mindig nem tudom a nevedet, és ez így nem tisztességes, mert te az enyémet tudod. Legalább a nevedet áruld el, kérlek! Most komolyan, mi ez a szöveg? Csak ennyire telik? – Henrietta vagyok. Így most már rendben vagyunk? Most már eltűnsz az életemből? Szeretnék egyedül lenni.

– Köszönöm, igazán szép neved van. Magadra hagynálak, de képtelen vagyok, rabul ejtettek a szemeid, az illatod.

– Értem már! Utoljára mondom, az az ütközés nem csak a te hibád volt, jól vagyok. Pár nap múlva a kék folt is csak egy rossz emlék lesz.

Ha most nem megy el, akkor nem állok jót magamért. Olyan szép ajkai vannak, biztosan jól csókol. Hú, de melegem van! Fel kell állnom és el kell mennem!

Ahogyan felpattantam, szinte majdnem megint a földre zuhantam volna, de ismét elkapott és szorosan öleltek a karjai. Lassan felegyenesedve megint olyan közel ért az arcunk, hogy szinte az ajkaimon éreztem az övét. Édes, mámorító érzés kerített hatalmába. Semmi másra nem vágytam, csak, hogy ez a pillanat örökké tartson. A szívem hangját hallottam, erős, hangos dallamát. A testem még közelebbről akarta érezni az ő testét. Kérlek, soha ne engedj el!

De miket beszélek itt? Menj el, Heni, most! Hallod? Menj! Nem lehetsz kaland senki életében, és ami a legfontosabb, a tiédben meg abszolút nincs is helye. Végre érzed és hallod a szívedet. Ha most hagyod, hogy a vágyaid sodorjanak, akkor sérülni fog, és egy nyaralás alatt le is romboltad mindazt, ami ellen dolgoztál. Menj! Erős vagy!

Erőt vettem magamon, és eltoltam testem az övétől.

– Köszönöm, ma másodszor nem lettem nevetség tárgya.

– A te biztonságod számomra a legfontosabb.

Nem bírok mozdulni, nem bírom a pillantásomat kibontani a tiedből. Nem akarlak elengedni – addig biztosan, nem míg nem tudom, hogy mi ez az egész. Szeretem az életemet, nem hiányzik semmilyen bonyodalom, főleg nem egy turistával. De érezni akarlak! Meg szeretném csókolni a szádat, ölelni akarlak. Miért nem érzed azt, amit én? Miért? Allah, adj erőt nekem!

– Oké, ha te nem mész, akkor majd én. Kérlek, ne menj el! Miért nem lehet csak pár percig normálisan beszélgetni? Folyton itt hagysz. Meg szeretnélek ismerni. Te miért nem érzed azt, amit én?

– Immár harmadszor köszönök el tőled. Legyen szép estéd! – ezzel elindultam a gondolataimmal a szálloda irányába.

Ne nézz vissza, ne nézz vissza! Az utca tele volt élettel; olyan nyüzsgés és hangzavar volt, mint más európai országokban napközben. Játszadozó gyerekek, teázó férfiak, nevetgélő tinédzserek, turisták, taxik. Ez a nyüzsgő Isztambul. Nagyon szeretem ezt az oldalát. De a szívem egyre jobban fájt, sőt minden porcikám. Soha nem bonyolódtam egyéjszakás kalandba, de még csak kalandba sem, bár ha azt veszem, eddigi életemben összesen három férfit engedtem közel magamhoz. Az első Steven volt, az első szerelem, az első csók, az első csalódás. Öt évig tartott, de apám úgy gondolta, hogy a közöttünk lévő négy év korkülönbség nagyon sok és a hátam mögött megfenyegette, hogy hagyjon békén. Ő meg, mivel tartott apám haragjától, szakított is velem. Sokáig nem is értettem, miért tette. Annyit súgott a fülembe:

– Heni, maradj olyan mindig, amilyen most vagy – és otthagyott.

A második, szerelemnek hitt kapcsolatom Nicolas volt. Sajnos hozzá csak menekültem, és elhittem neki mindent, mert el akartam hinni. Megtanított a testi szerelemre, a vágy beteljesítésére. Négy évig tartott. Azonban sok negatív dolgot is átvettem tőle. Amikor kijózanodtam, nagyon sok munka volt, hogy helyreállítsak mindent az életemben.

A harmadik Ernest volt. Mindenképpen ő vitte a pálmát. Akkor már Magyarországon éltem, ő nős volt, de azt mondta, épp válnak, amiben nem is kellett kételkednem, mert találkoztam az akkor még feleségével. A fiaival együtt voltunk kirándulni. Az anyukájának is bemutatott. Tehát miért is kételkedtem volna a szavában? De három év után eltűnt egy hónapra. Annyit írt, most ne keressem, majd ő jelentkezni fog. Teljesen összezavarodtam, nem értettem semmit. Aztán jött a feketeleves: barátaim bejelentkeztek hozzám, hogy velem töltenék a hétvégét. Nagyon örültem neki. Tőlük tudtam meg, hogy Ernest egy hétre kórházba került. Utána otthon lábadozott, és a jéghegy csúcsa: egy étteremben, nagy családi körben ünnepelték a házassági évfordulójukat. Na, nagyon összetörtem, mert aki válik, az nem ünnepli az évfordulót. De erőt vettem magamon, megvártam, míg jött. Mondtam, hogy mindent tudok, de tőle is hallani akarom. Persze mindent tagadott és azt mondta, agyamra ment az elmúlt hónap. De addigra már utánajártam, és bizonyítani is tudtam. Így lezártam. Azonban el kellett költöznöm és munkahelyet is váltanom kellett, mert nem hagyott békén. A szívem köré olyan falat emeltem, hogy azt sem hallottam, hogy dobog. A plátói szerelmem két évre rá jött.

Mindig úgy éreztem, annál többet érek, hogy csak egy-két napos kaland legyek, de ha végiggondolom, akkor az utolsó kettő mégiscsak egy hosszúra sikerült kaland lett. Az pedig, hogy egyéjszakás kaland legyek valaki életében, vagy ő az enyémben, teljesen kizárt. Érzelmek nélkül nem megy. Lassan a szállodához értem, de most jobban szerettem volna valahol máshol, másvalakivel lenni.

A recepción már Muzafer öccse, Emír várt széles vigyorral az arcán. Alig volt tizenkilenc éves. Mikor először jártam itt, akkor ő csomaghordóként dolgozott, hétvégeken pedig pincérkedett. Nagyon tisztelem Ferzi urat amiatt, hogy a fiait és vejeit is a munkahelyi szamárlétra legalján állította munkába. Mindig azt mondja: „Ahhoz, hogy tudd élvezni a munkád gyümölcsét, ahhoz minden munkamenetet ismerned kell ebben az ágban. Minden munkás megérdemli a tiszteletet, mert ez egy láncsor, és az egyik nélkül nem tud működni a másik.". Ezt teljes mértékben én is így gondolom. Összesen öt szállodát működtetett, abból hármat már átruházott a három leányára és vejeire, amint egybekeltek és végigjárták a ranglétrát. Ott már csak körbenéz néha, havi szinten. Ez a szálloda Muzaferé lesz a házasság után, az ötödik pedig, ami Isztambul másik felében található, Emíré lesz egyszer. Ferzi úr egy igazi hagyományőrző, tekintélyt parancsoló török férfi. Mosoly húzódott a számra. Emlékszem, engemet is elkapott. Még nagyon az elején voltam a terveimnek, mikor megismertem. Pár napig csak figyelt, szinte zavart is, mert nem tudtam mire vélni. Aztán meghívott egy teára, és ott indult a mi barátságunk is. Majdnem mindenről beszéltünk, és ő a tapasztalati alapján szinte pardon nélkül kimondott, megmondott mindent. Sokat segített és hozzátett ahhoz, hogy a régi életemet hátrahagyjam, és amit Egyiptomban elterveztem, csakis azon az úton haladjak tovább. Az akkori és a mostani énem között ég és föld a különbség.

– Emír, drágám, örülök, hogy látlak. Hogy vagy mindig? Látom, a recepció lelke lettél.

– Henrietta, üdvözöllek. Már nagyon vártalak – vigyorgott szemtelenül, de jól is állt neki.

– Muzafer szólt, hogy kávét meg valami ennivalót kértél a szobádba. Rögtön vitetem is.

– Kávé az jöhet, drágám, de később. Most lezuhanyozom, átöltözöm és lejövök vacsorázni. Korábban érkeztem, mint terveztem, sajnos.

– Most még szebb vagy, mint amire emlékeztem. Alig bírtam kivárni, hogy mikor libegsz be azon az ajtón. De valami baj történt, ami miatt sajnálod, hogy hamarabb jöttél vissza?

– Drágám, akkor elérkezett az idő, hogy apád elé álljunk és bejelentsük, hogy szerelmesek vagyunk egymásba és össze szeretnénk házasodni? – kacsintottam rá. – Hagyjuk, egy kellemetlenség beárnyékolta az estémet. Lejövök és eszem az étteremben, de utána egy teát ihatnánk együtt – kacsintottam rá, majd indultam is a lift irányába.

– Nana, azért annyira ne siessünk, még alig volt időm élni – vigyorgott vissza. – Oké! Várni foglak, szép hölgyem.

– Rendben, édesem, akkor elnapoljuk.

Imádom ezt a gyereket. Ő a legkisebb a családban, és a legszabadabb szájú is. A szobámba érve a telefonért nyúltam, majd hívtam a recepciót.

– Heni vagyok. Valami gyümölcsöt és kávét azért kérnék, ha nem gond.

– El is van intézve, vacsora után felvitetem. Várlak vissza.

Ezt megbeszélve indultam is a zuhany alá. Azzal áltattam magamat, hogy ha lezuhanyozom, akkor eltűnik az illat és a varázs, ami még mindig körbejárta a testemet és a lelkemet. De hiú ábránd volt: öltözködés közben a gondolataim ismételten Can körül forogtak, éreztem a bőre illatát, beleborzongtam a szemei sötétjébe. Ez az érzés új volt nekem, soha senki ilyen hatást nem gyakorolt még rám. De be kellett ismernem, vonzott az ismeretlen, ugyanakkor meg is rémisztett. Mindegy, úgyis biztosan csak egy emlék marad, úgysem találkozunk még egyszer, hisz' elég nagy Isztambul.

Összeszedtem magamat és lementem vacsorázni. Visszafelé leültünk Emírel a recepció mellé helyezett bokszok egyikébe, és egy finom tea mellett majdnem egy órát beszélgettünk. A liftben megdicsértem Ferzi urat, hogy bár keményen bánik a gyerekeivel, ugyanakkor nagy szeretettel is, így igazán okos, igaz szívű, emberséges gyerekei lettek. Megtanította nekik, hogy egy szegény ember is ugyanannyit ér, mint egy gazdag, sőt az egyik veje is egyszerűbb sorból való volt. Felkarolta, tanította. Hálás vagyok a sorsnak, hogy ismerhetem, több ilyen ember kellene a Földre.

A szobámba érve egy szép és bőséges gyümölcstál nézett velem szembe. Friss, gőzölgő kávé. El is indultam a tállal és kávéval a csodálatos teraszra, és mivel még csak fél nyolc volt, a jegyzettömbömért is visszamentem, hátha a tervezés elvonja a figyelmemet.

3. FEJEZET

Ki ez a nő, és miért van ilyen hatással rám? Most is olyan érzés, mintha itt lenne mellettem. Érzem az illatát, a leheletét a bőrömön; érzem a testemen a testét, ahogyan hozzám simul. Milyen szép szemei vannak! Allah, kérlek, segíts, úgy érzem, elvesztem! Pont most nem mehet el az eszem. Most az orvosi hivatásomra kell minden erőmmel fókuszálnom. A színészetbe teljesen véletlenül csöppentem bele, de nagyon szeretem magukat a szerepeket. Az interjúk meg a partik annyira nem vonzanak, de néha meg kell jelennem – szinte kötelező. Tizenkilenc évesen az egyetem mellett fotózásokra jártam, és eléggé felkapott férfi modell lett belőlem. Bár igazság szerint az nem nagyon tetszett, de elég jól kerestem vele ahhoz, hogy befejezzem az orvosi tanulmányaimat, és még azon felül jól is éltem belőle. De fárasztó volt, mikor egész nap két kép miatt újra és újra pózolni kellett, mire azt mondták, megvan. Az egyik fotózás után kértek fel az első szerepre, utána pedig követte több is. Orvosként is dolgoztam heti két-három napot, de most úgy döntöttem, hogy itt az ideje, hogy csak annak éljek, hisz' gyerekkorom óta arra vágytam, hogy gyerekeknek segítsek. A szomszédunkban volt egy kisleány, nagyon beteg volt, már minden orvos lemondott róla, kivéve egyet. Neki lett igaza, mert kiderítette, hogy valójában valami rejtett cukorbetegsége volt. Akkor mindenki a környezetünkben csak arról beszélt. Sokszor láttam a szüleit sírni. Nagyon sajnáltam őket, de amikor végre el tudták kezdeni a kezelést és a leányuk jól lett, mindenkinek csak azt az orvost ajánlották. Mi is hozzá tartoztunk; szerettem orvoshoz menni, semmi félelmem nem volt. Játékosan közeledett a betegeihez, és mindig kaptunk nyalókát. Mosoly húzódott a szám szegletébe, ahogyan hirtelen felidéztem, amint a nyalókát szopogatva azt mondtam édesanyámnak:

– Anyukám, drága, én is ilyen orvos akarok lenni.

Meglepetésében meg sem tudott szólalni – gondolom, azt hitte, ez változni fog, hiszen akkor még csak hatéves voltam.

Szorgalmasan tanultam és plusz órákra is jártam, ennek mára meg is lett az eredménye. Nagyon szeretem a gyerekeket és ők is engem. Van, hogy egy injekció után hozzám bújnak és nem az anyukhoz. Bízom Allahban, hogy is meg fog majd ajándékozni egy-két gyermekkel. Azt hittem, Fatmában megtaláltam mindazt, ami elég lehetett volna egy házassághoz és az életem végéig kitartó szerelemhez, de egy idő után eléggé unalmas lett: folyton bulizni, partikra akart járni. Azután szakítottunk. Később felkértek egy főszerepre, és addigra eléggé híres lettem ahhoz, hogy megkérjem a rendezőket, Fatma lehessen a partnerem. Ő is elfogadta a szerepet, és azt gondoltam, az egy év távollét alatt megkomolyodott és van esélyünk, így ismét egy párt alkottunk. Ma már tudom, amúgy sem lett volna sok esélyünk, hisz' a szerelem nem volt jelen a kapcsolatunkban. Inkább csak szeretet és kötődés egy álom irányába. De csalódnom kellett, így megegyeztünk, hogy nagyon jó barátok leszünk, de a párkapcsolat nem nekünk való: teljesen mást várunk a jövőnktől.

De vajon Allah miért vezette ezt a nőt az utamba? Lehet, hogy őt szánta mellém társnak? Akárhogyan terelem a gondolataimat, mindig hozzá lyukadok ki. Biztosan kezdek becsavarodni. Valakivel beszélnem kell; lehet, hogy akkor megnyugszom és folytathatom a megszokott életemet. A telefonomért nyúltam, és már hívtam is az egyik legjobb barátomat, testvéremet, Mehmetet.

– Barátom, testvérem, ezt nem hiszem el! Pont a kezembe vettem a telefont, hogy felhívlak.

– Igen, furcsa is volt, hogy rögtön te beszélsz. Barátom, akkor megérezted, hogy bajban vagyok. Nem lenne kedved átjönni?

– Can, milyen bajban vagy? Beteg vagy? Vagy ügyvédként van rám szükséged?

– Igen, nem és nem. Mehmet, úgy érzem, becsavarodtam. Valakivel beszélnem kell, csak erről van szó. Rendelünk kaját, a teát én főzöm. Nos? Átjössz?

– Hm... Akkor nőről van szó, tuti. Rendelj kaját, mire kiviszik, én is ott leszek.

Bontotta a vonalat.

Gyorsan rendeltem ennivalót; azt ígérték, félóra múlva itt is lesz. Elmentem lezuhanyozni, gondolva, az majd segít, de zuhanyozás közben is a szemeibe bámultam, a bőrömön ott volt az ő bőre. Nem lesz ez így jó... nem baj, majd Mehmet helyre rak. Vállig érő hajamat fent copfba fogtam, a másik felét hagytam, hogy szabadon ölelje a nyakamat. A szakállamat is megigazítottam, majd egy világos farmert és egy fehér pólót vettem fel. Ránézve a tükörképemre láttam, hogy eléggé megviselt az arcom, de a hosszú haj és a szakáll jól állt. Egy fotózás kedvéért növesztettem, de megtetszett. Pont kifelé indultam a szobámból, mikor megszólalt a kapucsengőm. Felkaptam a kikészített pénzt és indultam az ajtó felé. Mehmet állt ott, kezében a rendeléssel.

– Mi van, másodállásban futár vagy?

– Aha – vigyorgott szélesen.

– Barátom, üdvözöllek, gyere beljebb. Hú, milyen éhes vagyok, nem is tudom, ma mikor ettem, vagy egyáltalán volt-e ennivaló a számban.

– Barátom, testvérem, orvos létedre tudhatnád, hogy az evés egy fontos szükségletünk. Lehet, hogy az élelem hiánya okozott gondot, és más nem is. De én is éhes vagyok, úgyhogy együnk.

– Itt a pénzed, ügyvédkém. Borravalót is kapsz, mert mosolyt csaltál az arcomra – raktam le a konyhaasztalra, és tányérokat szedtem elő, hogy minél hamarabb ehessek. Lehet, hogy tényleg csak éhes voltam és azért zavarodtam össze?

– Can, a hangodból is gondoltam, hogy eléggé szarul nézhetsz ki, de így, látva... – csóválta meg a fejét, közben szemei úgy vizslattak, hogy szinte zavarba hozott. – Biztos, hogy nem vagy beteg?

– Barátom, együnk és utána beszélünk, de komolyan nem vagyok beteg. Legalábbis nem tudok róla. De az eszem tuti kezd elmenni.

– Nőről van szó? Legalább csak ennyit mondj.

– Igen, de együnk, és ne vizslass, mert megbánom, hogy áthívtalak, ügyvédkém.

– Ez nagyon furcsa... még Fatma miatt sem voltál ilyen állapotban. Murat üzeni, hogy holnap, ha végeztél a melóban, üljünk be a Boszporuszi Étterembe. Valamit szeretne elmesélni.

– Murat? Csak nem szerelmes? Vagy elveszi Izabellát?

– Nem tudom. Tegnap jöttek haza a kirándulásból. Azt mondta, hívott téged is, de ki voltál kapcsolva, vagy csak nem vetted fel, már nem is emlékszem; pont egy tárgyalásra készültem, mikor hívott.

– Igen, így igaz. Le volt némítva a telefonom, mert tegnap vettük fel a film utolsó jeleneteit. Aztán elfelejtettem. Ma hívtam, de nem volt elérhető. Pont ekkor történt minden. Üres tányérjainkat beraktuk a mosogatóba, addigra a tea is elkészült. Kezünkben a teánkkal indultunk a teraszra.

Csendben léptünk ki, majd leülve azt vettem észre, hogy Mehmet úgy bámul a képembe, mint aki nem hiszi el, hogy nem vagyok beteg.

– Mehmet, drága barátom, azt hiszem, ez volt az utolsó filmem.

– Akkor nem is a titokzatos nő miatt vagy ilyen. Megnyugodtam. Tudom, hogy magukat a forgatásokat szereted, de orvosként jobban szeretsz dolgozni. Azt azért valljuk be, mindenki tudta, hogy sokáig nem fogsz filmezni. Erősebb az elkötelezettséged a szakmád iránt, mint hogy szögre akaszd, vagy csak egy-két napot gyakorold.

– Nem, ügyvédkém, ez nem visel meg. Még felkértek egy film forgatására, de kértem két hét gondolkodási időt. Az ügynökömmel is beszéltem, hogy fontolgatom a befejezést.

– Akkor jogilag is szükséged van rám?

– Csak a formalitások miatt, meg ami a nevemhez fűződik, de te jobban értesz hozzá. De Mehmet, kérek most tőled valamit… lehet, hogy hülyének fogsz nézni, de őszintén mondd el, hogy milyen embernek ismersz, látsz.

– Oké. Kezdjük! Nos, a testedet egy görög isten is megirigyelné, a szakálladat és a vállig érő hajadat már megszoktam, sőt szerintem nagyon jól áll. Mindig odafigyelsz, mit veszel fel. Ez a külső. Aki ismer téged, mint én, az tudja, hogy egy igazi úriember vagy. Kedves és barátságos vagy még akkor is, ha épp nincs jó kedved, az utolsó darab kenyeret is odaadnád annak, akinek nincs. Szeretsz viccelődni, és mindig vidám vagy. Pont ezért nem értem a most velem szemben ülő embert. Szereted az életedet, segítesz pár szervezetnek, igaz barátunk vagy, ez mondhatom mindannyiunk nevében. Nem szálltál el magadtól, amikor híres modell vagy színész lettél, ugyanazok az értékrendjeid, mint gyerekként. Nem erőszakolod rá magadat senkire. Ha valami hibát vétesz, ami nagyon ritka, akkor igyekszel jóvátenni. Nos, talán ennyi, de ezt most miért kérted?

– Hm… Ma, mikor a Boszporusznál sétáltam, visszafelé próbáltam felhívni Muratot, de csak az üzenetrögzítőre tudtam beszélni. Nem néztem körül, mikor hirtelen meglódulva elindultam, és akkor nekiütköztem egy nőnek. Úgy képzeld el, hogy szinte nekicsapódtam. Ő elveszítette az egyensúlyát, utánakaptam, és mint egy mágnes, magamhoz húztam. Olyan érzésem volt, hogy vele lettem egy egész ember, megtaláltam a másik felemet. – Elhallgattam, mert most, hogy beszéltem róla, újra elevenek tűnt minden: éreztem az illatát, láttam a szemei csillogását, és a fájdalmat, amit én okoztam. Hirtelen elöntött a vágy, hogy újra a karjaimban tarthassam.

– Testvérem, ki volt az a nő?

– Nem tudom. Csak annyit sikerült kiderítenem, hogy turista, ma érkezett Isztambulba, és Henrietta a neve. A teste úgy simult hozzám, mint ha két megfelelő mágnest összeraksz. A szemei szép arany barnák, egészen a lelkemig hatoltak, nem bírtam elfordítani róla a tekintetemet. Egy eszméletlenül gyönyörű nő…

– Ajaj, barátom, szeretném megnézni, hogy ki az a nő, aki ilyen hatást gyakorolt rád. Ha nem ismernélek, azt mondanám a „szerelem első látásra" elkapott téged.

– Bocsánatot kértem, amint erőt vettem magamon, de amikor ő is magához tért, kibontakozott a karjaim közül, a nevemen szólított és bement a kávézóba. Otthagyott, érted? Utánamentem, mert a vállát fájdította. De mire utolértem, már CeyCeynek fizetett egy teát, és jeget kért, amivel a vállát kezdte kezelni. Kértem CeyCeyt, hogy ne vegye el a csaj pénzét, mert én szeretném kifizetni, mire közölte velem, hogy semmi baja, csak hagyjam békén. Én meg szinte gyökeret vertem, mozdulni sem tudtam. Erre ő fogta magát, és a jégtasakkal elment. Érted ezt? Otthagyott, már másodszor.

– Nem semmi csaj lehet, egyre jobban szeretném megismerni.

– CeyCeytől tudom, hogy turista, és gyakran van Isztambulban. Azt mondta, biztosan a Boszporusz-partra ment.

– Barátom, biztos vagyok benne, hogy utánamentél.

– Igen. Időbe telt, mire megláttam. Olyan helyen volt, ahol inkább mi, helybeliek szoktunk, szinte majdnem az én kedvenc helyemen tartózkodott. Ott ücsörgött egy padon, a vállán a jégzacskó, és bámulta a tengert. Olyan szép látvány volt! Képzeld, még azt is megkérdezte, hogy miből vagyok. Sziklából esetleg? – húzódott mosolyra a szám.

– Odamentél hozzá?

– Igen, de megint elküldött, és kiosztott, hogy hagyjam már végre békén, egy napja van itt és folyton belém ütközik, nem így tervezte a napját és ez az én hibám. Kértem, legalább a nevét mondja meg. Henrietta – gyönyörű neve van, mint a viselője. El akart menni, de hirtelen állhatott fel, mert megint majdnem elesett. Elkaptam és még szorosabban öleltem magamhoz, amikor felnézett a szemeimbe, az ajkaink szinte összeértek. Pár percig így álltunk, de ő megint eltolt és közölte, ha én nem, akkor majd ő elmegy. És megint otthagyott.

– Tudod, hol szállt meg?

– Nem. Teljesen le vagyok most is fagyva, azt érzem, itt van, érzem a leheletét, érzem az érintését. Nem volt hajlandó beszélgetni, honnan tudjam? He? Megbolondultam? Erőszakos voltam?

– Barátom, ez a csaj egy turista. Lehet, hogy jobb lenne, ha kivernéd a fejedből. Tudod mit? Aludd ki! Amúgy hogyan beszéltetek? Gondolom, angolul.

– Nem, képzeld, úgy beszél törökül, mint te vagy én. Nem is kételkedtem, hogy idevalósi, de aztán hallottam németül beszélni. Az is hibátlan volt, és még egy nyelven beszélt, de azt nem tudtam beazonosítani.

– Akkor biztosan sokat van Törökországban, vagy csak szereti a nyelvünket. De a legokosabb az lenne, ha elfelejtenéd; lehet, hogy többet amúgy sem fogod látni. Meg aztán nem is tudtál rendesen bocsánatot kérni, és lehet, hogy azért esz a fene utána.

– Remélem, remélem. De most komolyan, meghülyültem?

– Nem, Can. De megmondom őszintén, ilyennek sohasem láttalak. Pláne nem egy nő miatt. Egyszerre vagy kivirulva és letörve is. Vagy ha annyira szeretnéd látni, akkor meg kell keresni. Azt mondta, ma jött. A turisták kilencven százaléka hét napig van itt. Maradt tehát még hat napod.

– Köszönöm, barátom, de most csak rá tudok gondolni.

– Tudom, mi kell most neked.

Ezzel felállt, bement a házba és két pohárral jött vissza.

– Idd meg, és menj aludni! Holnap arra sem fogsz emlékezni, hogy létezik. De én is megyek, mert korán reggel a bíróságon kell lennem. Délután meg Merttel találkozunk.

– Rendben, én kettőig dolgozom, utána oké. Írjátok meg, hány órára menjek az étterembe.

Mehmet elment, én pedig úgy döntöttem, visszaülök a teraszra egy kicsit. Gondolataim gyorsan Henriettánál landoltak. Lejátszódott minden pontosan, ahogyan történt. Olyan gyönyörű... szinte majdnem felemeltem a karomat, hogy megérintsem. Mehmet azt mondta, felejtsem el, de nem megy. Vajon meddig érhet a haja? Ilyen már megint hogyan jut most az eszembe? De Mehmet adott egy jó ötletet. Mert ismerem magamat: ezt nem fogom tudni kialudni. Lehet, hogy tényleg nem is találkoznék vele többé, ezért meg fogom keresni. Igen, megkeresem, van rá hat napom. Ez egy kicsit enyhítette a bennem zajló érzéseket. Holnap kérem majd a barátaim segítségét. Ha ki tudnánk deríteni, melyik szállodában szállt meg, akkor oda tudok menni, jól beolvasok majd neki és én fogom otthagyni. Vagyis valószínűleg képtelen leszek otthagyni. Felálltam és indultam lefeküdni, de elaludni nagyon sokára bírtam csak.

4. FEJEZET

Fél hét van, a teraszon ülve iszom a kávémat, a telefonom után nyúlok és tárcsázom a keresztfiam számát.

– Drága szívem, életem, nagyon boldog születésnapot kívánok! Nagyon szeretlek, te vagy a mindenem.

– Köszönöm, körikém. Én is nagyon szeretlek! Merre vagy most?

– Törökországban, Isztambulban. Miért kérdezed, kincsem?

– Mert azt hittem, hogy nélkülem mentnél Egyiptomba. Tegnap anyának is mondtam.

– Életem, tudod, hogy idén Egyiptomba te is jössz velem. Oda mindig novemberben megyek. Amúgy meg most vérig sértettél... miket feltételezel rólam? Megszegtem egyszer is azt, amit bárkinek ígértem? – mosolyogtam, de kíváncsi voltam a reakciójára.

– Nem, körikém, mindig betartod azt, amit ígérsz, de most nagyon rá vagyok pörögve, hogy végre mehetek veled. Azt tudod, milyen programokra fogunk menni?

– Hogyan is felejthetném azt el? Quad- és quad-buggy túra a sivatagban. Ja, meg delfinezés, azt hiszem.

– Nem lehet kétszer quadozni?

– Nem, nem, a születésnapi ajándékod egy egyiptomi út és azon belül egy quad és egy quad- buggy túra a sivatagban, meg egy delfines kaland. A többi időt pedig együtt töltjük. Ha jól fogod érezni magadat, akkor majd jövőre újra egyezkedünk. Rendben?

– Te vagy a legjobb, körikém, de reggeliznem kell, és lassan indulnom a suliba. Szeretlek nagyon.

– Én is, de ne rakd le, add oda anyádnak a telefont egy kicsit.

– Szia, gyors leszek, novemberig intézd el mindegyiktek útlevelét. Egy hétre jöttök velünk Egyiptomba.

– Heni, ezt most komolyan mondod? Megőrültél?

– Nem őrültem meg, szeretném, ha jönnétek. Csak annyi költségetek lenne, amit az útlevélért fogsz fizetni, meg az út hozzám és a reptérig, a többi az én dolgom. Beszéld meg a fér-

29

jeddel, de nemsokára vissza foglak hívni, mert ma le kell foglalnom. Rendben?

– Rendben, de...

– Nincs „de". Hívlak három vagy négy órakor. Most viszont megyek reggelizni én is, szia.

Nagyon szeretem ezt a csajt. Amikor az öcsémmel együtt voltak, olyan szép párt alkottak, de mind a ketten nagyon fiatalok voltak, és közben terhes lett a keresztfiammal. Egy idő után be kellett látniuk, hogy nem tudják közösen folytatni, így szétváltak az útjaik, amiben nagyon sok szerepe volt az öcsémnek, Danielnek. Jazmine egy gyönyörű szép nő, combig érő, vakító szőke a haja és kék szemei vannak, nem is csodálkoztam, mikor megtudtam, hogy van valakije. Eleinte nem nagyon akartam elfogadni, de csak a keresztfiam miatt, mert arra voltam kíváncsi, ha lesz közös gyerekük, akkor hogyan fog viselkedni a keresztfiammal. De mikor megszülettek az ikrek, ugyanolyan szeretettel nevelte, mintha a sajátja lenne. Onnantól teljes mértékkel elfogadtam és támogattam őket. Most meg arra gondoltam, én úgy is két hétre szoktam menni Egyiptomba, de a keresztfiamat annyi időre sajnos nem vihetem az iskola miatt. Így jött az ötlet, hogy az egész családot viszem, és ha ők hazajönnek, én még maradhatok egy hétig. Tehát kellemeset a hasznossal. Kopogtak az ajtón.

– Gyere! – kiabáltam be a teraszról.

Egy fiatal leánygyermek lépett be uniformisban. Szerintem a gyakorlati idejét tölti itt, szemtelenül fiatal, és szép is.

– Elnézést kérek, küldtek a pohárért meg a kosárért.

– Rendben, tessék. – Egy dollárt nyomtam a kezébe, amitől nagyon boldog volt.

– Muzafer úr azt üzeni, ha a reggeliről jön vissza, akkor legyen szíves megkeresni, valami változás van a mai nappal kapcsolattal.

Megfogta, amiért jött, és elindult. Én meg a fürdőszoba irányába mentem. Felfrissülve, egy szűkített, világoskék, elöl szaggatott farmert és egy bővebb, fehér blúzt vettem fel. A blúz elejét begyűrtem, a hajamat, ami derekamig ért, szabadon hagytam, csak egy világoskék kendőt kötöttem fel. Fogtam a telefonomat, és indultam is reggelizni. Vajon Can is felkelt, emlékszik még rám? Hülye kérdés... miért is emlékezne? Hiszen szebbnél szebb nők veszik körül, és ott a barátnője is, akivel, ha jól tudom, már másodszor vannak együtt. Na de legyen ennyi elég ebből az Adoniszból. Megreggeliztem és megkerestem Muzafert, aki boldogan újságolta el, hogy Ferzi úr Ecének, aki a sógornője szállodájában dolgozik, és neki is a mai napra két órától szabadot adott. Így azt kérték, találkozzunk három órakor a Boszporusznál található Boszporusz Étteremben, hogy tudjunk mi hárman beszélgetni, mivel a vacsoránál sokan leszünk, és keveset fogunk csak egymással társalogni. Megkérdeztem ismét, hogy hol lesz a vacsora, de azt a választ kaptam: „majd megtudod".

Felmentem a szobámba, a hajamat összefogtam egy kontyba, a kendővel körbeöleltem, felvettem a táskámat, és el is indultam. Ma a fedett bazárba szeretnék menni, imádom az ottani nyüzsgést, és lehet, hogy találok is valamit, amit megvennék. Utána a kék mecsethez szeretnék elmenni (Ahmed oszmán szultán dzsámija). Gondolataimba merülve, távolabb a szállodától még úgy gondoltam, gyalog fogok menni. Egy gyalogátkelőnél vártam a zöld jelzésre, mikor a megálló autóban Cant fedeztem fel. Nem bírtam mozdulni, és ő is engemet nézett. Valaki megfogta a vállamat, hogy induljak, mert zöld a jelzés, és ha nem sietek, akkor meg kell várnom a következőt. A szemeim végig Canon maradtak, majd hirtelen elfordulva, egy taxit leintve a fedett bazárhoz vitettem magamat. Egész úton füstölögtem, hogy szinte ki sem értem a szállodából, rögtön vele találkoztam. De amint megláttam a két kupolát, szinte biztos voltam benne, hogy a gondolataim most nem fognak elkalandozni. Így belevetettem magamat a tömegbe. Majdnem háromezer üzlet található itt, szebbnél szebb portékával, kialakított vízipipa-helyekkel, kávézókkal együtt. Egy kisebb csoportot figyeltem, akik tavlát játszottak. Olyan gyorsan mozgatták a bábukat, hogy követni sem lehetett. Lenyűgöző volt. Hiába, a vérükben van, ezen nőttek fel.

Este sokkal több ember vízipipázik és társasjátékozik az utcákon. Sokszor úgy érzem, Isztambul sohasem pihen. Nyüzsög fáradhatatlanul. Én így szeretem. Egy ruhaárus invitált a boltjába, hogy nézzem meg a portékáját. Találtam is egy szép kis csipkeruhát, meg egy bokáig érő, derékban szabott, hátul majdnem fenékig hasított bőrkabátot. A keresztfiamnak is találtam egy menő kabátot. Kifizettem, majd kértem, vitesse a szállodába, a 377-es szobára. Miért küldettem? Nem féltem attól, hogy kifizettem, és a vásárolt dolgok nem érkeznek meg? Nem! Egyszer Ferzi úrral jöttem ki ide, ahol szinte mindenki tiszteli és szereti. Ő mondta nekem, ha vásárolok, akkor ne cipekedjek, csak mondjam meg, hogy melyik szállodában lakom, és elég csak a szobaszám, nem kell a nevemet mondani, mert nincs szükség a bizalmaskodásra. Így ha több mindent vásároltam, akkor mindig vitettem. Mivel szerintem több órája barangoltam, éhes lettem. Megláttam egy árust, és vettem egy simitet. Azt eszegetve haladtam tovább. Normális esetben otthon bevásárolni mindig kora reggel indulok, hogy elkerüljem a tömeget, de itt más, itt élvezem. Egy órás előtt haladtam el, mikor megláttam, hány óra. Gyorsan irányt váltottam és taxiba ültem, hogy a kék mecsethez vigyen.

Nem tudom, ki hogyan van vele, de engem teljesen lenyűgöznek ezek a kupolás építmények. Mindegyiknek megvan a saját szépsége és történelme. A kék mecsetben például megtalálható a szultán és felesége, Köszem szultána türbéje, egy medresze és egy kórház is. Leültem egy padra, és csak úgy kívülről csodáltam a helyet, amellyel szemben a Hagia Szophia található. A park eszméletlen, pedig még csak tavasz van. Sok volt a turista is, de most az sem zavart. De az agyam hirtelen átkapcsolt: szinte ki sem tettem a lábamat a szállodából, és rögtön Canba botlottam. Ennek mennyi az esélye? Úgy vonzotta a szemeimet, hogy le sem tudtam venni róla. Mint egy mágnes. Igen, ez a jó kifejezés. A bazárban csak egyszer gondoltam rá, de most, itt, a padon szinte csak körülötte forog az agyam, úgy érzem, most is a karjaiban vagyok. Még a szakállát is érzem a bőrömön. Becsuktam a szemeimet, átadtam magamat az érzésnek, és próbáltam minden kis momentumot felidézni. Tudom, nem lehet ebből az egészből úgysem semmi, de olyan jó volt. A szívem olyan hangosan vert, hogy az egész testemet irányította, s ezzel emóciók törtek a felszínre: rég elfelejtett érzések, mégis mások. A szemei a lelkemet érintették. Már a filmben is, mikor néztem, elég nagy hatást váltott ki belőlem. Kíváncsi voltam, hogy ha élőben találkoznánk, hogy akkor vajon mit váltana ki. De soha nem voltam azon, hogy megkeressem. Az nem én lennék, meg hát most sikerült az életemet olyan mederbe terelnem, ami már majdnem az, amit mindig is szerettem volna elérni. Az meg, hogy egy plátói szerelmet vegyek a szívemre, az meg ép ésszel bele sem fér az életembe. Most, hogy kezdem azt az életet élni, amit nagyon is szeretek, már vágyom egy igazi párkapcsolatra. Amikor teljesen átadhatom magamat a másik embernek, őszinte a szeretet és kölcsönös a bizalom. Amikor meg sem kell szólalnod, de a másik már tudja, mit akarsz, és te is tudod a másik szemeiből. Nem lenne gond az sem, ha az illető férfinak lenne már gyereke. Ez szinte még tökéletesebbé tenné számomra. Erre a szívem olyan fájdalmat sugárzott, hogy össze is rándultam. Can ebbe sajnos sehogyan nem illett bele, hiába vonzott annyira. Igen, nagyon is vonzódom hozzá, és ha még egyszer olyan közel kerülnénk egymáshoz, nem tudnám eltolni magamtól. Ez a beismerés nagyon is megrémisztett. Nem szabad többé rá gondolnom, és nem szabad találkoznunk. De nem maradhatok a szállodában bezárva, nem azért jöttem. Hirtelen a telefonom hangja zökkentett ki a gondolataimból. Na, szép, még pár percig sem nyalogathatom a nemlétező sebeimet? A kijelzőn láttam Muzafer nevét.

– Szia, hallgatlak.

– Szia, Heni! Merre vagy?

– A kék mecsetnél, miért kérdezed?

– Csak mert reggel elviharzottál és ebédre sem jöttél, most meg már két óra is elmúlt. Ugye nem felejtetted el, hogy találkozónk van?

– Már annyi az idő? – A bazárt bejárni egy nap alatt szinte lehetetlen, de elég sok időt voltam ott, most meg ki tudja, mióta ülök itt a gondolataimmal.

– Nyugodj meg, Muzafer, ott leszek, de van egy kis gond. Nagyon éhes vagyok – ezzel a gyomrom jelzett is.

– Akkor eszünk valami salátát, hogy vacsorázni tudj. Ece csak később fog jönni, mert haza kell mennie.

– De be kellene menned a szobámba is. Az asztalon van egy nagy boríték, azt el kellene hoznod. Én már nem mennék most vissza a szállodába, ha meg tudnád ezt is oldani.

– Rendben, de ezt nem lenne szabad, ugye, tudod?

– Te egy angyal vagy! Köszönöm szépen, akkor én most el is indulok az étteremhez. A bejáratánál találkozunk?

– Majd az este után várom a dicsérő szavaidat – nevette el magát. – Ott jó lesz, úgy nem fogjuk keresni egymást.

A vonal bontása után szokásom rabja lettem. Can. Vajon milyen érzés lenne, ha megcsókolnánk egymást? Libabőrös lettem már csak a gondolatára is. Ha csak az ajkaink majdnem-érintése is akkora hatást váltott ki, akkor a csókja? Ujjaimmal végigsimítottam az ajkaimat. Egy pillanatra átadtam magamat az ismeretlen érzésnek. Az a felismerés, hogy igenis vágyom a csókjára, az érintésére, érezni akarom őt, fájdalmas volt, ugyanakkor édes is. Szívem olyan hangosan és olyan gyorsan kezdett dobogni, mint mikor a gyerekek pattogtatják a labdát. Nagyon nincs ez így jól, abba kell hagynom. Még mindig maradt a józan énemből, és ez jó! Valahogyan ezt kell erősítenem, de ha csak a gondolataimat tudnám kontrolálni, már az is nagy segítség lenne.

Alig haladtam valamit, így gyorsan leintettem egy taxit és az étteremhez vitettem magamat, így is majdnem elkéstem. A telefonom után kutattam, amikor valaki megérintett a vállamon. Hirtelen mozdulni sem bírtam, de aztán lassan megfordultam. Muzafer volt az.

– Muzafer, a frászt hoztad rám. – Próbáltam összeszedni magamat, de ha Can lett volna, akkor biztosan mozdulni sem bírtam volna.

– Csak nem valaki másra számítottál?

– Ne beszélj hülyeséget, csak nem számítottam rád.

– Aha, velem találkozol, de nem számítottál rám? Nagyon furcsa a viselkedésed, ugye tudod? Szinte kővé dermedtél. De ha nem akarsz beszélni róla, én tiszteletben, tartom. Oké? –

Ezt már afféle vigyorral az arcán mondta, hogy olyan érzésem volt: mindent tud.

– Rendben, ne forgasd ki a szavaimat. Menjünk, mert kilyukad a gyomrom – azzal meg sem várva el is indultam. A pincér odakísért minket a teraszon foglalt asztalunkhoz. Én természetesen úgy ültem le, hogy a tengert lássam. Lazacos salátát rendeltünk. Míg vártunk az ételre, Muzafer elkezdett ugratni. Teljesen véve a lapot, egy kívülállónak úgy tűnhetett, hogy eléggé jóban vagyunk. Gondolom, annak a férfinak is, aki mellettünk állt meg.

– Muzafer? – A hangja eléggé meglepett volt, de ugyanakkor mintha szemrehányás is lett volna benne. Közben engemet nézett.

– Mehmet, drága barátom! Üdvözöllek. Megéheztél?

– A fiúkkal találkozunk, csak megláttalak és nem hittem a szememnek – ezzel felém nézett ismét.

– Már összefuthatnánk négyesben is, jó régen volt, hogy együtt töltöttünk egy kis időt.

– Igen, de ez leginkább tőled függ, hiszen mindig dolgozol, utána meg Ecével töltöd az idődet. Apropó, Ece merre van? És hogyhogy most, munkaidőn belül itt vagy?

– Apám ma kettőtől szabadot biztosított Ecének és nekem is. Így idejöttem egy kedves barátommal egy kései ebédre. Ece is csatlakozik hozzánk lassan. Jaj – fordult most hozzám, és a táskájába nyúlva a nagy borítékot nyújtotta felém.

– Elhoztam a szobádból, és ma a bazárból is érkeztek csomagjaid, amit majdnem el is felejtettem mondani.

– Köszönöm, mondtam, hogy nélküled elvesztem volna.

Majd az idegen, jóképű férfi visszavette a szót.

– Mondd meg, légy szíves, Ferzi úrnak, hogy valamelyik nap jöjjön be az irodámba, készen vannak a papírok, amiket kért.

Majd nem bírta tovább.

– Muzafer, a hölgy kicsoda?

– Mondtam, Mehmet, egy nagyon kedves barátom, amúgy az egész családé, és Ece barátnője.

– Jó napot! – nyújtottam a kezemet. – Deutsch – majd kezet ráztunk. Ő meg Yilmiz, majd Muzaferhez fordult.

– Hogy halad az esküvői készülődés?

– Elég jól állunk, bár meglep a kérdésed, hiszen te vagy az egyik tanú, és szerintem rendesen vagy informálva. – Közben rám nézett, és mosolyogva kacsintott, ami a drága úriember figyelmét még jobban felkorbácsolta, de a pincér kihozta az ennivalónkat, így azt mondta, ha Ece megjön, majd idejön köszönni. Én meg, hogy visszaadjam a sok bámulást:

– Alig várjuk, drága Mehmet – és rákacsintottam, amitől olyan zavarban volt, hogy rögtön sarkon fordult és egy távolabbi asztalhoz ült, pont úgy, hogy teljesen ránk lásson.

– Mehmet Ece első unokatestvére. Nagyon jóban vannak, de szerintem most azt hiszi, hogy nekünk valamilyen kapcsolatunk van.

– De te inkább adtad a lovat alá – néztem rá tettetett roszszallással.

– Ja, mintha te nem élvezted volna. Most is folyton minket néz. Szerintem alig várja, hogy Ece megjöjjön, szerintem most abban is kételkedik, hogy jönni fog.

– Pedig akkor téved, Ece pont felénk tart. – Mosolyogva integettem neki. Most is kifogástalanul nézett ki, egy igazi szépség volt.

– Édesem! – adott egy puszit Muzafer arcára majd mikor felálltam, szinte a nyakamba borult. De még le sem ültünk, az uraság ott is termett, amin nagyon jól szórakoztam. Ece kérésére leült pár szó erejéig, s hogy oldjam egy kicsit a feszengését, átadtam Ecének a Muzafer által elhozatott borítékot.

– Drágám, ez a tiéd. Muzafert kértem meg, hogy hozza el a szobámból, mert már nem volt időm visszamenni a szállodába.

– Ez az, amire gondolok? – és már kezdte is bontani a csomagot. Mehmet elköszönt, és visszament a barátaihoz. Muzafer is jelezte, hogy odamegy pár percre hozzájuk. Mi Ecével nekiálltunk lapozni a katalógust, és mondtam, hogy bejelöltem öt menyasszonyi ruhát, ami szerintem hozzá illene. Majd mikor visszajött Muzafer, Ece hirtelen becsukta a katalógust, és nekünk címezve megkérdezte:

– Na, meséljetek, miről maradtam le?

– Mehmet kiszúrt minket, ide is jött. Szerintem azt hitte, hogy a hátad mögött én csajozom, bár kicsit sértő, mert barátok vagyunk, de látnod kellett volna. Egy kicsit adtuk is a lovat alá.

– Én még rá is kacsintottam, hogy viszonozzam azt, hogy le sem vette a szemeit rólam. Nagyon zavarba hoztam, ami neki nem sikerült.

Ezután mindent elmeséltünk, közben kávét rendeltünk. Teljesen jól sikerült a délutánunk, de vajon miért éreztem azt, hogy itt van Can és engemet néz? Vagy már ennyire berögződött volna? Nem mertem körbenézni, mert fogalmam sem volt, hogy mit csinálnék, ha megpillantanám. Aztán kicsit összeszedve magamat kértem, menjünk vissza a szállodába, hogy le tudjak zuhanyozni és át tudjak öltözni. Muzafer és Ece odament a hármas társasághoz elköszönni, én inkább minél gyorsabban ki szerettem volna menni innen, nehogy véletlenül tényleg Canba ütközzek. Az étterem előtt leültem egy padra, és csak bámultam a sirályokat. Aztán mikor kijöttek ők is, elsétáltunk a szállodába és megegyeztünk: negyven perc múlva a recepciónál találkozunk. De még mindig nem tudtam meg, hogy hova is megyünk vacsorázni.

Megnéztem az üzenetet, hogy hány órában egyeztek meg azok ketten. Nem is bánom, hogy most rögtön indulhatok, és nem kell még egy órát várnom. Eléggé húzós nap van mögöttem, és az éjjelem sem volt a megszokott. Azután reggel, mikor megláttam a gyalogátkelőnél, na, ott teljesen végem lett. Ő sem vette le rólam a szemeit. Olyan szívesen kiszálltam volna az autóból, magamhoz öleltem volna, talán soha el sem engedtem volna. Szerettem volna csókolni, újra magamba szívni az illatát. Milyen szép is lenne, ha ő is ezeket az édes gyötrelmeket élné át, mint én! Nagyon kellett összpontosítanom a munkámra, mert ott egy kis hiba sem fért bele. Úgy döntöttem, hogy átsétálok az étterembe; nincs olyan messze, meg úgy is rám fér, hogy kiszellőztessem a fejemet egy kicsit. Valahogyan ki kell józanodnom, hiszen lehet, hogy ma reggel láttam utoljára és meg sem tudom találni, hisz' a vezetéknevét sem tudom, így nagyon nehéz bárkit is megtalálni, főleg egy turistát. De nem adom fel! Már az étterem bejárata felé mentem, mikor a nevemet hallottam.

– Can, barátom, testvérem!

– Mert, testvérem, üdvözöllek újra közöttünk – öleltem meg. – Nagyon jól nézel ki, jót tett neked a szabadság, édes semmittevés – kacsintottam barátomra.

– Örülök, hogy épp nem forgatsz semmilyen filmet és van rám időd.

– A forgatást tegnapelőtt befejeztük. Ma csak orvos voltam.

– Can – hirtelen megállt és felém fordult –, te viszont nagyon nem nézel ki jól. Minden rendben van? Nem vagy beteg?

– Mehmet is ezzel zaklat – csettintettem a nyelvemmel felszegett állal. – Nem vagyok beteg, csak nem aludtam valami jól. Majd elmondok mindent.

– Akkor nő van a háttérben – húzta ki magát, majd egy szemtelen vigyorral nyugtázta a felismerését. Majd hirtelen megint felém fordult. – De ugye nem jöttél megint össze azzal a perszónával? Mondd, hogy nem Fatma! Az a nő abszolút nem illik hozzád. Nagyon szép nő, azt el kell ismerni, meg okos is, de ő egy buli- meg partimániás. Plusz szerintem van benne rosszindulat bőven, de ez csak az én személyes véleményem.

– Igen, pontosan. Szép és okos, de pont a bulik miatt értékeltem át a kapcsolatunkat és döntöttem úgy, hogy vége. Már ami a párkapcsolatot illeti, ám mint embert és kollégát, nagyon tisztelem. De ma megkérdezem önmagamtól, hogy valójában szerettem-e. Sokáig tartott, mire rájöttem: csak barátként tudok nézni rá. Így, barátom, ki van zárva, hogy ismét egy párt alkossunk.

– Ideje volt, elég sokáig tartott. Bár én még azért tartok tőle, hogy harmadszor is meg akarod próbálni vele.

– Az teljesen ki van zárva, főleg most. De Mehmet ránk vár, és te hívtál minket most ide, úgyhogy menjünk.

A terasz szinte tele van, ahogyan a benti helyiség is. Ezen még csodálkozni sem lehet: a Boszporusz amúgy is közkedvelt a turisták között, és mi, helyiek is sokszor jövünk ide, ha bánatunk, ha örömünk van. Vagy csak azért, hogy gyönyörködjünk a csodás látványban. Mert közben meglátta Mehmetet, de én az egyik asztal mellett azt hittem, infarktust fogok kapni, olyan erős szívdobogás kapott el. Közben testemet átjárta egy meleg érzés, a gyomrom összerándult. Továbbhaladva a szívem kezdett lenyugodni, de a többi érzés tovább gyötört. Lassan körbenéztem, hogy észrevette-e valaki a bennem hirtelen lejátszódó eseményeket, és akkor megláttam Muzafert, de nem Ecével volt. Ő is engem figyelt, majd intett és odaszólt, hogy nemsokára odajön hozzánk pár percre. Ki az a nő? Az asztalunkhoz érve ezek ketten összenéztek, és rám szegezték minden figyelmüket.

– Minden rendben van, Can?

– Persze, csak éhes vagyok, semmi baj. Hagyjatok a hülyeségeitekkel, nem vagyok beteg, majd mindenen túlleszek. Nyugi! Amúgy láttátok Muzafert?

– Igen, én odamentem és beszéltem is vele. Barátaim, az a nő, akivel van, nagyon szép és kissé pimasz is. De Muzaferrel eléggé bizalmas a kapcsolata; képzeljétek, a nő szobájából valami nagy borítékot hozott. Úgyhogy rajtuk tartom a szemeimet. Nem szeretném, ha Ece inná meg a levét, hiszen hamarosan esküvőjük lesz. Különben azt mondta, Ece is nemsokára itt lesz.

– Barátom, hirtelen én is meginogtam, bár nem láttam a nőt, és most sem látom. Muzafer, emlékezz vissza, már középiskolás korunkban is csak Ecét vette észre, mint nőt. Ez azóta sem változott. Nyugodj csak meg, és rendeljünk.

– Rémeket látsz, Can jól mondja.

– Nagyon éhes vagyok, ma egész nap a bíróságon voltam, délután meg az irodámban lesz egy csomó munkám.

A pincér jött, és fel is vette a rendelésünket. Ekkor Mehmet felpattant, és elindult Muzafer asztala felé: Ece megérkezett. Hirtelen felállt a nő, akit eddig hátulról láttam, és teljesen elgyengültem, szinte el is szédültem. Ő volt az. Muzafer Henriettával ült egy asztalnál. Ezért volt a szívdobogás, ezért a fura, melengető érzés. Oda kell mennem. De Mehmet pár szót váltott Ecével, és mire felálltam volna, ott is volt a mi asztalunknál. De pillantása az asztalnál maradt, és ez egy cseppet sem tetszett.

– Na, mi van, szimat, mit tudtál meg? – cukkolta Mert Mehmetet.

– Tényleg Ece barátnője. Muzafer szállodájában lakik mindig, mikor itt van.

– Mehmet, ez az a nő, akit keresek – erre Mert is felkapta a fejét.

– Akkor most mit fogsz kezdeni ezzel az információval? Így nem kell a szállodákban kutatnunk utána.

– Később felhívom Muzafert, a többit meg addig kitalálom. Ece és Muzafer odajöttek elköszönni hozzánk, de ő nem. Még csak felénk sem fordult. Lehet, azt sem vette észre, hogy itt vagyok, különben biztosan elrohant volna, ki tudja hova. Muzafernek mondtam, hogy később felhívom, és hogy holnapután várom mindkettőjüket egy esti grillezésre. Nagyon örültek a meghívásnak, majd távoztak mind a hárman. Mert felé fordultam, hiszen végül is miatta jöttünk ide, de eddig csak az én édes problémám volt a terítéken.

– Mert, mondd, mi az a fontos információ, amit meg szerettél volna osztani velünk?

– Három hónap múlva egy évre Magyarországra költözünk Eliffel, de előtte szeretnénk megülni az eljegyzésünket, és szeptemberben az esküvőnket megtartani.

– Magyarországon? – hüledezett Mehmet.

– Nem, itthon, Törökországban. Anyáink addigra mindent elrendeznek, meg van internet, úgyhogy minden részletet meg tudunk beszélni, hogy mit szeretnénk. Az eljegyzésre várunk titeket is, az esküvőre meg kötelező jönnötök. Can, szeretném, ha elvállalnád a tanúm szerepét. Mehmet Muzaferé, és úgy gondoltuk Eliffel, hogy a miénk meg lehetnél te. Mit mondasz?

– Megtisztelsz, testvérem. Örömmel. De honnan jött most hirtelen ez a Magyarország? És pontosan hol is van? Persze hallottam már róla, de soha nem néztem meg, pontosan hol is található.

Mehmet is értetlenül nézett Mertre, de ő tudta, hogy hol található, mert a volt felesége szintén magyar volt. Két éve gyermekükkel a szíve alatt egy közúti balesett áldozata lett, és sajnos egyikük életét sem tudták megmenteni. Férje egy évig teljesen bezárkózott, még a szeretett hivatását sem gyakorolta, Merten és rajtam kívül szinte senkivel nem találkozott és beszélt. Egyszerre veszítette el a szerelmét és a várva várt gyermekét. Aztán, ha jól tudom, Ferzi úr meglátogatta, utána kezdett el dolgozni és emberek közé járni. Azóta is minden évben egyszer elmegy Katalin szüleihez egy-két napra. Ők is arra biztatják, hogy építse újra az életét. Adjon esélyt egy új szerelemnek. Ezt egyszer ő mondta el nekem.

– Európában, egy szép kis ország.

– De miért mentek oda? Honnan jött? Ezt most tényleg nem értem – mondta Mehmet.

– A cégünk leányvállalatot nyit, én fogom beindítani és betanítani az ottani embereket. Elif meg jön velem, mert onnan is fog tudni dolgozni.

– Gratulálok, testvérem. Akkor ez előléptetés is egyben?

– Igen, az. Amikor visszajövünk, itt, Isztambulban én leszek az igazgató.

– Ezzel kellett volna kezdened, Mert úr – mosolyogtam rá. Már nagyon régóta benne volt a levegőben Mert előléptetése. Nagyon keményen dolgozott, és jó kapcsolata volt az ügyfelekkel meg a tulajdonosokkal is. Boldoggá tesz az a tudat, hogy mi mind a négyen olyan munkát végzünk, amit gyerekként szerettünk volna. Ami még nagyon jó érzés, az az, hogy ketten már a párjukat is megtalálták. Mehmetre néztem, mert ő el is veszítette, de remélem, hamarosan rátalál a szerelem, és hagyni is fogja, hogy beteljesüljön.

– Nagyon örülök, hogy egy párként fogtok odamenni – mondta Mehmet.

– Igen, mi is örülünk. Kevesebb időm lesz, mert nagyon sok mindent el kell még intéznünk. De ígérem, holnapután biztosan ott leszünk a grillezésen.

– Azt remélem is – mondtam tettetett felháborodással.

– Muzafert és Ecét Elif hívja meg az eljegyzésre, és az esküvőre is. Holnap együtt fog ebédelni Ecével – mondta csak úgy mellékesen.

– Holnap én is felhívom Muzafert, remélem, segít.

– Kíváncsi leszek rá. De Muzafert ismerve szinte biztos vagyok benne, hogy segít, főleg ha mindent elmondasz neki is.

– Can, gondolkoztál már azon, hogy elvállalod-e azt a filmet?– kérdezte Mehmet.

– Azon még nem volt időm gondolkodni, van még majdnem két hetem.

– Te komolyan gondolod – szólt közbe Mert.

– Igen. Úgy érzem, elég volt belőle. Szinte soha senkire és semmire nem volt időm. Veletek is mindig szinte lopva, rövid időre tudtam csak találkozni. És szeretnék végre csak orvos lenni.

– Hát akkor, ha így érzed, szerintem nem is kell olyan sokat gondolkoznod rajta. Úgyis tudtuk mi mindannyian, hogy bár szeretted a filmezést, sokáig nem fogod csinálni – mondta Mert.

– Ugyanezt mondtam tegnap én is. Barátaim, nekem mennem kell, ötkor jön egy ügyfelem az irodába, és a forgalom, az valami szörnyű.

– Nekem is mennem kell Elifért. A szüleihez vagyunk hivatalosak.

– Valamelyikőtök elvinne a kórházhoz? Otthagytam az autómat, de most úgy érzem, fáradt vagyok visszasétálni.

– Majd én elviszlek, Mehmet úgyis a másik irányba megy.

– Nekem tökéletes. Menjünk is.

5. FEJEZET

Egy szép családi ház előtt álltunk meg. Vajon ki lakik itt? Sokáig nem kellett várnom a válaszra, mert Ferzi úr jött ki elénk.
– Üdvözöllek, gyermekem! – tárta szét a karjait, majd megölelt.
– Jó estét! – mosolyogtam vissza. – Olyan jó végre önt is látni.
– Gyertek ti is, gyerekek. Neked viszont ma egy álmodat szerettük volna teljesíteni. Kapsz egy igazi családi, házi készítésű vacsorát. Sumru, drága feleségem saját kezűleg készített mindent.
– Annyira boldoggá tettek! Nagyon várom. Most már nem haragszom a fiára és a jövendő mennyére sem. Nem voltak hajlandóak elárulni, hogy hova is visznek, pedig többször meg is kérdeztem. De most mindent el is felejtettem.

Az előszobában, ami egy tágasabb helyiségbe vezetett, ott várt Sumru asszony. Csodálatosan nézett ki, mint mindig. Szólt, hogy ne vessem le a cipőmet, ők nem szokták. Ezen kicsit meglepődtem, mert a filmekben mindenhol azt láttam, hogy az előszobában levetik a cipőjüket és papucsban mennek tovább a lakásba, hogy megvédjék a tisztaságot. De ezek szerint mindenhol a házigazda dönti el, hogy követi-e ezt a hagyományt. Majd bevezettek egy szép tágas nappaliba, ahol hellyel kínáltak.

– Sumru asszony, nagyon szép az otthonuk. Köszönöm, hogy meghívtak és annyit fáradozott miattam.
– Ugyan, gyermekem, az igaz, hogy ma csak neked készítettem az ételt, de azért szoktam én főzni a családomnak is. Az otthonunkat illetően, majd körbevezetlek később, de köszönjük.

Mindig olyan szerény ez a nő, pedig lenne mire felvágnia, ehelyett egy alapítványt hozott létre a szegény sorsban élők javára. Sok embert személyesen is támogat. Öt gyereket szült, de ez egy cseppet sem látszik rajta, meg nem mondanám, ha nem tudnám. A gyerekei nagyon tisztelik, az unokái pedig egyenesen imádják. Mindig vidámnak tűnik, és olyan bölcsen tud beszélni, hogy szerintem nem is ötvenkét éves, hanem legalább háromszáz. Nem tudom, azt a sok bölcsességet hol vagy kitől tanulta.

Vagy lehet, hogy már bölcsnek született. Ferzi úr is támogatja mindenben, és segít az alapítványban is. Sok fiatal azért tudott tanulni, mert ők segítettek nekik. Olyan boldog vagyok, hogy megismerhettem ezeket az embereket! Piszkosul gazdagok, de emberek tudtak maradni. Ha a szabadságomat töltöm Isztambulban, akkor mindig bejön a szállodába hozzám beszélgetni egyszer vagy kétszer. Most először hívtak – vagyis hoztak – az otthonukba, ami nagyon megtisztelő. Na és a Ferzi úrral való szerelmük szerintem töretlen a mai napig; sokszor, mikor elkapom, hogy összenéznek, szinte vibrál a levegő közöttük. A szemeik olyan szépen csillognak. Szeretettel és tisztelettel beszélnek egymással és egymásról.

– Asszonyom, meg van terítve – jött be a házvezetőnőjük.

– Gyertek, üljünk asztalhoz.

– Apám, csak mi leszünk itthon?

– Igen, fiam. Ece édesanyja később fog jönni, a többieknek meg mondtam, hogy valamikor bepótoljuk a találkozót, ha Heninek is lesz ideje rá. De ma nem akartam terhelni a mi szeretett cirkuszunkkal.

– Ugyan, nekem nem lett volna leterhelő. Mindenkit még úgysem ismerek. De ha ön így látta jónak, én ezt elfogadom. Ha egyeztetünk egy napot, nagyon szívesen találkoznék mindenkivel.

– Ja, ezt csak azért mondod, mert még nem voltál összezárva pár órára mindegyikünkkel –mondta Muzafer.

– Apám, Mehmet kéri, hogy menj be hozzá, ha lesz időd, az irodájába, készen vannak az iratok, amiket kértél.

– Rendben, fiam, de most mindenkinek jó étvágyat kívánok!

Sumru asszony maga mellé ültetett, és mivel sok ételt csak a filmekben láttam, ezért ő segített, hogy mit mivel kóstoljak. Szinte kár volt az ételhez nyúlni, olyan szépek és színesek voltak, de miután megkóstoltam az eső fogást, már nem is gondolkodtam azon, hogy kár lenne hozzányúlni. Nem csak szépek, de nagyon finomak is voltak, és a petrezselyem tényleg nagyon jó volt mindenhez. Soha sem értettem, hogy miért használják annyi ételhez, de mostantól szerintem én is be fogom vezetni. A bárány kimondottan ízlett rozmaringgal. Soha nem mertem rozmaringot használni, bárányt meg csak pörköltként kóstoltam gyerekkoromban, de nem nagyon voltam oda érte, így nem is eszem. A szőlőlevélbe tekert hús sokkal finomabb volt, mint Egyiptomban. Kértem Sumru asszonyt, ezt tanítsa meg nekem egyszer, mert teljesen odavagyok érte. A salátákat is végigkóstoltam, de egy idő elteltével úgy éreztem, kidurranok, ha még valamit ennem kell. Ezért megköszöntem és mondtam, hogy többet nem bírok.

– Köszönöm szépen! Áldás a kezeire, Sumru asszony.

– A kávé meg egy kis édesség majd segít, gyermekem.

– Édesség? Bocsánat, de szerintem komolyan nem bírok többet.

– Bízz bennem. Jó lesz az. Készítettem baklavát és burmát, ha jól tudom, Ece édesanyja, Mihrimah, lokmát hoz.

– Hú, ezek mind olyanok, amiket szintén meg akartam kóstolni. Lehet, feladom, és mindegyikből lenyomok valahogyan egy kis darabot.

– Kávéval csak úgy csúsznak majd – mosolygott Sumru asszony.

A vacsora végeztével Ferzi úr és Muzafer a dolgozószobába kérték a kávéjukat, mondván, van egy kis megbeszélnivalójuk, és különben is, mi úgyis az esküvőről fogunk beszélgetni. Majd később csatlakoznak hozzánk. Mihrimah asszony pont akkor érkezett, mikor mi is mentünk a nappali irányába. Bemutattak minket egymásnak. Sumru asszony korabeli lehetett, és sima, átlagos ruházatot viselt. Kedves és barátságos volt. Tetszett. Az este folyamán, Ecevel és a két örömanyával átlapoztuk az általam hozott katalógust, és pár ruhát bejelöltünk. Azt majd Ece eldönti, hogy melyikeket hozzam el. A három ruháról felmentünk ötre, így azon kellett gondolkodnom, vajon hogyan fogom tudni megoldani a szállításukat. Az már biztos, hogy kisbusz fog kelleni, és két munkatársamat is el kell hoznom. De az nem probléma; már úgyis tudják, hogy pár napra jön ki velem valaki. Egyszerűbb lenne repülővel, ezért utána kell néznem, hogy hogyan lehetne, mert nem mindegy, hogy tizenöt órát kell vezetnem, vagy másfél óra alatt itt lennénk. Szerintem felhívom holnap Nicolt, és rákérdezek.

Az este folyamán még pár dolog szóba jött az előkészületekről, azután csatlakoztak a férfiak is, és teljesen semleges témák kerültek terítékre. Nehezen, de be kellett ismernem, hogy Sumru asszonynak igaza volt: a kávé és az édesség olyan szinten fellazította az eltelt hasamat, hogy tudtam volna még kóstolni valami ételt. Aztán felálltam, hogy ideje indulnom. Sumru asszony csomagoltatott nekem azokból a finom kis édességekből, de igazából a lokma ízlett a legjobban. Muzafer mondta, hogy majd ő elvisz a szállodába, úgyis viszi haza Ecét és a leendő anyósát is. Így nem ellenkeztem, csak elfogadtam. A szálloda előtt még egyszer megköszöntem az estét és elköszöntem. Csodálatos élmény volt. Azokat az ételeket hozzá sem lehet hasonlítani mindahhoz, amit az éttermekben tálalnak vagy kínálnak. A gondolataimba merülve léptem az előtérbe. Emír már nagyon várt.

– Na, milyen volt? Hogy bírtad annyi embere!?

– Neked is szia! Ki kell ábrándítanom téged. Apád lefújta a társaságot, csak mi voltunk, meg Mihrimah asszony.

– Hogyhogy?

– Apátok úgy gondolta, nagyon leterhelnének, ezért azt tanácsolta a többieknek, hogy majd egy ebédre összejövünk valamelyik szállodátok éttermében.

– Értem, akkor ezt most egyelőre megúsztad – mosolygott. – De lenne egy kérdésem.

– Hallgatlak.

– Nem jönnél le hozzám egy kicsit? Szeretnék beszélni veled.

– Ez elég komolynak hangzik, miről van szó?

– Lejössz? Légyszi, légyszi, légyszi...

– Oké, felviszem ezt és aztán jövök, addig kérek egy kávét. – A telefonom után nyúltam, és hívtam anyukámat.

– Gyermekem, már épp indultam lefeküdni.

– Nem felejtettelek el, csak vacsorára voltam meghívva. Most értem vissza a szállodába. De minden rendben van, holnap több időm lesz, mert csak a szállodához tartozó parton szeretnék tartózkodni.

– Gyermekem, nem szabadságon vagy?

– De igen, azon vagyok.

– Akkor pihenéssel töltsd, hisz' a szabadság lényege az lenne, nem?

– Pihenek, hidd el. Picikém hogy van? – kérdeztem, hogy terelni tudjak.

– Már teljesen rendben van. Folyton a nyomomban van, de már nincs gond, meg sem fogod ismerni, mikor hazajössz.

– Na, hallod, ebben nem is kételkedem. – Anyukáméknál mindig tanul valami újat a kis szeretetpamacsom. Hiányzik. Egy négyéves máltai selyemszőrű kisfiú kutyusom van. Szinte mindig együtt vagyunk.

– Akkor majd holnap beszélünk. Most megyek, lefekszem. Vigyázz magadra!

– Szép álmokat! Ti is.

Jazmine is írt – na, őt teljesen el is felejtettem. Megbeszélte a férjével a nyaralást és úgy döntöttek, elfogadják. Visszaírtam, hogy nagyon boldoggá tettek, holnap reggel fel fogom hívni és megbeszélünk mindent. Aztán gyorsan írtam Nicolnak is, hogy ma már nem tudom az egyiptomi foglalásokat intézni, holnap reggel fogom hívni és fixálni mindent. Visszaírta, hogy semmi gond, még nagyon időben vagyok így is, de nyolc óra lenne neki a legjobb.

Akkor holnap korábban megyek reggelizni; először Jazmine-nel fogok beszélni, utána Nicollal lebonyolítjuk az utazás rendelését. Jobban szeretem úgy megrendelni, hogy telefonon beszélünk, és együtt jelölünk mindent be. Az évek alatt ez jobb megoldás volt így, mert el tudtam mondani, mit és hogyan szeretnék, és így az úgy is volt. Eddig soha semmi probléma nem volt. Rápillantottam az e-mailekre, mert kértem Emilit, írják össze, ki hány fővel szeretne jönni. Három éve a nálam dolgozó emberek minden évben, novemberben kapnak egy egyhetes egyiptomi kirándulást a családjukkal vagy párjukkal együtt. Keményen dolgoznak, szinte szabadságot sem akarnak kivenni, csak ha valami fontos dolog jön közbe. Egy papírra felírtam: „reggel fel kell hívni: 1 – Jazmine, 2 – Nicol".

Elindultam le Emírhez, mert kíváncsivá tett, mi lehet olyan fontos. Bár már majdnem éjfél volt, de megígértem – és kíváncsi is voltam.

– Szépségem, azt hittem, már elfelejtettél és nem is jössz le.

– Amikor így szólítasz, mindig azt hiszem, sokkal idősebb vagy, mint én. – Ezt hallva büszkeséggel kihúzta magát, majd intett az egyik boksz irányába.

– Beszélni szeretnék veled – mondta komolyan.

– Hallgatlak, nagyfiú. Miről, vagy inkább kiről van szó?

– Aha... ez ennyire egyértelmű?

– Ha tippelnem kellene, akkor inkább valakiről, mint valamiről lesz szó – mosolyogtam rá.

– Igazad lenne. Bele is vágok a közepébe. Van két lány, mind a kettőben van valami, ami miatt szeretek velük lenni, sokat beszélgetünk és bolondozunk. De tudom, ez nem helyes. Fejezzem be, kérlek?

Gondolom, az arcom mindent elárult, azért tette hozzá.

– Folytasd, majd utána elmondom, mit gondolok.

– Egyiknek sem mondtam vagy ígértem semmit. Mind a kettő tudja, hogy van egy másik barátnőm is. De nem úgy neveltek, hogy bolondot csináljak valamelyikből is. Ahhoz nagyon fontosak nekem, de félek, lassan már kevés lesz a beszélgetés és bolondozás valamelyiknek, és választanom kell, de nem tudnék.

– Emír, az elmondottak alapján neked ők csak barátok, se több, se kevesebb, és barátok közül nem kell választani.

– Miért mondod ezt? Mind a kettő nagyon fontos nekem. Vannak fiú barátaim, de az teljesen más érzés.

– Drágám, ha szerelmes lennél valamelyikbe is, akkor a másik leányt biztosan nem vinnéd moziba vagy programra, ha mégis, akkor is csak társasággal. Ha szerelmes lennél, azt nagyon is tudnád, hidd el. Olyan fiatal vagy, és ezt most nem roszszindulatból mondom. Eddig tanultál, mert méltó akarsz lenni apád elismerésére. Jársz szórakozni is a barátaiddal, de eddig még nem érezted azt, hogy odaállnál a szüleid elé, mert szeretnél bemutatni egy leányt, akibe szerelmes vagy, és úgy érzed, az életedet vele szeretnéd leélni.

– Igen, ez igaz, most sem tudnám elképzelni azt, hogy valamelyikkel is odaállnék eléjük.

– Szerintem hívd meg mind a két leányt és beszélj velük, mondj el mindent, amit nekem is, és így nem lesz félreértés.

– Lehet, hogy tényleg azt kell tennem, de mi van, ha valamelyik – vagy mind a ketten – többet szeretne?

– Ha elmondasz mindent, és ha esetleg ők többet vártak, amit kétlek, akkor is te őszinte voltál, nem?

– Miből gondolod azt, hogy ők nem?

– Ne viccelj, két leány, és tud egymásról? Ha többet szeretnének, akkor te már szét lennél szedve darabjaidra – mondtam már nevetve.

– De egyikük barátságát sem szeretném elveszíteni.

– Pont ezért mondom, beszélj velük egyszerre, légy őszinte, és majd alakulni fog. De én is kérdeznék valamit. Mondd, miért pont velem akartad ezt megbeszélni? Szerintem anyukád sokkal jobb döntés lett volna.

– Nagyon egyszerű: a fiú barátaimmal nem szerettem volna ezt megbeszélni, a bátyám most az esküvő miatt elfoglalt, anyám... na, ja, ha anyámnak mondom el és kérek tanácsot, már biztosan az eljegyzésre készülődnék.

– Nem hiszem. Ami anyádat illeti, nagyon tisztán lát dolgokat és ti vagytok a mindenei, biztosan boldogan fogadta volna, ha hozzá fordulsz. Azt pedig, hogy a barátaiddal nem akartad ezt kibeszélni, nagyon díjazom. Tudod, ha én lennék az egyik leány a kettő közül, én biztosan örülnék, ha tisztáznánk a dolgokat.

Bárcsak ilyen egyszerű lenne számomra is a helyzet! Ha Cannal tudnánk beszélni, lehet, hogy én sem gondolnék folyton rá. Vagy még többet...

– Fáradt vagyok, azt hiszem, én most felmegyek és alszom egy keveset.

– Miattam nem tudtál lefeküdni, kérlek, ne haragudj, szépségem.

– Semmi gond, Emír, de ne hívj folyton szépségemnek, kérlek!

– Azért hívlak szépségemnek, mert nagyon szép vagy. Két éve úgy beléd voltam zúgva, hogy csak na...

– Tessék? Ezt nem hiszem el. Nem is vettem észre.

– Dobogott a szívem, a gyomromban csiklandozó érzés volt, de észre sem vettél, csak Muzafer kisöccse voltam neked, így feldolgoztam, hogy nem lesz közöttünk semmi.

– Emír, több mint tíz év van közöttünk. De nyugtass meg, hogy sohasem bátorítottalak.

– Elég volt a szépséged, a kedvességed, de nyugodj meg, ma egy nagyon szép barátnak tartalak.

– Megtisztelsz a barátságoddal, de most tényleg mennem kell. Reggel pár dolgot el kell intéznem.

– Mész valamilyen programra?

– Nem, holnap csak a tengerparton szeretnék lenni. Élvezni szeretném a tenger sós vizét a bőrömön, na meg az állatvilágot.

Felálltam, elköszöntünk, és még mindig a hallottak kattogtak a fejemben. „Szerelmes voltam beléd..." Pimasz kis kölyök. Persze, ha más mondaná, azt örömmel fogadnám. Alig bírtam elaludni. Ha Cannal összejönnék is, több minden elválasztana minket. Milyen lehet a csókja íze? Akarom ezt a pasit! De azután rögtön villogó lámpák gyúltak a fejemben: és utána?

6. FEJEZET

Nem bírtam magammal, még az este felhívtam Muzafert és kértem, másnap reggelizzen velem CeyCeynél, az nincs olyan messze a szállodától. Mondtam, hogy nagyon fontos lenne, és csak ő tud segíteni nekem. Semmit nem kérdezett, csak annyit mondott, hogy reggel nyolcra ott lesz. Igaz barát: bármikor hívtam, mindig mindenben számíthattam rá. Most nagyon bízom benne, hogy segíteni fog. Időközben rájöttem, hogy nem csak bocsánatot szeretnék kérni: utána semmiképp nem szeretném otthagyni, meg szeretném ismerni. Az, hogy ő mit szeretne, nagyon is számít, de abban bízom, ő is kíváncsi rám. Ki szeretném deríteni, mi az, ami ekkora hatást gyakorol rám, hogy szinte az őrületbe kerget, annyira vágyom utána. Vajon ő is? Másra nem is szeretnék gondolni. „Allahom", mi a terved ezzel az egésszel? Miért gyötörsz engem? Mondd, mi a szándékod? Hát ez nem én vagyok, ez nem Can Kaya.

***

Nagyon nehezen tudtam csak elaludni; lehet, hogy túlfáradt voltam. Most azonban mindjárt fel kell kelnem az ágyból és le kell zuhanyoznom, mire hozzák a kávémat. Gyerünk, Heni, a napnak el kell kezdődnie! Már a teraszon csodáltam a napfelkeltét, mire hozták a reggeli kávémat. Ez már a harmadik napom. Olyan gyorsan eltelik, de remélem, ma nyugodtabb lesz. Hisz' csak a tengerparton szeretnék lenni, ott mi is történhetne? Ez egy zárt partrész, és csak a szállóvendégek vehetik igénybe. Tehát kizárt bármiféle nem várt találkozás. Vagy mégis vágyom rá? A szívem hangosan kezdett el verni, és nem a „nem várt" gondolatra. Nézve a tengert és a sirályokat hallgatva, kezemben a kávémmal sajnos el kellett gondolkodnom. Vágyódom utána, szeretnék újra a közelében, a karjában lenni. Szeretném tudni, milyen a kaland. Még a hideg is kirázott; akkor inkább nem

is gondolok rá, a kalandokat kerüljük. Inkább lemegyek regge-
lizni, mert megőrültem, az biztos. Aztán telefonálok, és csak a
tenger és én, na meg a halak.

– Jó reggelt, ma korábban jöttél le. – Muzafer már észre is vett.

– Neked is szép reggelt... bár neked már inkább nap.

– Reggeli után tengerpart? Emír mondta.

– Igen, szeretnék ma semmittevéssel foglalkozni, bár regge-
li után van pár elintéznivalóm, de az belefér.

– Helyes. Én is lemennék, de sajnos nekem nem fér most
bele. Azt viszont tudod, hogy tegnap óriási szerencséd volt az-
zal, hogy apám stoppolta a családot?

– Ugyan már! Azt feltételezed rólam, nem bírtam volna el
a családoddal?

– Hidd el, nem feltételezem, hanem tudom, de menj regge-
lizni, te mázlista.

– Megyek is, farkaséhes vagyok – mosolyogtam. – Vissza-
felé egy tea?

– Talán majd később, az egyik barátommal megyek reggelizni.

– Akkor majd valamikor a nap folyamán összefutunk.

– Rendben, jó étvágyat!

Furcsa, hogy munkaidő alatt egy barátjával találkozik. Ilyet
még nem tapasztaltam. Lehet, hogy az esküvő miatt, meg kü-
lönben is, mit gondolkodom én ezen, nem is rám tartozik. Meg-
reggeliztem, és felmentem a szobámba. Kiültem a laptopommal
meg a telefonommal a teraszra, és felhívtam Jazmine-t.

– Szia! Tudunk beszélni pár szót?

– Szia! Te vagy szabadságon, nem én.

– Ez igaz, de neked van három gyereked. Na, de hagyjuk is.
Akkor biztosak vagytok benne, hogy eljöttök Egyiptomba?

– Igen, mindent megbeszéltünk Márióval.

– Rendben. Nagyon örülök neki. Akkor mondom. Legkésőbb
szeptember elejéig az útleveleknek meg kell lenniük. Azután át
kell küldened a számukat, amiket tovább kell küldenem az uta-
zási iroda számára. Ők addig lefoglalják névre szólóan, de érvé-
nyes csak az útlevélszámmal lesz, és átvehető is csak útlevéllel.

– Az addig biztosan el lesz rendezve.

– Ismerlek, hajlamos vagy az idővel megcsúszni. Többször rá fogok kérdezni. Ma mindent letisztázok és kifizetek. Ezért kérlek, vedd komolyan.

– Rendben. Augusztusban fogjuk megcsináltatni. A keresztfiadnak nem kell, ő tavaly kapott. De az ikreknek öt évre fogják csak megadni.

– Az tökéletes. Most viszont hívnom kell Nickolt a foglalások miatt. Puszilom a keresztfiamat és az ikreket is, majd otthon beszélünk.

A vonal bontása után bekapcsoltam a laptopom, beléptem az utazási iroda oldalára és hívtam is Nicolt.

– Szia, Nicol! Akkor most van időd rám, ugye?

– Szia, igen, persze. Akkor sikerült mindenkivel mindent megbeszélned?

– Nem volt egyszerű menet, az biztos, de megvagyunk. Akkor a szállodát bejelöltem, az a szokásos.

– Igen, látom.

– A többit elmondom szóban, te meg jelöld, légy szíves.

– Ne kímélj! – nevette el magát.

– Egy szoba nekem és a keresztfiamnak, kettő családi szoba – két felnőtt és két gyerek –, kettő szoba – két felnőtt és egy gyerek –, és egy szoba két személyre. Az én szobámat két hétre kérem, a többit november tizedikétől egy hétre. Bécsi indulással mindegyik. A repülőre, kérlek, figyelj oda, a gyerekek ne legyenek szülők nélkül, lesznek háromévesek is. Nagyon jó lenne, ha a szobák egy épületben lennének, úgy nem kellene keresgélni egymást.

– Akkor bejátszottam, ellenőrizzük együtt: Egy kétszemélyes, két hétre. Egy kétszemélyes, november tizedikétől tizennyolcig; kettő családi szoba, két felnőtt és két gyerek szintén egy hét; kettő kétszemélyes plusz egy gyerek, szintén egy hét. – Összesen hat szoba, plusz a biztosítás... az is a szokásos legyen? Bécsi indulás, mint mindig.

– Igen, azt szeretném.

– Akkor a végösszeget is látod, az előleget tíz napon belül, a többit egy hónappal az utazás előtt.

– Ne viccelj, ma vagy holnap átutalom, a hiányzó útlevélszámokat pedig feltöltöm. De négy emberét csak szeptemberben fogom tudni feltölteni, bár lehet, hogy hamarabb.

– Köszönjük szépen, hogy mindig velünk utazol. Ha bármi van, nyugodtan keress, én meg intézem a többit. Jó pihenést!

– Köszönöm, neked meg jó munkát!

Na, ez is megvan. Most irány a part! Muzafer nem volt a recepción; egy számomra idegen nő állt ott. Odamentem, megkérdeztem, tudja-e, mikor jön vissza Muzafer.

– Sajnos nem tudom, mikor jön, csak annyit mondott, dolga van. Én nem segíthetek?

– Nagyon kedves, de ha Muzafer visszajön, csak annyit legyen szíves megmondani neki, hogy Henrietta üzeni, a parton lesz, ha van ideje, jöjjön le.

– Felírom. Henriettát mondott, ugye?

– Igen, köszönöm szépen és jó munkát!

Azzal indultam is a part felé. Élveztem a gyönyörű kertet, ahol már eléggé nyüzsögtek a nyaralók is. Már láttam a tengert... olyan szép színe van, azért egy kis hajóút jó lenne. Majd mondom Muzafernek, szervezzen egyet, horgászattal együtt. Nagyon szeretek horgászni, de mindig visszaengedem a kifogott halat. Régen minden hétvégén a két testvéremmel jártunk horgászni. Nagyon szerettem, sokat nevettünk és versenyeztünk, ki fogja a több halat. Olyan szép emlékek jöttek elő. Lehet, hogy le kellene beszélnem velük, menjünk ki ismét egy hétvégén, vagy valahova a tengerre, bár Thomas mondta, hogy legközelebb jön ő is, szeretné kipróbálni a tengeri horgászatot. Biztos vagyok benne, hogy ugyanúgy jár, mint én: bele fog szeretni. Azt viszont nem tudom, a sógornőmet hogyan fogjuk felvinni a repülőre, de bízom a tesóm iránti szerelmében. A telefonom hangja zökkentett ki. Ismeretlen szám.

– Igen, Deutsch, tessék!

– Szia, Henrietta, Klára vagyok, emlékszel rám?

– Szia! Persze, hogy vagy?

– Köszönöm, jól. Megszületett az unokám, és holnap lenne időm a kávéra, ha jó neked is. De ha már van programod, akkor majd valamikor máskor.

– Nekem jó a holnap. Gratulálok a pici babához! Hol találkozzunk, és mikor?

– Itt, a kórházzal szemben van egy étterem-kávézó, ha nem lenne neked gond, akkor ott nekem jó lenne. Tudod, én először vagyok Isztambulban, még nem nagyon ismerem ki magamat.

– Semmi gond, de több kórház is van, kérd el valakitől a címet és küldd át.

– Délután megkérdezem a vejemtől és átküldöm. Fél tíz jó neked?

– Tökéletes, akkor várom a címet. Most viszont megyek, szép napot!

– Viszont! Akkor holnap.

Nagyon örülök, hogy jelentkezett. Szinte biztosra vettem, hogy nem fog, de nem azért, mert nem akar. Idegen országban van, csak a leányát ismeri, a várost viszont nem. Azután, gondoltam, úgyis el lesz foglalva az első unoka érkezése miatt. Közben leértem a partra. Ez a sós illat... istenem, imádom! Mohamed már messziről integetett, mutogatott egy bokszra, amit nekem foglalt le Muzafer. Mohamed három éve dolgozik itt, nagyon szegény családból származik. Ferzi úr egyszer az utcán találkozott vele, pont kéregetett. Megkérdezte tőle, miért kéreget. Elmondta, hogy a szülei nagyon betegek és nem tudnak dolgozni. A gyógyszereiket abból tudja megvenni, amit a turisták adnak neki. De volt olyan, hogy még azokat sem tudták hetekig kiváltani, mert nem jött össze annyi. Az akkor még csak tizenöt éves Mohamed nagyon meghatotta Ferzi urat. Így felkarolta, munkát adott neki, de volt feltétele, méghozzá az, hogy Mohamednek tanulnia kell. Ezért csak péntektől vasárnapig dolgozott. Hamar kiderült, hogy nagyon okos, és komolyan vette a lehetőséget, amit kapott. Sumru asszony az alapítványuk által segített egy jobb környékre költözni nekik. Egy év után Mohamed kérte, hogy dolgozhasson rendesen és járhasson esti iskolába. Nagyon jók voltak az eredményei, így segítettek ebben is.

– Mohamed, de jó látni téged! Hogy vagy? A szüleid?

– Üdvözlöm. Köszönöm szépen, a szüleim jól vannak, és én is. Idén végzek az iskolában és megyek főiskolára – mondta büszkén. – Ezért nagyon hálásak vagyunk Sumru asszonynak és Ferzi úrnak. Jelenleg nyugodt körülmények között élnek, ezt szeretném továbbra is biztosítani nekik. Nagyon sokat szenvedtek már.

– És mit szeretnél tanulni?

– Gazdaságtant. Fel is vettek, még az ösztöndíjat is megkaptam. Itt, a strandon, ez az utolsó évem – mondta büszkén.

– Azután hogyan tovább? Oda nappali tagozaton kell majd járnod, ha jól tudom.

– Igen, Ferzi úr szeptembertől betesz a konyhára, meg néha a pincérekhez. Azt mondta, úgy lesznek a műszakjaim, hogy tanulni meg dolgozni is tudjak. Így az egyetem alatt is tudom biztosítani szüleimnek a jó életet.

– Nagyon jó gyerek vagy, Mohamed, és okos is. Két év alatt végezted el a négy éves iskolát. Csak így tovább! – Adtam öt dollár borravalót a kezébe, amiért még hálásan kezet is csókolt, ettől meg én jöttem zavarba. Nem azért adtam, csak tiszteltem ezt a fiatal fiút mindazért, amit elért.

– Mennem kell, ne haragudjon, de ha szeretne valamit, csak intsen nekem. – Már ott sem volt, ugyanolyan alázattal vezetett egy családot egy távolabbi bokszba. Vitt nekik törülközőt, és ment a következő vendégekhez. Kirakodtam, és elindultam a tengerbe. Tudom, nem lesz olyan hőmérsékletű a víz, mint júliusban, de ahogyan beleért a lábam, meglepően kellemes meleg volt. Na, majd mélyebben biztosan hidegebb lesz, de élvezem és szeretem ilyenkor.

***

Már reggel ötkor felkeltem. Rettenetesen izgulok, vajon Muzafer mit fog szólni, és meg fog-e érteni, vagy egyáltalán segíteni fog-e nekem. Az éjjel is vele álmodtam; a legelső találkozásunk elevenedett meg az álmaimban. Olyan igazinak tűnt az egész, ám most a szemeiben felfedeztem valamit, amit akkor nem. De ismét elmenekült. Lehet, hogy van barátja vagy férje? Á, biztosan nem, akkor miért egyedül indult volna útnak? Ha én lennék a párja, biztosan nem engedném el a kezét. Hajnaltól idézem a találkozásainkat. Igen, már látom a szemeiben, ő is vonzódik hozzám. Ahogyan a pillantásunk kapcsolódott, ahogyan a teste az enyémhez simult. Meg kell tudnom, miért menekül előlem. Volt már pár barátnőm, de soha senki ilyen hatást nem gyakorolt rám. Már a legelső alkalommal, mikor a karomban tartottam, úgy éreztem, vele együtt vagyok egy teljes ember. Can Kaya végre teljes emberré vált. Ma már tudom és letisztáztam magammal, hogy én mindent meg fogok tenni azért, hogy megtudjam, mi ez az egész. Igaz, hogy ő most nyaral, és semmit nem tudok róla, de ha Muzafer segít nekem, akkor azon leszek, hogy jobban megismerjem és meghódítsam.

Közben lezuhanyoztam és felöltöztem, és egy kávéval a teraszra indultam. Közben a telefonom után nyúltam – el kell kicsit terelnem a gondolataimat, ezért édesanyámat hívtam.

– Drága Szultánám, szép jó reggelt!

– Édes, egyetlen fiam, neked is! Mikor jössz el hozzánk? Már nagyon hiányzol nekünk, apád meg Hatice húgod is hiányolnak.

– Hamarosan, drága édesanyám. Ölelem édesapámat és puszilom kedvenc és egyetlen húgomat. Gondolom, sokat tanul.

– Átadom, de jobban örülnék, ha te magad adnád át. Igen, folyton tanul, meg Mehmetnél is dolgozik, azt úgyis tudod.

– Igen, tudom, Mehmet szerint nagyon nagy jövője van az ügyvédi pályán, ezért is csapott le rá.

– Nagyon örülünk, hogy pont Mehmet csapott le rá. Nemzetközi viszonylatban az egyik legjobb ügyvéd, sokat tanulhat tőle a jövőben is. Drága fiam, veled minden rendben van?

– Igen, jól vagyok, a filmet is befejeztük. Ezzel kapcsolatban is meg akarok majd beszélni valamit veletek. A kórházba megyek ma is dolgozni, tíztől háromig. Holnap meg grillezni fogunk a barátaimmal, hisz' őket is rendesen hanyagoltam az elmúlt évek alatt.

– Az biztos, pedig míg gyerekek voltatok, mindennap reggeltől estig együtt voltatok. Együtt tervezgettétek a jövőtöket. Öröm volt látni benneteket és Muzaferrel lettetek teljesen egy csapat.

– Igen, olyanok, mintha a testvéreim lennének, ezért találtam ki a grillezést is. De minden meg fog változni.

– Na, mondd el, mi fog megváltozni!

– Anyukám, mindent el fogok mondani személyesen, ígérem.

– Igen? És mikor lesz az a személyesen? – kérdezte szemrehányóan.

– Szultánám, sok puszit küldök, de most mennem kell. Hagyd meglepni magadat.

Bontottam is a vonalat, mert anyám már kezdett csak azzal foglalkozni, mikor látogatom meg őket. Ezt valahol meg is értettem. Nagyon szeretem és tisztelem a szüleimet, és ha meg tudtam oldani, akkor biztosan egy héten belül kétszer is elmentem hozzájuk. Holnap tervezek menni, de szeretném, ha meglepetés lenne. Továbbá meg akarom velük beszélni a döntésemet a színészetről meg a modellkedésről. Tudom, nagyon fognak neki örülni, de az ügynököm előtt nekik szeretném először elmondani. Ránéztem az órára; indulnom is kell, reggel úgyis nagy a forgalom, de még mindig jobb, mint a délutáni vagy az esti. A hasam is jelzett: éhes vagyok. Felvettem a táskámat, és indultam is. Gondoltam a forgalomra, de hogy ekkora dugó lesz, arra nem, már öt percet késem. Gyorsan leparkoltam, és gyors léptekkel léptem az étterembe. CeyCey elmutatott egy irányba, így tudtam, Muzafer hol ül. Kértem, hozzon nekünk reggelit meg teát, aztán mentem az asztalunkhoz.

– Barátom, testvérem, kérlek, ne haragudj, de ez a forgalom egyre rosszabb.

– Üdvözöllek, testvérem. Igen, az egyre rémesebb. Ne aggódj, gondoltam, hogy dugóba kerültél. Még nem kértem semmit.

– Én kértem reggelit magunknak, meg teát is.

– Nagyszerű. Akkor azzal már nem kell foglalkoznunk. Mondd, testvérem, mi az a sürgős dolog, amiben csak én tudok segíteni neked?

– A legelején le szeretném szögezni, hogy ha úgy döntesz, ebben nem szeretnél segíteni, akkor sem lesz semmi baj, meg fogom érteni. A barátságunk sokkal fontosabb.

– Can, miről van szó? Kezdek ideges lenni.

Mindent a legelejétől elmondtam neki, majd folytattam a tegnapi nappal, amikor megláttam vele az étteremben.

– Amikor megláttam, nagyon nehéz volt megállnom azt, hogy ne menjek oda. Mert fogta meg a karomat, hogy gondolkodjak.

– Ha jól gondolom, azt kéred tőlem, segítsek találkozni vele. Vigyük el magunkkal a grillezésre holnap? Vagy mire gondoltál?

– Nem, oda én szeretném meghívni. Én ma délután szeretnék találkozni vele.

– Akkor csak be kell jönnöd a szállodába. Ma csak a parton lesz, ezt reggel mondta.

– Van egy tervem, lehet, sőt biztos vagyok benne, hogy ilyet tőlem még nem hallottál, de nem tudom, mi ez a vonzalom. Ki kell derítenem.

– A tervedhez kellek, de nem ismerem az ő álláspontját vagy érzéseit irányodban. Azt látom rajta, hogy sokszor elkalandozik, de szabadságon van, én erre gondoltam.

– Igen a tervem megvalósításához kérem a segítségedet. De mivel te ismered, így személy szerint nem szeretnélek belevonni sem, mert az eddigi találkozásaik nem alakultak valami jól, sőt! Azt meg nem szeretném, ha rád is megharagudna.

– Can, nem ismered... nemcsak szép és okos, de nagyon barátságos is. Lehet, hogy egy napig nem áll majd szóba velem, de meg fogunk beszélni mindent.

– Na, nekem csak a nagyon szép oldala van meg. De szeretném megismerni az okos és barátságost is.

– Most már értem, miért vagy ilyen állapotban – mosolygott egy kicsit sem megnyugtatóan, a vállamra tette a kezét és annyit mondott: – Mondd, mit tervezel, és mihez kellek én?

Elmondtam neki, mit találtam ki, és ő folyamatosan bólogatott és vigyorgott. Egy idő után nem bírtam és rákérdeztem:

– Barátom, elárulom, életedben először tényleg elkapott egy nő.

– Ezt nem értem. Ezt most miért mondod? Nem is hajlandó beszélni velem. Akkor hogyan kapott el?

– Az nem baj, ha még nem érted, de gondold végig az eddigi kapcsolataidat... éreztél már ilyet?

– Nem, de hogyan kapott el? Na, mindegy. Akkor segítesz? Örök hálám érte, ezt az „elkapott egy nő" dolgot meg majd holnap, a grillezésnél magyarázd el, rendben?

– Can, arra majd te magad rá fogsz jönni. Mikor akarod véghezvinni?

– Háromig dolgozom, öt óra körül kéne lefoglalni.

– Akkor nem mondod meg neki, hogy én segítettem?

– Egyelőre nem szeretném.

– Okos nő, ha lefoglalom, akkor úgyis rá fog jönni, hogy közöm volt hozzá. – Megszólalt a telefonja.

– Üdvözöllek, apám!

– Üdvözöllek, fiam. Mondd, nem tudod, merre van ez a leány?

– Apám, kiről van szó?

– Henit keresem telefonon, de nem veszi fel.

– Heni? Ja, ő a tengerparton van. Miért keresed?

– Mennem kell Bursába, és megígértem neki, ha megyek, eljöhet velem.

– Mikor mész, és meddig maradsz?

– Fél tizenkettőkor indulok. Ha szeretne jönni, akkor korábban megyek, felvenném a szálloda előtt. A nővérednél ebédelnénk, aztán szétnézhet egy kicsit a városban. Öt körül már szeretnék otthon lenni. Megkérnéd, hogy hívjon fel, ha szeretne jönni?

– Persze, apám, intézkedem. – Letette a telefont és rám nézet. – Minden meg van oldva. –Újra a füléhez tette a telefont.

– Mohamed, kedves barátom, mondd, látod Henit valahol?

– Muzafer, barátom, igen, most jött ki a tengerből.

– Szólj neki, légy szíves, hogy hívja fel apámat. Bursába megy fél tizenkettőkor és vinné Henit is, ha van kedve.

– Odamegyek és szólok neki. Szia!

– Köszönöm, szia.

– Na, Can, ezt elintéztük. Apám magával viszi Bursába, öt körül jönnek vissza, de majd megkérem apámat, hívjon fel, ha már Isztambulban vannak, akkor pontosabban be fogjuk tudni lőni, mennyi időd marad.

– Nem vagy semmi, testvérem. Bárhogyan is alakul, nagyon hálás vagyok, azt meg apádról úgysem fogja feltételezni, bármi köze lenne az egészhez.

– Nekem most vissza kell mennem, meg kell keresnem búvárkisasszonyt, de szerintem gondolkodás nélkül menni fog apámmal, de biztosan kell tudnom.

– Rendben, én akkor négy óra körül ott leszek. Addig, remélem, mindent be tudok szerezni. Jó munkát barátom!

– Az tökéletes. Neked is jó munkát, barátom!

***

Csodálatos ez a partszakasz. A víznek szép azúrkék színe van, a korallok is csodálatosak. Az élővilága nem közelíti meg az egyiptomi partét, de azt vettem észre, hogy évről évre több és színesebb az is. Kezdek éhes lenni. Ezen el is mosolyodtam; nemrég reggeliztem, de a nap meg a víz elég rendesen megteszi a hatását. Mohamed integetett, hogy menjek oda. Elindultam felé. Vajon mit szeretne?

– Igen, Mohamed?

– Muzafer kéri, hogy hívja fel Ferzi urat, de szerintem Muzafer is mindjárt itt lesz, mert jó ideje kerestem, vajon merre lehet.

– Köszönöm, Mohamed. Nem lehet az olyan fontos, nyugodj meg.

Elindultam a kis bokszomba, megtörülköztem, és a telefonom után kutattam a táskámban. Azta, három hívás Ferzi úrtól! Csak nem történt valami baj? Rögtön hívtam is.

– Jó napot! Keresett, ugye nincs baj?

– Szervusz, gyermekem. Nem, nincs. Maradjon is így! Azért kerestelek, mert Bursába megyek, és ha van kedved, eljöhetsz velem. Igaz, csak pár órára, de elviszlek, ha szeretnéd.

– Nem baj, ha csak pár órára, szívesen magával mennék. Mikorra legyek készen?

– Fél tizenkettőkor felveszlek a szálloda előtt. Ha kibírod, ne egyél, mert Gülbahar leányom ebéddel fog várni.

– Az nehéz lesz, de valahogyan kibírom. Köszönöm, akkor később.

Ránéztem az órára: tíz múlt három perccel. Akkor felmegyek a szobámba, gyorsan lezuhanyozom és elkészülök. De éhes vagyok, azt hogyan oldjam meg? Lehet, hogy maradt valami gyümölcs a kosárban. Összeszedtem mindenemet, intettem Mohamednek, és ahogy megfordultam, majdnem Muzaferbe futottam.

– Pont érted indultam. Beszéltél apámmal? Már engem hívott.

– Bocsánat, de nem telefonnal járok a tengerbe. Igen, beszéltem, most megyek a szobámba. Elkészülök, és megyek vele Bursába. Olyan éhes vagyok és még csak tíz óra múlt, apád meg arra kért, ne egyek, mert a nővéred ebéddel fog várni.

– Küldök fel gyümölcsöt, mit szólsz? Azzal talán kibírod.

– Erre gondoltam én is, csak abban nem voltam biztos, van-e még a kosaramban.

– Küldetek fel. Azzal kihúzod.

– Nagyon hálás vagyok. Köszönöm, most viszont megyek.

Pont végeztem a zuhanyozással, mikor ismét a korábban látott fiatal leány jelent meg egy kis kosár gyümölccsel. Adtam neki borravalót, és el is ment. A kosárral a kezemben kimentem a teraszra. A hajamat nem tudom összekötni, mert addig nem fog megszáradni, szárítót meg nem szeretek használni. Ettem a gyümölcsökből, és indulnom kellett. Bár még volt félórám, de gondoltam, egy tea Muzaferrel beleférne.

– Gondoltam, hogy előbb jössz. Gyere, ott a teánk. Üljünk le egy kicsit.

– Gondolatolvasó vagy, és nagyon jó barát is. – Már megint olyan érzésem van vele kapcsolatban, mintha valamit titkolna. De végül is nem kell mindenről beszámolnia, nem vagyunk olyan kapcsolatban. Ha rám tartozik, úgyis el fogja mondani, ha eljön az ideje.

– Azért azt nem mondanám, de ismerlek; tudtam, hogy korábban jössz, az meg nagyon jólesik, hogy jó barátnak tartasz, mert én is így gondolom. Gülbahart még nem ismered, ugye?

– Nem, még nem ismerem, de most örülök a lehetőségnek.

– Gülbahar ugyanolyan, mint anyánk, csupa szív nő, szeretni fogod nagyon. A férje Nazif, őt is szeretni fogod, vicces, ugyanakkor nagyon bölcs. Már öt éve házasok.

– Köszönöm a teát, de indulok, mindjárt itt van apád.

– Érezd jól magadat! Üdvözlöm Gülbahart!

– Átadom! Jó munkát! – azzal indultam is. Pont kiértem, az autó is megállt. Intettem a sofőrnek, hogy maradjon nyugodtan, megoldom egyedül.

– Isten hozott, gyermekem. Ugye nem baj, hogy hívtalak, gyere velem?

– Üdvözlöm. Dehogy baj, nagyon hálás vagyok érte. Már nagyon régóta el szerettem volna menni Bursába, de eddig még mindig kimaradt.

– Sok időd sajnos nem lesz: megebédelünk, és utána, ha szeretnéd, a sofőröm elvisz a városba egy kicsit körülnézni.

– Azt nagyon megköszönném.

Többet nem beszélgettünk, mert azt mondta, valamit át kell néznie Gülbaharék szállodájával kapcsolatban. Én néztem a suhanó tájat, és ahogyan távolodtunk Isztambulból, az én szívem is úgy lett egyre nehezebb. Már teljesen tisztában voltam az okával: Can. Sajnos be kellett ismernem, elég volt az a négy találkozás és beleszerettem. Tudom, nem lehetséges, hogy bármi is legyen közöttünk, de beleszerettem. Nem hazudhatok tovább magamnak. Vagy nem is szerettem belé? Mi van, ha csak azért érzem így magamat, mert nem hagytam beszélni és elmenekültem? De ahogyan egymásba kapcsolódott a pillantásunk, ahogyan magához ölelt és hozzásimultam, olyan természetes volt. Úgy éreztem, ezer éve ismerjük egymást és egyek vagyunk. Lehet, hogy valahogyan meg kéne keresnem és lehetőséget adni egy beszélgetésre, ahol bocsánatot is tudnék kérni. Mert, valljuk be, nem voltam éppen barátságos vele. De sohasem volt még ilyen hatással rám senki. A szemei olyan sötétbarnák voltak, akár már feketének is lehetne mondani, és a szája...

– Gyermekem, megérkeztünk, gyere.

– Ne haragudjon, elgondolkoztam. – Pont a legjobb pillanatban. A szálloda csodálatosan nézett ki kívülről, már égtem a vágytól, vajon milyen lehet belülről. Gülbahar a bejáratnál várt minket. Megdöbbentően hasonlított Sumru asszonyhoz. Bár pár évvel fiatalabb volt, de akár testvérek is lehettek volna.

– Édesapám, isten hozott! – Szinte repült az apja karjaiba.

– Édes gyermekem, szépséges leányom, üdvözöllek.

Mikor üdvözölték egymást, Ferzi úr bemutatott minket.

– Isten hozott, Henrietta. Már nagyon sokat hallottam a nevedet, most nagyon boldog vagyok, hogy személyedet a nevedhez köthetem.

– Üdvözöllek, Gülbahar, én is hasonlóan érzek.

– Gyertek, már biztosan éhesek vagytok. Bevallom, én már nagyon.

– Hát, én is nagyon éhes vagyok, de bevallom, indulás előtt ettem pár falat gyümölcsöt.

– Leányaim, akkor miért még mindig itt, az ajtóban állunk? Gyerünk!

Teljesen magával ragadott a szálloda belseje: modern, mégis igazi török. Imádtam, szívesen megnéztem volna a szobákat is. Asztalhoz ültünk. Nazif majd később készült csatlakozni, mert valamelyik beszállítójukkal tárgyalt. Gyönyörű volt minden. Pincérek hozták az ételeket, közben semleges dolgokról beszélgettünk. Gülbahar annyira szimpatikus volt, szinte mintha a testvérem lenne. Ferzi úr is bekapcsolódott párszor, de hagyta, hogy inkább mi ismerkedjünk. Ebéd után pohárkrémet hoztak, meg kávét.

– Szerintem valamikor eljövök hétvégére, akkor lenne időm bejárni Bursát is, meg többet beszélgethetnénk.

– Szívesen látunk. Odaadom a telefonszámomat, és bátran hívj bármikor.

– Akkor elpártolsz Isztambultól, gyermekem?

– Nem! – Ezt szinte olyan gyorsan rávágtam, hogy fel is vonta a szemöldökét.

– Apa, év közben úgyis többet jön hétvégére, egyet csak tölthet nálunk, nem? Az nem elpártolás.

– Na, két nővel próbáljon szembeszállni egy férfi – nevette el magát.

Megjött Nazif, nagyon fess fiatal férfi, és ahogyan megszólalt, tudtam, Muzafer nem túlzott. Az apósát nagyon szereti és tiszteli. Ha lesz majd időnk beszélgetni, biztosan jól ki fogunk jönni, de most nincs. Egy kicsit sajnálom is. Indultak az irodába, mire én közöltem, hogy elmennék körbenézni egy kicsit a

Koza Hanhoz, Muradiye Complexhez, valamint a bursai nagymecsethez. Még nem tudom, mire lesz időm. A bazárba Ferzi úrral megyünk, ha itt végez. Elköszöntem, és a sofőr, Ömer már vitt is a bursai nagymecsethez. Képen és filmben már nagyon sokszor láttam, lenyűgöző volt úgy is, de így, élőben, teljes nagyságában varázslatos. I. Bajazid szultán építtette. Húsz kupolája és két minaretje van, és az óvárosban áll. Már látom is, lenyűgöző látvány kívülről. Vajon belülről? Ömer leparkolt, én pedig kipattantam. Visszaszóltam, hogy a telefonom nálam van, azon elér. De megtorpantam: nem is tudja a számomat. Visszamentem és lediktáltam, azután becéloztam a hatalmas kapukat.

A főkapun belépve szinte elakadt a lélegzetem, olyan gyönyörű látvány tárult elém. Úgy éreztem magamat, mint Aliz Csoda országban. Szinte tele volt emberekkel, gyerekekkel, de ez most sem zavart. Mentem a szép szökőkút felé. Ott leültem, és csak néztem mindenfelé. Ismét bent voltam egy mecsetben, amely az ezerháromszázas években épült. Ki tudja, meddig ültem és ittam magamba a hely szépségét. Ezután a szökőkutat néztem, majd elindultam a tömeg után, és az épület szebbnél szebb részei tárultak elém. Teljesen el voltam varázsolva. A telefonom hangja törte meg a varázslatot. Ferzy úr volt az.

– Igen?

– Drága gyermekem, indulnunk kellene a bazárba.

– Indulok akkor kifelé – mondtam kissé lehangoltan, hisz' a negyedét sem láttam a mecsetnek. De visszajövök, ígértem meg az épület nagykapujánál. Ömer nyitotta az autó ajtaját, és meglepve vettem észre, hogy Ferzi úr már odabent ül.

– Felhívtam Ömert, hogy jöjjön értem. Te addig is maradhattál; tudom, mennyire szereted ezeket az építményeket – mondta rögtön, amint beszálltam.

– Értem, de csalódott vagyok. Még a negyedét sem láttam, és máris jöhettem ki. – Ezen jót mosolyogtam, mert olyannak tűntem, mint egy gyerek, aki nem kap meg valamit, amit nagyon szeretne. Vagy nem azt kapja. Ferzi úr is olyan jóízűen nevetett.

– Te tényleg ezeknek a kupolás építményeknek a szerelmese vagy.

Ezt azért nem mondanám így, de azt igen, hogy ha léteznek épületek vagy építmények, amik magukkal tudnak ragadni, akkor azok a kupolás épületek, amelyeknek története van, vagy a piramisok, amelyeknek csak mítoszai. Most még jobban megerősödött bennem, hogy hamarosan Bursába kell jönnöm pár napra. A bazár itt is elég nagy volt, de messze nem közelítette meg az isztambulit. Pár üzletbe benéztem, míg Ferzi úr elment az egyik ékszerész barátjához, azután leültünk egy teát meginni és ott mondta, hogy hétvégén lesz Sumru asszonnyal a negyvenedik házassági évfordulójuk, amire szeretnének engemet is meghívni.

– Nagyon szépen köszönöm a meghívást, de ez egy családi ünnep.

– Drága gyermekem, immár négy éve a családunk része vagy, és ha „Allah" is úgy akarja, továbbra is az leszel. Tehát?

– Szívből gratulálok maguknak! Azt már kimondani is sok, nem hogy jóban-rosszban leélni. Maguk nagyon szerencsések.

– Köszönjük szépen. Igen, valóban sok, de úgy elrepült, szinte észre sem vettük.

– Ha a megfelelő társat találja meg az ember, akkor nehézség eltörpül.

– Ezt nagyon jól mondod. Még így, negyven év után is azt érzem, ő az én másik felem, ugyanolyan szerelmes vagyok belé, mint amikor igent mondott.

– Nagyon szerencsések. Kívánok még sok szép közös napot maguknak!

– Ugye, akkor eljössz? Szeretnélek a családom tagjai között látni téged, na és megígértem azt is, hogy megismerheted a család apraja-nagyját. Kell ennél jobb lehetőség? Muzafer fiam három barátja is jön, ők is olyanok, mintha a gyerekeink lennének. De menjünk, közben induljunk Isztambulba.

– Rendben, elmegyek, de csak akkor, ha komolyan nem fogok senkit zavarni.

– Kit zavarnál? Sumru a lelkemre kötötte, hogy mindenképpen szeretné, ha ott lennél. A gyerekeinket ismered, igaz, még nem mindegyiket, de ott lesznek Muzafer barátai és a családunkon kívül a közeli barátaink is. De zömében a te korodbeliek lesznek, plusz-mínusz pár év.

– Ott a helyem. – Az út többi részében nem beszélgettünk, de ahogyan közeledtünk Isztambulhoz, az én szívem is úgy kezdett hangosan dobogni. Ferzi úr a telefonján írt valamit, nem akartam zavarni, azt meg csak remélni mertem, hogy nem hallja, milyen hangosan is dobog a szívem. Olyan jó lenne ha Cannal barangolhatnám körbe, fedezhetném fel Bursát! De gyorsan el is vetettem, hiszen ismert színész, két lépést sem tudnánk tenni. A szálloda előtt Ferzi úr megfogta a karomat. Bocsánatkérőn néztem rá – már megint elkalandoztam. Megköszöntem, hogy magával vitt, és kiszálltam az autójából. Nem volt kedvem bemenni, olyan mehetnékem lett, szinte gyalog neki tudtam volna vágni a nagyvilágnak. Megint szerelmes vagyok, de ezt végképp ki kell űznöm a szívemből. El is indultam a Boszporusz irányába; ott majd kisírom magamat, utána biztosan jobban fogom érezni magamat.

– Heni, hallod? Várj már meg! Heni!

Muzafer hangja zökkentett ki a gondolataimból. Gyorsan megtöröltem a szemeimet, úgy fordultam felé.

– Bocsáss meg, el vagyok gondolkozva.

– Azt látom, de te sírtál. Baj van?

– Ismersz négy éve, és tudsz nagyon sok mindent rólam, de most egyedül szeretnék lenni.

– Apám mondott valamit? Heni, kérlek, barátok vagyunk. Igyunk egy erős kávét, és van meglepim is neked.

– Nem, apád nem csinált semmit, nagyon jól éreztem magamat, másról van szó.

– Gyere, iszunk kávét, és anyám küldött süteményt, ez lett volna a meglepetés. Közben beszélhetünk egy kicsit, és ha utána menni akarsz, hagyni fogom. Na, gyere!

– Muzafer, mondd, mi a baj velem? – Elindultam a szálloda felé.

– Semmi baj nincs veled, de nem értem, most mi az, ami ennyire összezavart. Ülj le ide, hozom a süteményt és kérek kávét.

Leültem az egyik bokszba. Nem is értem, mi ez az érzés most rajtam, hiszen eddig teljesen jól éreztem magamat. Aztán persze Canra gondoltam. Muzafer kezében egy kis dobozzal tért vissza, a pincér pedig hozta a kávékat.

– Muzafer úr, még nem vagyunk készen, kellene még tíz vagy tizenöt perc.

– Bayazit, ints, ha készen van minden, addig tartom a frontot. Légy szíves, mondd meg a többieknek.

– Ne haragudj, de folyton mindent kézben kell tartanom, sokszor azt sem tudom, hol áll a fejem.

– Én meg itt még le is foglallak.

– Nem, most az a fontos, hogy miért vagy ennyire magad alatt.

– Találkoztam egy férfival, de nem lehet semmi sem közöttünk több okból, azokat nem szeretném most megvitatni. De mindig ilyen férfiak kerülnek az utamba... nem értem, én miért nem lehetek boldog valaki oldalán? Mit vétettem? Mondd! Te, mint férfi, mondd meg, rám van írva: használjatok ki és rúgjatok belém?

– Heni, gyönyörű nő vagy, nagyon okos is. Lehet, hogy túlságosan görcsösen szeretnéd... egyél egy sütit. Jót fog tenni.

– Persze, abban biztos vagyok, áldás édesanyád kezeire. – Bekaptam az első falatot, valami mennyei íze volt. Beszélnem kell Sumru asszonnyal... pár receptet leírhatna, meg is tudnám venni itt a hozzávalókat, akkor otthon készíthetnék én is.

– Át fogom adni édesanyámnak. De térjünk vissza egy kicsit hozzád. Mindenki megérdemli, hogy szeressék és viszont szerethessen. Amikor megtalálod azt az embert, akit neked szánt a sors – vagy téged neki –, csak fogadd el.

– De mi van akkor, ha megint egy csapdába kerülök? Nem azért dolgozom négy éve keményen az életem helyreállításán, hogy esetleg egy plátói szerelem tönkre tegye. Most végre hallom a szívemet, érzem. Érted?

– Értem, de nyugodj meg. Szerintem menj fel és zuhanyozz le. Jobban leszel, és ha még akarsz, nyugodtan kimehetsz sétálni a Boszporuszhoz. Mit szólsz?

– Köszönöm, most én is úgy érzem, az jót tenne, egy jó kis zuhany, utána séta. Megyek is. Később találkozunk.

– Menj, szépségem.

– Na, mi van, átmentél Emírbe? Ő hív mindig így. – Ezt már mosolyogva mondtam.

– Azt ugye tudod, hogy szerelmes volt beléd?

– Igen, valamelyik éjjel bevallotta. Pimasz kis fráter, de szeretem nagyon – azzal beszálltam a liftbe, de még hallottam, amint Muzafer azt mondta, küldet fel még egy kávét. Jólesett a gondoskodása – mintha a bátyám lenne. De a liftben megint elkapott a vágy, hogy nekem is kell egy hús-vér ember, aki a másik felem, aki a partnerem és a szerelmem. Ki kell vernem a fejemből és a szívemből is Cant, nincs helye egy plátói szerelemnek az életemben. Még csak megkeresni sem tudnám. Kiszálltam a liftből és elindultam a szobámba. Kinyitottam az ajtót és tátva maradt a szám, földbe gyökereztek a lábaim. Visszaléptem, megnéztem, biztosan a háromszázhetvenhetes szobába léptem-e. A szám stimmelt, így újra beléptem. Istenem, mi ez? A szoba folyosójától a nappalin keresztül egészen a teraszt körbeölelve virágcsokrok voltak elhelyezve. Ezt nem értem. A terasz asztalán egy hatalmas kékrózsa-csokor várt, benne egy boríték. Elvettem, lassan kibontottam.

„Kérlek, ne menekülj, adj egy esélyt arra, hogy személyesen bocsánatot kérhessek. Szeretném enyhíteni a fájdalmat, amit okoztam. Szeretnélek megismerni.

Can Kaya"

Kezemben az üzenettel leültem a teraszra. Ez lehetetlen. Hogyan talált meg? A liftben döntöttem el, hogy véget kell vetnem ennek az egésznek, most meg telerakta a szobámat és a teraszomat csodálatos virágokkal, amelyek finoman illatoztak.

***

Gondolatimba merülve indultam a szállodába. Muzafer felhívott, hogy a virágok megérkeztek, és folyamatosan hordják fel a szobájába. Én nem akartam felmenni, csak amikor már ott van ő is, ezért kértem, hogy a kékrózsa-csokrot olyan helyre tegyék a szobában, ahol a legjobban szeret lenni. Mivel nem tudtam, melyik az ő kedvenc virága, így többfajta csokrot rendeltem több színben, és egyet rendeltem harminckét szálból az én kedvenc virágomból. Kértem, hogy az legyen az ő kedvenc helyére rakva. Kértem egy üres kártyát, amit személyesen szerettem volna megírni. A szállodába érve rögtön Muzafer irodájába mentem, hogy még véletlenül se vegyen észre, ha esetleg korábban jönne vissza. Megírtam az üzenetemet, és Muzafer személyesen vitte fel. Adtam neki pénzt, hogy ossza szét azok között, akik segítettek. Kezében teával jött vissza. Ez most nagyon rám fér, izgulok, mint egy tinédzser.

– Barátom, ez nagyon húzós volt. Apám az előbb írt, öt perc és itt lesznek.

– Korábban jöttek, de készen van minden, már csak abban reménykedem, hogy nem fog elküldeni.

– Igen, azt mondta, öt körül jönnek, de még csak fél lesz. Testvérem, nekem ki kell mennem.

– Igaz barátom vagy. Nem tudom, hogyan fog végződni, de nagyon, nagyon köszönöm. – Felálltam és megöleltem. Azzal el is ment, egyedül maradtam a gondolataimmal. Kíváncsi vagyok, lesz-e a virágok között olyan, amit szeret, és hogyan fog reagálni. Elküld vagy meghallgat? Este szeretném vacsorázni vinni a kedvenc éttermembe... vajon eljön? De olyan lassan telik az idő. Szeretnék ezen túl lenni. Bármit is fog mondani, el kell fogadnom. Vagy legalábbis meg fogom próbálni elfogadni. De miért nem jön Muzafer? Ránéztem az órára; félórája elment. Egyszer csak megjelent.

– Can, baj van! – Az arckifejezéséből is egyből kiderült volna számomra, még ha nem is mondja.

– Ne kímélj, megtudta valakitől, ugye?

– Can, eléggé fel van dúlva, úgy össze volt zavarodva, hogy ahogy kiszállt apám autójából, egyből sírva elindult a másik irányba, alig tudtam rábeszélni, hogy jöjjön velem és igyon meg egy kávét. Most ment fel a szobájába.

– Akkor induljak én is? Vagy ne is menjek? Te jobban ismered.

– Nem tudom, testvérem, hogyan fog reagálni. Mióta én ismerem, még ilyen állapotban sohasem láttam. Azt tudom, hogy még azelőtt, mielőtt megismertük, nagyon sok mindenen ment keresztül. Mikor először jött, apám és anyám nagyon sok időt töltött vele. – De akkor most mi történt? Apáddal volt. Azt mondtad, apád nem mond neki semmit. Lehet, hogy mégis elmondta?

– Nem, apám csak annyit tud, hogy öt előtt nem szabad viszszaérnie, ha mégis, akkor írjon nekem. De este el kell mondanom neki mindent, azt tudod?

– Hívd fel apádat, lehet, hogy ő tud valamit.

Elővette a telefonját.

– Üdvözöllek, fiam! Mondd, miért hívtál?

– Üdvözöllek, apám! Apa, nem tudod mi a baja Heninek? Olyan zavarodott volt, be sem akart jönni a szállodába.

– Fiam, fogalmam sincs. Beszélgettünk, azután elgondolkozott. Hagytam; azt hittem, Bursa miatt szomorkodik: nagyon csalódott volt, kevés ideje maradt körbenézni, de azután azt mondta, pár napra lemegy. Felhívjam? Vagy szóljak anyádnak?

– Nem kell, most ment fel a szobájába zuhanyozni, mondtam, hogy küldök fel kávét.

– És a meglepetés, hogyan sikerült?

– Azt még nem tudom, de hamarosan ki fog derülni. Otthon mindent el fogok mondani. Jó pihenést!

– Jó munkát, fiam!

– Apám sem tud semmit. Azt mondja, hazafelé el volt gondolkozva, de ennyi.

– Akkor, testvérem, felmegyek, nem bírom én ezt már. – Most még jobban hajtott a vágy, hogy átkaroljam, és védjem még a széltől is. Remélem, a virágok annyira megenyhítették az irányomban, hogy nem csapja rám rögtön az ajtót.

– Mindjárt hoznak két kávét, mondtam neki, hogy küldetek fel. Azután sok sikert, testvérem. Összeillenétek nagyon.

– Megvárod, míg lejövök?

– Mindenképp, sok sikert!

A kávékkal a kezemben elindultam. Ozán, az egyik pincér jött velem, mutatta, merre menjek és hova kell bekopognom. Az ajtó előtt intett, majd ő továbbment, én meg összeszedtem a bátorságomat és bekopogtam. Kinyitotta az ajtót, de nem nézett rám.

- Vidd ki, kérlek, a teraszra, mindjárt megyek én is.

Azta, de szépen megcsinálták! De csak az ajtót csuktam be magam mögött – inkább megvárom itt. Olyan szép volt, a haja jó sűrű, hullámos, és derekáig ért. Nekem a nő akkor igazi nő, ha hosszú a haja. Mindegy, meddig ér, csak ne sportos vagy féloldalt felnyírt legyen. Megjelent az ajtóban, ahová korábban bement, és egyenesen rám emelte a tekintetét. A csodálatos aranybarna szemeit. Kezd melegem lenni.

- Kérlek, mielőtt bármit is mondasz, hallgass meg. Na és itt a kávéd is a kezemben – nyújtottam felé.

- Szia! – Lassan oda lépett elém, és elvette az egyik bögre kávét. Elindult a terasz felé, én meg nem mertem utánamenni, így vártam.

- Can, nem jössz? Vagy az ajtómban fogod meginni a kávédat? – Úgy meglepődtem, hogy majdnem elejtettem a kávémat. Utánamentem a teraszra – az is nagyon szép volt –, és megláttam a kékrózsa-csokrot a terasz asztalán. Tehát itt szeret a legjobban.

- Köszönöm szépen a virágokat, de nem gondolod, hogy túlzás? Mielőtt bármit is mondanál, engedd meg, hogy én mondjak valamit.

- Én köszönöm, hogy elfogadtad és nem zavartál el rögtön, mikor észrevetted, hogy nem a pincér vagyok.

- Sokat gondolkoztam... – Odasétált a korláthoz és a tenger felé nézett.

Allahom, hogyan lehet ennyire szép? Csak úgy ittam a látványát, élveztem az illatát, hallgatni szeretném a hangját. Visszafordult felém, és odajött. Leült velem szembe, és egyenesen a szemembe nézett, azután folytatta:

- Sok filmedet láttam, volt olyan, amit törökül háromszor is megnéztem. Nem lettem szerelmes beléd, ha most ezt gondolod. De egy nagyon vonzó férfinak tartottalak, és így, élőben még inkább az vagy. Tudom azt is, hogy Fatma a barátnőd. Nagyon jól összeilletek, mégis olyan élményt adott számomra a film nézése, hogy néha éreztem a jelenlétedet. Régóta, pontosan négy éve járok Törökországba. Álmomban sem gondoltam azt, hogy az első napomon, mikor is nyaralásomat megkezdem – vagy akárhányadik napon –, pont beléd ütközöm. Amikor ez megtörtént, csak el akartam menekülni. Az okát nem ismertem, de amikor még kétszer megjelentél, már tudtam, hogy értelmetlenül elrohantam és szégyelltem magamat. Amikor a gyalogátkelőnél láttalak, megijedtem, milyen hatással vagy rám. De pont ma azon gondolkodtam, hogy valahogyan meg kellene találnom téged, bocsánatot kellene kérnem és magyarázatot adnom – úgy talán megnyugtatnám a lelkiismeretemet. – Elhallgatott. Nem csak szép, de még bocsánatot is tud kérni. A nyílt beszéd teljesen leblokkolt. Olyan szívesen magamhoz ölelném, de nem ronthatok ajtóstól a házba. Azt is érzem azonban, hogy ez nem a teljes igazság, de most ez sem érdekel. Tudom, ahogyan a szemeimbe néz és nem bír elszakadni, ugyanúgy, ahogyan én sem. A levegő csak úgy szikrázik közöttünk, de valamiért próbál távolságot tartani. Ez után a vallomás után már azt is tudom, ha nemet mondana, az sem tudnám elfogadni. Összeszedtem a gondolataimat.

– Most nagyon megleptél, de köszönöm szépen. Komolyan sajnálom, hogy szinte beléd rohantam, na meg azt a kék foltot ott a válladon, amit én okoztam. – Odanéztem a vállára, ahol még ott volt a folt.

– Nem szerettem volna fájdalmat okozni, és főleg nem ilyen látványosat. – Lehajtottam a fejemet, mert elszégyelltem magamat.

– Ne törődj vele, ez szinte normális nálam. Elég, ha a testvéreimmel szórakozunk, és már ott is virít az ujjaik nyoma a bőrömön. Bár tényleg azt hittem, hogy egy oszlopnak ütköztem. Ma már nem fáj, de azt is mondtam, hogy ugyanúgy az én hibám is volt. A telefonomat kerestem, és nem figyeltem. – Kedvesen mosolygott rám. A szívem majdnem kiugrott a helyéről.

– De ez engem akkor is rosszul érint. Már aznap tudtam, hogy valahogyan meg kell találjalak. Beszélni akartam veled. Mikor megtudtam, hogy ebben a szállodában szálltál meg, gondoltam, küldök virágot, de nem tudtam, melyik a kedvenced vagy melyik színű...

– Ezért küldettél ennyi fajtát? – mosolygott rám, s a szemei csillogtak. Nem tudom, meddig bírom.

– De sikerült a legkedvesebb virágomat is a csokrok közé rakatnod.

– Ennek nagyon örülök. Megmondanád, melyik az?

– Ez legyen az én titkom – kacsintott rám.

– Rendben. Nos, mivel nem tudtam, melyik a tiéd, így az én kedvenc virágaimmal üzentem.

– Ennyi virágot egyben csak virágüzletben láttam. Csodálatosak, és az illatuk mennyei. De úgy döntöttem – és remélem, nem sértelek meg –, hogy szólok a barátomnak, miszerint két csokron kívül vigyék a szálloda különböző helyiségeibe, hadd gyönyörködhessen bennük mindenki.

– Tieid a virágok, azt csinálhatsz velük, amit szeretnél. – Kicsit rosszulesett, mert én azt szerettem volna, hogy csak ő gyönyörködjön bennük. Biztosan észrevette, hogy nem esik valami jól, mert folytatta:

– Nagyon sok plusz munkát adna a takarítónak és nekem is mindennap lecserélni a vizet. De ha megkérem Muzafert, és megosztva szétrakják a recepcióra, bárba, étterembe, akkor a gondozásuk is egyszerűbb lenne. Megérted? Ugye?

– Igen. Ebbe én bele sem gondoltam. Igazad van. Melyik két csokrot tartod meg? Cserébe áruld el nekem!

– Az természetesen az én titkom marad. – Átlátott rajtam.

– Ez akkor a harmadik titok, amit nem osztasz meg velem. Ezért kérhetek cserébe valamit?

Még a szemei is mosolyognak. Szeretném megismerni közelebbről. De még mennyire!

– Nem árulom el egyiket sem, de te nem vagy valami jó matematikából.

– Ezt kikérem magamnak. Mindig is kitűnő voltam belőle.

A megjátszott felháborodásomon nagyon jót nevetett.

– Kétszer mondtam, de lehet, hogy ez nem a te napod. Ne add fel! – Ismét rám kacsintott.

– Az igaz, hogy kétszer mondtad ki, de háromszor gondoltad. – Erre nem tudott mit válaszolni; olyan volt, mint egy kisgyerek, aki lebukott.

– Mit szeretnél kérni?

– Mivel te nem akarod elmondani egyik titkodat sem, ezért el szeretnélek vinni a kedvenc helyemre vacsorázni ma. Mit válaszolsz?

– Nem tudom, Can... nekem ez egy kicsit sok... a virágok, a vacsora.

– Nem szeretnék tolakodni, ne érts félre.

– Tudod mit? Elfogadom. Hány órakor jössz értem?

– Fél nyolc előtt tíz perccel a szálloda előtt foglak várni, fél nyolcra foglalok helyet. Rendben?

– Mivel igent mondtam, így fél nyolc előtt kint leszek. De most, ha megbocsátod, dolgom lenne addig.

– Értettem, és hogy izgalmasabb legyen, a recepción egy borítékba leírom az egyik titkodat. Mit szólsz?

– Szóval játszani akarsz. Ám legyen!

Felálltam és közelebb mentem hozzá, lehajoltam, és mint a régi barátok, két puszit adtam az arcára, aztán gyorsan megpördültem és elindultam az ajtó felé.

Muzafer már nagyon várt.

– Barátom, egy órája majdnem felmentél. Mondd, mi volt...

– Testvérem, nagyon szépen köszönöm. Olyan hálás vagyok neked, ezek után bármit kérhetsz tőlem. Kérlek, adj egy borítékot, papírt és egy tollat.

Nem értette, de belenyúlt a fiókba és kért dolgokat a kezembe nyomta. A papírra csak annyit írtam: „A kedvenc virágod az én kedvenc virágom is. C.K.", majd beletettem a borítékba, amire ráírtam: „Henrietta", és odaadtam Muzafernek.

– Kérlek, amikor lejön, ezt adjátok oda neki. Várj, te nem hatig vagy csak itt?

– De igen, mindjárt indulok. De ne aggódj, itt hagyom szem előtt, és ha én nem is leszek itt, meg fogja kapni. De úgy látom, ebből valami lesz. Mondtam én: Can Kayát elkapta úgy istenigazából egy nő.

– Ezt majd holnap tényleg fejtsd ki, légy szíves, de most mennem kell, este vacsorázni jön velem. Jó pihenést, barátom, és holnap várlak benneteket Ecével.

– Neked meg sok sikert!

Az autóból felhívtam az éttermet és kértem a kedvenc asztalo-
mat fél nyolcra. Bízom benne, tetszeni fog neki is. Hazaérve egyből
a fürdőbe mentem, gyorsan lezuhanyoztam, átigazítottam a szakál-
lamat, a hajamat pedig kontyba fogtam hátul. Törülközővel a dere-
kamon kimentem a konyhába, és készítettem egy teát. A telefonom
hangja csendült meg a nappaliban. Ránéztem a kijelzőre: Ferzi úr.

– Üdvözlöm! Miben segíthetek? Ugye nincs baj? – Hirtelen
azt hittem, valamelyik unokája miatt hívott.

– Drága fiam, két ügy miatt hívlak. Az első az lenne, hogy
szeretnélek meghívni hétvégén a házassági évfordulónkra Sum-
ruval, remélem, ráérsz. A második ügy az, amiről a fiam most
mondott el mindent. Remélem, nem fogod bántani azt a leányt,
nagyon fontos nekünk.

– Uram, ismer engem gyerekorom óta. Tudja maga is, hogy
nem fogom bántani. Jelenleg az a tervem, hogy minél boldogab-
bá tegyem és jobban megismerjem. Azt, hogy hogyan fog alakul-
ni, most még nem tudom, de azt igen, hogy én mit szeretnék.
Most csak annyit mondhatok: vigyázni fogok rá.

– Helyes, fiam. Tudod, szinte fiamként szeretlek, de felké-
pellek, ha csak szórakozol vele.

– Igen, tudom, és megtisztel vele. Egy biztos: komolyabb ré-
szemről a dolog, mint szórakozás.

– Fiam, drukkolok nektek, összeillenétek. Muzafer jól mond-
ta. Kellemes estét kívánok nektek.

Le is tette, de holnap biztosan elkapom Muzafert. Addig nem
megy sehova, míg el nem magyarázza ezt az „elkapott" dolgot.
A tea elmaradt, inkább gyorsan felöltöztem. Sötétkék farmert
és egy fehér, lenge inget vettem fel, a bőrkabátomat is fogtam,
és indultam is. Pont tizenöt perccel korábban érkeztem: még öt
perc, és újra láthatom. Soha nem akartam még így semmit, mint
most azt, hogy velem legyen újra.

***

Még mindi a teraszon ültem, kezemben a kártyával és arcomon
az illatával, de nem értettem, hogyan tudott megtalálni. Olyan

nagy ez a város... és miért mondtam igent a vacsorameghívásra? Igen, felmerült bennem, hogy meg kéne keresnem és beszélnem kellene vele, de még ki sem gondoltam, ő már megint egy lépéssel előttem volt. Normálisan beszélgettünk, még élcelődtünk is egymáson. Most már képtelen vagyok nem gondolni rá, most még jobban meg szeretném ismerni, de az az egy biztos: mi barátok soha nem lehetünk, annál mélyebbek az érzéseim. Benne is tombolnak irányomban, ebben is biztos vagyok. De lehetetlen: ott van a barátnője, Fatma. Elmegyek vele vacsorázni, beszélgetünk, azután visszajövök és le kell zárnom. De képes leszek rá?

Telefonom után nyúltam.

– Muzafer, kérlek, később küldj pár embert a szobámba.

– Heni, gond van, hogy egy nem elég?

– Nem, nincs, csak a szobám tele van virágcsokrokkal... gondolom, te ezt jól tudod.

– Igen, tudom, de...

– Semmi „de". Kérlek, küldj fel később embereket és rakjátok ki a szállodában valahol, ahol mindenki csodálhatja őket.

– Nem tetszenek?

– Dehogynem, de naponta gondozni egyedül a takarítónak nagyon leterhelő lenne, viszont ha szétrakjátok, úgy megosztódna a munka is.

– Értelek, és igazad is van. Intézkedem, lejössz egy teára?

– Nem. Vacsorázni megyek, és el szeretnék készülni. Majd holnap bepótoljuk. Ja, Muzafer, az a két csokor, amit a terasz asztalán látnak, maradnak. Jó pihenést, úgyis nemsokára letelik.

– Neked meg kellemes estét!

Azután felhívtam édesanyámékat, pár mondatban megbeszéltük a mai napot – mondjuk azt kifelejtettem, hogy találkozom egy férfival és vacsorázni visz. Ezt követően gyorsan a fürdőbe indultam. Gyorsan lezuhanyoztam, kisminkeltem magamat, hajamat egészen a fejem búbjánál lófarokba fogtam. Belebújtam abba a fehér csipkeruhába, amit a minap vettem, egy nem túl magas sarkú körömcipőbe, fújtam magamra a kedvenc parfümömből, és a szintén most vásárolt bőrkabátomat a karomra fektetve a kikészített fehér laptáskámért nyúltam. Abban a pillanatban kopogtak; három pincér jött zsúrkocsikkal. Megmutattam, melyik két csokor marad, adtam nekik pénzt, azután indultam is. Szeretek mindig pontosan, de ha lehet, korábban érkezni mindenhova. A recepciónál Dilara volt, aki utánam szólt és átadott egy borítékot. Ezt már el is felejtettem. Mosolyogva átvettem és ki is nyitottam: kíváncsi lettem, melyik csokrot vagy virágot írta. „A kedvenc virágod az én kedvenc virágom is." Egyértelműen a kék rózsa, hiszen mondta is. Felpillantottam; pont akkor állt meg az autóval a bejárat előtt. Can Kaya, csak ne lennél ilyen hatással rám! Lassan elindultam, mert egy pillanatra meginogtam. De amikor kiszállt az autóból és kinyitotta nekem az ajtót, közben rám mosolygott, minden aggodalmam tovaszállt. Úgy nézett ki, mintha épp egy újság címlapjáról lépett volna le. Tökéletes! Pont ilyennek kell lennie, és ha még lehetne is közöttünk komoly kapcsolat, az már több lenne, mint tökéletes.

– Jó estét! Nagyon, nagyon csinos vagy! – Elhittem neki.

– Jó estét! Köszönöm szépen, de ami azt illeti, te sem panaszkodhatsz. – Kissé elszégyelltem magamat. Beültem az autóba. Mire ő is beszállt, én már be voltam kötve. Felém fordult, és kaptam egy szál kék rózsát.

– A borítékot átveted?

– Igen. – Nem bírtam a szemeimet levenni az övéiről; vonzottak, csillogtak.

– És? Nem mondasz rá semmit?

– Oké, egy titkomat megfejtetted: a kék rózsa a kedvenc virágom, mert a kék a legkedvesebb színem, és a rózsának tövisei vannak, mert olyan... – Közbeszólt, és meglepetésemre ő fejezte be.

– Olyan, mint az élet: vannak bukkanók, akadályok, de ha a megfelelő társsal járod, akkor mindent le tudtok küzdeni, hogy szép legyen. Akárcsak a rózsa virága.

– Pontosan ugyanezt akartam mondani. – Meglepett vagy megdöbbentett – nem hittem, hogy valaki ezen a bolygón még ugyanígy gondolja. Gázt adott, és a kikötő irányába hajtott. Ott egy motorcsónak várt, ami átvitt minket a Kiz Kulesi toronyhoz (sokan úgy ismerik: Szűz Torony). Egyszer voltam itt Emírrel, ezért tudom, hogy van fent egy étterem is, de oda sajnos akkor nem tudtunk beülni. Azt is mesélték, hogy nehéz helyet szerezni, de mivel Can azt mondta, ez a kedvenc helye, így biztosan bármikor tud foglalni. Vajon ez most miért is lep meg? Híres ember, jó reklám. Vagy csak azért hozott ide, hogy ne tudjam faképnél hagyni? Felértünk az étterembe, ami nagyon szép, hangulatos volt. Egy olyan asztalhoz vezettek, ahonnan a tengert és Isztambul egy részét is lehetett látni. Csodálatos volt. Nem tudom, hogyan fog alakulni az este, de az biztos, hogy ez a látvány már megérte. Boldog voltam, hogy ezt a pillanatot vele élhetem át először. A szívem hevesen és elég hangosan vert, csak remélni tudtam, hogy ő nem hallja. Közben felvették az italrendelést.

– Nagyon szép ez a hely, köszönöm.

– Tudtam – vagy legalábbis reméltem –, hogy neked is tetszeni fog. Eddig ide mindig csak egyedül jöttem.

– Hogyhogy? – Ez nagyon meglepett.

– Nézz csak körbe! – Kezével a lábunk előtt fekvő, nyugodt, sós illatot árasztó tengerre és a kivilágított Isztambulra mutatott. – Innen nem olyan békés minden?

– Pont ezért... a látvány miatt nem értem, miért csak egyedül jöttél eddig ide.

– Sokszor egy nehéz nap után csak nyugalomra vágytam. Tudom, akár otthon is maradhattam volna, de kellett Isztambul energiája, szépsége – eddig. A tenger mindig megnyugtat, a sós illata egyszerűen fantasztikus. Itt minden megvolt, és ezt csak egyedül szerettem élvezni – eddig.

– Valahol nagyon is megértem – néztem újra körbe –, de hogy miért engem hoztál ide, azt viszont nem. Persze nagyon örülök, és köszönöm.

– A „miért" legyen most az én titkom – kacsintott rám, amitől a szívem teljesen beindult, még arra sem emlékszem, vert-e már így.

– Azt mondtad, sokat jársz Isztambulba. Ide miért nem jöttél még el?

– Voltam itt körülbelül két éve Emírrel, de az étterembe akkor nem tudtunk feljutni – mondtam csalódott hangon.

– Nehéz ide bejutni, az egyszer biztos, de ha egyszer sikerül, a rabja leszel és még egyszer, még, még szeretnéd ezt a látványt. – Most pont ez fogalmazódott meg bennem is – mosolyogtam rá. Közben a pincér kihozta az italokat azután megkérdezte:

– Sikerült választaniuk, Can úr?

Can rám nézett.

– Henrietta, ugye eszel húsféléket? Nem csak zöldségeket?

– Természetesen, mindenevő vagyok. Miért?

– Akkor engedd meg, hogy én rendeljek neked is.

Becsuktam az étlapot, amit meg sem néztem. Hogyan néztem volna meg, mikor ilyen látvány volt előttem? Most nem csak a tengerre és Isztambulra gondolok.

– Oké, legyen. Lepj meg.

– Kemal, kérlek, hozd a kedvenc ételemet mindkettőnknek.

– Rendben, Can úr. – Elvette az étlapokat és magunkra hagyott. Körbenéztem; ez a hely egy szinte eldugott része az étteremnek, de innen minden látszik. Pont, mint az operákban a páholy.

– Nem vagy kíváncsi, mit fogunk enni?

– Nem, mondtam, mindenevő vagyok, és bízom az ízlésedben.

– Ezzel most nagyon megtisztelsz, de majd később kiderül. Milyen gyakran jársz Törökországba?

– Isztambulba – javítottam ki.

– Oké, Isztambulba.

– Minden évben, márciusban két hétre jövök szabadságra, azután munka miatt, vagy csak hétvégére párszor, az változó.

– Akkor ez egy nagy szerelem. – Ezt inkább magának jegyezte meg.

– Igen, az, de erre még így nem is gondoltam.

Az este ismerkedéssel, kérdésekkel és válaszokkal telt. Az ételt is meghozták, s olyan finom volt, hogy minden egyes falatot eltüntettem a tányéromról, amin Can jót mosolygott. Édességet nem kértem, de egy kávét igen.

– Milyen fajta hal volt ez?

– Nem a hal volt a lényeg, hanem ahogyan elkészítik, és mindig csak friss halból. Egy különleges pácban készítik, de nem mondják el, pedig hidd el, már sokszor megpróbáltam megszerezni.

Ezen mind a ketten jót mosolyogtunk, mert ahogyan ezt mondta, olyan volt, mint egy durcás, nagy gyerek. Átnyúlt az asztalon, és megfogta a kezemet. Szinte kővé dermedtem az érintésétől; felkavaró érzéseket keltett életre bennem: vágytam rá, hogy átkaroljon, simogasson, hozzá akartam bújni egészen közel. Észnél kell lennem, van barátnője. Erőt vettem magamon, és elhúztam a kezemet. Azután, hogy teljesen ki tudjak józanodni, megkérdeztem:

– A barátnődnek, Fatmának – direkt mondtam a nevét is ki – nem esik rosszul, hogy más nőnek küldesz egy egész virágboltnyi virágot és más nővel vacsorázol egy olyan helyen, ahova még őt sem hoztad? Vagy „amit a szem nem lát, a szívnek nem fáj"-alapon intézed?

– Nagyon sértő rám nézve, hogy azt feltételezed, ha lenne barátnőm, akkor is itt ülnék veled. Fatmával majdnem fél éve nem vagyunk együtt, mert rájöttem, hogy nincs közös jövőnk. Más nő meg nincs az életemben, így elszámolnom sem kell senkinek.

– Ne haragudj, nem akartalak megbántani, de én úgy tudtam, olvastam, másodszor jöttetek össze, és most elég komoly a dolog.

– Igen, együtt voltunk két évig, azután szakítottunk. De úgy éreztem, kell adnunk még egy esélyt egymásnak, aztán ismét úgy alakult, hogy felkértek egy főszerepre és Fatma lett a partnerem a forgatás alatt. Össze is jöttünk, de nagyon gyorsan letisztult bennem, hogy nem vagyok szerelmes – és soha nem is voltam az – belé. Teljesen más kötötte le a szabadidőnket: míg én pihenni, a tengerre és meghitt együttlétre, ő partizni, bulizni, szórakozni vágyott. Nem tudtam elképzelni vele a hosszú, közös jövőt, ezért szakítottam vele. De hivatalosan még nem lett bejelentve.

– Ne haragudj, nem akartam tolakodó lenni, de a minap valahol még együtt jelentetek meg, ebből gondoltam.

– Nem vagy tolakodó, nyugodtan kérdezz bármit. Az is igaz, hogy együtt jelentünk meg, de ez egyelőre még az ügynökeink kérése volt. Elméletileg a héten fogják bejelenteni a kapcsolatunk végét.

– Sajnálom. De azért barátok maradtok, vagy csak kollégák?

– Ne sajnáld! Szerintem mindenki megérdemli azt a párt, akivel teljes embernek érzi magát és életük végéig kitart a szerelmük, szeretetük és tiszteletük egymás iránt. Barátok maradunk, mert tisztelem, mint kollégát és mint embert, de nem több.

– Olyan furcsa nekem ez. – Közben kérte a számlát, fizetett, és elindultunk a lifthez. Amikor bezárult az ajtaja, felém fordult, megfogta a kezeimet és mind a kettőt megérintette a szájával. A lábaim remegni kezdtek, hozzá akartam bújni, szerettem volna a számon érezni érzéki ajkait.

– Eddig engem nem zavart, de amikor legelőször találkoztam veled, onnantól sehol sem jelentem meg Fatmával.

– Nem értem, mi közöm van nekem ehhez? – Pillantásom az övébe kapcsolódott, s lelkem mélyén tudtam a választ, de azt is, hogy esélytelen az egész. Abban is biztos voltam, hogy valami különleges vonzalom van kettőn között – kölcsönös vonzalom. Kiszálltunk a liftből és olyan zavarban voltam, hogy csak később vettem észre: kéz a kézben sétálunk a parkoló felé. De nem húztam el; többet akartam.

– Mit szólnál, ha sétálnánk a Boszporusz ezen partján?

– Jólesne egy kis séta.

Valamiben megbotlottam, és az mentett meg ismét a földre eséstől, hogy ölelő karjaiban, szorosan a testéhez simulva találtam magam. Éreztem a szíve dobbanását, szinte hallottam is a dallamát – vagy az az enyém volt? Felnéztem rá, hogy megköszönjem, de a szemeiben olyan tűz égett, ami magával ragadott, és nem érdekelt semmi. Éreztem a leheletét a számon, s a csókjára szomjaztam. Tele voltam vággyal.

– Jól vagy? – Csak ennyit kérdezett, de nem mozdult.

– Igen, köszönöm. – De elvesztem, minden józan gondolatom eltűnt, azt akartam, ennek a pillanatnak soha ne legyen vége. Ezzel ő is így volt: nem engedett el, ölelt, a pillantásával szinte minden vágyamat kielégítette. Az ajkai alig érezhetően érintették az ajkaimat. Várt... Akkor egy pillanatra visszatért a józan ész, és eltoltam magamtól.

– Sétálunk tovább? – Csak ennyit bírtam kérdezni.

– Nem szívesen, de ha ezt szeretnéd, akkor igen. Ne érts félre, de lenne jobb ötletem.

Megfogta a kezemet és úgy indultunk tovább. Kellett egy kis idő, mire mind a ketten meg tudtunk szólalni. Értettem, mire gondolt a „jobb ötlet" alatt. Én is szívesebben maradtam volna a karjai között.

– Köszönöm, hogy most nem menekültél el. – Felemelte és megcsókolta a kezemet.

– Can... – Hogyan maradjak józan, ha így hat rám.

– Igen? – kérdezte lágy, búgó hangon.

– Mind a ketten érezzük, hogy valami van közöttünk. – Elhallgattam és szembefordultam vele, szemeit fürkésztem, hátha okosabb leszek.

– Igen, én is így érzem. Azt hittem, soha sem ismernéd be. Rémisztő, és egyben édes érzés is. Amióta találkoztunk, sem éjjelem, sem nappalom, csak te vagy minden gondolatom szereplője. Megrémiszt, mert soha senki ilyen hatást nem gyakorolt még rám, és félek, ha elmész, többet nem láthatlak. Azt nem bírnám elviselni; már az is az őrületbe kergetett, hogy hogyan találjalak meg. – Megsimogatta az arcomat és megcsókolta a homlokomat. Magához húzott és ölelt.

– Ez kölcsönös, de sajnos lehetetlen. Can, két külön országban élünk, ugye tudod?

– Én a jelen pillanatban csak azt tudom, hogy soha eddig senki ilyen hatással nem volt rám. Ezek az érzések teljesen újak, még pontosan megfogalmazni sem tudom, mi ez.

– Valami hasonló érzések tombolnak bennem is, de te itt élsz, színész vagy, lehet, hogy egy forgatáson majd beleszeretsz valakibe... és akkor? Én jelenleg három ország között ingázom, nem fér bele még egy. – Annyira akarom őt, hogy szinte fáj, de kivitelezhetetlen. Ha beleszeret valakibe, olyan sérülést okozna, amit nem biztos, hogy fel tudnék dolgozni, és biztosan újra száműzném a szívem hangját. Nem adhatok esélyt a reménynek, de azt sem akarom, hogy ne láthassam vagy beszélhessek vele.

– Can, azt azért nem értem, hogyan tudtál megtalálni. Csak a keresztnevemet tudtad. Mégis hogyan tudtad kideríteni?

– Szóval tereled a témát. – Kissé lehangolt volt a hangja.

– Igen, értelmezhetjük így is. Nos? Hallgatlak.

– Rendben, meg fogod tudni, de most még nem. Napoljuk! Oké? Nem válaszoltam. Nagyon kíváncsi voltam, de feszegetni sem szerettem volna a témát. Átkarolta a derekamat és magához húzott. Kezével az állam alá nyúlt és felemelte a fejemet, hogy a szemébe nézzek. Végem van!

– Oké, rendben. Akkor az én kérdésemre a válaszod? – Nem bírtam ki, tudni szerettem volna.

– Holnap munka után a barátaimmal grillezni fogunk nálam. Szeretném, ha eljönnél.

– Can... – toltam el magamat tőle, és el is indultam visszafelé az autóhoz. Nem azt kérdeztem, mit fog holnap csinálni. Miért nem lehet válaszolni egy egyszerű kérdésre? Visszanéztem, de még mindig ugyanott állt, ahol hagytam. Ezt a férfit nem lehet nem szeretni, őt muszáj szeretni. Ez a mondat, ahogyan megfogalmazódott bennem, rögtön a fájdalmas valóság is ott volt. Nők százai epekednek érte, ebben biztos vagyok, és most már én is.

– Nem jössz? – kérdeztem tőle, mire elindult és utol is ért. Átkarolt és magához húzott; úgy ölelt, mintha ki tudja mióta nem tudott volna megölelni.

– Azt hittem, megint itt akarsz hagyni. Nagyon szépen kérlek, többé ne hagyj faképnél sehol!

– Nem ígérhetem meg. Most sem hagytalak ott, csak te nem jöttél.

– Mert ledöbbentem és azt hittem, a szállodáig meg sem fogsz állni.

– Can, én feltettem egy egyszerű kérdést, amire semmi választ nem kaptam. Helyette elkezdted mondani a holnapi programodat. Ha nem akarsz most válaszolni, csak egyszerűen mondd azt. Ilyen egyszerű. – Közben úgy simultam hozzá, mintha kötelező lenne. A hajamat simogatta, majd odahajolt a fülemhez és belesúgta:

– Ha kérdezel valamit, akkor légy szíves hallgasd végig a választ, mert nem fejeztem be.

– Jó, ezt meg tudom ígérni. Akkor hallgatlak.

– Nos, holnap grillezni fogunk. Szeretném, ha eljönnél te is, vagyis pontosítok. Ha tudni szeretnéd, hogyan tudtalak megtalálni, akkor ott a helyed a grillezésen, és hidd el, mindent meg fogsz tudni.

– Ez nem túl sok találkozás? Ma a délutánt és az estét is együtt töltöttük, holnap meg menjek el hozzád a grillezésre, hogy választ kapjak a kérdésemre? Gondolom, azért grilleztek a barátaiddal, mert velük szeretnél lenni. Biztos vagy benne?

– Semmi másban jelen pillanatban nem vagyok ennyire biztos. Szeretnélek holnap is látni, és választ kapsz a kérdésedre, ígérem. De mivel visszafelé indultál, gondolom, szeretnél a szállodába menni.

– Hát, szerintem nem ártana. Eléggé késő lehet, meg az előbb mondtad, hogy holnap dolgozni mész. Tudod, én szabadságon vagyok, nekem mindegy, de neked pihenned kell. – Felemeltem a kezemet és megsimogattam az arcát. Becsukta a szemeit, úgy adta át magát az érzésnek. Olyan megható pillanat volt, hogy gondolkodás nélkül apró kis puszikkal követtem a kezemet. De hirtelen megfogta a kezeimet.

– Igazad van, gyere, visszaviszlek a szállodába. – Az autóig kéz a kézben sétáltunk vissza. Kinyitotta az ajtót nekem, mikor a kocsihoz értünk, megvárta, míg beültem, azután követett ő is. Megfogta a kezemet és lágyan megcsókolta, a pillantása az én tekintetembe fúródott közben. Végül elindult. Kicsit bántam, mert ez azt jelentette, hogy vége van ennek az estének és még csak a csókja ízét sem érezhettem, de boldog voltam, mert így nem áltathattam magamat. A szálloda előtt kiszállt és kinyitotta az ajtót. Mikor kiszálltam, magához húzott és az ajka az én ajkaimat érintette, simogatta, azután lágyan megcsókolt. Erre ösztönösen még szorosabban simultam a karjaiba. A csókja mélyen izgató és édes volt. Nem húzódtam el, hanem viszonoztam, s a szám kissé szétnyílt, hogy utat engedjen a nyelvének. Nem késett: a nyelve a számban az enyémmel egy őrjítően mámorító játékba kezdett. El is felejtettem, hol vagyunk. Kezeimmel a tarkóját simogattam, közben édes vágy sóhaja hagyta el a szánkat. Abbahagyta; hirtelen nem is értettem, miért, de azután rájöttem: a szálloda előtt, az utcán vagyunk. A mellkasa gyorsan emelkedett – ez a vágytól volt –, éreztem férfiasságának keménységét is, ami még jobban serkentette az én vágyamat is. Szemei szinte feketék voltak a vágytól. Akar engem, pont úgy, ahogyan én őt.

– Jelenleg a világ legboldogabb férfijának érzem magamat. Köszönöm.

Még mindig a csók és vágy hatása alatt voltam, így kissé nehezen szólaltam meg.

– Azt hiszem, a legboldogabb, az kölcsönös.

– Átküldöm a címemet. Ami a holnapi napot illeti, kérlek, most ne mondj semmit, fél hétkor várni foglak. – Megcsókolt lágyan, röviden. – Várni foglak nagyon, s reménykedem abban, hogy meggondolod magadat.

– Rendben, átgondolom – azzal elindultam, de utánam szólt:

– A telefonszámod nélkül nem tudom átküldeni, és – benyúlt a hátsó ülésre – ezt is itt felejtetted.

Visszaléptem, elvettem a virágot, és a felém nyújtott telefonba beleírtam a telefonszámomat. Azután lehajolt, és egy édes, rövid csókot kaptam.

– Szép álmokat, Henrietta!

– Köszönöm az estét, és neked is szép álmokat! – azzal el is indultam.

Dilara valamit olvasott, de amint az ajtó becsukódott, rám mosolygott és megkérdezte, szeretnék-e valamit kérni a szobámba. Mondtam, hogy most nem kérek semmit, jó munkát kívántam és beszálltam a liftbe. Hosszú volt a nap, csak pihenni szerettem volna, elég későre járt. A szobába érve egyből a teraszra mentem, a Hold fényében gyönyörködtem pár percig, aztán el is mentem aludni.

***

Útban hazafelé eszembe jutott, hogy reggel első dolgom lesz Muzafert felhívni. Meg kell kérnem, hogy ne mondjon semmit Heninek, és el kell mondanom, mit terveltem ki. De jó lenne, ha ők hat órára már nálam lennének! tudom, hatig dolgoznak, de biztosan meg tudják oldani. Bár még az sem biztos, hogy Henrietta el fog jönni, hiszen csak annyit mondott, átgondolja. A mai este eddigi életem legszebb estéje volt, ezért is érzem, hogy holnap itt üdvözölhetem. Bár érzem rajta, hogy próbál távolságot tartani, de ugyanúgy érez, mint én; a csókja és a teste, ahogyan hozzám simult, erről adott bizonyságot. Hiába kutatok az emlékeimben, nem tudom, éreztem-e valaha ilyet. Ez az érzés nagyon új, de nagyon jó is. Lehet, hogy nekem ő az igazi szerelem? Ám az, hogyan fog alakulni, nem csak rajtam fog múlni. Ezzel a gondolattal mentem a szobámba; ideje lefeküdnöm, holnap reggel dolgoznom kell. Az éjjelt, ami még hátravolt, úgy átaludtam, mind egy gyerek.

7. FEJEZET

Reggel kipihenten és boldogan keltem fel, pedig az elmúlt napokban nem nagyon tudtam aludni és mindig úgy keltem a kevés alvás miatt, mint akit agyonvertek. Ma viszont kipihenten, tettre készen. Zuhanyozás után megreggeliztem, és a kávémmal meg a telefonommal kimentem a kertbe. Kikerestem Muzafer számát, és hívtam is.

– Jó reggelt, barátom!

– Jó reggelt, testvérem! Már akartam írni, mert lassan jön le reggelizni Heni és nem tudom, hogyan viselkedjek.

– Akkor időben hívtalak. Ne szólj neki semmit, viselkedj úgy, mint máskor. De azt akarom kérni, hogy gyertek Ecével hatra. Meg tudnád oldani?

– Meg tudom. Engem Emír fog váltani, majd megkérem, jöjjön előbb. Ece pedig ma csak négyig dolgozik. De várj! Ezek szerint nem sikerült beszélned vele?

– De, beszélgettünk, nagyon szép volt az este, viszont nem mondtam el neki azt, hogyan találtam meg. Azt mondtam, ha tudni szeretné, akkor ma fél hétre jöjjön el ő is a grillezésre, ott mindent elmesélek.

– Az ránk nem fog valami jó fényt vetni, de majd megbeszélem vele.

– Ne aggódj, testvérem, nem lesz gond; tudja, hogy a barátaimmal fogunk grillezni.

– Ha te mondod, hiszek neked. Tudod, most nem lenne jó, ha haragudna, mert Ece ruhája tőle lesz.

– Milyen ruha? Ezt most nem értem.

– Majd este elmondjuk. Amúgy miről beszélgettetek, ha azt sem tudod, mivel foglakozik?

– Arról, hogy ki mivel foglalkozik, nem volt szó, de én egyelőre nem is akarom elmondani. Majd eljön annak is az ideje. Ha pedig ma mégis úgy dönt, hogy eljön, akkor úgyis látni fogtok mindent.

– Ez vagy te! – nevette el magát. – Talpig úriember. Semmit sem mondasz, pedig nem is részletes beszámolót kértem. Az mit jelent, hogy „ha úgy dönt"?

– Először nemet mondott, de amikor kiszállt az autóból, azt ígérte, át fogja gondolni. De én biztos vagyok benne, hogy jönni fog.

– Mitől vagy ennyire biztos benne?

– Tudni szeretné, hogyan találtam meg, és azt is tudja, hogy a grillezésen megkapja a választ.

– Le kell tennem, most jött le. Jó munkát!

– Neked is, barátom – azzal ki is nyomott.

Indulnom kellett nekem is, de annyi energiát éreztem magamban, majd' szétvetett. Már az autóban ültem, mikor a telefonom kijelzőjén az ügynököm nevét olvastam. Bekapcsoltam a ki hangosítót.

– Üdvözöllek, Selim.

– Üdvözöllek, Can. Gondolom, úton vagy, így gyors leszek.

– Igen, már úton vagyok a kórházba. Hallgatlak.

– Nem a döntés miatt hívtalak, azt gondold végig úgy, ahogyan megbeszéltük. A film miatt, amit befejeztetek múlt héten, a döntésedtől függetlenül még kétszer meg kell majd jelenned a nyilvánosság előtt, plusz három hét múlva lesz egy parti, ahol a színészek, a stáb, és mindenkinek a párja hivatalos. Aztán egy hét múlva lesz egy fotózás; erre még nem adtam választ, de ma estig mindenképp válaszolni kell.

– Milyen fotózásról lenne szó? A modellkedést teljesen befejeztem, az biztos.

– Az utolsó film jeleneteiből készülne pár kép.

– Tehát azt mondod, erre mindenképpen menjek el.

– Mivel még nem adtunk ki nyilatkozatot a folytatásról vagy visszavonulásról, így igen, hiszen ezzel lenne a film maximálisan reklámozva.

– Rendben, akkor a fotózást megcsinálom. Van még valami?

– A partin, ami három hét múlva lesz, be tudjuk jelenteni a döntésedet is. Ott lesz a sajtó és a tévé is. Azt viszont tudnom kell, hogy egyedül jössz vagy hozol valakit; le kell adnom a létszámot.

– Párral megyek.

Remélem, vagy legalábbis nagyon szeretném, ha Heni elkísérne.

– Akkor azt intézem. Hagylak is. Jó munkát!

– Köszönöm, neked is jó munkát! – A vonal bontása után szorongató érzést éreztem. Olyan automatikusan mondtam, hogy párral megyek, pedig még azt sem tudtam száz százalékig, ma el fog-e jönni. Az arcát, szemeit és a mosolyát idéztem fel, és egyből jobban lettem. Fogtam a táskámat és elindultam az épületbe: az ajtó után csak dr. Can Kaya leszek. Ez nagyon boldoggá tett, mert szeretem a hivatásomat.

***

A reggeli kávémat ittam a teraszon, és csodáltam már ki tudja hányadszor a napfelkeltét. De mindig elvarázsol, sőt ma még jobban, mint máskor. Nyugodtan aludtam, boldognak érzem magam, de a fejemben ott van a kérdés: menjek vagy ne menjek? A barátaival van programja. Rajta kívül nem ismerek senkit. Biztosan nehezen tudják összehozni, hogy találkozzanak. Ha odamennék, akkor valószínűleg elvonnám a figyelmét. Viszont szeretném megtudni, hogyan sikerült megtalálnia. De ha nem megyek, a telefonszáma megvan, felhívhatom vagy írhatok neki, és megtudhatom később is. Sajnos nem hiszek abban, hogy lenne bármi esély is a kettőnk kapcsolatának, így lehet, hogy többet nem is kéne találkoznunk. Ő itt, én ott… lehet, hogy működne fél évig, vagy még addig sem. Szerelmes vagyok, ezt már nem tagadhatom – legalábbis magamnak nem –, és ez az érzés meg sem közelíti azt, amit bárki iránt is éreztem eddig. Pár percig szabad utat adtam a kicsorduló könnyeimnek, utána rendbe szedtem magamat; egy kis smink csodákra képes. Lementem reggelizni. Fél tízkor Klárával találkozom.

Az majd segíteni fog a gondolataim elterelésében. Miután kiszálltam a liftből, Muzafer intett, így elindultam felé. Pont a telefonját rakta le.

– Szép jó reggelt! – Majd a szemei aggodalmat tükrözve vizsgáltak.

– Jó reggelt neked is! – próbáltam mosolyogni, de még nem tudtam rendesen összeszedni magamat.

– Te sírtál? Baj van? Segíthetek valamiben?

– Nagyon kedves vagy, de ebben nem tudsz, ezt magamnak kell megoldania. Ne aggódj, kicsit nosztalgiáztam a múlton és eljátszottam a jövővel. – Félig füllentettem, mert nem volt kedvem beszélni róla vele, bár valakivel nagyon jólesett volna megbeszélni ezt az egészet, az biztos.

– Rendben, de ha van bármi, amiben segíteni tudok, kérlek, ne habozz. Szólj nyugodtan.

– Ece dolgozik ma?

– Igen, de szerintem telefonon tudtok egyeztetni programot, vagy menj el a szállodába. Esetleg hívd fel édesanyámat.

– Majd felhívom valamikor, úgyis kell még legalább egyszer találkoznunk.

– Mosolyogj, olyan szép vagy, ne csüggedj! Tudod, az édesanyám azt szokta mondani: „A múltunkon már nem tudunk változtatni, de a jövőnkön igen.".

– Nagyon bölcs az édesanyád, és milyen igaza van, de most ezt nekem kell megoldanom; döntenem kell valamiben, valamiről. – Ezt már inkább magamnak mondtam, mint neki. – Most megyek reggelizni.

– Visszafelé kávé vagy tea, közösen?

– Nagyon jó lenne, de fél tízkor találkozóm lesz, szerintem ebédre sem érek vissza. Délután bepótolhatjuk.

– Köszönöm, hogy szóltál, be is írom. Ma korábban megyek el, akkor halasszuk holnapra. – Szinte csalódott volt; nagyon sokat szoktunk beszélgetni, ahhoz képpest most alig volt rá időnk. Ecét viszont lehet, hogy felhívom: nagyon jóban vagyunk, lehet, hogy tudna tanácsot is adni. Bár nem olyan jó ötlet, mert ő most élete legszebb napjára készül, nem terhelhetem.

– Jó munkát, Muzafer! – Nem volt időm megvárni, míg válaszol, mert a telefonom megszólalt, a kijelzőjén Gülbahar nevével.

– Szia, Heni, kérlek, ne haragudj, hogy zavarlak.

– Szia, nem zavarsz, csak meglepődtem, de lehet, hogy pont a legjobbkor hívsz.

– Azért hívlak, mert Isztambulban leszek, és ha lenne kedved velem ebédelni, az nagyon jólesne. Olyan rövid időt tudtunk csak beszélgetni.

– Szuper lenne, de most egy ismerősömmel találkozom, és nem tudom, meddig fog tartani.

– Ha ma nem érsz rá, akkor majd valamikor. Meddig vagy még Isztambulban?

– Még tíz napig, de már most elszomorít, milyen gyorsan telnek a napok.

– A tíz nap szuper. Mi lenne, ha lejönnél egy napra hozzám? Beszélgethetnénk, jobban megismerhetnénk egymást, bár én úgy érzem, régóta ismerjük egymást.

– Mikor gondoltad a mai találkozást?

– Ebédre. Előtte el kell mennem egy kivizsgálásra, délután pedig vissza kell mennem az eredményekért.

– Baj van?

– Nem telefontéma, de remélem, nincs.

– Mit szólnál, ha fél tizenkettőkor találkoznánk a Boszporusz Étteremben? Ott tudnánk beszélgetni. Amúgy én is úgy érzem, ezer éve ismerlek, mégsem tudok semmit. – Ezen mind a ketten jót nevettünk.

– Szerintem az tökéletes. Én meg is érkeztem a kórházba. Akkor az étteremben várni foglak, szia.

– Szia.

Gülbahar most a legjobb pillanatban hívott fel, de remélem, tényleg nincs baja. Valóban nagyon szimpatikus volt az első találkozásunkkor. Nagyon jó barátok leszünk, ez biztos. Gondoltam, ha Bursában leszek, akkor sokat fogunk beszélgetni, de megelőzött, és az sem rossz ötlet, hogy egy napot most ott töltsek.

Megreggeliztem, aztán felmentem a táskámért. Egy utolsó pillantás a tükörbe, azután indultam. Leintettem egy taxit, kértem, vigyen a címre, amit Klára korábban átküldött. Pont szálltam ki a taxiból, mikor ő is odaért.

– Szia, Heni! Pont egyszerre értünk ide. Nagyon örülök, hogy ráértél.

– Szia, Klára! Szerintem, ha akartuk volna, akkor biztosan nem sikerült volna egyszerre ideérnünk. Örülök, hogy felhívtál.

– Már gondoltam rá korábban is, de nem tudtam elszabadulni, meg tudod, ez a város nagyon nagy nekem. Reggel a vejem behozott a kórházba, azután taxival elmentem a házukba. Bementünk a kis étterem-kávézóba, és leültünk egy üres asztalhoz. A pincér hozott étlapot, ha esetleg szeretnénk reggelizni, de nem kértük, így csak kávét és üdítőt rendeltünk.

– És, mesélj, megszületett az unokád?

– Igen, ma tizenegykor engedik haza őket. Most még vizsgálatok vannak, azért tudtam eljönni. Neked hogy telik a szabadságod?

– Akkor még egyszer gratulálok, jó egészséget kívánok és boldog babázást.

Megmutatta a kisleányt, egy nagyon szép, formás babát, akinek olyan sok haja volt, hogy akár hajasbaba is lehetett volna. Klára is teljesen ki volt cserélve – hiába, az első unoka. Elmondta, hogy két hét múlva megy haza és egy héttel később az újdonsült papával jönnek egy hónapra, hogy minél több időt tudjanak együtt tölteni, azután a lánya is megy egy hónapra. Addig, míg nincs a kicsinek iskolai kötelezettsége, a lányáék fognak gyakrabban Magyarországra utazni, utána meg majd ők jönnek többet. Valahol ez így logikus is. Még pár dologról beszélgettünk, aztán már lassan tizenegy óra felé járt az idő. Elnézést kértem és elmondtam, hogy egy barátommal lesz találkozóm. Elbúcsúztunk, azután taxit fogtam és elvitettem magamat a Boszporuszhoz. Ott még úgy gondoltam, maradt elég időm leülni egy padra és gondolkodni egy kicsit. Ha elmegyek este Canhoz, akkor úgysem fogjuk kibírni, hogy ne érjünk a másikhoz, az pedig reményt adna, miszerint van esélyünk a közös jövőre. De az lehetetlen: engem Magyarországhoz köt az életem, hisz' gyerekorom óta minden álmom az volt, őt viszont ide kötik a forgatások és a munkája. Azt nem is tudom, van-e civil foglalkozása. Én nem akarok ide költözni; szeretem ezt az országot, de Magyarország a szívem országa. Viszont ha nem megyek el ma, tudom, életem végéig bánni fogom. Mit tegyek?

A telefonom szakított félbe.

– Gülbahar?

– Heni, én itt vagyok. Látom, te meg a padon ülsz... nem jösz-sz? Éhes vagyok.

– Ne haragudj, indulok is.

Az étterem irányába néztem, és pont megpillantottam Gülbahart. Intettem a kezemmel, azután indultam is. Igaz, ami igaz, én is éhes voltam.

Mikor odaértem, felállt, átölelt és adott két puszit: úgy üdvözölt, mint itt a helyiek a barátaikat. Leültem, és kértem étlapot és üdítőt.

– Jól sikerült a találkozód?

– Igen, a repülőn ismerkedtünk össze – és elmondtam neki mindent.

– Inkább te mesélj, milyen vizsgálaton voltál?

Jött a pincér, és felvette a rendelésünket.

– Hát igen, egy gyermek nagy ajándék... tudod, mi Naziffal már öt éve házasok vagyunk, de sajnos nem sikerül teherbe esnem. Illetve egyszer sikerült, de a harmadik héten el is ment a baba. Azóta viszont semmi, de nagyon vágyom a gyermekre, így megbeszéltem Naziffal, hogy megpróbáljuk a lombikprogramot. Ma vizsgálatokon voltam: vér, vizelet stb. Délután megyek vissza, azután megbeszéljük a továbbiakat. De sem arról, hogy ma én itt vagyok, sem a lombikprogramról senki nem tud, csak most már te.

– Megtisztelsz vele, tartom a számat, ígérem.

– Köszönöm. Ne érts félre, el fogjuk mondani, bármi is lesz az eredmény, de a család folyton nyaggat, pedig nekünk ez egy lelkileg megterhelő időszak volt – és még lesz is. Ezért nem szeretnénk egyelőre senkinek elmondani.

– Teljes mértékben megértem a döntéseteket. Biztos vagyok benne, hogy sikerülni fog, de nagyon sok mindenen keresztül fogtok menni. A volt sógornőm, Jazmine ikrei is lombikprogram keretén belül fogantak. Nekik szerencséjük volt, mert rögtön az első két embrió beültetése sikeres volt. A barátnőmnek csak a harmadik beültetés sikerült, lassan szülni fog. Tudom, mi mindenen mentek keresztül – fogtam meg a kezét.

– Melletted leszek, és ha szeretnéd, délután bemegyek veled a kórházba is. Tudom, milyen a várakozás, és milyen nehéz feldolgozni a sikertelenséget.

– Te is voltál? – kérdezte meglepetten.

– Nem. Én teherbe estem, minden úgy tűnt, rendben van, még rosszul sem viseltem, boldog voltam. Aztán a hatodik héten görcseim lettek. – Kicsit elhallgattam, mert az emlékek felelevenedtek, szinte a fájdalom is pont olyan erősen tört rám. Ittam egy korty vizet, azután folytattam. – Kimentem a vécére és kipottyant belőlem valami, és iszonyatos fájdalmaim voltak. Amikor fel tudtam állni és ránéztem, felismertem: az embrió volt. Nagyon rosszul lettem, azt sem tudom, hogyan mentem el a szobáig. Felhívtam az orvosomat, aki pont egy konferencián volt az ország másik felében. Azt mondta, azonnal menjek be a kórházba, másnap bejön ő is, és azután átvesz. Hívtam mentőt, bevittek. Elmeséltem mindent, de azt mondták, menjek haza, mert ha kiesett belőlem, nincs teendő. Kaptam fájdalomcsillapítót, de semmi vizsgálat nem volt. Megírtam üzenetben az orvosomnak, aki teljesen fel volt háborodva és kérte, hogy másnap reggel rögtön menjek be hozzá. Taxival hazamentem, és másnap felkerestem az orvosomat, aki rögtön megvizsgált és kórházba vitetett. Ott elvégzett mindent, ami előző nap nem történt meg, közben észrevett valamit. Két hét múlva teljes kivizsgálást végzett. Amikor megjöttek az eredmények, olyat mondott, hogy azt hittem, ott, abban a pillanatban vége a világnak, és belül egy részem meghalt. Nem lehet gyermekem sohasem. – A könnyeim már záporként hullottak. – Eddig úgy gondoltam, ha találok egy olyan férfit, akinek már van gyermeke, akkor a gyermektelenség nem fogja beárnyékolni a kapcsolatunkat.

Gülbahar mellém ült és átkarolt, úgy próbált erőt adni nekem.

– Nagyon sajnálom! Köszönöm, hogy elmondtad, így megértem, hogy nem csak udvariasságból mondtad. De hogyan tudtad feldolgozni?

– Nagyon nehezen. Egy évig kerültem mindenkit a környezetemben, aki állapotos lett vagy épp gyermeke született. Sokat sírtam, még az utcán sem bírtam egy állapotos nőre nézni. Nagyon fájt, hogy én soha sem élhetem át. Nem sajnáltam vagy irigyeltem tőlük, ne értsd félre, csak azt nem értettem, és ma sem, nekem miért nem lehet? Azután az évek során elfogadtam, és elkezdetem gyerekeknek varrni. Abban éltem ki minden szeretetemet, és nagyon sokat segített Jazmine terhessége is. Az ex-sógornőm, ő szülte meg nekem a legdrágább kincsemet, a keresztfiamat. – Meghozták a rendelt ételeinket, és elkezdtünk enni.

– Nagyon erős nő vagy. Nekem is rettentően nehéz volt feldolgoznom, de Naziffal megegyeztünk, hogy a szerelmünket fogjuk megélni mindennap, míg élünk, és ha Allah így rendelte, így kell elfogadnunk. De most még ezt azért meg szeretnénk próbálni.

Ezután elkezdünk mindenféléről beszélni, hogy tereljük a gondolatainkat. Egészen a gyerekkorunktól mostanáig. Azután elmeséltem mindent Canról és a találkozásainkról egészen addig, hogy nem tudok dönteni, menjek vagy ne. Elmondtam, mi szól ellene és mi mellette. Olyan jó volt kitárni a szívemet, és elmondani mindent valakinek!

– Heni, szerintem menj el hozzá ma. Ne zárkózz el a szerelem elől! Még ha fél évig is fog működni – amit kétlek –, akkor is ott volt a lehetőség és megfogtad. De ha nem adsz esélyt, örökké bánni fogod. Amit elmondtál, szerintem, vagyis az első megérzésem szerint egy szép szerelem kezdete. Adj esélyt, a többi meg fog oldódni.

– De neki nincs gyereke, és idővel biztosan vágyni fog utána. Én tudom, hogy a gyermek utáni vágy nagyon erős. Akkor mit fogok csinálni? Nem köthetem magamhoz. Megértesz?

– Igen, ezt is megértem, de esélyt sem akarsz adni magatoknak. Menj el este, és adj esélyt a szerelemnek.

– Pont a legjobbkor hívtál fel; nagyon hálás vagyok a sorsnak és neked is.

– Én is pont erre gondoltam: hálás vagyok, hogy pont most találkoztunk, mégis olyan érzés, mintha régóta ismernénk egymást. De már fél kettő van, nekem meg kettőre a kórházban kell lennem.

– Menjek veled?

– Megtennéd? Magamtól nem mertem kérni. Nagyon izgulok, és Nazifnak is pont ma van egy csomó dolga, nem tudott elkísérni. Nagyon jólesne – nézett rám hálásan –, de van egy feltételem.

– Senkinek nem mondom el, ígérem.

– Nem, barátnőm, ennyivel nem úszod meg. Azt már letisztáztuk. A feltételem csak annyi, hogy este menj el Canhoz, ismerd meg a barátait és tudd meg, hogyan talált meg ilyen gyorsan. Engem is érdekel.

– Rendben, győztél, elmegyek grillezni. Most menjünk a kórházba.

Fizettünk, azután elmentünk a kórházba, ahol már várták Gülbahart. Leültem a várótérben, de Gülbahar kérte, menjek be vele. Bementünk az orvos irodájába és vártuk az orvost.

– Nyugodj meg, minden rendben lesz.

Az orvos is bejött, és ránk mosolygott. Leült, és Gülbaharhoz intézte a szavait.

– Kedvesem, azt mondtad, két hete menstruáltál. Biztos vagy benne?

– Persze, hogy biztos vagyok benne. Baj van?

– Nem, drágám, nincs baj, de szeretnék mutatni valamit, gyere át a vizsgálóba.

– Faruk, jöhet a barátnőm is? Olyan ideges vagyok.

– Persze, nyugodtan jöhet, de ne idegeskedj, árt a szépségednek.

Átmentünk a másik helyiségbe. Ott Gülbahart felfektette a vizsgálóasztalra, felhúzta a blúzát és géllel bekente a hasát. Csak remélni mertem, hogy az, amire gondolok.

– Nézd, mi van ott? – mutatott a monitora. – És ott. Látod?

– Nem, sajnos nem tudom. Azt mondtad, nincs baj, de ha az két csomó, akkor baj van.

Nekem egyértelmű volt, hogy Gülbahar anyai örömök elé néz, méghozzá ikrekkel. Nagyon boldog voltam.

– Nagy a baj, Faruk? Műteni kell?

– Drágám, valószínű, hogy műtét lesz a végén, de gratulálok: gyermekeket vársz. Mindjárt adok hangot a monitorra, hogy halld a szívük dobogását.

Adott hangot, és erős szívdobogások édes dallama ütötte meg a füleinket. Az orvos elkezdte a hasán mozgatni az ultrahangot. Azután elképedt. Gülbahar felé nézett.

– Gülbahar, drágám, amit most fogok mondani, az lehet, hogy megrázó lesz.

– Faruk, baj van, tudtam.

– Drága szépségem, három baba van, és mindegyikük szíve erősen ver. Nincs baj, a táblázat szerint körülbelül kilenc-tíz hetesek lehetnek, de ugye ez nem biztos. Még pár vizsgálatra el kéne most menned, utána többet tudunk. Megyek veled én is.

Gülbahar úgy sírt, mint egy kisgyerek. Átöleltem és gratuláltam neki.

– Ez lehetetlen, hisz' nem maradt ki a menstruációm sem, nem is vettem észre semmi változást, nem is híztam, és most azt mondod, három gyermeket hordok a szívem alatt már kilenc vagy tíz hete? Biztosan nem tévedsz?

– Drágám, egészen biztos. Az még nem száz százalék, hányadik hét, de azt is kiderítjük. Felvételeket készítek Nazifnak is.

– Gülbahar, „Allah" ajándékot adott nektek. Kérlek, ne sírj... vagy tudod mit? Sírj. – Megfogtam a kezét és rámosolyogtam.

Boldog voltam; ez a pillanat mindent megért, és egy friss barátság első közös megpecsételő pillanata volt.

Az orvos megkért, hogy menjek, az irodájába, ő még elvégez egy vizsgálatot és elkíséri, a többire azután jönnek vissza. Viszszamentem az irodába, és körülbelül félórát vártam, azután jöttek ők is. Megbeszélték a jövő heti kivizsgálásokat és elindultunk kifelé. Az utcán megöleltem.

– Csodálatos ajándékot kaptatok, de mostantól sokat kell pihenned, nem hajthatod magadat egész nap.

– Most, hogy így mondod, mostanában tényleg sokszor éreztem fáradtnak magamat, meg éhesnek is. Heni, ezt még nem tudom felfogni. Szegény Nazif, meg fog bolondulni örömében.

– Hát szívesen lennék légy a falon, hogy lássam a reakcióját.

– Elnevettük magunkat.

– Gyere, elviszlek a szállodához.

– Nem kell, köszönöm. Nem tudja senki, hogy Isztambulban vagy, de ha elviszel, az autódat megismerik. Mondhatok valamit?

– Igazad van. Persze, mondd csak.

– Pár napig ez legyen a ti várva várt csodátok, élvezzétek ki a pillanatot. A családnak meg elmondjátok, ha itt lesz az ideje.

– Igen, én is pont erre gondoltam; most csak az én Nazifomnak akarom elmondani, és fel is kell dolgoznunk.

– Barátnőm, nekem fognom kell egy taxit és indulnom; tudod, fél hétkor jelenésem van egy grillpartin.

– Drága barátnőm, szerencsét hoztál nekem.

– Amikor ezek a babák úgy döntöttek, hogy te és Nazif legyetek a szüleik, én még a képben sem voltam, de remélem, innentől egymás életének részei leszünk.

– Az egészen biztos. Ha nem is tudunk találkozni mindennap, akár naponta tudunk beszélni. Még sok mindent meg kell osztanunk egymással. Például holnap reggel várom a beszámolót a mai estéről.

– Ha egyáltalán lesz miről beszélni. Most tényleg mennem kell. – Megöleltem és megpusziltam.

– Naná, hogy lesz miről! Majd én is mesélek életem szerelmének a reakciójáról. – Jót nevettünk, közben a még nem létező pocakját simogatta. Leintettem egy taxit, és a szállodába vitettem magamat. Muzafer még ott volt, és kérte, igyunk egy teát. Ránéztem a telefonom kijelzőjére; még volt két órám, belefért, így beleegyeztem. Igyunk.

– Látom, jót tett a kedvednek ez a találkozó. Most még a szemeid is ragyognak. Így szeretlek, vidámnak és elszántnak.

– Igen, jót tett, főleg a második találkozó. De most hagyjuk. Sok munkád volt?

– Hát tudod, szerda van, ilyenkor jönnek-mennek a turisták. Úgyhogy volt elég munkám, de lassan én is indulok, a többi Emírre fog várni.

– Még majdnem két órád van addig – nevettem el magamat.

– Nem, korábban megyek el, mert programom, vagyis programunk van Ecével. Tudod, közeledik a nagy nap és pár hete megbeszéltük a barátokkal, hogy találkozunk. Nagyon hiányoznak, de mostanában kicsit kevesebbet tudtunk találkozni. Úgyhogy a mai csak a mi napunk, és remélem, újra ezek a találkozók rendszeresek lesznek.

– Még sohasem hallottalak a barátaitokról beszélni, de most megyek, szeretnék letusolni.

– Mész a Boszporuszhoz sétálni?

– Reggel még azt terveztem, de lenne még egy találkozóm. Így van időm átgondolni, hogy a Boszporusz vagy a találkozó.

– Miért nem mész a találkozóddal a Boszporuszhoz?

– Most megyek, csak zuhanyra vágyom ebben a pillanatban.

– Ma lesz vacsorára a szőlőlevélbe tekert hús… csak szólok, mert tudom, mennyire szereted.

– Nem vagyok éhes, és különben is, mióta ettem édesanyádéból, csak arra vágyom. Szerintem majd később kéretek fel gyümölcsöt, Jó szórakozást nektek! Szia!

– Neked meg jó pihenést! Szia.

Felmentem a szobámba, gyorsan letusoltam, aztán kiültem a teraszra. Felhívtam a szüleimet, váltottunk pár szót, utána nekiálltam megszárítani a hajamat. A fejem tetejére fogtam egy lófarokban. Enyhén kisminkeltem magamat, egy világos, szaggatott farmert és egy fehér, hátul hosszú, elöl rövidebb blúzt vettem fel és belebújtam egy sportcipőbe. Egy utolsó pillantás a tükörbe, majd kis válltáskámba belepakoltam a telefonomat, iratokat és a pénztárcámat. Nagy levegő, és indultam. A recepción Emír tündökölt teljes pimasz kiszerelésben.

– Nagyon csinos vagy, csak nem randizol? Ha igen, akkor végem van…

– Te meg szemtelen. Én mondtam, hogy vállaljuk fel a szerelmünket és álljunk apád elé, te nem akartad… viseld a következményeit.

– Persze, mert még fiatal vagyok. Komolyan, merre mész?

– Gondoltam, sétálok egyet, de ha jobban belegondolok, leintek egy taxit és belevetem magamat az éjszakába.

– Na, ne már! Én itt tele vagyok munkával, te meg elhúzod az orrom előtt a mézesmadzagot? Hogyan koncentráljak így a munkámra? – Megjátszott sértődöttség volt a hangjában, de kacsintott egyet, mint mindig. Szerettem ezt a kis kölyköt.

– Pimasz fráter! – intettem, és már kint is voltam. Taxi után néztem, de sehol sem láttam. Most merre induljak, mikor azt sem tudom, helyileg hol lakik? De ha a beütöm a keresőbe a címet, akkor navigál majd, és lehet, hogy közben egy taxi is horogra akad. De nem, inkább hívok egyet, az a biztos. Pont megállt egy a szálloda előtt. Meg is kérdeztem, utána elvinne-e engem. Beleegyezett, csak várjak, míg segít kiszedni a bőröndöket. Azután beszálltam és megadtam a címet, ami nem is volt olyan messze autóval – körülbelül húsz perc –, de így is elkéstem: már tíz perccel múlt fél hét. Nem is bántam, végül is kikényszerítette, hogy eljöjjek. Most, hogy itt álltam a háza előtt, elképedve néztem. A ház kívülről pontosan ugyanolyan volt, mint az enyém. Nagy levegőt vettem, és megnyomtam a csengőt. Izgultam, ideges voltam, a szívem a torkomban dobogott, a hasamban pedig több millió pillangó repdesett.

***

Munka után még bementem a zöldség-gyümölcspiacra, és friss grillezni való zöldségeket és gyümölcsöt vettem. A többi már csak arra várt, hogy a grillre rakjam. Időben hazaértem, felhívtam apámat, mert még pár hete elkértem a hajóját, de mivel holnap szabadnapom lesz, arra gondoltam, szívesen kihajóznék az öbölbe Henivel, bár még azt, hogyan győzzem meg, ki kell találnom. De bízom magamban, hogy meg fogom oldani, csak ma jöjjön el.

Ahogy közeledett a hat óra, a gondolataim egyre inkább csak a körül cikáztak, hogy eljön vagy nem. Ha eljön, bízom benne, hogy nem fog Muzaferre haragudni. Ha mégsem jön el, akkor is jól kell éreznem magam, de akkor holnap biztosan meg fogok jelenni nála, bár számon nem kérhetem, mert nem mondta biztosra, hogy eljön. Szerelmes vagyok, ez már biztos, most először ismertem be saját magamnak is. Ez a beismerés helyretett bennem mindent. Ha nincs velem, szinte csak félembernek érzem magam; ha mellettem van, akkor érzem teljesnek az életemet.

Gondolkodás közben mindent előkészítettem, majd elmentem tusolni, ám előtte visszább vágtam a szakállamat, mert kicsit megnőtt. Azt már nem annyira szeretem. Úgy kényelmes, mikor már nem borosta, hosszabb picit, de nem hosszú. Először hallani sem akartam arról, hogy meghagyjam a szakállt, de az egyik filmszerep miatt kénytelen voltam. Most viszont nagyon szeretem, meg a vállig érő hajamat is. Azt is összefogtam egészen. Felraktam a kedvenc nyakláncomat, és egy fehér vászoninget és a kedvenc szakadt farmeremet vettem fel. El is mosolyodtam: ha ebben a farmerben megjelennék a kórházban, a világ botrányát váltanám ki. De több időm nem volt, mert megszólalt a csengőm. Vajon ki lesz az első? Nyitottam az ajtót, ahol Muzafer és Ece állak az ajtóban. Mert is pont parkolt, így beinvitáltam Muzaferéket.

– Isten hozott benneteket! A járást ismeritek, érezzétek otthon magatokat.

– Can, köszönjük a meghívást, már nagyon régen találkoztunk így mindnyájan.

– Ece, édesem, azt leszámítva, hogy a minap összefutottunk az étteremben, te és Elif vagytok, akikkel sajnos majdnem fél éve nem találkoztam.

– De most itt leszünk mindannyian, és ez a lényeg – mondta Muzafer.

Mehmet, Mert és Elif egyszerre jöttek. Az utcán futottak össze.

– Isten hozott benneteket! A járást ismeritek, érezzétek otthon magatokat.

– Can, nagyon meglepett, mikor Mert mondta, hogy nálad grillezünk. Az utóbbi időben nem nagyon szoktál ráérni, csak a fiúkkal néha egy ebéd vagy vacsora, de mi? – mutatott Ecére.

– Ezt vegyem szemrehányásnak, drága Elif?

– Szerintem pontosan annak szánta, és igaza is van – mondta Mehmet.

Mindenki elindult. Becsuktam az ajtót és kértem, hogy segítsenek kivinni pár dolgot, amire még nem volt időm. De Muzafer elkezdte:

– Persze, minket dolgozni hívott, Henit meg tényleg csak grillezni. Vagy mi a terved, nagyfiú?

– Ki az a Heni? Én azt hittem, csak így, mi leszünk.

– Nagyon, nagyon hosszú, de reméljük, Can barátunk végre bevallotta magának is az igazat, amit mi az első pillanattól látunk rajta – mondta Mert.

– Na? Miről maradtam le? – kérdezte Elif.

– Szerelmem, mondtam, hogy Can találkozott egy nővel, akibe fülig belezúgott.

– Én azt hittem, nem is akar beszélni vele... akkor lemaradtam. Can beszélj, vagy nem segítek.

– Elif, drágám, nincs miről beszélnem. Igen, igazatok van, beleszerettem és mindent megteszek, hogy ő is így érezzen, de nagyon korai erről bármit is mondani. Ha lehet, akkor ne szekáljatok ma.

– Szóval meghívtad? Hol van? Megint elfutott? – ugratott Mehmet. Tudtam, hogy úgyis célpont leszek ma, erre számítottam is.

– Oké, gyorsan, röviden, tömören. Tegnap vacsorázni voltunk, utána sétáltunk is, és igen, meghívtam ma, de csak fél hétre. Ennek csak az volt az oka, hogy ne fusson össze kint, a kapu előtt Muzaferrel és Ecével. Mivel, mint kiderült, az ő barátjuk – főleg Ecéé – már több éve. Így jobbnak láttam, ha már a házban vagy a kertben derül ki számára ez. Amúgy meg nem biztos, hogy ma idejön, egyértelműen nem adott választ. Tehát, lezárhatjuk?

– Mehmet, apám üzeni, hogy holnap, ha neked is jó, kettőkor be tud menni az irodádba. Ha esetleg neked az nem jó, akkor írd meg üzenetben, mikor menjen, de neki csak a délután vagy a kora este lenne jó.

– Nyugodtan mondd meg apádnak, hogy jöjjön kettőre. Haticével majd előkészítettek mindent. Ha kérdése van, miközben átnézi, ő segít neki, azután én is megyek. Lehet, hogy pár percet késem.

Gyanús volt a csend és a semleges téma... úgyis tudtam, hogy ennyivel nem úsztam meg az ugratást. Csendben szemlélődtem, hallgattam és belekapcsolódtam a beszélgetésekbe, de folyton a telefonomon ellenőriztem, hány óra. Ez fel is tűnt mindenkinek. Odamentem, bepakoltam a grillbe. A fiúk velem tartottak, hogy ott folytassuk a beszélgetést, míg Ece és Elif félrevonultak – gondolom, a közelgő esküvőjük a téma. Milyen szerencsés a két barátom! – néztem a két nő irányába, majd Ece felénk indult.

– Muzafer, ideadnád az autó kulcsidat?

– Mit szeretnél, édesem? Kimegyek én, mondd.

– Csak Elifnek szeretném megmutatni az albumot. Azt akarom behozni.

– Maradj, édesem, ma már eleget talpaltál, majd én behozom – azzal el is indult. Az órára pillantottam és láttam, hogy még van tíz perc. Remélem, visszaér. Egy-két percen belül egy albummal a kezében lépkedett Ece felé, s egy csókot lehelt az ajkaira. Most irigy voltam; én is újra meg szerettem volna csókolni Henit, csak jöjjön el. Figyeltem a lányokat és megütötte a fülemet valami, ezért odamentem hozzájuk.

– Ece, jól hallottam? Ez az album Heni munkáiból készült?

– Igen, jól hallottad, drága barátom. Ezek a menyasszonyi ruhák a te Henid keze munkái és a saját tervei – mosolygott rám.

– Te, Can, mondd, miről is beszélgettetek, ha még azt sem tudod, mit csinál?

Na, eddig tartott, már kezdődik is. Mehmet és Mert szinte egyszerre kérdeztek, közben idétlenül röhögtek.

– Arról, hogy ki mivel foglalkozik, arról nem volt szó, oké? Ő úgy tudja, színész és modell vagyok; egyelőre nem avattam be semmibe, ezért kérlek benneteket, ti se tegyétek, mert én szeretném elmondani.

– Pedig Dilara azt mondta, elég későn ment vissza a szállodába – kacsintott Muzafer a fiúkra.

– Hagyjátok abba, fiúk! Ha eljön, úgyis látni fogjuk, amit látnunk kell – szólt Elif, de ő is jól mulatott.

– Pedig most azt hittem, ti lányok velem vagytok.

– Persze, hogy veled vagyunk, de Can, most először kapott el téged így egy nő, ezt ki kell élveznünk – mondta Ece.

– Most már te is?

– Mi az, hogy én is? Nem értem. Elmagyaráznád?

– Muzafer és Ferzi úr is ezt mondta. Elmagyaráznátok?

– Később, most üres hassal nem tudjuk.

Aha, üres hassal... ezek bolondot akarnak csinálni belőlem.

– Testvérem, szerintem nem jön el.

Mehmet odajött mellém és megveregette a vállamat, szemeiben láttam, hogy sajnálja. Sőt mindenkin láttam. Lehet, hogy igazuk van; öt perccel múlt fél hét. Legbelül mégis azt éreztem, hogy el fog jönni. Ezt el is mondtam nekik. Muzafer Elifre nézett. Lehet, hogy tud valamit?

– Muzafer, beszéltél vele? Mondott valamit?

– Csak annyit tudok, hogy délután még mindig azon gondolkodott, hogy a Boszporuszhoz menjen sétálni, vagy egy találkozóra.

– Aki nagyon éhes, szedjen magának, a húsoknak még legalább három vagy öt perc kellene, de amíg raktok a salátákból és a meggrillezett zöldségekből, addigra jó lesz a hús is. Van sajt is grillezve, vegyen, aki kér.

Elif fordult hozzám.

– Can, milyen érzés, hogy végre minden napodat orvosként éled?

– Nagyon élvezem, végre azt csinálom, amit szeretek. De mint tudjátok, döntöttem: befejeztem a színészetet, de Selim azt mondta, pár helyen még meg kell jelennem, viszont három hét múlva, pénteken be fogjuk jelenteni, így az a korszak lezárul végre.

– Amihez nem nagyon fűlik a fogad – mondta Muzafer.

– Majdnem megijedtem, mikor a három hetet mondtad. Hirtelen azt hittem, nem jössz az esküvőnkre. Azt tudod, hogy sohasem bocsátanám meg neked. – mondta Ece.

– Ece, szépségem, drága barátnőm, azt a napot senki kedvéért sem hagynám ki, amikor az én drága testvérem megnősül.

– Helyes! – Ebben a pillanatban megszólalt a csengőm és mindenki rám nézett. Boldog voltam, a szívem hangosan dobogott, a gyomromban millió pillangó repkedett. Hirtelen meg sem tudtam mozdulni... csak őt várom, nem lehet más.

– Nem nyitod ki az ajtót? Menjek én? – kérdezte Mehmet.

– Nyugi, összeszedi magát, adj még öt másodpercet neki – mondta Mert, és a többiekre kacsintott.

– Milyen jó, hogy ilyen barátaim vannak! Megyek és kinyitom, de kérlek, viselkedjetek.

– Menj, te hős lovag, mi önmagunk leszünk, hidd el! – kuncogott Elif és Ece is.

Elindultam kinyitni az ajtót. Az ajtót kitártam és ő állt ott, kicsit félszegen mosolyogva. Olyan szép volt, számomra szinte tökéletes. Ott álltunk egymást nézve. A szemei most máshogyan, szebben csillogtak. Megöleltem, és adtam az arcára két puszit üdvözlésképpen.

– Szia, köszöntelek az otthonomban, kérlek, érezd otthon magad.

– Szia, köszönöm. Ne haragudj, de nem találtam taxit, azért értem ide késve.

– Nem számít, csak az, hogy most itt vagy. Nagyon boldoggá tettél. Gyere, már várnak – nyújtottam felé a kezemet, amit meg is fogott.

– Aha. Szóval beszéd tárgya voltam?

– Megemlítettem, hogy meghívtalak, de nem biztos a jöveteled, mivel nem tudtad eldönteni. Csak ennyi volt.

– Értem. Még egy kérdés, és mehetünk.

– Hallgatlak – mosolyogtam, mert tudtam, mit szeretne kérdezni.

– Nos, azt mondtad, választ kapok, ha eljövök. Itt vagyok... – Olyan szép volt a mosolya, miközben ezt a mondatot elmondta! Biztos vagyok benne, hogy tudta, azért mosolyogtam, mert ismertem előre a kérdést. Legszívesebben nem a többiekhez vittem volna, hanem olyan helyre, ahol senki sem zavarna meg, és csak gyönyörködnék a szép aranybarna szemeiben, megsimogatnám az arcát, a száját, a szép hosszú haját. Meg szeretném csókolni, de nem lehet: megfogadtam, ha eljön, minden úgy lesz, ahogyan ő szeretné. Ám most, hogy tudom, szerelmes vagyok belé, nem lesz olyan egyszerű. Sőt! Csak abban bízom, hogy kölcsönösek az érzések. Én biztosan nem fogom feladni, küzdeni fogok érte.

– Gyere, és megkapod a választ, amire vársz, te kis kíváncsi.

Kéz a kézben elindultam vele a többiekhez, a kertbe. Amikor kiértünk, pont azzal voltak elfoglalva, hogy ennivalót halmozzanak a tányérjukra. Heni megtorpant.

– Ennek mennyi volt az esélye?

– Ez a sors, most már tudom... gyere, bemutatlak azoknak, akiket még nem ismersz. Muzafert és Ecét ismered.

– Muzafer, Ece, ti voltatok?

– Tudtam róla, de semmi közöm semmihez – mondta Ece, és odajött, megölelte.

– Igazából nekem sincs sok közöm az egészhez, csak abban segítettem, hogy mikor kiderült, téged keres, a virágokat felküldethesse a szobádba. – Muzafer szintén odajött és megölelte.

– Ezek szerint tényleg kicsi a világ. Akkor hogyan?

– Barátom, Mehmet – mutattam rá. – De vele már találkoztál. Odajött és kezet fogtak.

– Az étteremben találkoztunk.

– Igen, így van, örülök, hogy eljöttél.

– Köszönöm. – Rám nézett.

– Összeállt a kép – mosolygott. – Javítsatok, ki ha nem jól mondom. Te is ott voltál akkor az étteremben, éreztem is a jelenlétedet, de nem mertem körbenézni. Mehmet odajött hozzánk, mert azt hitted, van közöttünk valami Muzaferrel, de szerintem rájöttél, mikor Ece is megjelent, hogy tévedtél. Mehmet megtudta, hogy Muzaferék szállodájában szálltam meg, Muzafer meg beengedte a virágokat a szobámba.

– Ott a pont. Nem csak szép, okos is, és kirakott mindent úgy, ahogyan volt. Nem semmi mondta Mert.

– Mondtam én nektek, hogy okos, gyorsan vág az esze – húzta ki magát Muzafer.

– Annyit még hozzátennék, hogy akkor, ott az étteremben Cant alig tudtuk az asztalnál tartani, mert oda akart menni hozzád – vigyorgott idétlenül Mert.

– Nos, ők Mert és a kedves Elif. Köszönöm, Mert.

– Szívesen, testvérem, de ez volt az igazság.

– Örvendek, Mert és Elif. – Kezet fogtak.

– Tehát választ kaptál, édesem?

107

– Igen, és rémisztő is egyben. Mennyi az esélye, hogy pont mi futunk össze, és egy nagy baráti társaság tagjai vagyunk?

– Igen, az, de ez a sors. Nekünk akkor és ott találkoznunk kellett, de gyere, szedj ennivalót magadnak.

– Hú, nagyon éhes vagyok, csak ebédet ettem. Mit grilleztetek?

– Vannak zöldségek, kétféle hús, és sajt is. Szedjél. – Odahajoltam és a fülébe súgtam, hogy csak ő hallja:

– Szeretnélek megcsókolni, amióta megláttalak az ajtóban.

Ezzel vége is lett a romantikának: Ece és Elif ott termett, és meg is környékezték.

– Can, ugye nem baj, ha elraboljuk?

– Érezzétek jól magatokat. Azért vagyunk ma együtt.

Megadóan félreálltam. Mernék én mást mondani? A lényeg, hogy itt van, a többi meg úgyis alakulni fog. Szedtem én is ételt, és odaültem a fiúkhoz.

***

Nagyon meglepődtem, amikor kiléptünk a kertbe és megláttam Mertet és Ecét; hirtelen azt gondoltam, biztosan ők voltak, de rögtön kapcsoltam: még csak azt sem tudták, hogy találkoztam Cannal. Senkinek máig nem is beszéltem róla. De amikor megláttam Mehmetet, azonnal összeállt a kép. Amikor elmondtam, szerintem hogyan talált meg, helyeseltek. Tehát még mindig jó vagyok a kirakóban. Ahogyan így rájuk néztem, vidám, összetartó kis társaság ez. Most örülök, hogy itt lehetek. Can meg egyszerűen nem tud nem jól kinézni; szívesen hozzábújnék és átadnám magamat a csókjának. Odamentünk az ételekhez. Már nagyon éhes voltam, így rögtön szedtem is pár grillezett zöldséget, egy kis sajtot, és vettem az egyik húsból is. Közben Can a fülembe súgta azt, amit én is éreztem: a csókomra vágyott. Ha nem jön oda Ece és Elif, lehet, hogy meg is csókoltam volna. A lányok hívtak magukkal, mert beszélgetni akartak velem. Can megadóan félreállt, de a szemeiben láttam azt, amit én is éreztem. Szívem hangos dobogásba kezdett, de mentem és leültem a lányokkal. Elkezdtünk enni, de közben Elif elkezdte:

– Heni, szeretnék kérdezni tőled valamit.

– Kérdezz nyugodtan! – mosolyogtam rá.

– Ece mutatta az albumodat. Csodálatosak azok a menyasz-szonyi ruhák! Hasonlókat még nem is láttam. Áldás a kezeidre!

– Köszönöm szépen, de én csak megtervezem, és vannak, akik segítenek az elkészítésében. Tudod, egy ruha több hóna-pot is igénybe vesz, míg elkészül.

– Elhiszem, bár nekem nincs fogalmam még egy tű befűzé-séről sem. Szeptemberben lesz az esküvőnk Merttel... – Szerel-mes pillantást vetett kedvesére, aki mintha megérezte volna, hogy Elif őt nézi, ránézett és csókot küldött neki. Ez annyira szép volt, hogy a szívem szinte duzzadt az örömtől. Ez biztosan szerelem, akár csak Ecééké. Mióta újra érzem és hallom a szíve-met, elég sok ismerősömnél érzem a szeretetet, szerelmet, de sajnos érzek és látok mást is egyes pároknál. Olyan is van, akiről tudom, amit nem szeretnék. De nem akarok belekeveredni, azt nekik kell megoldani, szerencsére nem olyan közeli ismerősök. Ha közeli családtag vagy barát lenne, biztosan szólnék; tudom, milyen az, amikor felismered, hogy a környezeted már régen tudott mindent, te viszont a fejedet a homokba dugva hordtad, mert nem akartad beismerni, hogy megaláztak. Azután olyan is van, akiket nem a szerelem motivál, hanem az anyagiak. Bizto-san tudom, hogy ha a férfinak nem lenne vagyona, a nő még csak szóba sem állna vele. Ám ez sem rám tartozik. Ránéztem Elifre.

– Szeretnél választani a ruháim közül?

– Nagyon! – csillantak fel a szemei.

– Ecéék három hét múlva esküsznek. Hozom a kiválasztott ruhákat és meg is lesz rajta igazítva, hogy minden tökéletes le-gyen – mármint részemről a ruha.

– Velem könnyebb dolgod lesz – mosolygott rám. – Mi Mert-tel nem egészen egy hónap múlva Magyarországra költözünk egy évre a munka miatt. Ha tudom, helyileg hol foglak megta-lálni, akkor én oda is megyek hozzád.

– Szuper! Magyarországon pontosan hol fogtok lakni?

– Mert, édesem!

– Igen, édesem?

– Pontosan hol fogunk Magyarországon lakni? Mindig elfelejtem.

– Sopronban. – Rám nézett, mint aki megerősítést vár, hogy biztosan jót mondott.

Ez már tényleg sok nekem így egy napra. Én is laktam ott tíz évet, de túlzsúfolt kezdett lenni, meg egyre több épületet húztak fel, nyáron szinte levegőt nem bírtam venni: az egész egy nagy betondzsungelra kezdett hasonlítani, ezért tizennégy kilométerrel messzebb költöztem.

– Ezt most komolyan mondod? – Elif úgy örült, mint egy gyermek, aki pont azt kapta a fa alá, amire vágyott.

– Igen, ez komoly. Ha majd ott lesztek és össze tudjuk egyeztetni a hétvégéket, tudunk találkozni is.

– Az nagyon jól hangzik. Lesz egy barátunk ott, aki segíteni fog, ha valamiben nem tudjuk kiismerni magunkat. Nekünk egy háromszobás lakást bérelnek, ha jól tudom – mondta Mehmet.

– Én igazából tartottam egy kicsit tőle, mert egymáson kívül senkit sem fogunk ismerni ott, de most olyan jó érzés tudni, hogy te nem is olyan messze laksz. De beszéljünk a ruháról, kérlek! Olyan izgatott vagyok! Átnéztem a katalógusodat, de nem tudok dönteni.

– Ezzel így vagyok én is. Bár már le van szűkítve, még így is nehéz eldöntenem. Heni azt mondta, maximum háromra kéne. Szívesebben mennék én is el hozzá ott, valós nagyságukban megfogni, felpróbálni, de most ez lehetetlen sajnos.

– Öt ruhára legalább redukáld le, megoldom, hogy itt legyenek, de többet sajnos nem tudok.

– Az menni fog, remélem. De valamelyik nap együtt ebédelünk, ugye?

– Megbeszéljük, és ha Elif is szeretne, csatlakozhat hozzánk. Mit szólsz? – Mind a ketten Elifre néztünk.

– Nekem bármikor jó, a munkám nincs időhöz és helyhez kötve.

– Három hét múlva mikor jössz pontosan?

– Szerdán érkezem, hogy legyen idő kiválasztani az öt ruhából azt az egyet, elég idő maradjon a ruha igazítására, és ha szükséges, a vasalására is.

– Bocsánat, hölgyeim... jól hallottam, hogy három hét múlva is jössz? – kérdezte Can, és odalépett.

– Igen, de csak öt napra és nem kirándulni, csak és kizárólag munka-ügyben. Két kolléganőm is velem lesz.

– És az esküvőnkre is jöttök, azt ne felejtsd ki.

– Tehát szerdától vasárnapig itt leszel. Ennek nagyon örülök. Olyan boldognak láttam ebben a pillanatban. A szemei csillogtak, a szája... olyan szép dúsak az ajkai. Szinte hívogatnak. Levette rólam a pillantását, és a többiekre nézve folytatta:

– Most, hogy mindenki megette az ételt, ki kér kávét vagy teát?

– Áldás a kezeidre, isteni finom volt minden, szinte el sem hiszem, hogy nem rendelted. Gyakrabban kéne meghívnod minket – mondta Muzafer.

– Pont te mondod ezt? Rajtam kívül te vagy a másik, aki folyton nem ért rá. Veled is – bocsánat, veletek is – nagyon nehéz összeegyeztetni egy programot.

– Igen, ez így van, Can, de meg fog változni; az esküvő után már szabadabbak leszünk. Te meg már az vagy.

– Majd meglátjuk. Ne felejtsd, a szavadon fogunk – mondta Mehmet.

– Gyerekek, én csak megkérdeztem, ki mit inna, most komolyan egymást fogjuk ugratni? – nevetett Can.

Négy kávé és három tea rendelt, majd Can felém fordult.

– Segítesz nekem?

– Persze. – Felálltam és odamentem hozzá, ő átkarolt és a fülembe súgta:

– A jelenléted nagyon boldoggá tesz, de szeretnék pár percet kettesben lenni veled. Ugye, nem baj?

A többiek figyelmét sem kerülte el a jelenet és pár cinikus megjegyzés érkezett is, de Can szinte meg sem hallotta. Elindultunk a konyhába. Valaki utánunk kiáltott:

– Azért ugye nem felejtitek el, miért mentek be?

– Ilyenek a barátaim. Még jó, hogy nem ellenségek – nevetett fel. Nagyon szép a mosolya; apró, kicsi ráncok vannak a szemei alatt, amikor mosolyog.

– Én is arra vágytam, hogy pár percre kettesben lehessünk, de ne értsd félre, nagyon jól érzem magam.

– Ezzel most nagyon boldoggá tettél. – A konyhába érve maga felé fordított, szorosan magához húzott, a pillantását az enyémtől egy másodpercre sem szakította el. Lehajolt, ajkai érintették az ajkaimat, éreztem a leheletét. Mélyen izgató volt az ajkai simogatása, mikor lágyan megcsókolt. Édes, mennyei érzés járta át a testemet. Még jobban hozzásimultam, kezeimet a tarkójára tettem és apró mozdulatokkal simogattam. Akarom őt... de még mennyire! Az ajkaimat kissé szétnyitottam, s vártam, hogy nyelvével utat törjön és a nyelvemet érintse. Erre egy másodpercet sem kellett várni. A játék, melyet a nyelveink játszottak, olyan szenvedélyt korbácsolt a testünkben, hogy elvesztem: testem és a szívem felett már nem volt hatalmam. Kezeivel lefelé vándorolt, a fenekemre, még szorosabban az ágyékához húzott, úgy adta tudtomra, amit már amúgy is éreztem: kőkemény férfiassága rám vágyik. A csók egyre szenvedélyesebb lett, de hirtelen kijózanodtam, s magam sem tudom, honnan volt hozzá erőm, de mellkasának feszítettem a kezeimet és eltoltam magamat tőle.

– Kérlek, maradj így még egy kicsit, kérlek!

– Nem akarok elmenni, de ez túl gyors és zavaros is egy kicsit. Ráadásul kint öt ember várja a kávéját, teáját. És hallod, milyen hangosan nevetnek?

– Biztosan mi vagyunk a téma, ismerem őket gyerekkorom óta. – Lehajolt, és egy gyengéd csókot adott. Amit bántam, az az volt, hogy milyen rövidke csók volt.

– Igazad van, ami a kávét és a teát illeti, de tovább te sem tagadhatod, hogy ugyanúgy vágysz rám, mint én terád. Az is igaz, hogy kicsit zavaros minden. Haladjunk úgy, ahogyan neked jó! Én tudom, mit érzek és mit akarok. Ijesztő, de biztos vagyok magamban. – Lehajolt és újra megcsókolt, de mire átadtam volna magam az érzésnek, vége is volt. Nem is reklamálhattam: én akartam.

– Ott fent találod a bögréket és a teáspoharakat, kérlek, vedd le őket.

– Igenis, értettem. – Levettem őket. A bögréket a kávégép alá rakta és megnyomta a gombot. Addig, míg a kávé készült, a teát öntötte ki. Mindig lenyűgözött, hogy a tea minden filmben szinte már csak arra várt, hogy kitöltsék. Most láttam, hogy ez valóban be volt már készítve, tényleg csak arra várt, hogy a pohárba öntsék. Can háromnegyedig öntötte a fekete, forró teát a pohárba, és hozzá negyedrész forró vizet. Utána még két kávé készült. Egy tálcára raktuk a kávékat, mellé cukrot és tejet, a másik tálcára csak a három tea került – azt vittem én.

– Na, végre, már azt hittük, meg kell nézni, nem hagytatok-e itt minket – mondta Muzafer vigyorogva, és a többiek is jót mosolyogtak.

– Ne légy szemtelen, mert hívom apádat! – vágtam vissza neki, amin a társaság még jobban szórakozott.

– Tudjátok, kedves barátaink, a jó dolgokhoz idő kell, így fogyasszátok egészséggel – mondta Can, és közben kacsintott egyet. Utána a társaság – engem is beleérte – még beszélgetett egy jó darabig. Sokat bolondoztunk, mindig volt valaki, akit cukkolni lehetett, és akkor mindenki beszállt. Nagyon jól éreztem magam; szinte el sem hiszem, hogy mindössze pár órája ismerem Can barátait, kivéve Muzafert és Ecét. Nagyon szerencsések, hogy az a barátság, ami még kisgyerekkorukban köttetett, még most, felnőttként is ilyen erősen összetartja őket, és Muzafer csatlakozása még erősebb köteléket hozott létre a barátságukban. Én nem tudom ezt felmutatni. Mindig voltak barátnőim, de az idő eltávolított bennünket egymástól. Nekem egy igazi barátnőm volt, Melissa, aki férjhez ment, majd szült három gyereket, én pedig elköltöztem Magyarországra. Igaz, beszélünk még; néha, ha össze tudjuk hozni, szoktunk találkozni is, de már nem olyan erős az a kötelék, amilyen gyerekként volt. Néha hiányzik, mert rengeteg jó kis sztorink van együtt. Ha hazautazom, fel is fogom hívni. Most Emilivel vagyok nagyon jóban, szinte mindent megbeszélünk.

– Heni, hahó, merre jársz? – Mehmet a kezével az orrom előtt legyezett.

– Bocsánat, csak arra gondoltam, milyen szerencsések vagytok, hogy ennyi időn keresztül is ilyen szoros maradt a barátságotok.

– Ez így igaz, szerintem mindegyikünk nevében tudom mondani. Nagyon szoros, és bármit megtennénk egymásért – mondta büszkeséggel a hangjában Mert.

– Sokszor nagyon nehéz összehoznunk egy-egy találkozást. Mind a négyen más területen dolgozunk. Can sokszor forgatott este is. Nekünk most itt az esküvő és a munkánk, hogy teljesen felkészülten vezethessük együtt a saját szállodánkat. Mert a munkája miatt eddig nagyon sokat utazott, most egy évig Magyarországon fog élni, de reméljük, visszatér, ugyanis társtulajdonos lesz, és persze szeptemberben esküsznek Eliffel. Mehmet nemzetközileg is nagyon felkapott ügyvéd. Nem csak török ügyfelei vannak, így folyton felkészül és a bíróságon lóg. Elif szerintem az egyetlen ember a társaságból, akinek olyan munkája van, hogy bármikor szabaddá tudja tenni magát. De azért havonta egyszer-kétszer igyekszünk közös programot szervezni; persze előfordul, hogy nincs ott mindegyikünk, de az ritka. Az meg hab a torta tetején, ha így mindannyian össze tudunk ülni és élvezni egymás társaságát. Így, drága barátnőnk, üdvözlünk a mi kis csapatunk részeként – mondta Muzafer.

Mindenki rám nézett, egyszerre emelték fel a poharat és üdvözöltek. A könnyeim kifolytak, olyan jólesett.

– Köszönöm, nagyon jólesik, de tudjátok, én egy évben két hetet töltök Isztambulban. Igaz, többször jövök két-három napra, de az általában munka. Akkor viszont szinte semmire nincs időm. – Mindenki Cant figyelte, így én is ránéztem. Most roszszat mondtam?

– Reméljük, ez mostantól módosulni fog, és akár mi is mehetünk hozzád – kacsintott rám Can. Míg ezt mondta, le sem vettem a tekintetemet róla, de komolyan mondta és komolyan is gondolta.

– Természetesen, mindegyikőtöket szeretettel várni fogom, ez nem is kérdés – mosolyogtam mindenkire, utána Can pillantását fürkésztem. Ő is engemet nézett, és biztos vagyok benne, hogy ugyanarra gondolt, vagyis vágyakozott, mint én.

– Can, holnap dolgozol? – kérdezte Mehmet.

– Nem, barátom, holnap szabadnapom van, de remélem, lesz partnerem egy egész napos programra. Heni?

– Hm... holnapra nem terveztem még semmit, de szerintem Mehmet azért kérdezte, mert van valami terve veled.

– Tévedés, szép hölgyem, csak érdeklődtem, mert ez az ember folyton dolgozik.

– Igen, ez így van. Ha nem forgat, akkor a... mindegy, sokat dolgozik.

Elif valamit nem fejezett be.

– Elif, mit akartál mondani? Hol dolgozik még? Can?

– Bocsánat, Can. Igen, van még valami, amit nem tudsz, de ezt majd Can elmondja.

– Can, mondod, vagy mondhatom én? – szállt be Ece is.

Most már teljesen összezavarodtam. Mit nem mondhatnak el nekem? Miért kell bocsánatot kérni? Canra néztem.

– Pletykás fehérnép. Mondom én. Azt úgy értették, forgatás és a fotózás, plusz van egy kitanult hivatásom, amit gyerekkorom óta szeretnék, és mostantól csak az játszik szerepet az életemben.

– Aha, de csak ködösítesz. Esetleg titok, mi a hivatásod?

– Ha holnap velem tartasz, akkor elmondom, és még egy döntésemet is. Nos?

– Már megint zsarolod ezt a szépséget. Can, ne legyél ilyen szőrösszívű, ez nem te vagy – mondta Muzafer, és jót mulattak rajta.

– Ez tévedés. Nem zsarolom, csak szeretném vele tölteni a holnapi napot. Így ő választ kap, én meg egy jó társaságot. – Rám kacsintott, és mosolyra húzta a száját. Azok az apró kis gödröcskék, istenem! – Ha most arra gondolsz, hogy az interneten utána fogsz keresni, akkor csalódni fogsz. Tudod, a civil életemet soha nem osztottam meg a médiával. Tehát mit mondasz?

– De a barátaid...

– Igen, szerintem mindenki nevében mondhatom. Ebbe most nem fognak beleszólni, és ne feledd, mától a te barátaid is, igaz, Muzafer és Ece már régebb óta. Tudod, ez engem érint, így megkértem őket. Ezt én szeretném elmondani, ezért tiszteletben fogják tartani.

– Ez nagyon szép. Bravó. – Megjátszott sértődöttséget színleltem, de elmosolyodtam. – Mielőtt visszamegyek a szállodába, válaszolok, addig átgondolom. – Most én kacsintottam rá. Mindenki megtapsolt, hogy nem adom könnyen a válaszomat. Odajött mellém és a fülembe súgta:

– Ha velem tartasz, holnap, ígérem, mindent elmondok, amit csak tudni szeretnél – majd egy puszit nyomott nyakamra. A testem is beleremegett, annyira vágytam a csókjára. Még körülbelül félórát beszélgettünk, mikor Muzafer és Ece bejelentették, hogy nekik menniük kell, mert hajnalban kelnek. Kérdezték, elvigyenek-e a szállodába, de Mert és Elif kérték, hogy maradjak még. Megköszöntem, de közöltem, hogy majd hívok egy taxit. Can erre azt mondta: „dehogy hívsz taxit, majd én visszaviszlek". Ráhagytam. Elköszöntünk Muzaferéktől, gyorsan összepakoltunk mindent, csak az üdítők maradtak a kertben. Eliffel a konyhában is rendet raktunk, a maradékokat a hűtőbe tettük, aztán elmosogattunk és mindent a helyére raktunk. Közben beszélgettünk, de volt egy olyan érzésem, mintha mondani szeretne valamit. Aztán mielőtt indultunk volna, megfogta a karomat.

– Heni, nem tudom, helyes-e, ha erről beszélek, de szerintem tudnod kell.

– Miről? Hallgatlak.

– Nagyon szeretem Cant. Olyan, mintha a bátyám lenne; egy igazi úriember és nagyon jó barát. Csupa szív férfi, ugyanaz az ember maradt, mint aki volt, a hírnév ellenére is. Mindig azt mondja: „Mindig szem előtt kell tartani azt, hogy honnan indultál". Azután megjelentél az életében, és mióta összefutottatok, nagyon ki volt készülve, szinte aludni sem tudott. Voltak kapcsolatai, de soha senki miatt nem láttam még ilyen állapotban. Szerintem most igazából szerelmes – életében először.

– Ez most komoly? Én is mindig mindenkinek ezt tanácsolom, és jómagam is ezt az elvet követem.

– Amióta megtalált, újra kezd önmaga lenni, ma meg olyan volt, mint egy kisfiú. Lopva mindig téged figyelt, teljesen elvarázsoltad. De ez ugyanúgy rád is igaz; te is mindig őt nézted, és a levegő csak úgy szikrázik közöttetek.

– Igen, az igaz, eszméletlen vonzalom van kettőnk között, de mondtam már neki, közöttünk semmi sem lehet, több okból sem.

– Ne dobd el az élet által adott lehetőséget. Nem lehet olyan probléma, amit közösen nem tudnátok megoldani. Ez nem csak vonzalom, ezt mind láttuk és érzékeltük. Ilyen az életben csak egyetlenegyszer adatik meg, ne dobd el, mert életed végéig bánni fogod! Merj boldog lenni. Persze a te döntésed, és tiszteletben fogjuk tartani – és megölelt.

– Köszönöm, hogy ezt elmondtad. Nagyon sokat jelent nekem. – Ezután visszamentünk a többiekhez, beszélgettünk még egy kicsit, végül mindenki szedelőzködni kezdett. Én is indulni készültem, de Can odajött és kérte, hogy maradjak még vele egy kicsit, azután visszavisz a szállodába. Nem tudtam nemet mondani. Megvártam, míg kikísérte a többieket. Én még a kertben elbúcsúztam mindenkitől. Eliffel telefonszámot cseréltünk. A gondolataim már a másnap körül forogtak; tudtam, hogy egész nap vele tartok, de nem akartam rögtön igent mondani. Olyan boldognak éreztem magamat. Mi lenne, ha esélyt adnánk egymásnak? Hirtelen átkarolt hátulról, és egy puszit nyomott az arcomra.

– Örülök, hogy maradtál még egy kicsit.

– Én is örülök, vágytam rá, hogy kettesben legyünk.

Maga felé fordított és magához húzott. A fejemet a vállára hajtottam és beszívtam a finom illatát. Kíváncsi voltam, ő vajon mit érez. Felemeltem a fejemet és a szemeibe néztem. Pár percig szinte még levegőt sem tudtam venni, olyan szép szemek tekintettek vissza rám. Lehajolt, és finoman, simogatóan szájon csókolt.

– Can, mennem kellene.

– Kérlek, még ne menj! Alig voltunk kettesben, kérlek!

– De holnap lehetünk, ha veled tartok, nem?

– Ha velem tartasz, akkor az egész nap a miénk lenne. Igent mondasz?

– Ha megmondod, mit tervezel holnapra, akkor lehet.

– Én nagyon szeretem a tengert, és azt vettem észre, te is, édesem. Elvinnélek hajókázni, és megállnék egy kis szigeten.

– Nagyon jól hangzik. Azt hiszem, erre nem akarok, vagyis nem tudok nemet mondani. – Amikor ezt kimondtam, egy csókot kaptam.

– Gyere, akkor elviszlek a szállodába, bár nem szívesen. Aludhatnál itt is, van vendégszobám, ne érts félre.

– Ha fáradt vagy, nem gond hívok taxit.

– Szerinted azért nem szívesen viszlek vissza, mert fáradt vagyok?

– Hát, nem tudhatom – azzal eltoltam magamat tőle és a telefonomért nyúltam, de elkapott, magához húzott és úgy csókolt, mint a konyhában: először lágyan, játékosan, azután szenvedélyesen. Az egyik keze a fenekemen pihent, a másikkal a melleimet simogatta. Úgy csókoltam vissza, mint még soha senkit. Akarom ezt a férfit, mindenestől! Olyan hatalmas vágyörvénybe kerültünk, hogy mind a ketten hallattuk annak hangját. Abbahagyta, eltolt magától egy egészen kicsit.

– Még mindig úgy gondolod, a fáradtság miatt?

– Hát, isteni a csókod, de abból nem tudhatom. – Meg is lepődtem magamon, hogy provokáltam, mert pont én voltam, aki azt mondta, túl gyors ez.

– Igen? – Megsimogatta a fejemet és az arcomat, a szemeimre apró csókot lehelt. – Ha lehetne, folyton csókolnálak, a többit nem részletezem most. A csókod olyan, mint egy tilalom.

– Ezt nem értem. Miért egy tilalomhoz hasonlítod?

– Mert pontosan azt váltja ki belőlem. Javíts ki, ha tévedek, de ha valamit tiltanak, amit már egyszer megízleltél – legyen az a szerelem, szeretkezés vagy étel –, minél inkább tiltják, annál inkább csak azt akarnád. Nem?

– De nem tiltja nekünk? Senki. Felnőttek vagyunk, önálló döntésekkel.

– Ez így van, de csak a tilalomhoz hasonlítottam, mert folyton arra vágyom. A csókod ízére, a bőröd puhaságára, az érintésedre, az illatodra – ez mind megőrjít, annyira vágyom rá.

– Can, amit felsoroltál, az rám is igaz, de olyan sok minden szól ellene... kalandot pedig nem szeretnék.

– Kalandot én sem tudnék elképzelni senkivel, többre vágyom.

– De...

– Heni, nem tudom pontosan, mi ez, ami közöttünk van. Csak azt tudom, hogy az eddigi életem során még soha senki előtted nem váltott ki belőlem ilyen vágyat, és még csak ilyen hatással sem volt rám senki. Ismeretlen vizekre evezek, de ketten kellünk ahhoz, hogy kiderítsük, egyedül ezt nem tudom.

– Ugyanezt érzem én is, Can. Úgy vonzol, mint egy mágnes. Amikor átölelsz és megcsókolsz, olyan, mintha úgy lennék egy egész. Folyton a gondolataiban vagy. Érzem a bőrömön a leheletedet, érzem az illatodat, a csókod ízét. Szinte veled fekszem és veled kelek fel. De ott van a távolság... nem működne.

– Nagyon örülök, hogy mind a ketten ugyanúgy érzünk, mert ez egy jó kiindulópont is lehet. Holnap egész nap együtt leszünk, és megbeszélhetünk mindent.

– Igen, holnap sok mindent meg kéne beszélnünk.

– Gyere, édesem, most elviszlek a szállodába, reggel hét órakor szeretnék kihajózni.

Megfogta a kezemet és úgy mentünk az autóig, és ott is csak addig engedte el, míg ő is beszállt. Megcsókolta a kezemet, és indult is.

– A hajó a tied? – kérdeztem.

– Nem, apám örökölte az egyik nagybátyjától. Már pár hete elkértem. Szeretek kihajózni vele, és a gondolataimba merülni.

– Szóval akkor nem miattam? – mosolyogtam rá. Akkor még nem ismertük egymást.

– Hogy mégis kihajózunk, az miattad van.

– Megint összezavartál, Can.

– Mielőtt találkoztunk, úgy döntöttem, mégsem megyek ki. Döntések halmaza előtt álltam és szerettem volna a fiúkkal menni, de egyik sem ért rá. – Rám kacsintott.

– Sajnálom. Gondolom, szerettél volna velük lenni, esetleg beszélgetni.

– Nagyon jó barátok, szinte testvérek vagyunk mi négyen. Mindent megbeszélünk, és ha valakinek szüksége van segítségre, mi mind elsőként ott vagyunk egymásnak. Régen nagyon sok időt töltöttünk együtt, de – főleg miattam – ez lecsökkent. Remélem, újra több időt tudunk a jövőben együtt tölteni, vagy legalább beszélni egymással.

– Igen, ezt rögtön láttam, ezért is mondtam, hogy nagyon szerencsések vagytok.

– Igen, azok. De felnőttünk, már mindenki a saját családalapításán dolgozik, de a párjainkat is be szeretnénk vonni, mert úgy képzeljük, a jövőnknek is szerepet kell játszania egymás életében. Ez is egy nagy kihívás lesz.

– Can, ugye nem felejted el, de mi...

– Igen, tudom, lassan haladunk, szépen mindent megbeszélünk és együtt fogunk dönteni, hogy hogyan tovább. Ezért gondoltam a holnapra; ott senki nem fog zavarni minket.

– Köszönöm, de nekem holnap egy órakor videóhívást kell indítanom. Azt meg fogjuk tudni oldani valahogyan?

– Nem tudod áttenni valahogyan máskorra?

– Sajnos nem. Az alkalmazottaim nem beszélnek túl jól németül, és holnap, egy órakor a volt főnököm unokája megy ruhát nézni. Nekik csak a holnapi nap jó.

– Rendben, valahogyan megoldjuk, de akkor valahol ki kell majd kötnünk. Tudom már! Beülünk egy kikötőben lévő étterembe ebédre, utána te le tudod bonyolítani a ruhapróbát, és majd utána viszlek el a titkos helyemre.

– Köszönöm, édesem. – Közben leparkolt a szálloda előtt. Magához húzott, amennyire lehetett, és egy szenvedélyes csókot kaptam és adtam. Szerelmesek vagyunk egymásba, ez száz százalék, de hogy hogyan fog alakulni, azt még nem tudom. Még van tíz napom, de utána? Megsimogattam az arcát és egy gyors csókot leheltem az ajkaira, aztán gyorsan ki is szálltam.

– Szép álmokat, és köszönöm a szép estét!

– Én köszönöm, hogy széppé tetted a jelenléteddel. Szép álmokat, reggel találkozunk! De ne felejtsd el, fél hétkor itt várlak, reggeli a hajón.

– Értettem – intettem neki, és elindultam befele. Emírrel találtam magamat szemben az ajtótól nem messze.

– Ezt nevezem. De nem értem, szépségem.

– Neked is szia, de mondja, mi a gondja, édes, pimasz ifjú?

– Ez nem Muzafer barátja, Can Kaya volt?

– De igen, jól láttad, ő volt az.

– Ha te vele voltál, akkor a bátyám átvert?

– Nem, drágám, ők is ott voltak, csak én nem tudtam, hogy egy helyre megyünk. Azután ők korábban eljöttek, de én még maradtam a többiekkel, és most Can hozott vissza. Kielégítettem a kíváncsiságodat?

– Oké, akkor rendben van. De megcsókoltátok egymást. Meséltél neki rólunk?

– Komolyan, megcsókoltuk egymást? Észre sem vettem. De ígérem, holnap mindent elmondok neki rólunk, meg azt is elmondom, hogy össze akarunk házasodni, de te félsz apád haragjától, így titokban kell. A többit meg veled kell megbeszélnie. Így rendben van?

– Teljesen rendben van így, szépségem.

– Most megyek, lefekszem, elfáradtam, mozgalmas egy nap volt a mai.

– Ne már! Egy teát sem iszol velem?

– Máskor, drágám, reggel korán megyek el, így ha megkérlek, hatkor küldesz fel nekem egy kávét?

– Rendben, értettem. Kezdek kiszorulni az utolsó helyre; én csak arra vagyok jó, hogy kávét küldessek. – Olyan volt, mint egy durcás kisgyerek, ezen nagyon jót nevettem.

– Ha felvállalsz apád előtt, akkor beszélhetünk – kacsintottam rá.

– Jó pihenést, szépségem! – és egy puszit küldött. Komolyan, ez a fiatal férfi – mert már az – olyan kis pimasz. De nagyon szeretem.

– Jó munkát neked! – azzal beszálltam liftbe és a szobámba mentem. Ott a telefonomat – biztos, ami biztos – beállítottam öt órára, hogy legyen időm tusolni, meg összepakolni a holnapi napra pár dolgot és a kávémat is legyen időm meginni, mert anélkül egy tapodtat sem sehova. Írtam gyorsan egy üzenetet Gülbaharnak, hogy minden rendben és majd holnap este felhívom, elmesélek mindent.

***

Amikor hazaértem, szinte üresnek tűnt a ház. Máskor kimondottan élveztem, hogy becsukom magam mögött az ajtót és csak én vagyok. Most teljesen másképp éreztem: hiányzott valami. Vagy valaki. Bementem a konyhába, hogy igyak egy pohár vizet. De ahogy beléptem, szinte rögtön felelevenedett az első igazi, szenvedélyes csókunk. Szinte a testem is reagált. Olyan finom a csókja, amihez hasonlót még nem is éreztem. Tele van szenvedéllyel, tűzzel. Most már biztosan ő is szerelmes belém. Ilyen rövid idő alatt ilyen erős érzelmek, vágyak... mi ez, ha nem szerelem első látásra? Eddig marhaságnak tartottam. A filmekben sokszor játszottam azt, hogy szinte az első látásra beleszerettünk egymásba, de hogy a való életben is létezhet, ezt teljes mértékben kizártam. Most a saját bőrömön tapasztaltam meg. De abban is igaza van, és én is tudom, hogy mindent meg kell beszélnünk. Az eddigi életünket már felépítettük, mind a kettőnknek megvan a saját munkája. Amit abban a katalógusban láttam, az teljes mértékben lenyűgözött. Nem várhatom el, hogy feladja, és esetleg itt újraépítse. Biztosan nagyon sok munkája van benne. Továbbá ott a családja, akik egy másik országban laknak. Az pedig, hogy folyton ide-oda repkedjünk, ki van zárva: egy idő után teher lenne, vagy valami okból nem jönne öszsze. Most már teljesen biztos vagyok abban, hogy a filmezésnek végleg vége. Eleget fogok tenni még azoknak a kötelességeknek, amiknek kell, de senki nem tud rábeszélni a maradásra. Mehmet intézi a jogi oldalát, én pedig civil életet szeretnék, rendes magánélettel. Megittam a maradék vizemet és gyorsan le is feküdtem: korán kell felkelnem, reggelit ígértem a szerelmemnek. Ezzel a tudattal aludtam el.

8. FEJEZET

Ötkor felkeltem, felkaptam az edzőruhámat és elmentem a Boszporusz-partra futni. Most nem volt időm annyit erre, mint máskor, mert randevúm lesz a világ legszebb nőjével. Hazaérve letusoltam és pár dolgot összeszedtem, majd telefonáltam CeyCeynek, hogy készítsen össze két személyre, elvitelre egy fenséges reggelit. A szálloda felé úgy is útba esik. Azután fogtam a kávémat, gyorsan megittam, megfogtam a kulcsokat és indultam is. Az autóban jutott eszembe, hogy a táskámat bent felejtettem. Az eszemet veszítem el, csak minél hamarabb láthassam. Végre úton voltam, megcsengettem CeyCeyt, hogy itt vagyok, ő pedig kihozta az ajtóba a reggelinket egy szép nagy kosárban.

– Nagyon hálás vagyok, kedves barátom, hogy segítettél, köszönöm.

– Remélem, egy hölgyé lesz a második adag, nagyon megérdemelnéd, hogy végre rád találjon a szerelem.

– Reméljük, úgy van, de megyek, mert nem szeretnék elkésni. Valamelyik este visszahozom a kosarat, ezt pedig tedd el a korai fáradozásodért.

– Nem kell nekem plusz pénz, csak a reggelit fizesd ki, úgyis tudod, hogy minden reggel öttől itt vagyok és készülök a napra.

– De plusz munkát kértem, boldog vagyok, kérlek, tedd el!

– Szép napot nektek!

– Jó munkát, barátom! – azzal mentem is tovább. Még időben voltam. Otthon még aggódtam, milyen korán van, de most pont húsz perccel korábban parkoltam le. Ez húzós volt, de sehova nem szeretek későn érezni, inkább korábban. Akár be is mehetek, Muzafer már itt van. Beálltam egy üres parkolóba és bementem. Muzafer az ajtó forgására felém nézett, nagyon meglepett volt. El is mosolyodtam.

– Üdvözöllek, drága testvérem. Csak beugrottál hozzám, mert nem tudsz aludni?

– Üdvözöllek, testvérem! Elnéztem az órát. Aztán az eszembe jutott, hogy te már dolgozol, és arra gondoltam, beugrom hozzád. Ihatnánk egy gyors teát, meg sütizhetnénk. Tudod, ilyenek.

– Rád mindig van időm, de „sütizhetnénk"? – A telefon után nyúlt, és rendelt két teát.

– Iróniának szántam, nem komolyan mondtam. Heniért jöttem. – Leültünk az egyik bokszba, hozták a teát. – Tudod, már teljesen tisztán értem, amit mondtál, és igazad, igazatok van.

– Valóban? Tegnap nem tudtam kifejteni bővebben. De nagyon örülök, hogy magadtól jöttél rá. Tudod, most érezheted, milyen érzés az, mikor „Allah" az utunkba vezeti azt a személyt, akit nekünk szánt. Több éve barátok vagyunk veled és több éve ismerjük Ecével Henit is, de eddig soha nem találkoztatok. Most segítség nélkül összefutottatok, és lám, amit tegnap láttunk és érzékeltünk rajtatok, azt, ha igaz, csak a megfelelő személlyel tudjuk átélni életünkben.

– Tény, hogy korábban már azt hittem, szerelmes vagyok, de most teljesen biztos vagyok abban, hogy még a közelében sem voltam, testvérem. Heni az első pillanattól fogva tart, és most már azt is tudom, hogy én is őt. Azt is tudom, hogy vele szeretném leélni az életem hátralévő éveit, de erről még korai beszélni. Nem akarom ezzel elijeszteni.

– Amit tegnap láttunk rajtatok, az egyértelmű volt: ti ketten egyek vagytok.

– Igen, ez így van, de nagyon sok mindent meg kell beszélnünk és oldanunk, mielőtt bármerre is lépünk.

– Heninek nem volt könnyű elérnie mindazt, amije ma van. Vigyázz rá. Most nagyon boldognak látszik, de mi lesz, ha úgy dönt, nem lesz közös jövőtök? Két külön országban éltek, s mindegyikőtöket kötelek kötnek az országaitokhoz.

– Abba nem merek belegondolni. Mindent meg fogok tenni, hogy megoldást találjunk. Nem tudnám elengedni – már nem. Elfelejteni és feldolgozni pláne nem tudnám.

– Aggódom mind a kettőtök miatt. Téged ezer éve ismerlek, a testvérem vagy, ő pedig egy nagyon fontos tagja a családomnak is. Nagyon megérdemelnétek mindketten a boldogságot. Én biztosan mellettetek fogok drukkolni.

– Köszönöm, és tudom, hogy te és Ece a tűzvonal kellős közepén vagytok. Lassan jönnie kellene. – A telefonom kijelzőjére néztem.

– Itt lesz, nyugi, már hatkor felvitték a kávéját.

– Ott is van. Muzafer, most őszintén, láttál már ilyen szépet az életed során?

– Can, elfelejtetted? Nemsokára feleségül is fogom venni.

– Bocsáss meg, igazad van – azzal fel is álltam, hogy észrevegyen.

– De igaz, ami igaz, nagyon szép és csodálatos nő.

– Sziasztok, nem tudtok aludni? – üdvözölt minket vidáman. Odahajoltam, és a szájára egy üdvözlő kis csókot adtam.

– Én nagyon korán felkeltem, hogy az egyik fénypontját a napnak le ne késsem.

– Köszönöm, Muzafer.

Még jó, hogy barátok vagyunk.

– Üdvözöllek, édesem, remélem nem gond, hogy itt vártalak?

– Nem, dehogy. – Szorosan mellém lépett, tétovázott. Megfogtam a kezét és még szorosabban magam mellé húztam. Átkaroltam a derekát és még egy csókot adtam neki, ami kicsit hosszabb volt, mint az első, de nem bírtam ki: muszáj volt csókolnom. Azt hittem, el fog húzódni, de ő is természetesnek vette. Nagyon boldog voltam abban a pillanatban. Elköszöntünk Muzafertől, és összeölelkezve indultunk az autóhoz. Mondtam, hogy már nagyon vártam őt, még az időt is majdnem benéztem. A kikötőig szinte nem is beszéltünk. Azután megérkeztünk a hajónkhoz és felszálltunk rá. Én a konyhába vittem a CeyCey által készített reggelinket, ő pedig követett. Megkérdeztem, hogy most szeretne reggelizni, vagy a nyílt vízen.

– A nyílt vízen, kérlek. Bár ha te éhes vagy, akkor ehetünk most is.

– Kibírom, de akkor készülj, indulunk.

– Értettem. Mit kell csinálnom? Gyönyörű ez a hajó.

– Köszönöm, majd tolmácsolom apámnak. Bár biztosan meg fog lepődni.

– Miért?

– Mert még eddig soha nem hoztam női társaságot a hajóra. Csak Muzafer, Mehmet és Mert szokott velem jönni. Vagy egyedül.

– Akkor én vagyok az első nő, akit felmertél hozni a hajóra?

– Így van, édesem. Senki mást nem hoztam, és ezután sem szeretnék. Veled olyan természetes, hogy megosztom ezt az élményt. Boldoggá tesz, hogy itt vagy.

– Értem. Én is boldog vagyok, hogy itt vagyok. Mindig el szoktam menni egy-egy hajóútra a tengeren itt, Törökországban és Egyiptomban is, meg horgászni is.

– Szoktál a tengeren horgászni? – Ezzel nagyon meglepett.

– Igen, imádom. Izgalmas, mikor egy nagy halat tudok kivenni, de mindig visszaengedem.

– Mekkora volt a legnagyobb hal, amit kifogtál?

– Kétméteres. Majdnem három órába telt, mire ki tudtam húzni... nem csak ő fáradt el, szerintem én jobban.

– Nagyon megleptél. Nézd, látod ott azt az azúrkék foltot?

– Igen, gyönyörű.

– Ott lehorgonyzunk és reggelizünk. Rendben? Kibírod addig még?

– Addig biztosan.

Pár perc múlva megálltam és megterítettük az asztalt, én főztem teát és leültünk reggelizni. Szép és békés volt a tenger. Mindig ide menekültem, mikor a forgatások és a fotózások játszottak nagyobb szerepet az életemben. Itt senki nem tudott zavarni, és még a szerepeimet is nyugodtabban meg tudtam tanulni itt. A fiúkkal mindig kihajóztunk az öbölbe – szinte senki sem jár oda csak mi páran, hazaiak. Úgy döntöttek, ezt elzárják a turisták elől. Ez egy bölcs döntés volt. Remélem, Heninek is tetszeni fog.

– Can, merre kalandozol?

Olyan szép a mosolyod, édes szerelmem, egész nap bele tudnék feledkezni. Tudom, ma minden el fog dőlni, esélyt kell adnod nekünk.

– Ne haragudj, de mindig rabul ejt ez a csodálatos látvány, és arra is gondoltam, milyen szép a mosolyod.

– Köszönöm, de ugye nem felejted el, hogy egykor muszáj internet-közelben lennem?

– Nem felejtettem el. Úgy terveztem, itt elidőzünk egy kicsit, azután elmegyünk egy kikötőbe, ott beülünk ebédelni és le tudod bonyolítani, amit le kell, majd elviszlek egy csodálatos öbölbe. Reggeli után kezdhetnénk beszélgetni. Mit szólsz?

– Tökéletes, mint a reggeli, amit hoztál. Ugye nem te készítetted?

– Lebuktam; nem. CeyCeyt kértem meg, nekem sajnos nem volt annyi időm, de most megígérem, készítek neked a saját kezemmel is egy finom reggelit valamikor.

– Aha, szóval van egy titkos fegyvered – nevette el magát.

– Te vagy az én titkos fegyverem.

Itt ülsz velem szemben, a pillantásod fogva tart, a szívem hangosan dobog, szinte azt érzem, ki fog ugrani. Az illatod megőrjít, na és a vágy, hogy öleljelek és csókoljam azokat a csodás ajkaidat.

– Szóval fegyver vagyok? Azért ezt ne túl gyakran hangoztasd.

Beszélgettünk a gyerekkorunkról, jó pár élményt megosztottunk. Volt, ami olyan vicces volt, hogy percekig nevettünk rajta, de voltak olyan élmények is a részéről, amiknek nem örültem, hogy át kellett élnie. Olyankor átöleltem, néha meg is csókoltam. Nem ellenkezett; ugyanúgy vágyott rám, mint én rá. De hirtelen megszólalt a telefonomon beállított időzítő.

– Valaki keres? – kérdezte kissé eltolva magát tőlem.

– Nem, csak beállítottam, hogy jelezzen, mikor kell indulnunk.

– Olyan gyorsan eltelt ez a délelőtt! – Szinte csalódott volt a hangja. Odament a korláthoz és a tenger felé fordult, itta a látványt, mint ahogyan én is, csak én épp az ő látványát. Átkaroltam és magam felé fordítottam, kisimítottam egy hajtincset az arcából és hosszan néztem a szemeibe. Most nem is tudtam volna pontosan megmondani, milyen színűek. Most inkább zöldesnek tűntek. A vágy csillogását véltem még felfedezni bennük. Lehajoltam és lágyan megcsókoltam, aztán a nyelvemmel utat törtem, és válaszul az ő nyelve is kereste az enyémet. Egyre szenvedélyesebb lett a csók, és őrjítő vágy tombolt a testemben. Úgy simult hozzám, hogy éreztük egymás testének minden apró rezdülését. Elkezdtem csókokkal borítani a nyakát – isteni az illata –, a kezem vándorolni kezdett. Az egyik mellét alig észrevehetően megsimogattam, mire apró nyögések hagyták el az ajkait. Teljesen végem volt, megőrjített a vágy, akartam őt minden percben, órában, amíg élek. Halkan feltört a vágy hangja belőlem is.

Elkezdett simogatni, a nyakamat megérintette az ajkaival is... nem tudom, meddig vagyok képes még türtőztetni magamat. A szájára tapasztottam a számat, a nyelvét kerestem, ami azonnal fogadta a szenvedélyt, amit a nyelvem keltett. Ha nem állok le most, akkor nem tudom betartani, amit ígértem. Szeretnék a testével is eggyé válni, de nem most, nem így. Ki fogom várni, amíg ő kéri. Nem szeretném, ha utána megbánná. Eltoltam magamtól. Hirtelen nem is értette, most mi történt.

– Édesem, indulnunk kell, különben nem leszünk időben az étteremben, és nem fogsz tudni videó-telefonálni.

– Igen, értem. Köszönöm, hogy te józan maradtál. Magunkról beszéltünk, de rólunk még semmit. Addig nem is lenne helyes, ha továbblépnénk. Bár szerintem most nagyon a határán táncoltunk. Can, én nem szeretném később megbánni... ha most továbbléptünk volna, biztos vagyok benne, hogy később megbánnám.

– Ne aggódj! Megígértem, hogy minden úgy lesz, ahogyan te szeretnéd, de nagyon nehéz távol tartani magamat tőled. – Hozzám bújt és megcsókolt. De csak rövid csók volt.

– Induljunk, én már nagyon éhes vagyok.

– Én is éhes vagyok, de nem ételre – kacsintottam rá.

– Kölcsönös – kacsintott vissza. Valami szomorúságot fedeztem fel a hangjában, de tényleg indulnom kellett, mert elkésünk, és nem tud beszélni az ismerőseivel. Míg kormányoztam, ott ült mellettem és a tengert nézte. Vajon mi járhat most a gyönyörű fejében? De egyikünk sem szólt semmit. Kikötöttem, a parton található kis étterem teraszára leültünk és rendeltünk ételt. A telefonját nézte: már háromszor hívták. Telefonált, majd még egyet, de azt már értettem is, mert németül beszélt. Gyorsan elővette a táblagépet és indította is a chatet. Pont szemben ültem neki, a szemüvegemet nem vettem le, csak néztem és hallgattam. Most egy egészen más arcát ismerhettem meg. Határozott, hivatalos, mégis barátságos. Úgy irányította az alkalmazottakat, mint egy kapitány, bár abból, amit magyarul mondott, egy kukkot sem értettem, de amit németül, abból kikövetkeztettem, meg a neveket azért felismertem. Közben a pincér kihozta az ételünket. Sokat nevettek, de közben nekiállt enni is, még így is teljesen képben volt. Megszólalt a telefonja, azt is felvette, de abba törökül beszélt.

– Nem, tudom, de ha visszaértem, akkor rögtön felhívlak. De ha túl későn, akkor holnap meglátogatlak, rendben? Most mennem kell. – Letette a telefont és folytatták a kétnyelvű társalgást. Már a kávét hozták ki, mikor elbúcsúztak.

– Köszönöm, hogy türelmes voltál, ezt most másképpen nem tudtam volna megoldani. Isteni finom volt az ebéd, köszönöm.

– Semmi gond, így láthattalak munka közben is. Ez az oldalad is nagyon tetszett. – Megfogtam a kezét, és egy csókot adtam rá.

– Most már szabad vagyok, mint a madár. Mehetünk a titkos öbölbe – mosolygott rám.

– De valakinek telefonálnod kell, ne menjünk vissza Isztambulba? – próbáltam kideríteni, ki volt a titkos hívó.

– Majd este hívom. Vagy már nem akarsz elvinni? Nos, nagyfiú?

– Ha így provokálsz, akkor nem tudom, mikor fogsz a szállodába érni. – A labda visszadobva, na, erre mit lépsz?

– Szóval inkább megfutamodsz. Ha nem akarsz odavinni, nem gond, nekem már a tengeri hajózásért is megérte. – Kiöltötte a nyelvét.

– Komolyan provokálsz, de gyere, majd kint, a nyílt vízen legyen nagy a szád. – Megfogtam a kezét, és elindultunk vissza a hajóhoz. Nem tudtam meg, kivel beszélt, de feladtam.

– Biztonságos az az öböl, ahova megyünk?

– Csak nem félsz?

– Nem, de szeretem tudni, és szeretnék a vízbe menni. Én ezt nem félelemnek nevezném, kedvesem.

– Oké, de csodálatos öböl, majd meglátod, nagyon szép az élővilága, tele van korallokkal is.

– Nagyon várom, mikor érünk oda? – Olyan izgatott lett, mint egy kisgyerek, a szemei úgy csillogtak, mint a legdrágább ékkő. Mondtam neki, hogy körülbelül félóra, és ott leszünk.

– Egyiptomban imádom a Vörös-tenger élővilágát, eddig még sehol máshol olyan szépet nem láttam. Nagyon kíváncsi vagyok.

– Voltam párszor én is ott, és szerintem sincs párja. Varázslatos és színes az egész élővilág, amit ott látni lehet.

– Ugye? Most novemberben cápamerülésre megyek, már nagyon várom.

– Mi van? Cápamerülés?

– Igen, nyugi, csak rácsban leengednek, és onnan csodálhatom őket. Bár még nem tudom, milyen érzés lesz, de annyira csodálom azokat a halakat. Szépek, és tiszteletet kíván az egész megjelenésük.

– Nem sok embert ismerek, aki cápák közé akar menni, még ha rácson belül is. Mert már többször volt, beszélj vele. – Nagyon meglepett, sőt, de ott volt előttünk az öböl, amit fel is fedezett.

– Istenem, de gyönyörű! Mondd, hogy oda megyünk!

– Igen oda. Nos, igazam volt?

– Amit eddig látok, teljesen. – Kikötöttünk, és kimentünk egy kissé eldugottabb helyre. Ott lepakoltuk a dolgainkat, majd hirtelen odajött, átölelt és megcsókolt. Aztán lekapta azt a lenge kis ruhát, ami rajta volt, megfordult és elindult a tenger felé. Visszanézett.

– Te ott maradsz? Gyere! Olyan szép!

Igazad van, nagyon szép. De én csak rólad tudom most ezt elmondani.

Levettem a ruháimat. A vágyam most láthatóbb volt, de reméltem, a víz kicsi segít rajtam. Még szerencse, hogy rajtunk kívül senki nem volt ott. Elindultam utána.

***

Can csak úgy berohant a vízbe. Nagyon szép helyre hozott. A tenger színét pontosan meg sem tudtam határozni, vagy mégis... Azúrkék, és voltak foltok, ahol azúrzöld volt. Ahol lepakoltunk, finom szemcsés, majdnem fehér homokos part volt, és sziklák ölelték körbe a partot. Lebuktam a víz alá, ahol gyönyörű korallok és szép halak vettek körül. Törökországban eddig ez volt a legszebb élővilág. Nem is csodálkozom, hogy nem szeretnék megosztani a nyaralókkal. A víz tisztasága nagyon csalóka volt: le szerettem volna tenni a lábaimat, de messze nem ért le, így ittam rendesen a sós vízből. Can termett mellettem.

– Jól vagy? Itt nagyon mély a víz. Gyere a part felé, szólok, ha leér a lábad.

– Igen, semmi baj, csak gondoltam, megkóstolom – próbáltam mosolyogni, de követtem. Amikor szólt, leraktam a lábaimat. Körülöttem csodaszép, színes halak úsztak, ő pedig egyszer csak átölelt és magához húzott. A szája a nyakamat simogatta, apró csókokkal kényeztetett, az egyik keze lecsúszott a fenekemre és magához szorított, a csípőjéhez. Éreztem a vágyát, ami bennem is lobogott; édes volt és már fájt, annyira kívántam. Kezemmel felemeltem az arcát, hogy a szemembe nézzen; a vágy lángja tükröződött benne, akárcsak az enyémben. Csókra nyitottam az ajkaimat, sokáig nem is váratott. Olyan szenvedéllyel csókolt, hogy ha nem fogott volna, biztosan össze is esem. Annyira kívántam, azt akartam, hogy a testünk eggyé váljon, magamba akarom fogadni kemény férfiasságát. Olyan erős vágy kerekedett fel bennem, hogy az szinte már fájt, de amíg nem tisztázunk le mindent, nem lenne fair vele szemben. Ám a testem ösztönösebben viselkedett: a lábaimat a csípője köré emeltem, így még jobban éreztem a keménységét. Ösztönből elkezdtem a csípőmet mozgatni, ami halk nyögéseket eredményezett mind a kettőnknél. Az egyik kezével a fenekemnél tartott, a másik keze a mellemet simogatta, a nyelvével a nyakamat izgatta, majd elindult lejjebb. Rám nézett, és kifejtette az egyik mellemet a bikinifelsőből. A víz már a puszta bőrömet érintette – felemelő érzés volt. Újra csókolt, egyre szenvedélyesebb volt, bár nem tudom, hova lehetett ezt még tetézni. Az ujjaival a mellbimbómat izgatta, azután a nyelvével követte az ujjait. Szinte megőrültem; a csípőmet még jobban hozzászorítottam és elkezdtem

131

körkörös mozgásokat leírni rajta. A vágy hangja, amely elhagyta a száját, még jobban feltüzelt.

– Ha nem hagyjuk abba, itt rögtön a magamévá teszlek, annyira megőrjítesz. Benned akarok lenni, eggyé akarok válni a testeddel – mondta, közben a szemeimbe nézett. Láttam, hogy tényleg a határon van, akárcsak én. Leemeltem a lábaimat a csípőjéről, de nem húzódtam el.

– Igazad van, de nem tagadhatjuk, hogy ugyanazt akarjuk. Pár dolgot még szeretnék elmondani, és szerintem neked is van még mit elmondanod. Nem lenne jó – nekem legalábbis nagyobb fájdalmat okozna a szívemben –, ha szerelmeskednénk, és többé nem találkoznánk.

– Szerintem nekem is örök fájdalmat okozna. Én megyek, úszom egy kicsit, valahogyan le kell higgadnom. – Visszahúzta a mellemre a bikinifelsőt, de előtte még megpuszilta a mellemet, utána egy szenvedélyes csókot adott. – A parton találkozunk – azzal erős karcsapásokkal el is indult befelé. Én is elindultam utána, de nem tudtam olyan gyorsan úszni, így inkább a tenger élővilágából próbáltam visszanyerni a lelki erőmet. Aztán egy idő után úgy gondoltam, ideje kimennem a partra. Ahogy elindultam és kinéztem, egy négytagú családot vettem észre; pont akkor rakodtak le nem messze tőlünk a parton. Elkezdtem kiúszni, de még mindig gyönyörködtem a halakban, amik körülöttem úsztak. A partra érve kerestem Cant, aki pont akkor bukkant fel jóval messzebb, de ő is indult vissza. Megnyugodtam. Pár méterre volt, mégis hiányzott. A parton törülközőt tekertem magamra, és köszöntem a mellettünk letelepedőknek. A gyerekek alig lehettek négy- és ötévesek. A homokban próbáltak építeni, az anyjuk meg próbálta bekenni őket – kisebb-nagyobb sikerrel. Az apjuk még mindig pakolt. Hajót nem láttam. Can is kiért, ő is törülköző után nyúlt, egy csókot adott és a fülembe súgta: – Hiányoztál. – Azután megtörülközött, és letelepedett mellém. Ő is azon mosolygott, hogy a gyerekek nagyon nem akarták, hogy az anyjuk bekenje őket.

– Can, nem látok másik hajót. Van itt másik út is?

– Igen, autóval is ki lehet jönni ide. – Közelebb hajolt, és a fülembe súgta: – Jó döntést hoztunk.

Egyből tudtam, mire értette: ha nem hagyjuk abba, akkor ezek négyen szemtanúik lettek volna a szerelmeskedésünknek. Kezemmel megsimítottam az arcát, majd egy puszit adtam neki. Kifeküdtünk kicsit, hogy megszáradjunk.

– Lassan indulnunk kell, nem? Kérlek, ígérd meg, hogy ide kijövünk még!

– Lassan igen. Annyiszor foglak kihozni ide, amennyiszer szeretnéd, ezt megígérem most.

Élveztük a nap melegét a bőrünkön. Amikor mind a ketten megszáradtunk és elkezdtünk összepakolni, már egyre többen érkeztek. Elköszöntünk, és visszamentünk a hajóra. A hajón hirtelen akartam megfordulni, majdnem elestem.

– Csak nem? Megint meg kell mentenem téged? – mosolygott rám, az apró kis gödröcskéi nagyon jól kivehetők voltak.

– Kezdhetnéd egy csókkal. – Nem is gondolkodtam, ez csak kifutott a számon. Mennyire igaz volt; nagyon vágytam a csókjára, de még mennyire… ez a szép környezet sem segített józannak maradni.

– Szívemből szóltál, szerelmem. Gyere csak ide! – és már húzott is közel magához. A számat játékosan érintette, de már ez is gyötrelmes fájdalommá vált, olyan erős vágy kerekedett fel bennem. Mégis édes volt, ezért kinyitottam a számat és vártam a nyelve játékát, amivel nem is késett – szenvedélyes volt, akárcsak én. De azután abbahagyta.

– Sajnos indulnunk kell.

Nekem azonban ez nem volt elég. Megcsókoltam, amire nem mondott nemet. Viszonozta, nem is akárhogyan. Keze a fenekemet simogatta, és mikor magához szorított, éreztem kemény férfiasságát, szinte fel is nyögtem. Éhes voltam, de nem ételre, hanem Can szerelmére. Mégis eltoltam magamat, így megadóan megsimogatta az arcomat és csókot lehelt a homlokomra. Aztán mondta, indulunk. Odament a kormányhoz, én meg letelepedtem a padra. Jól állt neki ez a szétengedett haj is, ami enyhén hullámos volt. Széles vállai tele izommal, kockás, feszes has.

Hosszú, izmos, formás lábak. Igazi görög szobor, és ez mind az enyém lehetne. Soha nem a külalak vonzott egy férfiban, de most, ahogy így elnéztem az előttem álló alakot, meg kell, hogy mondjam, megértettem azokat a nőket, akik egy testbe szerelmesek tudnak lenni. De én csak gyönyörködtem benne, nem tudtam volna azt mondani, hogy ebbe és ebbe a testrészébe szerelmes vagyok. Én úgy vagyok szerelmes belé, amilyen, ahogy van: a belső kisugárzásába. Én most hetven kiló vagyok lapos hassal, hosszú lábakkal és nagy mellekkel, de ez nem volt mindig így. Majdnem a dupláját nyomtam a jelenlegi kilóimnak. Amikor teherbe estem, nagyon feljöttek a kilók még úgy is, hogy elment a magzat. Dohányoztam is, de azt is letettem. További kilók jöttek rám, és az a durva, hogy akármit is csináltam, semmi sem segített. Amikor eldöntöttem, hogy megváltoztatom az életemet, felkerestem egy orvost, aki segített. Nagyon nehéz volt, de sikerült: már négy éve tartom a súlyomat és bármit ehetek.

Újra Cant néztem. Észre sem vettem, hogy időközben felvett egy rövid ujjú felsőt. Hiába, minden jól áll neki. Vajon hogyan fog reagálni, ha elmondom neki a fő okot, ami miatt nem tudnám magamhoz láncolni? Lehet, hogy azt fogja mondani, köszöni szépen, de ő családot akar, és én nem lennék elég neki így egy életen át. Ezt fájó szívvel, de fel kell majd dolgoznom. Elfordítottam róla a tekintetemet és a tengert csodáltam. Hirtelen delfinek bukkantak fel, Can pedig leállította a motort. Ő is odajött, és megnézte a kis csapat játékát. Szerettem volna bemenni közéjük, hogy nekik sírjam el azt, ami fáj, de Can azt mondta, itt nem veszélytelen; cápa is lehet. Megadóan intettem, és néztem a felugráló delfineket. Készítettem pár képet, a többivel este átküldöm anyukámnak. Elvonultak, de egy odamerészkedett a hajó mellé. Úgy nézett a szemeimbe, mintha minden gondolatomat hallotta és érezte volna. Megpróbáltam megsimogatni, de messze volt. Ugrott egy nagy szaltót, és elúszott ő is. Már csak az emléke maradt meg. Míg tovább néztem a tengert, Can újraindította a hajót. Hirtelen az jutott az eszembe: ha nem láthatom többet, akkor képes leszek újra Isztambulba jönni? Felálltam és a szétengedett hajamat kicsit meglengettem, de már majdnem száraz volt. Egy idő után erőt vettem magamon, pedig még szívesen halogattam volna.

– Oké, akkor kezdjük. Először is, tartozol nekem egy válasszal.

– Én? Mivel? – Mosolygott. Csókot küldött.

– Még ha tele is vagyok vággyal irántad, én akkor is tudok józan maradni – öltöttem ki a nyelvem hegyét felé.

– Vigyázz azzal a vágykeltővel, mert itt rögtön alattam találod magadat.

– Na de uram, hol a jó modora?

– Kedves hölgyem, akkor moderálja magát! – kacsintott rám.

– Mit gondolsz, mi vagyok a civil életemben?

– Szóval barkochbázni akarsz.

– Lenne egy annál sokkal jobb ötletem is.

Szemeiben máris a vágy tükröződött.

– Oké. Azt mondtátok, négyen barátok vagytok, de mindegyikőtök más területen dolgozik. Tehát ki van lőve az ügyvéd, a menedzser és a közgazdász. Valahogyan egyiket sem tudom elképzelni neked.

– Négy kemény évet tanultam az egyetemen, a modellkedést akkor kezdtem. Poénnak indult. Azután felkértek egy filmszerepre, utána követte több is. Nagyon szerettem a különböző karaktereket, de ami utána van – a partik meg a reflektorfény –, az nem az én világom.

– De még mindig forgatsz. Ha ennyire nem szereted a reflektorfényt, akkor miért nem hagyod abba?

– Abbahagytam. Egy nappal korábban, hogy találkoztunk, fejeztem be az utolsó filmemet. Felkértek egy újabb film főszerepére, de mondtam Selimnek, hogy kérek két hét gondolkodási időt, mert abba szeretném hagyni.

– De sehol nem olvastam, hogy befejezed, és a civil életedre összpontosítasz.

– Majd három hét múlva lesz egy parti a befejezett film örömére. Ott fogjuk hivatalosan is bejelenteni. Addig csak a hozzám közel állóknak mondtam el.

– Köszönöm, hogy velem is megosztottad. De akkor mit is tanultál? Mi az, amit a civil életben dolgozol?

– A forgatások alatt és között is dolgoztam, plusz még két évet tanultam, hogy ha úgy hozza a sors, Európán belül bárhol dolgozhassak.

– Most már teljesen össze vagyok zavarodva. Tegnap azt mondtad, ha ma eljövök, akkor megmondod. Kérlek!

– Orvos vagyok. – Olyan büszkeséggel és szeretettel a hangjában mondta, hogy rögtön tudtam, azért lett orvos, mert nagyon szereti.

– Komolyan mondod! Most teljesen megleptél. Erre biztosan nem gondoltam volna.

– Igen, gyerekkorom óta az szerettem volna lenni. Addig tanultam, míg az nem lettem, nagyon szeretem. Utána még két évet tanultam, így Európán belül bárhol tudok praktizálni.

– Akkor ez miatt fejezted be a filmezést. Megértem.

– Igen, elég volt. Míg színészkedtem, heti egy-két napot tudtam csak a kórházban dolgozni, és az nekem nem elég. Mindennap csak orvos akarok lenni, és végre felépíteni a jövőmet. Civil élet. Ez az én vágyam. – Közben lehorgonyzott, nem messze a kikötőtől. Szinte ki is lehetett volna úszni. Nem is értem, miért nem a kikötőbe állt be.

– Én sokáig kerestem, mit szeretnék csinálni, csak az volt a célom, hogy jó fizetésem legyen. Azután Ausztriában megtaláltam azt a családi éttermet, ahol tíz évig dolgoztam. Nagyon szerettem, néha még most is kimegyek dolgozni hozzájuk, ha sok asztalfoglalásuk van.

– Még most is? Láttam az albumodat, csodálatos menyaszszonyi ruhákat készítesz, ez hogyan jött?

– Munka mellett elkezdtem babakelengyéket készíteni, és az egyik közösségi hálón csináltam egy csoportot kismamáknak. Azután bővítettem egyedi baba- és gyermekruhákkal, és kismamaruhákkal is. De mindig az volt a vágyam, hogy készíthessek legalább egy általam tervezett menyasszonyi ruhát. De hogy magamtól varrjak egyet, az lehetetlen volt: minden alapanyag nagyon drága volt. Azután egy nagyobb vagyonhoz jutottam. Vettem egy nagy telket, felépítettem álmaim házát, egy műhelyt és bemutatótermet. Felvettem három embert és nekiálltam. Tovább készítem ma is a babakelengyéket és minden mást, de egy évben körülbelül tíz új ruhával bővül a kínálatom, és mind az én terveim alapján. Most kölcsönzöm a ruháimat.

– Le vannak védetve?

– Nem, nincsenek, de pont a napokban gondoltam rá, hogy le kellene védetnem.

– Kérd meg Mehmetet, nemzetközileg elismert ügyvéd, szerintem örömmel levédetné neked.

– Lehet, hogy megkérem, mert nem szeretném, ha valaki másolná őket.

– Akkor te most egy elismert divattervező vagy?

– Nem, én sem szeretem a rivaldafényt, így nem is reklámozom. Ennek ellenére sokan tudnak rólam. Vittem már ruhát Németországba, Ausztriába, Törökországba, Szlovéniába. De ezek mind ismerősökön keresztül. A csoportba is folyamatosan minden új dolog, ami készül a műhelyben, rögtön fel van rakva. Nem járok, és nem is fogok menni bemutatókra. Az nem én lennék. Röviden, tömören.

– Akkor most már te is azt csinálod, amit szerettél volna. Igaz?

– Igen, minden percét szeretem, de igazából a tervezés és a kivitelezés az, ami nagyon én vagyok. Van olyan ruha, ami két vagy három hónapig is készül.

Felállt, és felhúzott magához. Lehajolt és megérintette a számat, azután a nyakamra vándorolt. A keze elkezdett barangolni a testemen.

– Annyira szeretném, ha a barátnőm lennél! Mondd, lehetséges lenne?

– Can, ez nem ér, elvonod a figyelmemet, még nem fejeztük be. – De szája a számra tapadt, és a nyelvével már furakodott is a számba. Szenvedélyes volt, a keze a ruhám alá siklott és a bőrömet simogatta. Még jobban a testéhez simultam. Istenem, most nem veszíthetem el a fejemet! Eltoltam magamat, és hogy oldjam egy kicsit a hangulatot, megkérdeztem:

– Most meg szeretnél vizsgálni? – mosolyogtam rá.

– Hát ahhoz, hogy én vizsgáljalak meg, kérlek, ne haragudj meg, de kicsit öreg vagy – nézett rám megjátszott szigorral.

– Ezt hogy érted?

– Gyermekorvos vagyok, szerelmem.

– Tessék?

Biztosan érezte az ijedséget a hangomba, mert rögtön elengedett és a szemeimet fürkészte.

– Ez most miért ijesztett meg ennyire?

– Ha gyerekorvos vagy, akkor nagyon szereted a gyerekeket.

– Igen, nagyon szeretem a gyerekeket, és hidd el, a kis betegeim is imádnak engem – húzta ki magát büszkén. Bennem viszont egy pillanat alatt összeomlott minden; olyan sírhatnékom lett, hogy alig bírtam tartani magamat.

– Remélem, majd nekem is megadatik, hogy a gyermekemet a kezembe tarthassam.

Na, most döfte belém a nagykést. Át szeretett volna ölelni, de feltartottam a kezemet, jelezve, hogy ne nyúljon hozzám. Összetörtem, és már a könnyeimet sem tudtam tovább viszszatartani. Úgy sírtam, mint egy kisgyerek. Mondd, istenem, miért? Szerelmes lettem, ő is belém szeretett. Még ha a távolság kérdését meg is tudnánk oldani, gyermekkel sohasem tudnám megajándékozni, és nem szeretném megvonni tőle azt a boldogságot, hogy a saját gyermekét tarthassa a kezében. Annyira sírtam, és a fejemben csak úgy röpködtek a gondolatok, hogy észre sem vettem, hogy előttem térdel és a könnyeimet próbálja törölgetni.

– Heni, szerelmem, mi a baj? Kérlek, mondd el, hadd segítsek. – Át akart ölelni, de nem hagytam.

– Kérlek ne! Can, kérlek, vigyél a partra, kérlek! – Szinte könyörögtem.

– Rendben van. De ugye tudod, hogy ezt meg kell beszélnünk?

– Tudom, és meg is fogjuk, ígérem. De most kérlek, menjünk.

Elindította a hajót, de folyamatosan engem nézett. A könnyeim záporként hullottak, a szívemben olyan fájdalom tombolt, hogy ebben a pillanatra semmire nem vágytam jobban, mint egyedül lenni és jól kisírni magamat. Kiértünk a kikötőbe, ki is kötött, felém fordult, a pillantásunk összeakadt. Nem akartam elengedni a tekintetét, vagyis nem tudtam.

– Heni, én szerelmes vagyok beléd. Ha veled vagyok, csak akkor érzem magam egész embernek. Te vagy a másik felem, veled szeretném leélni az életem hátralévő részét. Olyan biztos vagyok az érzéseimben, mint hogy itt állunk egymással szemben. Tudom, ez most ijesztően hangzik, mert rövid ideje ismerjük egymást, de hidd el, ez valódi, nem fellángolás és nem is csak testi vágy. Téged kereslek, és a szerelmet csak pár napja tudom megélni – veled. Kérlek, mondd el, mi a baj, együtt mindent meg tudunk oldani. Kérlek!

Ezek a mondatok mintha belőlem szakadtak volna fel. Ugyanezt éreztem, szinte el sem tudtam képzelni azt, hogy nélküle is teljes életet tudok majd élni, de nem láncolhattam magamhoz. Zokogtam, már szinte beszélni is képtelen voltam. De nem létezik olyan, hogy mi! Nem lehet közös jövőnk.

– Tudod mit? Nem is kell a szállodába vinned, sétálok egyet egyedül.

– Ilyen állapotban, kérlek, ne menj egyedül! Hadd vigyelek el legalább a Boszporusznak arra a partjára, ahol üldögélni szoktál, onnan a szálloda sincs messze. Nem tudom, mit mondtam vagy tettem, de hidd el, az lenne a legutolsó, hogy szándékosan megbántsalak. Ne haragudj, ha megbántottalak.

– Can, kérlek, most ne kérdezz semmit! Nem mondtál vagy tettél semmit. Nem a te hibád. Adj időt, hogy össze tudjam szedni magamat.

– Tudom, szeretsz, szerelmes vagy belém. Máskülönben csak elmennél, de féltelek, kérlek, engedd, hogy elvigyelek.

– Képtelen vagyok most beszélni, de rendben, vigyél a Boszporuszhoz.

– Gyere, akkor odaviszlek, de próbálj megnyugodni. Ígérem, nem foglak faggatni, meg sem szólalok, de engedd, hogy addig is fogjam a kezedet.

– Ne haragudj, de nem. Can, nekünk nincs közös jövőnk, hiába a szerelmünk, az nem elég.

Tudom, hogy el kell mondanom neki, de nem most. Össze kell szednem minden erőmet és gondolatomat. Össze fogom törni a szívét, de legalább neki lesz esélye továbblépni és majd szerelmes lesz valakibe, aki megajándékozza egy vagy két gyermekkel. Erre a gondolatra megint elkezdtek záporozni a könnyeim. Már úton voltunk a Boszporuszhoz, de nem maradhattam ott és a szállodába sem mehettem. Valakivel beszélnem kellett, valahova el kellett mennem, ahol nem zavarnak. Abban biztos voltam, hogy mindenkit mozgósítani fog és a nyakamra fognak járni – egy nyugodt percem sem lenne. De mit csináljak? Megérkeztünk.

– Csodálatos napot ajándékoztál nekem. Köszönöm.

– Hát most ezt nem tudom elhinni, ne haragudj.

Áthajoltam hozzá, megsimogattam az arcát, a szakállát, és megcsókoltam; úgy csókoltam, mintha ez lenne az utolsó csók az életemben. Annyi szenvedély, vágy volt a csókjában, hogy már majdnem elhittem: közösen mindent meg fogunk oldani. A testem sajgott a fájdalomtól, annyira kívántam... eddig talán férfira még így soha nem vágytam. De kibontakoztam az öleléséből, elhúzódtam tőle, de a pillantásától szinte képtelen voltam. Kezemmel megsimogattam az arcát és lágyan megérintettem az ajkait, amit valószínűleg többé már nem csókolhatok. Megfogtam a kilincset, de mielőtt kiszálltam volna, visszafordultam:

– Can, kérlek, adj egy-két napot nekem, ne keress addig. Ígérem, keresni foglak, és mindent elmondok majd.

– Heni, kérlek, ne kérd tőlem ezt! Alig találtalak meg... tudod, mióta várok rád?

– Can, hidd el, sokkal többről van szó, mint amit el tudnál képzelni. Most képtelen vagyok erről beszélni. – Gyorsan kiszálltam és elindultam a partra. Olyan fájdalom kerekedett felül bennem, hogy üvölteni tudtam volna kínomban. Leültem egy távolabb eső padra, és utat engedtem a könnyeimnek. Istenem, milyen játékot játszol velem? Miért mutattad meg, milyen lehetne egy férfi mellett, aki ugyanúgy szerelmes belém, mint én belé, ha én nem tudom megadni neki azt, amire, ha most még nem is, de évek múlva egyre jobban fog vágyni? Nem tudom, mióta üldögéltem ott, majd elővettem a telefonomat és Gülbahart hívtam.

– Drága húgom, már azt hittem, el kell mennem a szállodába, hogy megtudjam, mi történik. Mesélj!

– Gülbahar... – csak ennyit tudtam mondani, és már zokogtam is.

– Heni, mi a baj? Kérlek, ne sírj! Mondd el, kérlek! Ne hagyd, hogy a pocakomban három babával idegeskedjek.

– Ne haragudj, erre nem is gondoltam – szedtem össze gyorsan magamat, már amennyire tudtam.

– Mondd el, mi történt!

– Gülbahar, nem mehetnék el hozzád, a szállodába egy-két napra?

– Nagyon örülnék neki, gyere.

– De senki nem tudhatja, hogy ott vagyok. Ezt meg tudod oldani, ha esetleg apád vagy a testvéred kérdezné?

– Persze, nem is kérdés. De mondj valamit addig is, kérlek, mert most ideges lettem.

– Ne idegeskedj, csak egyedül szeretnék lenni, de jó lenne, ha meg tudnám beszélni valakivel ezt az egészet és te jutottál az eszembe.

– Mikor szeretnél jönni? Nálam vagy a szállodában szeretnél aludni?

– Jobban szeretnék a szállodában, mert így egyedül is tudnék lenni. Ha nem haragszol.

– Rendben, akkor előkészítettek egy szobát neked.

– Visszamegyek a szállodába, pár dolgot összeszedek és hívok egy taxit.

– Taxit? Most viccelsz? Dehogy hívsz, küldöm érted az autót.

– Az nem jó ötlet. Az autót ismerik, ha valaki meglátja és én eltűnök, össze fogják rakni és téged fognak zaklatni.

– Ne aggódj, Nazif tegnap vett egy új autót, senki nem ismeri. Majd szólok a sofőrnek, hogy arrébb parkoljon.

– Így rendben. Akkor most elindulok a szállodába a fogkefémért. Körülbelül egy óra, mire ideér. Lehet, hogy kint fogom várni. Köszönöm, nővérem.

– Szívesen, édesem, és várni foglak. Valamit szeretnél majd enni?

– Nem, de ha gyümölcsöt tudnál a szobába vitetni, azért nagyon hálás lennék. Most megyek, akkor később. – Letettem a telefont és elindultam a szállodába. Szerencsére Dilara volt a pultnál.

– Szép estét!

– Szép estét! Kérlek, küldess fel valami ételt és kávét nekem. És ha kérhetem, senki se zavarjon. Köszönöm.

– Még nincs vacsoraidő, de szólok a konyhára, szerintem egy félóra múlva tudnám csak küldetni, megfelel?

– Tökéletes. Köszönöm. Jó munkát! – A liftben újra kicsordultak a könnyeim. Nem is tudom, honnan volt erőm beszélni Dilarával. A napszemüveget magamon hagytam, így nem látta a kisírt szemeimet. A szobámba érve rögtön a zuhany alá álltam. Tusolás után felvettem egy farmert és egy felsőt, a hajamat szabadon hagytam, hogy száradjon. Összeszedtem két váltóruhát, valamint egy még becsomagolt fogkefét és fogkrémet tettem a hátizsákomba. Ennyi elég is lesz. Semmi étvágyam nem volt, de ennem kellett. Míg vártam, kimentem a teraszra. Nemrég még olyan csodálatos élményekben volt részem; gyönyörű öbleid és csodás állatvilágod van. Minden pillanat, amit a vizedben tölthetek, nekem egy csoda. Teljesen elment az eszem; a tengerhez beszélek.

Kopogtak, meghozták a vacsorámat meg a kávémat. A teraszra kértem, adtam borravalót, és el is ment a pincér. Ettem pár falaltot, de nem tudtam megenni mindet. A kávémat ittam. Most Gülbahart is belevontam. Egy kicsit szégyelltem magam, amiért most, mikor élete legboldogabb és legszebb pillanatait élheti át, de szerintem Can nem fog békén hagyni: Muzafer, Ece és még Ferzi úrék is riadóztatva lesznek – ha már most nincsenek. Mindenki tudni akarja, mi a baj, de nincs kedvem magyarázkodni senkinek. Itt csak egy embernek kell majd magyarázatot adnom, és az Can lesz. Könnyeim megint feltörtek, de indulnom kellett. Nem lifttel mentem le; nem szerettem volna rögtön a recepción belebotlani valakibe. De a lépcsőtől is egészen oda lehetett látni, és az alsó parkoló felől is ki tudok menni az utcára, így nem is veszik észre, hogy elmentem. Ám a recepción Muzafert láttam meg. Gondoltam erre, de azt hittem, reggelig várni fog. Dilarával beszélt és biztosan rólam volt szó, mert annyit hallottam: „Nemrég vittek fel ételt és kávét neki, de uram, kérte, hogy ne zavarják.". Gyors léptekkel kiosontam, és csak az utcán lélegeztem fel. A parkoló legkiesőbb része felé vettem az irányt, hogy majd ott megvárom az autót. De pont beállt egy fekete, sötétített üvegű, többszemélyes gépkocsi. Szerintem ő lesz az. Gülbahar küldött képet az autóról. Odamentem. A férfi kiszállt, és kinyitotta a hátsó ajtót. Beszálltam. Azután megkérdezte, szeretnék-e zenét hallgatni. Mondtam, inkább azt szeretném, ha csend lenne. Egész úton folytak a könnyeim, a szívem úgy fájt, mint még eddig sohasem. Az Isztambul végét jelző táblánál hangosan zokogtam. A szívemet Isztambulban hagytam. Muzafernek hagytam egy üzenetet. Remélem, megérti, és nem fognak keresni.

***

Úton hazafelé rögtön hívtam Muzafert; nagyon nyugtalanított az, hogy Heni egyedül akart lenni a parton, bár abban biztos voltam, hogy nem akar kárt tenni magában. Borzasztóan összetört az egyik pillanatról a másikra, pedig olyan szép napot töltöttünk együtt. A szívem majdnem kiugrott a helyéről.

– Testvérem, mondd, miért hívsz?

– Muzafer, nem tudom, mi a baj oka, de baj van.

– Can, mi történt? Érthetően légy szíves, így nem értek semmit.

– Heni... most tettem ki a Boszporusznál.

– Eszednél vagy? Mi az, hogy kitetted? Miért nem a szállodába vitted?

– Muzafer, ő akart oda menni... nem értek semmit. Nagyon szép napot töltöttünk együtt, azután teljesen összezuhant egy másodperc alatt.

– Mit csináltál, vagy mondtál neki valamit?

– Nem, testvérem, teljesen összezavarodtam. Viccelődtünk és elkezdett sírni, nem is tudtam megnyugtatni.

– Te komolyan megőrültél? Olyan állapotban vitted a Boszporuszhoz? A szállodába kellett volna vinned. Most hol vagy?

– Egy darabig az autóból figyeltem, majd elindultam haza. Azért hívlak, mert segítened kell. Nem mennél oda hozzá? Tudnom kell, mi a baja. Muzafer, ő az a nő, akivel le szeretném élni

143

az életemet; rá vártam, a szívem csak érte tud így dobogni. Segíts, kérlek!

– Rendben, felhívom, és megpróbálok beszélni vele.

– Jobb lenne, ha személyesen mennél oda. Lehet, hogy a telefont fel sem veszi.

– Mondott még valamit?

– Annyit kért, hogy egy-két napig ne keressem, majd ő jelentkezik. Mindent el fog mondani, de össze kell szednie magát.

– Értem. Akkor tényleg nem venné fel a telefont. Hazaviszem Ecét és odamegyek.

– Kérlek, tájékoztass, ha bármi van, bekapcsolva hagyom a telefonomat.

– Úgy lesz. Most megyek, nyugodj meg te is, testvérem.

– Köszönöm.

Hazaértem, de semmihez nem volt kedvem, csak Henin járt az eszem, felidéztem az egész napot az elejétől a végéig. A testem azonnal reagált a felidézett meghitt pillanatokra. De most nem ez volt a fontos; nem lehet olyan ok, ami miatt elveszíteném. Olyan gyorsan történt minden, mégis biztos vagyok abban, hogy ő számomra az igazi, akit szerelemmel tudnák életem végéig szeretni. Bármire képes lennék érte. Bementem a konyhába, és egy erős fekete teát készítettem magamnak. Tudom, azt kérte, ne keressem, de nem bírtam ki, írtam neki üzenetet.

„Kérlek, csak annyit írj, hogy már a szállodában vagy." El is küldtem, de nem jött a visszajelzés. Lehet, hogy nincs térerő... Megpróbáltam felhívni, de ott sem jártam sok sikerrel. Beültem az autóba és visszahajtottam a Boszporuszhoz, de nem volt ott, ahol hagytam. Akkor biztosan a szállodában van. Beültem az autóba és a szálloda felé hajtottam. Muzafer kocsija a bejáratnál parkolt. Hirtelen lefékeztem és bementem. A pultnál volt, s láttam rajta, hogy nagyon ideges. Szinte majdnem kiabált.

– Muzafer!

– Can, mit keresel itt? Mondtam, hogy felhívlak, ha tudok valamit – ölelt meg, de láttam rajta, hogy baj van.

– Tudom, de nem bírtam otthon lenni. Elmentem a partra, de ott nincs. Egy kicsit megnyugodtam; gondolom, már itt van.

– Can, ülj le, mindjárt megyek én is.

Kért két kávét és követett, nagyon gondterheltnek tűnt.

– Miért nem hívtál? Ne ködösíts, ismerlek, baj van. Látom rajtad.

Elém tett egy borítékot, ami neki volt címezve.

– Olvasd el! – bökött a borítékra.

„Muzafer, minden rendben van, kérlek, ne aggódjatok. Egyedül kell lennem pár napot, addig ne keressetek, ígérem, amint kitisztult a fejem, üzenek és visszajövök. Muzafer, nyugtasd meg Cant, kérlek. Nagyon fontos nekem! Most azt hiszi, ő tett valamit, de nem erről van szó. Tudom, nem fogja megállni, hogy ne keressen, mint ahogyan ti sem." – Visszatettem a borítékba és letettem az asztalra.

– Nem is találkoztál vele?

– Nem, és ami még rosszabb, a szállodában sincs.

– Tessék? Mi az, hogy nincs itt? Hova ment? Muzafer, én ebbe beleőrülök.

– Komolyan szerelmes vagy, megértelek, én is aggódom. Mikor ezt találtam a szobájában, lejöttem és visszanéztem a kamerákat. Lépcsőn jött le, és a kinti parkolóban beszállt egy sötétített autóba.

– Ha tudjuk a rendszámát, utána tudok nézetni, van ismerősöm a rendőrségen.

– Sajnos nem látni a rendszámot. Can, most menj haza. Mást nem tudsz csinálni. Meg kell várnod, míg jelentkezik. Sajnálom, testvérem. Lehet, hogy reggel jelentkezik.

– Te régóta ismered. Sok embert ismer itt Isztambulban?

– Elég sok embert ismer, de nem jár össze velük. Sokan apám és anyám baráti köreiből vannak. Tudod, a menyasszonyi ruhák miatt.

– Ha legalább tudnám, mi váltotta ki az összeomlását, könnyebb lenne, de számtalanszor leforgattam magamban, és nem találtam semmi olyat. Megyek, testvérem. Ha valamit megtudsz...

– Mindenképpen jelentkezem akkor, de ha te tudsz meg valamit, akkor te hívj. Nekem is mennem kell, anyámék is idegesek.

– Szia.

Megöleltük egymást, s én elindultam újra haza. A szívem tele van fájdalommal és aggodalommal. Otthon az üres lakás várt, aminek most annyira nem örültem. Gondoltam, felhívom Mertet vagy Mehmetet, de elvetettem a gondolatot. Inkább meg kéne próbálnom aludni, mert reggel dolgozni kell mennem.

9. FEJEZET

Valamit tudtam aludni, de sokat nem; anyámék mindig hétkor reggeliznek. Gyorsan rendbe szedtem magamat és elindultam hozzájuk. Kilencre kell beérnem a munkába, így megreggelizek velük és elmondom, milyen döntést hoztam. Leparkoltam a ház előtt, belenéztem a tükörbe, mert nem szerettem volna, ha anyám ráharap, miért vagyok ennyire nyúzott. De remélem, tudom tartani magamat, és el tudom játszani a boldog Cant. Kiszálltam és elindultam az ajtó felé, de anyám biztosan észrevette az autómat, mert már röpült is felém.

– Édes, egyetlen fiam, de boldoggá tettél! Isten hozott!

– Drága Szultánám, jó reggelt – öleltem magamhoz. Szinte el sem akartam engedni; most nagyon jólesett az anyai ölelés.

– Gyere, apád is nagyon boldog lesz. – Átölelte a derekamat, úgy mentünk be.

– Isten hozott, fiam – ölelt meg apám is.

– Üdvözöllek, apám.

– Azt hittük, korábban meglátogatsz bennünket, gyermekem.

– Apám, most is csak reggelizni jöttem, mert kilencre a rendelőben kell lennem.

– Anyád már terít is neked, gyere, menjünk be mi is, mert kapunk az orrunkra – nevette el magát.

– Azért jöttem, mert el szeretném mondani nektek, hogy befejeztem a színészkedést és a modellkedést is.

– Ha így döntöttél, fiam, akkor annak itt volt az ideje. Én teljesen egyetértek veled.

– Anyám?

– Gyermekem, ez a te döntésed, és tudod, hogy soha semmibe nem szóltunk bele. Tanácsot adtunk, de a döntés az életedről a tied. Én örülök, mert tudom, mennyire szeretsz orvos lenni.

– Köszönöm, sokat jelent a támogatásotok. Szerettem volna, ha tőlem tudjátok meg, még a média előtt.

– Fiam szedek epret, elviszed?

– Igen, nagyon szépen köszönöm, de aztán indulnom kell. Meg kell állnom Muzafernél is pár percre.

Anyám már ott sem volt. Apám fürkészve figyelt, aztán csak annyit mondott:

– Szerelmes vagy, fiam.

– Miből gondolod?

– Elég csak a szemedbe néznem, édes, egyetlen fiam. De látom, most nagyon szenvedsz. Ő nem szerelmes beléd?

– Apa, ezt ne most beszéljük meg, most nagyon zavaros minden.

– Rendben. Ha itt lesz az ideje, majd beszélsz róla, de nyugodtan keress, segítek, bármiről is legyen szó. Te és a húgod vagytok nekem a legfontosabbak ezen a világon.

– Na, szép, ki sem teszem a lábamat, és én már ki is estem a fontossági sorrendedből?

– Te az életem szerelme vagy, nélküled, édesem, én sem léteznék. – Magához húzta anyámat, és megcsókolta.

– Na, én léptem, majd valamelyik nap jövök több időre. – Megcsókoltam anyámat, apámat megöleltem, és indultam a szállodába. Muzafer a pultnál állt, rögtön intett, mikor meglátott. Leültem az egyik üres bokszba. Muzafer jött is.

– Barátom, hozattam kávét. Azt hittem, dolgozol ma.

– Kilencre kell bemennem. Gondoltam, bejövök, hátha van valami információd.

– Apám itt van, és már jön is. Tud mindent, csak szólok.

– Engemet hibáztat?

– Azt mondta, kitekeri a nyakadat, anyám meg azt, hogy te nem csináltál semmit. Szerintem ő tud valamit, de nem sikerült kiszedni belőle semmit. Azt is mondta: Ha Allah egymásnak szán benneteket, akkor meg fogjátok oldani, beszélni, de tartsd tiszteletben, amit kért.

– Nyugodtan kitekerheti a nyakamat, most segítene is vele.

Egyszer csak felbukkant Ferzi úr.

– Fiaim, tudok valamit?

– Nem, Ferzi úr, azért jöttem, hátha Muzafer tud valamit.

– Nagyon rosszul nézel ki, fiam, de meg kell nyugodnod. Azért jöttem, mert látni akartalak a saját szememmel, de ramatyul festesz. Komolyan beleszerettél. Adj neki időt!

– Igen, uram, életemben először vagyok szerelmes – remélem, utoljára is. Higgye el, feladnék mindent, csak épségben itt lenne most. Maga tudja, miért borult ki? Legalább ha tudnám, könnyebb lenne.

– Annyit tudok, amit Muzafer fiam elmondott. Nem kell feladnod semmit, Can. Munka után menj haza és pihend ki magadat. Aggódom én is, de ismerem annyira, hogy amint rendbe szedi a gondolatait, vissza fog jönni.

– Ha maga is aggódik, akkor nem tudok megnyugodni, ne haragudjon.

– Fiam, én csak az miatt aggódom, merre van. Biztonságban van-e. De ahogyan én ismerem, tudta, ha itt marad, mindenki ostromolni fogja, és nem tudja a gondolatait rendezni, csak ezért ment el.

– Értem. Nekem most mennem kell dolgozni. A telefonom nálam lesz, ha van valami, kérlek, írjatok rám. Jó munkát mindenkinek! – azzal felálltam és elindultam. Közben nem tudom hányadik üzenetet írtam neki, majd megpróbáltam felhívni is, de ki volt kapcsolva, az biztos, mert ennyi ideig nem létezik, hogy nincs térerő. A kórházba érve próbáltam összeszedni magamat, ami kisebb-nagyobb erővel sikerült. Fájdalom járta át a szívemet, a lelkemet és a testemet is. Tovább nem volt időm magammal foglalkozni, mert megérkezett az első kis betegem, s az lefoglalta minden gondolatomat. Amint kimentnek, ismét egy összetört, aggódó férfi lettem. De jött a következő kis betegem, és pont a vizsgálóasztalra fektette az édesanyja, mikor megszólalt a telefonom. Mehmet volt az.

– Can, van most időd?

– Pont betegem van, visszahívlak.

Elnézést kértem, és a kicsivel foglalkoztam. Amikor kimentek, gyorsan visszahívtam, hátha valamit tud.

– Most van pár percem. Mondjad, miért hívtál?

– Hallottam Heniről, sajnálom. Ha tudok segíteni, akkor hívj, most viszont nekem kell mennem.

– Délután találkozhatnánk, rendben? Jó munkát!

A munkaidőm leteltével hazafelé bementem Muzaferhez, de semmi hír nem volt, így hazamentem. Semmi kedvem nem volt hozzá, de Mehmet és Mert is megígérték, hogy átjönnek, így legalább nem leszek egyedül. Letusoltam, és a két barátom meg is jelent. Beszámoltam az eseményekről, de ők sem tudtak rájönni, mi történhetett. Még egy darabig maradtak, azután mondtam nekik, hogy most inkább kimennék sétálni a Boszporuszhoz. Elmentek, én pedig kisétáltam a partra, leültem egy padra és néztem a tengert, mintha azt vártam volna, hogy majd ő megmondja a választ. Ferzi úr szavai és a tenger kicsit megnyugtattak, de nem eléggé. A szívem nagyon fájt. Komolyan gondoltam, amit mondtam. Mindent feladnék, ha visszajönne és folytatni tudnánk. Nekem teljesen tiszta, hogy mi egymásnak vagyunk teremtve, nem lehet olyan gond, amit ketten ne tudnánk megoldani. Vele együtt szeretnék megöregedni.

Játszadozó gyerekek rohantak el előttem. Milyen jó volt gyereknek lenni! Sokat játszottunk gondtalanul, de már akkor is pontosan tudtam, hogy orvos szeretnék lenni. És az is vagyok. Szívvel-lélekkel végzem a munkámat, pont azért döntöttem a filmezés befejezése mellett. De azt nem terveztem meg, hogy találkozom életem asszonyával és egy másodperc alatt a rabja leszek. Fel kell hívnom Selimet. Elővettem a telefonomat.

– Üdvözöllek, Selim. Azért hívtalak, mert tudom, már beszéltünk róla, de végleges a döntésem. A fotózást sem szeretném igazából... nem lehetne kikerülni?

– Üdvözöllek, Can. Igen, azt már valamelyik nap is gondoltam, hogy végleges a döntésed. A fotózást sajnos nem tudjuk kikerülni, mert mint mondtam, az a befejezett film promója. Sajnálom. Viszont értesítem akkor a producert, hogy keressenek mást a főszerepre. Egyelőre többet nem mondok nekik; nem szeretném, ha kitudódna, mert akkor folyton interjúkat akarnának.

– Köszönöm, az most tényleg nem hiányozna. Akkor a partin bejelentjük, és többé nem nyilatkozom utána.

– Rendben, intézek mindent.

– Most mennem kell. Jó munkát! – Letettem a telefont és úgy döntöttem, hazamegyek, úszom a medencémben, és nekiállok elolvasni egy könyvet. Remélem, eltereli a gondolataimat. Az elmúlt pár évben csak forgatókönyveket bújtam, a könyveket meg gyűjtöttem arra az időre, ha lesz szabadidőm. Az teljesen felszabadulttá tesz, Selim elintéz mindent, nem lesz semmire gondom. Mégsem éreztem magamat boldognak. Heni, mondd, merre jársz? Gondolsz vajon rám, tudod, mennyire szenvedek miattad? Beültem az autóba és hazahajtottam.

***

Az úton patakokban folyt a könnyem, nem tudtam mit csinálni. Miért kaptam ezt a szerelmet, ha nem lehetek vele? Nem köthetem magamhoz – így nem –, és még Gülbahart is terhelem, de nem volt kihez menekülnöm. Mint kiderült, olyan baráti körbe csöppentem, ami nagyon erős; senkihez nem tudtam volna pár napra elmenni. Viszont tisztán kell látnom és össze kell szednem magamat, mert el kell mondanom Cannak is, hogy nekünk nem lehet közös jövőnk. Megállt az autó, és akkor vettem csak észre, hogy megérkeztünk. A bejáratnál Gülbahar állt.

– Gülbahar, kérlek, ne haragudj rám, amiért hozzád menekültem! Neked életed legszebb pillanatait kellene megélned, én meg ide jövök a gondommal.

– Heni, ne viccelj! Olyan vagy, mintha a húgom lennél, és meg is haragudtam volna, ha nem énhozzám jössz. Gyere be, ne itt álldogáljunk a bejáratnál, már készen van a szobád. Ott senki nem fog zavarni. – Átölelte a vállamat és úgy mentünk a nekem előkészített szobába. Nagyon szép, modern berendezésű szoba volt. Igaz, nem akkora, mint Isztambulban, de tökéletes. Az egyszer biztos, hogy nagyon figyelnek a részletekre a szállodákkal kapcsolatban is. Az asztalra egy szép gyümölcskosár volt bekészítve. Nagyon hálás voltam Gülbaharnak.

– Heni, most magadra hagylak, ha nem baj. Nagyon fáradt vagyok, és ahogy elnézlek, te pedig nagyon zaklatott. Reggel viszont jövök, együtt reggelizünk, és akkor mindent, amit szeretnél, megbeszélünk. Rendben lesz így?

– Nem is tudod, milyen hálás vagyok. Most nekem sem lenne lelki erőm beszélgetni, de reggelre összeszedem magam. Menj nyugodtan, üdvözlöm Nazifot is.

Átölelt és megpuszilt, azután elment. Egyedül maradtam. A sok sírástól nagyon kimerültem, így ledőltem az ágyra. Megint elkezdtek folyni a könnyeim, és álomba sírtam magamat.

Reggel már hatkor felébredtem. Először azt sem tudtam, hol vagyok, de aztán minden apró részlet megjelent előttem. Öszsze kell szednem magamat, aztán vissza kell mennem és el kell mondanom Cannak, miért nem lehetünk együtt. Bízom benne, hogy meg fog érteni. Bementem a fürdőszobába, lezuhanyoztam, és mire jöttem volna ki a fürdőszobából, már kopogtak is.

– Szabad.

Egy pincér volt, zsúrkocsival.

– Jó reggelt, meghoztam a reggelit két főre. Gülbahar aszszony üzeni, hogy nemsokára jön ő is.

– Jó reggelt. Köszönöm szépen. – Adtam neki borravalót, megterített szépen a reggelihez és elment. Öntöttem kávét magamnak és kimentem a balkonra. Nagyon szép kilátás fogadott. Ekkor ismét kopogtak.

– Szabad.

– Jó reggelt, hogy érzed magad?

– Jó reggelt. Nem túl jól, de egyszer majd talán jobban leszek.

– Gyere, reggelizzünk, én majdnem éhen halok – nevette el magát, és én is jót mosolyogtam. Leültünk az asztalhoz, és nekiálltunk. Gülbahar az első falat után megszólalt:

– Lehet, hogy tapintatlannak fog tűnni, de kérlek, mesélj el onnantól fogva mindent, amikor is elmentél a grillezésre.

Elmeséltem neki az egész estét.

– Te Muzafer testvérem legjobb barátjával ismerkedtél meg?

– Ismered te is?

– Igen, nagyon sokat voltak nálunk, mikor egyetemre jártak. Can nagyon jó ember, semmit sem változott, tisztelem érte. Ha jól tudom, ő orvosnak tanult.

– Igen, jól tudod, én meg nagyon ledöbbentem, mikor szembesültem vele, hogy pont egy nagy baráti társaságba csöppentem bele.

– Ez a sors keze volt. Szerintem ha akarták volna, akkor sem sikerült volna így összehozni titeket.

– Biztosan igazad van, én is így gondoltam, és még most is azt gondolom, de tegnap elmentünk hajózni, nagyon szép volt minden... – Azután elmeséltem mindent egészen addig, míg kiderült, hogy gyermekorvosként dolgozik. – Úgy érzem, nem láncolhatom magamhoz. Szereti a gyerekeket, majd szeretne is, vágyik saját gyermekre. – Elhallgattam, mert a könnyeim ismét feltörtek, s pár percig eltartott, míg megnyugodtam.

– Igen, sajnos értem. Neked nem lehet gyereked, így ez az információ nagyon sokkolt téged. Elmondtad neki?

– Nem, minden összeomlott. Kezdtem elhinni, hogy meg fogjuk tudni oldani a távolságot, de megjelent a legnagyobb oka annak, miért is nem lehet közös jövőnk. Ettől a felismeréstől nagyon elkezdtem sírni, szinte zokogtam, mint egy gyerek. Csak arra tudtam gondolni, egyedül akarok lenni, de valakivel beszélnem kell, mert beleőrülök a fájdalmas valóságba.

– Ő mit csinált?

– Nem értett semmit, próbált megvigasztalni, de nem tudtam volna elviselni az érintését, így nem engedtem. Aztán magát okolta; azt hitte, ő mondott vagy tett valamit.

– De ugye mondtad neki, hogy nem tett vagy mondott semmit, amivel megbántott?

– Igen, persze, de tegnap ott másra képtelen voltam. Megtaláltam azt a férfit, akivel le tudnám élni az életemet, akibe nagyon szerelmes vagyok. De miért kaptam ezt a szerelmet, ha már el is kell engednem?

– Valahol megértelek, sőt, de mindenképpen beszélned kell vele, mert azt sem érdemli meg, hogy ne tudja meg az igazságot. Amikor azt mondták, nem lehet gyerekem, bennem is hasonló gondolatok voltak, de Nazif minden nap minden percében bebizonyította, hogy mi így vagyunk egy család, szerelmesek vagyunk egymásba és együtt túl tudunk jutni azon a fájdalmon.

Tudod, azt elmeséltem, hogy megegyeztünk: még a lombikprogramot megpróbáljuk, de mint jelen voltál, a sors megviccelt bennünket, méghozzá háromszorosan – simogatta meg a hasát.

– Igen, lehet, de ti házasok voltatok, amikor kiderült. Mi szerelmesek vagyunk, nagyon erősen vonzódunk egymáshoz, de ha elengedem, akkor neki lesz esélye. Ami még a legnehezebb lesz, hogy el kell mondanom neki, miért nem lehet közös jövőnk.

– Sajnálom. Addig maradsz, amíg úgy nem érzed, képes vagy beszélni vele. Én itt vagyok és támogatlak.

Sokáig beszélgettünk. Gülbahar teljesen megértett engem, de Cant is ismerte; pont egy ilyen ember tanácsa, tisztánlátása kellett. Kicsit jobban éreztem magam. Azt, hogy könnyebben, azt nem mondanám; a neheze még hátra volt: beszélnem kell vele, de most még nem ment. Azután másról kezdtem el beszélni, és Gülbahar rögtön értette: most többet nem szeretnék róla beszélni. Kértem, mesélje el, mi volt Nazif reakciója, de meglepett, mert elővette a telefonját és megmutatta. Sikerült felvennie Nazif tudta nélkül. Végignéztem a videót, és szinte hangosan nevettem.

– Na, hallod, ezt kár lett volna kihagyni.

– Ez örök emlék lesz majd a gyerekeinknek is. Nagyon örülök, hogy nem vette észre. Mikor lenyugodott, akkor megmutattam neki is. Még rohant két kört. Szinte fájt a hasam a nevetéstől.

– Szerencsés nő vagy.

– Igen, tudom, de képzeld, míg nem tudtam, hogy várandós vagyok, addig semmi bajom nem volt. Igaz, többször voltam éhes, meg fáradtabbnak éreztem magamat... mondtam is Nazifnak, hogy szerintem itt az ideje a nyaralásnak. Most meg már tudom, hogy három csöppség növekszik a szívem alatt, folyton émelygek, folyton ennem kell, meg mindig aludnék, sőt már egyes illatok is irritálnak.

– Lehet, hogy ha nem tudtad volna még meg, ezek a tünetek mostanra már ugyanígy felerősödtek volna amúgy is, nem?

– Lehet, de biztosan arra gondoltam volna, hogy elkaptam valamilyen vírust, arra biztosan nem, hogy áldott állapotban vagyok.

Még beszélgettünk egy darabig, azután mondtam, hogy kimegyek sétálni egy kicsit. Gülbahar kérte, hogy menjek el vele ebédelni, így megegyeztünk, hogy a recepciós pultnál találkozunk. Ő elment dolgozni, én pedig lementem a szálloda udvarába. Fentről csodálatosnak tűnt, de így, testközelből lenyűgöző volt. Sokat gondoltam Canra, de már nem folytak a könnyeim, csak a szívem fájt iszonyatosan. Hiányzott a mosolya, a csókja, és maga az ember. Körbejártam a kertet. Igazi terápiás kert volt: a virágok illatoztak, pedig még nem sok nyílt ki, és a fák is még csak rügyeztek, de a pálmák szinte az égig értek, és egy belső medencét is észrevettem. Ezután indultam vissza. Mivel a telefonomat kikapcsoltam, nem tudtam, mennyi az idő, és nem akartam megváratni Gülbahart – biztosan nagyon éhes. Nem tévedtem: már pont utánam akart küldeni valakit, de amikor meglátott, szinte hangosan sóhajtott.

– Nagyon éhes vagyok, gyere, menjünk! – Fogta a táskáját és belém karolt, úgy vezetett ki a szálloda elé, ahol már várt az autó. Meg is lepődtem.

– Nem itt, az étteremben fogunk enni?

– Nem, most valami másra vágyom.

Egy hangulatos kis étterembe vitt. Ott rögtön az italrendelés mellé elmondta, mit szeretne enni, mire ugyanazt kértem én is.

– Nem tudom, mit rendeltél, mert ismeretlen a neve, de biztosan finom lesz. Nálatok, a szállodában nincs ilyen?

– Nincs, de az elkészítésén van a lényeg. Istenien készíti a szakács. Ettem már máshol is, de meg sem közelíti. Ha tudok, akkor jövök. Eddig nem tudtam, miért, de most? – nevetett.

– Most már nagyon kíváncsi vagyok.

Nemsokára meg is hozták az ételt, aminek nagyon finom volt az illata. Rögtön vettem a villámat és egy falatot be is kaptam a számba – mennyei volt.

– Hm… ez tényleg nagyon ott van a topon.

– Mondtam én, tudom, mi a jó.

Evés közben Gülbaharról és Nazifról beszélgettünk, meg az érkező babákról. Teljesen kikapcsolt arra az időre. Ebéd után jeleztem, hogy megyek, sétálok egyet, mert még nem ismerem Bursát. Ő visszament, mert dolga volt, én pedig elindultam. Kérte, hogy a telefonomat kapcsoljam be arra az esetre, ha eltévednék. Aztán el is ment, én pedig bekapcsoltam a telefonomat és felhívtam édesanyámat. Elmondtam, hogy jelenleg Bursában vagyok, ne aggódjon, minden rendben. Otthon is minden rendben volt, bár azt mondta, tegnap délutántól nagyon nyugtalan a kicsi pamacsom. Milyen jó lenne, ha a kiskutyám most velem lenne! Mennyire örülne ennek a sétának! Mindig megérzi, ha valami bajom van, olyankor nagyon aranyosan tud hozzám bújni. Szerintem most is érzi, hogy valami nincs rendben velem, de ezt nem akartam mondani. Beszéltem neki a telefonon keresztül, szegényem nyüszített, de anyu mondta, hogy közben csóválta a kis farkát. Remélem, meg tudtam nyugtatni egy kicsit. Azután pár szót váltottunk a tegnapi napról, és elköszöntem. A telefonomon egész végig jöttek az üzenetek. Megnéztem. Can rengetegszer keresett és írt, Muzafer, Ece, Elif, Sumru asszony és Ferzi úr is kerestek. Mindenkinek visszaírtam, hogy minden rendben, biztonságban vagyok, ne aggódjanak. Aztán a kijelzőn Gülbahar neve jelent meg.

– Heni, apám mindjárt itt lesz.

– Tessék? Ugye nem szóltál senkinek? Valahova be kell ülnöm, mert megláthat. Gondolom, a szállodába most már nincs időm visszamenni.

– Hová gondolsz? Természetesen senki nem tudja, még a szállodába is Özge Yamil néven jegyeztelek be, így a személyzet sem tudja, ki vagy.

– Akkor nem értem. Azt mondtad, nem szokott csak úgy megjeleni.

– Nem is, de azt mondta, dolga van a bazárban, és ha már itt van, megállna egy teára.

– Értem, de hova menjek? Van valami ötleted?

Elmondtam, hol vagyok, ő pedig elirányított egy eldugott cukrászda-kávézóba. Megköszöntem és megegyeztünk, ha Ferzi úr elment, rögtön ír. A kávézóban kértem egy kávét és egy süteményt. Canra gondoltam; a legtöbb üzenet tőle jött. Szegény ember, mit okoztam neki! Semmi kétségem afelől, hogy valóban szerelmes és nagyon aggódik. Legszívesebben átkarolnám, és a védelmező karjai között keresnék menedéket. Visszaírt: „Köszönöm, szerelmem.". Majdnem elsírtam magam. Vajon mit fog reagálni arra, amit mondanom kell? Nekünk csak pár nap boldogság jutott, és annak sírig tartó emléke.

Gülbahar írt, hogy tiszta a levegő, és a kis utcából egyenesen tartsak a szállodába, ne menjek a főút felől. Fizettem és el is indultam, sok kis üzlet volt a soron. Néha megálltam, és még nézelődtem is. Bementem az egyik márkás ruhaüzletbe, mert a kirakatban láttam egy csodálatos ruhát. Kértem a méretemben. A ruha királykék selyemszaténból készült, mellnél dekoltált, derékban szűkített volt, elöl a comb középig ért, hátul majdnem a bokámig. Olyan szépen össze volt dolgozva a két rész, mint egy tizenhetedik századi ruha. Felvettem, és megnéztem magam a tükörben. Sok helyre sajnos nem lehet felvenni, de szombaton meg kell jelennem Ferzi úrék házassági évfordulóján, arra az alkalomra tökéletes lesz. Úgy éreztem magam, mint egy hercegnő – persze nekik elöl is hosszú volt a ruhájuk. Kértem egy ugyanilyen színű cipőt is. Tökéletes volt. Megkérdeztem az eladót, mit szokás házassági évfordulóra vinni. Javasolta, hogy az ékszerészhez menjek, és ott adnak megfelelő aranyat. Megköszöntem, fizettem és átsétáltam az ékszerészhez, ahol kaptam egy szép arany medált, amibe kértem, gravírozzák bele a „Ferzi" és „Sumru" nevet, és a negyvenes számot. Találtam szép ezüst nyakláncot és fülbevalót a ruhához is. A gravírozást meg kellett várnom, ezért írtam Gülbaharnak, hogy később érek vissza, mert meg kell várnom valamit. Az eladó hellyel és teával kínált, amíg vártam. Amikor elkészült, visszasétáltam a szállodába. Rögtön a szobámba mentem, Gülbahar már ott várt.

– Merre voltál? Legalább egy órája várlak. Azt hittem, eltévedtél.

– Arra jöttem, amerre mondtad, de megláttam egy ruhát és pont a méretem volt, így megvettem, mert a szüleid házassági évfordulójára nem volt mit felvennem. És ezt csináltattam nekik – mutattam meg a gravírozott arany medált.

– Ez gyönyörű. Nagyon fognak örülni neki, bár először le fognak szidni.

– Tudom, de nem akartam üres kézzel menni.

– És milyen ruhát vettél? Mutasd!

Elővettem a ruhakölteményt.

– Dolce&Gabbana, idei modell. Gyönyörű.

– Igen, az. Nem szoktam ilyen ruhákat venni, mindig magamnak tervezek és varrok, de vannak kivételek, mint most ez.

– Igen, ez az. Csodálom a szüleimet; néha azt hiszem, még ennyi év után is szerelmesek. Majdnem infarktust kaptam ma, mikor apám hívott. Pláne, mikor megmondta, hogy megáll egy teára. Azt hittem, tudja, hogy itt vagy, de még csak fel sem merült benne.

– Írtam neki is egy üzenetet, mert többször keresett ő is. Szerencsés vagyok... egy idegen országban, ilyen barátokkal.

– Pont indult mikor megkapta. Elolvasta, és mosolyogva annyit mondott: „tudtam". Kérdeztem, hogy mit, de nem mondott semmit, csak azt, hogy te írtál.

– Akkor ő megért. Miután Cannal beszéltem, vele és édesanyáddal is kell. Bár szerintem anyukád tudja az összeomlásom okát.

– Ő tudja. – Ezt nem kérdezte, hanem tényként mondta.

– Igen, nagyon szeretem a szüleidet, sokat segítettek nekem a tanácsaikkal.

– Hamarosan Nazif is jönni fog. Remélem, nem haragszol meg, de neki mindent elmondtam.

– Semmi gond, előtte nem is kérném. Házasok vagytok, és a jó házasság titka az, hogy mindent meg kell osztani magatok között, minden apró titkot.

– Igen, ezt vallom én is. Semmit nem titkolunk egymás elől. De honnan tudsz te ilyen bölcsességeket?

– Édesanyád. – Elég volt ennyit mondanom.

Kopogtak az ajtón, majd Nazif dugta be a fejét.

– Bejöhetek, hölgyeim? – vágott egy grimaszt, amin jót mosolyogtam, mert tényleg vicces volt.

– Gyere csak, te újdonsült kispapa! – Felálltam, és tárt karokkal mentem felé. Gratuláltam neki, és kapott két puszit tőlem.

– Köszönöm, hogy Gülbaharral mentél. Sajnos én nem tudtam. Biztosan tudod, hogy szeretnénk egy élményparkot kiépíteni. Drága apósom jóváhagyta a terveket, az építészekkel és a kivitelezőkkel tárgyaltam.

– Örömmel tettem, nyugodj meg, de én is láttam a reakciódat – mosolyodtam el.

– Most is tudnék rohangálni, három – érted, három – „Allah" csodálatos ajándéka. Nagyon nehéz lesz, de ketten meg fogjuk oldani. Igaz, szerelmem?

– Szerelmem, három pici babához kevesek leszünk. Az elején is, hát még akkor, mikor elindulnak. De meg fogjuk oldani. Közösen.

– Kértem kávét és édességet, ha nem bánjátok.

– Pont a legjobbkor, drágám, kezdek megéhezni, de az édesség majd elnyomja kicsit.

– Ne viccelj, akkor kéretek valami ennivalót neked. Most négy ember helyett kell enned.

– Nem kell, eszem gyümölcsöt, iszom kávét és eszem süteményt. Ötkor majd bekapok egy falatot, és este rendesen vacsorázom.

– Nazif, Gülbahar most babákat vár, hagyd azt enni és akkor, amikor jólesik neki. Hidd el, odafigyel mindenre, nem kell aggodalmaskodnod, inkább sokat nevettesd. Ez még csak a kezdet, és egyre nehezebb lesz, ahogyan a babák fejlődnek, de ugyanakkor édes teher is.

– Nagyon aggódom minden egyes pillanatban, bár tudom, igazad van. De ha már így egymás életében búvárkodunk, akkor hadd mondjak én is pár dolgot, mint egy olyan férfi, aki megtalálta élete szerelmét.

– Dehogy búvárkodom, ne sértegess! – színleltem megjátszott felháborodást.

– Oké, akkor én fogok a tiédben, ha tetszik, ha nem.

– Nyugodtan mondd, és csak vicceltem.

– Tudom, de komolyan...

– Hallgatlak.

– Nem lehet gyermeked, ezt nagyon sajnálom. Ismerem az érzést. De szerelmes vagyok a feleségembe, és teljesen biztos voltam, vagyok és leszek is abban – kacsintott a feleségére –, hogy életem hátralévő éveit vele együtt szeretném leélni. Az a pillanatot, mikor az orvos azt mondta, nem lehet gyermekünk, szinte soha nem fogom tudni kitörölni, de amikor Gülbahar felvetette, váljunk el és éljek nélküle, hogy esélyem legyen mással családot alapítani, az nagyobb fájdalmat okozott. Sokáig tartott neki, mire megértette, hogy nem megyek sehova, mert nekem ő a mindenem, a családom. A kérdésemre tudom a választ, de felteszem. Szerelmes vagy? Vele szeretnél megöregedni?

– Ti már házasok voltatok és volt múltatok, nekünk pár napunk és szép emlékeink vannak. Én, mikor megtudtam, volt pár évem, mire feldolgoztam, pont ezért nem szeretném összehasonlítani a ti helyzetetekkel. És igen, szerelmes vagyok. Az első pillanattól kezdve. Minden gondolatom, minden szívverésem érte létezik és dobog.

– Egy férfi, ha megtalálja azt a nőt, akit „Allah" neki szánt, sohasem fogja elengedni, örökre a szívében fog élni. Csak vele lehet teljes az élete. Persze most a ti helyzetetekben vannak nehézségek, mint a két ország és a gyermek. Közösen kell felvennetek a harcot és megoldani azt.

– De egy férfi vágyik a saját gyermekre, és Can ezt el is mondta. Így ezt nem lehet megoldani. Nem vehetem el tőle a lehetőséget; szeretném, ha teljesülne ez a vágya. Érted?

– Heni, most nagyon figyelj! Lehet, hogy a gyerek miatt belemegy, és ő is megpróbál elengedni téged. De ha az ő számára is te vagy az igazi szerelem, hiába fog szeretni egy másik nőt, szeretni fogja, de szerelemmel már nem, mert az örökké a tiéd marad. Lehet, hogy az a nő szül neki egy vagy két gyereket... – Ekkor kopogtak; hozták Nazif rendelését. A pincér megterítette az asztalt, azután el is ment. Nazif pedig folytatta ott, ahol abbahagyta. – De a feleségét akkor sem fogja szerelemmel szeretni. Becsülni és tisztelni fogja a nőt, aki gyermekkel fogja megajándékozni, de többet soha nem fog érezni iránta. A gyerekben – vagy gyermekeiben – fogja kiélni a szeretetét, de mi van vele? Vagy a nővel? Ők nem érdemelnének szerelmet? Ő az emlékeiből fog táplálkozni, de a nő? Egy idő után teljesen elhidegülnek, mert boldogtalanok lesznek. Érted, amit mondani akarok?

– Mit gondolsz, én tovább fogok tudni lépni? Párszor éreztem azt, hogy szerelmes vagyok, de most döbbentem rá, miszerint eddig messze nem voltam az. Lehet, hogy idővel nekem is lesz valakim, de ezt az érzést, mint ahogyan előtte, utána sem fogom soha érezni. Míg élek, a szívem az övé marad. Ha elmegyek, esélyt kap a gyerekre. Ha együtt maradunk, mindig ott lesz a bűntudat, hogy miattam nem kapott lehetőséget.

– Állj! – szólt rám hangosabban, mert csak körbe-körbejártam és mondtam. – Fordítsuk meg, és utána magadra fogunk hagyni, hogy gondolkodj el rajta és vacsoránál válaszolj nekem erre.

– Oké, hallgatlak.

– Tegyük fel, hogy találkoztok, szerelmesek lesztek, áthidaljátok azt a gondot, amit jelenleg a két ország jelent, boldogok vagytok, vágysz a gyerekre és ő elmondja, miszerint neki sajnos soha nem lehet. Nem tudja megadni neked azt, amire vágysz. Te mit tennél?

Felálltak, Gülbahar megölelt, Nazif megsimogatta a vállamat, és még annyit mondott:

– Ha ez az a szerelem, ami végig fog kísérni az egész életed során, egyedül semmiképpen sem dönthetsz. Gondolkodj, vacsoránál pedig várom a válaszodat, és téged is.

Kézen fogta a feleségét, magához húzta és megcsókolta. Kiültem a balkonra, és néztem ki a fejemből. Nem szó szerint, de egyértelműen azt mondta, önző vagyok. Az lennék? Abban igaza van, hogy egyedül tényleg nem dönthetek. Egy emlék jött elő, amikor nem volt lehetőségem dönteni, és mástette meg helyettem. Az első szerelmem – és az tényleg szerelem volt, de csak gyerekszerelem. Steeven... melegség járta át a szívemet most is a neve említésére. Ő is egyedül döntött a szakításról. Nagyon sokáig fájt, és nem értettem, miért, nem is tudtam feldolgozni. Amikor megnősült, néha-néha összefutottunk, pár szót váltottunk, de amikor egyszer azt mondta, bánja a döntését és nem bír a szívéből kitépni, akkor mindent elkövettem, hogy még csak véletlenül se fussunk össze, és belevetettem magam a következő kapcsolatba.

De mindig is hiányzott valami; talán a lehetőség, a döntés lehetősége. Sok éve már ennek. Néha összefutunk, de csak köszönünk egymásnak. Még most is jó érzéssel tölt el, ha látom, hiszen tőle kaptam életem első igazi csókját. Örökké egy szép emlék lesz. Bementem a szobába, lefeküdtem az ágyra. Ha én is egyedül döntenék, azt vajon hogyan tudnám feldolgozni? Be kell látnom, Nazif nagyon jól megközelítette: fordított esetben én biztosan Can mellett döntenék, és vele szeretnék megöregedni. Azt el tudnám fogadni és fel is tudnám dolgozni, hogy ne legyen gyerekünk, de azt nem tudnám elképzelni, hogy nélküle éljek. A könnyeim feltörtek, és álomba sírtam magamat. Kopogásra ébredtem.

– Tessék.

Egy egyenruhás, fiatal nő lépett be a szobámba.

– Elnézést kérek, de Gülbahar asszony kérte, hogy jöjjek fel, mert telefonon nem érte el és tíz perc múlva itt lesz az autó magáért.

– Milyen autó?

Nem emlékeztem, hova kell mennem. Vacsorázni megyek velük, de úgy gondoltam, itt, az étteremben fogunk.

– Azt nem mondta, csak azt, hogy nem éri el magát telefonon és jöjjek fel.

– Köszönöm szépen, lent leszek.

Bementem a fürdőszobába, rendbe kellett szednem magamat. Még mindig nem emlékeztem, miben egyeztünk meg, hol fogunk vacsorázni, ennek ellenére elindultam. A telefonomon tényleg volt két üzenet és három hívás Gülbahartól. Mikor kiértem, pont megállt az autó. Beszálltam, és elvitt Gülbahar és Nazif házába. Behajtottunk egy kapun, és egy gyönyörű, parkosított udvar fogadott. Az autó megállt, kiszálltam, s láttam, hogy egy nagyon szép, modern ház teszi teljessé az udvar szépségét. Mindig is tetszettek az ilyen fajta házak, de én magamat nem tudtam és nem is tudom elképzelni benne. Nekem amerikai stílusú házam van, mint Cannak is. Gülbahar jött elém üdvözölni.

– Isten hozott nálunk, érezd otthon magadat.

– Köszönöm szépen. Amit eddig láttam, az nagyon szép, teljes a harmónia az udvar és a ház között.

– Köszönjük. Nazif szüleitől kaptuk, vagyis mi vettük a telket, de ők építettek és az anyósom parkosított – tudod, építőipari cégük van, az anyósom meg kertekkel foglalkozik. A ház terveit a testvére készítette, de mindenben mi döntöttünk, a belső részt pedig mi ketten alakítottuk ki. Gyere, nézz körbe! Belépve is egy modern ház fogadott. Nagyon szép, modern, mégis otthonos. Nazifot sehol sem láttam.

– Nagyon szép, otthonos a házatok, de a ház ura merre van?

– Nazif még a konyhában van. Ma ő főzött nekünk. Nézzük meg, hol tart, mert én nagyon... vagyis mi már nagyon éhesek vagyunk. – Elindultunk a konyha irányába, ahol Nazif tüsténkedett. Felnézett, és még mielőtt kérdeztük volna, megszólalt:

– Isten hozott, érezd otthon magad! Menjetek, üljetek asztalhoz, már készen vagyok és tálalom is.

– Köszönöm. Hallod, Gülbahar, nem csak jól néz ki az urad, de még főzni is tud. – Rákacsintottam.

– És nem csak tud, de kóstold meg, szerintem jobban főz, mint én – nevette el magát. Ezután szót fogadva az étkezőbe mentünk. Ott már voltak ételek az asztalon, saláták és köretek. Aztán megjelent Nazif levesestállal a kezében, és kérte, hogy szedjünk magunknak, majd jó étvágyat kívánt. Az első kanál után felnéztem.

– Ezt komolyan te készítetted?

–Igen. – húzta ki magát büszkén.

– Nagyon finom, selymes, és a fűszerezés... Imádom.

– Mondtam én, nekem sohasem sikerül így a brokkolikrém-levesem.

– Az enyém sem. – Miután megettük a levest, kivitte a csészéket és behozta a lazacot, mindegyikünknek külön tányéron, így csak köretet szedtünk hozzá. A lazac is kifogástalanul volt elkészítve. Az egyik saláta olyan volt, mintha citromlével készült volna, meg is kérdeztem. Soha nem mertem citromlével készíteni, mert féltem, hogy nem fog ízleni, de hiba volt. A halhoz kimondottan passzolt. A vacsora után Nazif átküldött minket a nappaliba, ő pedig elpakolt, és kávékkal, gyümölcsös sajttorta szeletekkel csatlakozott hozzánk.

– Ezt az éttermünkből hoztam, tehát a szakácsunk érdeme, erre már nem volt időm.

– Gondoltam, mert az már túl sok lett volna nekem – nevettem el magamat.

– Gülbahar mondta, hogy te is jössz a szülei házassági évfordulójára.

– Igen, meghívtak. Miért?

– Mert úgy döntöttünk, ott fogjuk elmondani mindenkinek az örömhírt.

– A te szüleid is ott lesznek?

– Igen, minden testvérem anyósa és apósa. Tehát leszünk egy páran. Így nem kell majd egyesével mindenkit beavatnunk, a másik pedig – fogta meg Gülbahar kezét –, hogy ez lesz a mi ajándékunk.

– De képzeld, az én szerelmem ezt sem hagyományos módon képzeli – nevette el magát Gülbahar.

– Elmondjátok, vagy legyen nekem is meglepetés?

– Készítettem egy videót, azt fogom lejátszani, de többet neked sem mondhatok. Te viszont válaszolhatsz a feltett kérdésemre.

– Átgondoltam. Ha fordított lenne a helyzet, akkor is ugyanúgy – vagy még jobban – akarnám őt. Az jobban fájna, ha nélküle kéne élnem, viszont együtt még boldogok lehetünk gyerek nélkül is. Ha ő is így gondolja, én mindent meg fogok tenni azért a boldogságért.

– Na, akkor érted a lényeget. Most írj neki, kérdezd meg, mikor ér rá.

– Majd írok az autóból.

– Heni, kérlek, most írj neki! Gondolom, aggódik miattad, és ha úgy szenved, mint te, akkor nem sokat aludhatott.

– Rendben, de akkor inkább felhívom.

Kikerestem a telefonszámot és rányomtam a hívásra. Szinte az első csengetésre felvette.

– Szerelmem, köszönöm, hogy felhívtál. Ugye minden rendben van veled? Jobban vagy már?

– Szia, Can, Igen, jól vagyok. Átgondoltam mindent és úgy érzem, készen állok a beszélgetésre. Azt szeretném tudni, holnap mikor leszel otthon?

– Ha szeretnéd, akkor otthon maradok.

– Nem, nem szeretném, de ne érts félre, nem azért, mert nem akarnék veled lenni, csak a gyerekekre gondolok, akik szeretnek, és nem szeretném, ha csalódottak lennének, ha nem te fogadnád őket.

– Te és mi vagyunk a legfontosabbak most, de ha így szeretnéd, akkor bemegyek dolgozni. Reggel hétről egy óráig dolgozom. Ha akarod, hazafelé megállok érted.

– Nem, kettőre odamegyek hozzád. Senkivel nem szeretnék előtted találkozni és beszélni.

– Ferzi úr nagyon jól ismer téged.

– Miért, mit mondott?

– Azt mondta, hogy ha készen állsz beszélni velem, akkor először hozzám fogsz jönni.

– Igen, jól kiismert. Most mennem kell. Jó pihenést, akkor holnap.

– Várni foglak, szerelmem.

Letettem a telefont, és pár másodpercig csak néztem ki a fejemből. Gülbahar zökkentett ki.

– Jól, döntöttél, mindent hallottunk.

– Úgy gondoltam, jobb, ha felhívom. A sok üzenetből és hívásból tudom, hogy nagyon aggódik és biztosan nem tudott nyugodtan aludni sem, pedig a munkája miatt muszáj kipihennie magát. És jó volt hallani a hangját.

– Na, mi reggel kilenckor indulunk Isztambulba, tizenegy órára van időpontunk az ultrahangra. Ha szeretnél, velünk jöhetnél.

– Nem, Nazif, ez most csak a ti pillanatotok lesz, de Isztambulba veletek megyek. Bemegyek a fedett bazárba. Nagyon szeretek ott sétálni, nézelődni. Majd ott beülök ebédelni is, azután kettőre megyek Canhoz.

– Akkor találkozzunk a Csodalámpás étteremben, ott nagyon finoman főznek. Már tudom is, mit fogok kérni. Mit szólsz? A ruháddal úgysem rohangálhatsz az utcán.

– Nagyon hálás vagyok az ötletért, magamtól nem kértem volna.

– Ránk bármikor bármiben számíthatsz – mondta Gülbahar, Nazif pedig helyeslően bólogatott.

– Ti is rám, ezt ne felejtsétek. Ideje indulnom, hívok egy taxit.

– Nem kell taxi. Murat a konyhában evett és kértem, várjon meg, majd ő visszavisz a szállodába. Reggel pedig kilenc előtt a recepciós pultnál találkozunk. Rendben?

– Köszönök mindent, jó éjszakát nektek. – Átöleltem Gülbahart, majd Naziffal akartam kezet fogni, de magához húzott és megölelt.

– Ne viccelj, húgom! – mondta, azután kikísértek az autóhoz. Murat is megérkezett, és visszavitt. Megköszöntem neki is a fuvart, és jó pihenést kívántam. Az autóban azon gondolkodtam, milyen szerencsés ember vagyok. Idegen országban vagyok, mégis olyan barátokat találtam, akiknek fontos vagyok. Mindenki keresett, pedig írtam, hogy jól vagyok. Ha ott maradtam volna, mindenki segíteni akart volna, és nem tudtam volna átgondolni sem semmit. Nazifnak nagyon hálás vagyok. Ő döbbentett rá, hogy nem szabad egyedül döntenem; bármi is lesz a vége, közösen kell döntenünk. Tartok tőle, hogy Can nem a szerelmet fogja választani, de elég erős vagyok, hogy azt is elfogadjam. A szobámba érve rögtön az ágyba zuhantam. Szerelmem… milyen szépen hangzik a szájából és mennyi érzelem van ebben az egyetlen szóban! Ezek voltak az utolsó gondolataim.

10. FEJEZET

Reggel korán felkeltem, és bementem a fürdőszobába. Nagyon jólesett a tusolás, azután felöltöztem és egy enyhe sminket raktam fel. Mikor elkészültem, lementem a recepcióra. Kértem kávét, és leültem az egyik fotelbe. Még nem sok ember mozgolódott. Gondolataim a ma rám váró beszélgetésre terelődtek. Hirtelen úgy éreztem, még nem állok készen rá. Ha mégis úgy dönt, nélkülem folytatja tovább, mert a gyerek utáni vágy erősebb, szó nélkül elfogadom, de fel tudom dolgozni? Ha igen, mikorra? Ez már egy másik kérdés. Hogy jövök-e még Törökországba? Igen, nagyon szeretem Isztambult, és most már Bursa is a bakancslistámra került. De hogy milyen érzés lenne találkozni vele, azt nem tudom, és nem is akarok rá gondolni.

Odajött egy pincérlány.

– Elnézést, ha reggelizni szeretne, akkor már nyitva van az étterem.

– Köszönöm, nagyon kedves.

Már hét óra? Nagyon elgondolkodtam. Felálltam, és elindultam reggelizni. Reggeli után indultam fel, de Gülbahar elkapott.

– Jó reggel, hogy érzed magad?

– Jó reggelt! Felemásan... még mindig elfutnék, de tudom, tartozom egy magyarázattal. Attól azonban nagyon félek, hogyan fog dönteni. De bárhogyan is legyen, elfogadom.

– Melletted fog dönteni; ismerem. Te meg szedd össze magad, mert Nazif el fog fenekelni, hugica – mosolygott.

– Hú, most rettegek. Inkább te mondd, hogy érzed magad.

– Ma nagyon boldogan és éhesen keltem, és már kétszer reggeliztem. Ha így folytatom, fel sem fogok tudni állni.

– Ugyan már, szinte semmi sem látszik rajtad, és ha betartod, hogy mindig keveset eszel többször, akkor csak a normál súly jön fel rád.

– Ebben nem vagyok biztos, de gyere, igyál velem egy teát azután úgyis indulunk.

Bementünk az irodájába, és ott megpillantottam az élmény-park makettjét. Szuperül nézett ki.

– Nézd, tegnap hozta a tervező. Szuper lesz, ugye?

– Pont ez járt a fejemben.

Beszélgettünk egy kicsit, azután felmentem a hátitáskámért és a vásárolt ruhámért. Nazif már tűkön ült.

– Gyerünk, gyerünk, indulnunk kell! Murat, légy szíves akaszd be a ruhát hátra! – kérte a sofőrt. Beültünk és indultunk, a gyomrom összerándult, kezdtem ideges lenni. Szerintem érezték rajtam, mert sokszor összenéztek.

– Minden rendben lesz, nyugodj meg.

– Majd a bazárban a nyüzsgés megnyugtat.

Ezután nem is zavartak, hagytak a gondolataimba merülni. Mikor megállt az autó, felnéztem és láttam, hogy a fedett bazárnál vagyunk. Elbúcsúztam és kiszálltam. Nem csalódtam: rengeteg ember volt, tiszta hangzavar.

***

Úsztam egyet, utána elővettem egy könyvet, de nem tudtam koncentrálni. Csak azon járt az eszem, mit mondtam, ami ennyire kiborította. Abban biztos vagyok, hogy komoly dologról van szó, de mi lehet az? Ha belegondolok, lassan vége a szabadságának, felül a repülőre és elmegy. Rögtön pakolnám is a dolgaimat, és mennék utána. A munkámat Európában bárhol tudom végezni. Igaz, csak angolul és németül beszélek, de megtanulok magyarul, csak vele lehessek. Biztos vagyok az érzéseimben: bármiről lemondanék, de róla nem. A telefonom pityegett, üzenetem érkezet. Rögtön láttam, hogy Heni írt. Azt írta, ne aggódjak, jól van és keresni fog. Legalább gondol rám. A gondolataimba merülve elaludtam a kertben. A csengő hangja riasztott fel. Hirtelen azt sem tudtam, hol vagyok, majd amikor észhez tértem, rögtön mentem ajtót nyitni. Muzafer és Ece álltak az ajtómban.

– Isten hozott benneteket, gyertek, érezzétek otthon magatokat.

– Szia, Can. Ugye nem gond, hogy beállítottunk csak úgy? Aggódunk érted.

– Gyertek be, nagyon jól tettétek. Mit innátok? Kávé, tea, üdítő?

– Kávé jólesne, hosszú napunk volt.

Bementünk a konyhába, elkészítettem a kávékat és kiültünk a kertbe.

– Can, Heni írt Ecének és nekem is. Jól van. Gondoltuk, szólunk róla.

– Köszönöm, de nekem is írt.

Ece megfogta a kezemet és bátorítóan rám mosolygott.

– Can, nem tudom, mi történt, de ti összetartoztok. A sors vezetett benneteket egymás útjába. A grillezés alatt figyeltelek titeket. A levegő rendesen vibrált, és azok a pillantások, amiket egymással váltottatok, az bizony szerelem. Tudom, miről beszélek, mert az én szerelmem Muzafer. Tudom, milyen érzés; mindennap látom a szemeiben azt a szerelmet, és érzem a levegőben. Ezt mind tapasztaltuk nálatok is. Pont ezért tudjuk, hogy bármit meg tudtok oldani, amivel most szembe kell néznetek. Már négy éve ismerem Henit, és nem csak évente egyszer beszélünk, ismerem a múltját és a jelenét. Hidd el, nyomós okának kellett lennie, ha most egyedül akart maradni az érzéseivel. Csak úgy nem ment volna el.

– Testvérem, ugyanazt tudom én is elmondani, mint Ece, plusz még talán azt, hogy pontosan tudta: ha a szállodában marad, akkor úgysem hagynánk magára, mert szeretjük és segíteni szerettünk volna. Hamarosan vissza fog jönni.

– Most irigylem tőletek azt a négy évet, pedig soha senkitől nem irigyeltem eddig semmit.

– Nem veled van a gond, az biztos. Nem bántottad meg.

– Miből gondolod, Ece? Vagy tudsz valamit?

– Nem, nem tudok semmit, de gondolkodj... ha veled lenne gond, akkor neked biztosan nem írt volna.

– Igazad lehet. Fáradt vagyok, alig aludtam valamit, beleőrülnék, ha valami baja esne. Tudjátok, most jobban meg tudom érteni Mehmetet; amikor elveszítette a feleségét, szinte belerokkant. És utána az az egy év... szinte élőhalott volt. Tudom, nálam más a helyzet, mégis... Nem tudom, apád mit mondott neki, de sikerült elérnie azt, amit nekünk nem.

– Apám teljesen összeszedte, de a fény még nem tért vissza teljesen a szemeibe.

– Én úgy érzem, „Allah" tanítani akarta valamire... de akkor miért adta, ha elvette?

– „Allah" mindig mindent okkal tesz. Az akadályokat azért kapjuk, mert semmi sem hullik az ölünkbe, mindenért meg kell dolgoznunk. A boldogságunkért is. Lehet, hogy Mehmet számára nem a felesége volt az igazi, és valamit meg kellett tanulnia. Csak ez nagyon kemény lecke volt, ha valóban erről volt szó.

– Mehmet erős férfi, újra rá fog találni a szerelem, én hiszek benne. Megérdemelné a boldogságot.

A telefonom kijelzőjén megjelent a hívást jelző ábra és alatta a név: Henrietta. Rögtön felkaptam. Megbeszéltük, hogy másnap kettőre ide jön hozzám. Hallottam a hangját, így most már elhiszem, hogy jól van. Muzaferék is indulni készültek, de megvárták, míg leteszem a telefont és kikísértem őket. Bementem a hálószobámba, és ruhástól ráfeküdtem az ágyra. Gondoltam, még úgysem fogok tudni elaludni, de tévedtem. Reggel az ébresztőm hangjára ébredtem fel. Végignéztem magamon: ruhástól aludtam... na, szuper, gyorsan mentem a fürdőbe, ittam egy kávét, majd eszembe jutott, mit álmodtam. Mosoly jelent meg az arcomon. Milyen szép is lenne! Henivel sétáltam egy csöppség kezét fogva, alig lehetett kétéves. Szerelmem szemeibe néztem, és onnan gömbölyödő pocakjára. Szerelmem még erősebb volt. Ez az álom csak jót jelenthet. Indulnom kell, mert a végén még elkések.

***

Már a bazárban sétálgattam egy ideje, és élveztem a tömeget. Venni semmit sem akartam, csak az időmet akartam eltölteni. Azután Gülbaharékkal ebédelünk – remélem, minden rendben van velük. Lassan jönniük kellett. Ránéztem a telefonomra, de nem írtak, így odaérve az étteremhez be is ültem a hangulatos kis teraszra, kértem egy üdítőt és közöltem, hogy még várok valakikre. Pár perc elteltével meg is jelentek. Kissé furcsák voltak, de nagyon boldogok. Leültek, és Gülbahar elém tette a telefont.

– Nézd meg és hallgasd, aztán mondd meg mit látsz és hallasz.

– Édes istenem, most teljesen látni lehet a három babát, és a kicsi szívük is teljesen kivehető.

– Ez nem semmi! Mi még akkor sem láttuk és hallottuk, mikor az orvos mutatta. Ezt hogyan vetted észre?

– Nem tudom, de különálló, mozgó pontocskák és a szívük is szinte egyszerre ver, de ha hallgatjátok, nem egyforma erősséggel. Szívből gratulálok nektek. Kívánom, legyen sok örömötök bennük.

– Köszönjük. Faruk szerint minden tökéletesen rendben van, még az állandó óriási étvágyam is. Elmeséltem, hogy többször eszem, de csak nagyon kicsi adagokat, csak a főétkezéseknél fogyasztok normális adagban. A tizennegyedik vagy tizenötödik hétben vagyok, pontosabban majd a megmozdulásnál fogják tudni, de még az sem lesz biztos.

– Gondolom, azért nehezebb, mert menstruáltál.

– Igen, megjött minden eredmény és minden jó. Most kezdem felfogni, hogy három apróságot hordok a szívem alatt.

– Sokat kell pihennie, és több zöldséget és gyümölcsöt kell fogyasztania a vitaminok miatt.

– Nazif, nem vagyok beteg, ezt Faruk is elmondta neked. Ha fáradt leszek, pihenek, nem szabad elhagynom magamat, mert akkor sokkal nehezebb lesz a vége felé. Ha rajta múlna, mától ágyban kéne feküdnöm a szülésig.

– Gondolom, császározni fognak.

– Igen, és lehet, hogy a hatodik hónaptól be kell feküdnöm, de ha ez az ára, hogy egészséges gyerekeink legyenek, én szó nélkül megyek. De addig, Nazif, igenis minden marad a régiben, értetted?

– Heni, ugye most nem vagyunk tapintatlanok veled?

– Gülbahar, Nazif, én megtanultam kezelni és elfogadtam a helyzetemet. Boldog vagyok, és nagyon örülök a boldogságotoknak.

Persze ilyenkor azért megfordul a fejemben, hogy én miért nem élhetem át ezt a boldogságot, de ez nem irigység.

– Ugye tudod, hogy neked kell elkészítened mindent a babák érkezéséig? Mármint a kelengyét.

– Nagy örömmel fogom készíteni, de meg kell várnunk, hogy megmutassák magukat. A színek vagy minták miatt.

– Az anyáink infarktust fognak kapni – mondta vigyorogva Nazif.

– Az biztos. De édesem, biztosan a buliban fogjuk elmondani?

– Szerelmem, akkor ott lesz mindenki, úgy lesz a legjobb, ezt megbeszéltük. Már a videó is elkészült, még a mait kell feltöltenem, és készen van az ajándék.

– De ez a szüleim házassági évfordulója... ezzel a bejelentéssel mi fogunk a középpontba kerülni. Róluk kéne szólnia, nem?

– Igen, igazad van, de mi mást adhatnánk nekik ajándékba? Hidd el, szerelmem, ez lesz a legszebb, amit kaphatnak tőlünk.

– Nazifnak igaza van. A legcsodálatosabb ajándékot kapják. Az is igaz, hogy ez nem csak az övék lesz, mert Nazif szülei is épp úgy részesei lesznek, de egyszerre mindenkivel tudatni fogjátok. Ne aggodalmaskodj, élj meg minden pillanatot.

Közben az ebédet is befejeztük. Összeszorult a gyomrom: idő van, indulnom kell. Gülbahar felajánlotta, hogy elvisznek. Nem ellenkeztem, hiszen még a ruhám is az autóban volt. Megittuk a maradék teánkat, aztán indultunk. Biztosítottak, hogy senkinek nem mondják el, miszerint náluk bújtam el. Azt meg majd úgyis megtudják, hogy én fogom készíteni a babakelengyéket. Megállt az autó Can háza előtt. Nazif megfogta a kezemet.

– Ne felejtsd: közösen mindent meg tudtok beszélni, oldani.

– Heni, ne állj a boldogságod útjába! – mondta Gülbahar.

– Majd jelentkezem, köszönök mindent.

Murat kivette a ruhámat, és a kezembe adta. Nagy levegőt vettem és megvártam, míg elmegy az autó, majd megnyomtam a csengőt. Szinte azonnal kinyílt az ajtó, és Can elindult felém. Azonnal átölelt, és olyan volt, mint aki jelezni akarja, többé nem fog elengedni. Fejemet a vállára fektettem és beszívtam az illatát. Már nagyon hiányzott.

– Isten hozott, szerelmem. – Felemelte a fejemet, hogy a szemébe nézzek. – Kérlek, többé ne csináld ezt velünk! Együtt mindent megoldunk, rendben?

– Szia! – Mást képtelen voltam kimondani. Lehajolt, és számra tapasztotta a száját. Finoman, lágyan – képtelen voltam ellenkezni. Még többet akartam, így az ajkaimat megnyitottam a nyelve előtt. Szenvedélyesen birtokba vette az enyémet. Ekkor már a vágy uralkodott rajtam, beletúrtam a hajába és kezem lesiklott a tarkójára. Lágyan simogattam, közben felnyögött, de eltolt magától.

– Gyere, menjünk be!

Kézen fogott és bementünk. Annyira hiányzott a csókja... vajon ez volt az utolsó?

– Kérsz valamit inni?

– Egy tea most jólesne.

A konyhában elkészítette a teákat, és bementünk a nappalijába. Leültünk és úgy éreztem, rögtön bele kell kezdenem, míg erőt érzek magamban.

– Can, ahhoz, hogy mindent megérts, el kell mondanom pár dolgot. Ez a beszélgetés nem lesz nekem egyszerű, de úgy érzem, tudnod, kell.

– Nem fogsz tudni olyat mondani, amivel ellöknél magadtól. Nagyon szerelmes vagyok beléd, tudom, mit szeretnék. Amióta először megláttalak, olyan volt, mintha megtaláltam volna a másik felemet.

– Kérlek, ne mondj még semmit, szeretném elmondani az okot, ami miatt kiborultam, kérlek!

– Rendben, hallgatlak.

Meséltem az első szerelmemről, amely a szívemben még mindig él. De csak az emlék, és nem a férfi iránt. Azután a többi kapcsolatomról is beszéltem. Arról, hogy az érzésről, amiről azt hittem, szerelem, azóta tudom, hogy mesze köze nem volt hozzá, mióta őt személyesen ismerem. Az első pillanattól teljesen elrabolta a szívemet, szerelmes *most* vagyok, vele érzem teljesnek magamat. Ez meg is rémiszt, mert nagyon rövid ideje ismerjük csak egymást. Azután elkezdtem mondani azt a mondatot, ami letaglózott és világossá tette számomra, miért nem lehetünk egy pár.

– Nagyon vágytam gyerekre, aki meg is fogant, de sajnos elvetéltem. A nem megfelelő kezelésnek az lett az eredménye, hogy soha nem lehet gyermekem.

Elhalgattam, a szemeimből potyogni kezdtek a könnyek. Felemeltem a kezeimet, jelezve, jól vagyok, de a pillantásomat nem fordítottam el az övétől, és fájdalmat láttam benne.

– Amikor azt mondtad, vágysz saját gyermekre, ott teljesen összetörtem, mert hiába vagyok szerelmes, ha legnagyobb vágyadat nem tudom megadni neked.

– Ezért mentél el...

– Igen, össze kellett szednem magam, mert világossá vált számomra, hogy nekünk nincs közös jövőnk. Össze kellett szednem magam, és ez nem könnyű még ma sem. Úgy határoztam, hogy egyedül döntök, és többé nem találkozunk a beszélgetés után. De egy jó barát azt mondta, nincs jogom egyedül dönteni kettőnk jövőjéről.

– Igaza volt a jó barátodnak. Képes lennél elmenni, és nem megélni a szerelmünket?

– Ha biztosan tudnám, hogy találsz egy nőt és szül neked egy vagy két gyereket, akkor igen.

– Te tovább tudnál lépni?

– Nem, de az – az én dolgom lenne, viszont neked teljesülne a vágyad.

– Szóval csak az számít neked, hogy én boldog legyek?

– Igen. Pont ezt mondtam.

– Heni, én mindent feladnék érted, csak hogy reggel melletted ébredjek és melletted aludjak el este. Meg szeretném élni a szerelmünket ami „Allah” vagy Isten ajándéka. Kéz a kézben, veled együtt szeretnék döntéseket hozni és megoldást találni a felmerülő problémákra. Igen, szeretnék gyereket, de ha te nem tudod megadni, úgy gondolod, más megadná? Belegondoltál abba, hogy eldobnál mindent csak azért, hogy gyerekem legyen? Lehet, hogy idővel szeretni fogok valakit, de hidd el, szeretni vagy szerelmesnek lenni nem ugyanaz. Lehet, hogy megajándékoz egy vagy két gyerekkel, akiket mindenkinél és mindennél jobban fogok szeretni, de a „feleségem" – nevezzük így – boldogtalan lenne. A szeretetet fel fogja váltani a tisztelet, és ő onnantól boldogtalan lenne, mert én örökké csak rád fogok vágyni, és ezt ő is érezni fogja. – Elhallgatott, és megfogta a kezemet. – Alig ismerjük egymást, de ami közöttünk van, az egy akkora ajándék, ami nagyon sok embernek nem adatik meg. Fatmával a három év alatt sem éltem át hasonlót, mint veled ebben a pár napban.

– Can… – Nem tudtam semmit mondani, odabújtam hozzá, vártam, hogy magához öleljen. Nem is késlekedett. Lehajolt és úgy csókolt, hogy mindent elfelejtettem, csak ő és én léteztünk ezen a világon. De még mindig voltak bennem kételyek, és józanész. Eltoltam magamat.

– Szeretném, ha azért gondolkodnál rajta. Most még vagyok olyan erős, hogy elengedjelek.

– Nem kell gondolkodnom. Ezerszer is téged és a szerelmünket választanám.

– Lenne még valami.

– Mondd, szerelmem. – Az arcomat simogatta, a testem pedig azonnal reagált, elég volt egy pillantás, egy érintés.

– Nem akarom, hogy félreérts, de a testi kapcsolattal még várni szeretnék. A testem most rögtön eggyé szeretne válni a tiéddel, de az eszem még nem tud teljesen utat engedni ennek a vágynak.

– Akkor még nem adtad fel teljesen? Azt akarod, hogy legyen időm gondolkodni?

– Pontosan nem tudom megmondani, mert a szívem, a testem annyira vágyik a testedre, hogy néha fájdalmas gyötrődés nem beteljesíteni ezt a vágyat. De nem szeretném, ha évek múlva megbánnád. Ez biztosan szerepet játszik.

– Én azt a szerelmet és boldogságot fogom mindig akarni, amit te jelentesz, és amit mi jelentünk. Azt tudod ugye, hogy nagyon sokszor leszünk a határvonalnál?

– Igen, tisztában vagyok vele. Szeretnék minden szabadidődben veled lenni, de az éjszakákat a szállodában fogom tölteni.

– Szóval akkor haladjunk rendesen. Szeretnéd, ha udvarolnék és ismerkednénk?

– Most, hogy ezt így mondod, jól hangzik – mosolyogtam rá és megsimogattam az arcát, amit lecsukott szemekkel élvezett. – De mi tényleg ismerkedünk, nem?

– Végül is az is egyfajta ismerkedés lenne, nem? – kacsintott rám, és puszit küldött.

– Igen, az egy mélyebb ismerkedés lenne. Hidd el, minden egyes porcikámmal kívánlak, de az eszem... – Hozzábújtam.

– Minden úgy lesz, ahogyan szeretnéd, de azért remélem, nem kell az esküvőnkig állandóan hideg zuhany alatt állnom – mosolygott, és megcsókolt.

Esküvőnk? Én addig nem is mertem még csak gondolatban sem elmenni. Még azt sem beszéltük meg, hogyan tudjuk áthidalni a kilométereket, amik még mindig jelen vannak.

– De ha nem leszel nagyon fáradt munka után, akkor találkozhatnánk a barátaiddal is.

– Barátainkkal, akartad mondani, nem?

– Igen, barátainkkal. Az is egy jó program lenne, és jobban megismerném őket. Merttől is szerezhetek információkat a merülésekről, és Mehmettel is beszélhetek a ruhák levédéséről. Mégis együtt lennénk.

– Azt nem ígérem, hogy minden napomat megosztom velük, amíg itt vagy, de majd szervezek valamit, rendben lesz így?

– Tökéletes. Én is így gondoltam. – A száját simogattam az ujjammal, azután az ajkaimmal követtem. Végigfektetett az ülőgarnitúrán, és fölém feküdt. Éreztem kemény férfiasságát, mire ösztönösen szétnyitottam a lábaimat. Érezni akartam lüktető vágyát, de legördült rólam. Csalódott voltam, de én kértem ezt. Oldalra feküdt és magához húzott.

– Mikor mész haza?

– Vasárnaphoz egy hetére.

– És mikor jössz megint?

– A hazautazásom után tíz nap múlva, szerdán, és hétfőn megyek vissza. Akkor hozom Ecének a ruhákat. Hétvégén esküsznek, és addig a ruhának is meg kell lennie.

176

– Akkor van még kilenc napunk. Utána össze kell hangolnunk az életünket, de sikerülni fog. Együtt meg fogjuk oldani. – A szemeimbe nézett és megcsókolt.

– Na, az lesz még egy feladat... mind a kettőnknek felépített élete van.

– Meg fogjuk oldani, most ezzel ne foglalkozz. Nem akarom a sebeidet feszegetni, de ugye nem felejtetted el, hogy orvos vagyok?

– Nem felejtettem el, miért? Azt mondtad, én már öreg vagyok, hogy te legyél az orvosom, nem emlékszel?

– Nem erről akarok beszélni. De ne érts félre, rendben? – Még szorosabban átölelt, és megcsókolt.

– Akkor mi van a fejedben, ami miatt nem szabad elfelejtenem azt, hogy orvos vagy?

– Visszatérve a gyerek-témához. – Érezte, hogy befeszültem, mert megcsókolt és a szemembe nézett.

– Can...

– Kérlek, csak hallgass végig.

– Rendben.

– Orvos vagyok, és bár nem a szakterületem, de van fogalmam dolgokról. Van egy-két nagyon jó nevű női orvos barátom. Nem tudom, pontosan mi az oka, ami miatt azt mondták, nem lehet gyereked, de ha szeretnéd, elmehetünk valamelyikhez, hogy megvizsgáljon. A lombikprogramról hallottál, ugye? Az is egy lehetőség.

– Igen, hallottam, de Can... – Könnycseppek jelentek meg a szemeimben, amiket a csókjaival itatott fel.

– Tudom és érzem is, hogy kettőnk közül neked nagyobb vágyad a gyermek, csak ezért hozom fel a témát. Lombikkal próbáltad valakivel?

– Nem, senki nem volt olyan, akivel addig is eljutottam volna. És ahhoz kellenek kivizsgálások, hogy egyáltalán azzal lenne-e esélyem.

– Mit szólnál hozzá, ha adnánk csak magunknak, a szerelmünknek két évet, ami csak a miénk lenne? Utána beszélek az egyik barátommal – tudom is, kit kell felhívnom, ő beültetésekkel is foglalkozik. Elmegyünk és végigcsináljuk. Ha az sem sikerülne, akkor még ott van lehetőségként az örökbefogadás is.

– Tényleg végigcsinálnád velem a lombikprogramot, ha lehet? – Megint kicsordultak a könnyeim.

– Kérlek, ne sírj! A reakciódból tudom, mennyire fontos neked, és bár azt mondod, feldolgoztad, ez még egy lehetőség lenne. Ha nem sikerül, akkor sincs baj, a szerelmünk erőt ad majd, hogy együtt, boldogan megöregedjünk.

– Nekem a mai napig fájó pont ez, de megtanultam vele együtt élni – vagyis inkább elfogadni.

– Amikor terhes lettél és elvetéltél, azzal a férfival miért nem próbáltatok meg a lombikprogramot? Ezt nem értem.

– Amikor elment az embrió, a diagnózis nagyon megviselt. Akkor fogtam fel, hogy soha nem hordhatom ki a szívem alatt a gyermekemet. Nem foghatom a kezembe. Abban az időben nem tudtam tisztán gondolkodni. Azután mikor kezdtem jobban lenni, úgy gondoltam, ha Isten meg szeretett volna ajándékozni egy gyermekkel, azt meg is tette volna. Amúgy pedig azoknak, akikkel együtt voltam, már volt saját gyermekük, így nem állt fent az a fenyegetés, hogy saját gyereket akarjanak. Felvetettem a témát, de a válasz az volt: „már van".

– Drága szerelmem, mint ahogyan említettem, adjunk magunknak egy-két évet, azután vágjunk bele. De még egyszer mondom: ha nem jön össze, akkor is téged akarlak. Boldoggá akarlak tenni minden egyes nap, érted?

– Olyan furcsa hallani az egy-két évet. Pár napja találkoztunk.

– Ez igaz, de én biztos vagyok az érzéseimben és abban, mit akarok.

– Én is tudom, mit akarok, de még nem merek tervezni.

– Mert azt hiszed, meggondolom magam, igaz?

– Inkább azt mondanám, hihetetlen még az egész. Nem is kerestem senkit, és amikor megismertelek, akkor tudatosult bennem, hogy mindig is téged kerestelek.

– Ezt szépen megfogalmaztad. Most olyan boldog vagyok; veled vagyok teljes ember.

– De még nagy út áll előttünk: az életünket össze kell hangolnunk. Sokat kell dolgoznunk rajta, mert az ide-oda repkedés egy idő után tönkre fogja tenni a szerelmünket. Nekem nem elég, ha csak hétvégeken találkozunk.

– Igen, ez így van. Nekem sem elég a hétvégi találkozás. Szépen lassan fogunk haladni; udvarolni fogok, randevúzni hívlak, és megpróbálom betartani a három lépés távolságot.

– Udvarlás, rendben, randevú szintén, de ha a három lépés távolságot be akarod tartani, akkor hogyan fogsz megölelni és megcsókolni?

– Hm... ez jó kérdés.

– Ugye, hogy ugye? – Kint már sötétedett, de mi még mindig összebújva, egymást átölelve feküdtünk a nappaliban.

– Nem vagy éhes?

– Most, hogy kérdezed, nagyon. Viszont mennem kellene.

– Nem vagyok boldog, de elviszlek, de előtte menjünk be vacsorázni CeyCeyhez.

– Remek ötlet, menjünk, nagyon éhes vagyok.

Összeszedtünk mindent és indultunk, de mielőtt az ajtón kiléptünk volna, a falnak nyomott és olyan szenvedéllyel csókolóztunk, hogy ott rögtön szerelmeskedni akartam vele. Egygyé akartam válni a testével. Perzselt minden érintés, fájdalmas és egyben édes gyötrődés járta át a testemet, de eltolta magát tőlem.

– Ha most nem indulunk, akkor nem tudom türtőztetni magam és egyenesen a hálószobámba viszlek.

Várta, mit döntök, én pedig végigsimítottam magamon.

– Menjünk.

Megfogta a kezemet és indultunk. A ruhámat hátra beakasztotta, azután beült, és szinte egész úton fogta a kezemet. Csendben ültük végig az utat; kellett, hogy össze tudjuk szedni magunkat. Az étteremben CeyCey nagyot nézett, mikor kéz a kézben beléptünk.

– Éreztem én a levegőben. Nem semmi, lottót kéne feladnom. Szép párt alkottok, gyerekek. Legyetek nagyon boldogok együtt. Megérdemlitek. Üljetek le, mindjárt megyek.

– Látod, még neki is leesett, pedig csak ott álltam melletted akkor.

– Látom, de a neheze még ránk vár.

– Együtt mindent megoldunk, hidd el.

– Igen, együtt, szerelmem.

– Hétvégén mit csinálsz?

– Délelőtt semmit, késő délután Ferzi úrék házassági évfordulójára vagyok hivatalos, és ha jól tudom, te is.

– Én hétvégén soha nem dolgozom. Tényleg, nekem ki is ment a fejemből. Öt órára hívtak, ugye?

– Igen, ott lesz a szállodában, az egyik étteremben. De miért kérdezted, édesem?

– Szeretnélek a szüleimhez elvinni, bemutatni.

– Can, ez nem korai még?

– Közös jövőt tervezünk, miért lenne korai? Amúgy meg soha senkit nem vittem haza bemutatni nekik.

– Igen, azt tervezünk. Komolyan nem vittél még haza senkit? Fatmával három évig voltatok egy pár, hihetetlen, ha most azt mondod, őt sem vitted haza.

– Nem még őt sem vittem el anyáméknak bemutatni. Ismerték és találkoztak is, de itt, nálam. Édesanyám nem is szerette, folyton azt mondta: „Nem ő az a nő, aki életed párja, fiam.".

– És milyen igaza volt drága édesanyádnak – szólalt meg Cey-Cey a hátam mögött.

– Tudod, kislány, sokszor és sokan mondtuk ennek a makacs majomnak, hogy ez nem szerelem. Nem neki való. De mindenkit elhajtott, mert ő jól érezte magát vele. Dacból a szakítás után még egyszer ki is békült vele: be akarta mindenkinek bizonyítani, hogy tévedünk, neki volt igaza.

– Igen, mert úgy éreztem, idővel összhangba tudunk kerülni. De aztán rá kellett ébrednem, hogy erre semmi esélyünk. Aztán mikor erre ráébredtem, tudatosult bennem, hogy semmi nincs azon kívül, hogy rajongok érte, a szépsége elbűvölt, és nagyon okos is. De hosszú távra képtelenség volt tervezni, lehetetlen. Teljesen mást vártunk a jövőnktől. És most, hogy megismertem, milyen az, mikor stabil alapokon látom a jövőmet egy gyönyörű, okos nővel, mindenkitől bocsánatot fogok kérni. – Átnyúlt, megfogta a kezemet és meg is csókolta.

– Na, a bocsánatkérés elfogadva. Mit szeretnétek enni, gyerekek?

– Lepj meg minket – mondtam neki.

– Oké – azzal sarkon fordult, és már ott sem volt.

– Biztos vagy benne, hogy rábíztad?

– Olyan biztos, mint az érzéseimben irántad.

Jó döntés volt: isteni finom vacsorát kaptunk. Azután Can elvitt a szállodába.

– Holnap mit csinálsz?

– Betervezve nincs igazából semmi, de a partra szeretnék lemenni. Mióta itt vagyok, csak egyszer sikerült élveznem, de azt is csak másfél óráig.

– Én háromig dolgozom, utána érted jöhetek?

– Nem tudom, meg kell néznem a naptáramat, lehet, hogy valamit elfelejtettem. De nem rémlik semmi, azt hiszem – mosolyogtam rá.

– Csak húzd az agyamat, de megbánod – kacsintott rám, azután magához húzott és egy érzéki csókot kaptam.

– Holnap negyed négykor itt vagyok érted. Rendben?

– Igen. Szép álmokat, szerelmem.

– Neked is szép álmokat, szerelmem.

Kiszálltam, kivettem a felakasztott ruhámat és még intettem, mielőtt bementem. Emír egy vendéggel társalgott, gondoltam, szépen felosonok, de tévedtem.

– Hova-hova, szökevény?

– Szia neked is. Gondolom, a szobámba?

– Szia! Tudod, hogy mindenki tégedet keresett?

– Igen, és sajnálom, írtam is mindenkinek. Végig kellett gondolnom pár dolgot, és ha...

– És ha itt maradtál volna, az nem sikerül.

– Igen, jó a meglátásod, kedves barátom. Küldesz fel nekem kávét és gyümölcsöt? Ha lenne mangó, az most nagyon jólesne, de ha nincs, akkor beérem azzal, ami van.

– Utánanézek, vacsoránál biztosan volt. Nincs kedved lejönni és itt meginni velem a kávédat?

– Ma nem, ne haragudj. Hosszú volt a nap, és szeretném még finomítani a terveimet. Ha hazaérek, rögtön neki akarok állni.

– Megértem, és ha reggel én vinném fel a kávédat?

– Valami komoly dologról lehet akkor szó. Rendben, akkor holnap fél hétkor várlak. Jó munkát!

– Neked is, és jó pihenést!

Valamiről beszélni akar, és elég komolynak kell lennie, ha még a kávémat is hajlandó felhozni. Egyre kíváncsibb lettem. A szobámban kivettem a zsákból a ruhámat, a szekrénybe akasztottam, azután célba vettem a fürdőszobát. Egy rövidnadrágban és egy ujjatlan felsőben indultam a teraszra, mikor kopogtak. Meghozták a bögre kávémat és a gyümölcsöket – még mangó is volt, amit rögtön ki is vettem. Mire a teraszra értem, már csak az íze maradt a számban. Leültem és újra végiggondoltam az egész beszélgetést Cannal. Még mindig kétségeim voltak. Ha a lombik sem sikerül, és nem lesz vér szerinti gyereke, akkor elfogadja? Most azt mondja, csak én kellek, de mi lesz évek múlva? A szüleinek is el kell mondani, mert nem szeretném, ha várnák az unokát és folyton az lenne a napi kérdés. Azután lehet, hogy pont ezért nem fogadnak majd el. Vajon miért nem szerette az anyukája Fatmát? Biztosan engem sem fog: nem lehet gyerekem, és teljesen más kultúrából származunk. Vajon mindent kibír a szerelmünk? Vagy töltsem vele minden szabadidőmet, éljek át mindent, ami megadatik ebben a rövid időben, és ha felszállok a repülőre, őt is engedjem el? Képes lennék rá? Elég erős vagyok, belevetném magamat a munkámba és táplálkozni tudnék ezekből a napokból.

Annyi kérdés kavargott a fejemben, de a szívem nem volt öszszhangban a gondolataimmal, így fogtam a tervezőmappámat és elkezdtem finomítani a terveken. Az egyik ruha már majdnem készen volt, csak egy-két finomítás, és át is tudom küldeni Emilinek. A másik kettő még nincs kész, de olyan szárnyakat kapott a fantáziám, hogy akár reggelig is dolgoztam volna rajtuk. Le kellett volna feküdnöm, ezért ránéztem a telefonomra. Megdöbbentem, mennyi az idő.

***

Úton hazafelé felhívtam jóanyámat.

– Drága Szultánám, remélem, még nem aludtál.

– Egyetlen fiam, még beszélgetünk a szomszédokkal. Ugye nincs baj?

– Akkor jó, csak azért hívtalak, mert szombaton reggel átmennék.

– Ezt miért kell bejelenteni, fiam? Tudod, hogy mindennap várunk.

– Édesanyám, de nem egyedül mennék.

– Fiam, kérlek, azt ne mondd, hogy megint összejöttél azzal a nővel?!

– Nem, Szultánám, és engedd meg, hogy bocsánatot kérjek: igazatok volt vele kapcsolatban. Mást szeretnék bemutatni nektek.

– Miben is volt igazam nekem is?

– Fatma nem az a nő, akivel le tudtam volna élni az életemet. Így most már jó? – mosolyogtam: csak kiharcolta, hogy kimondjam.

– Sokáig tartott, mire rájöttél. Soha sem szeretnék rosszat neked, drága, egyetlen fiam. És ki az a „más"?

Na, a kommandó beindult – nevettem el magamat.

– Szombaton megismerheted, és hidd el, az első pillanattól imádni fogod.

– Na, ennyire ne legyél biztos benne. Majd az első pillanatban eldől, ha találkozunk. De haza még nem hoztál senkit bemutatni, így azt gondolom, most teljesen biztos vagy az érzéseidben.

– Anyukám, csak annyit kérek, legyél vele nagyon kedves, nagyon fontos nekem, szerelmes vagyok.

– Rendben, fiam, kedves leszek, de a véleményemet, azt nem fogom titkolni előtted.

– Gondoltam. Szeretlek, ugye tudod?

– Én is nagyon szeretlek, drága fiam. Várlak benneteket reggelire, és ha úgy alakul, ebédre is.

– Köszönöm, üdvözlöm apámat és a kedvenc húgomat is.

Anyám... hát, nem könnyű vele, az biztos. Ha a gyerekeiről van szó, olyan, mint egy anyatigris. De abban biztos vagyok, hogy mindenki imádni fogja Henit. Főleg a húgom és az apám. Hatice most fejezi be a jogi egyetemet; ha jól tudom, a doktoriját írja. Nagyon szorgalmas, és okos is. Sokszor hiányzik; gyerekkorunkban mindig védtem. Igaz, sokat játszottam a fiúkkal, de rá is mindig maradt időm. Erős a kötelék kettőnk között. Olyan kimagaslók az eredményei, hogy semmi kétség, kiváló ügyvéd lesz. Mehmet rögtön lecsapott rá. Jelenleg is nála tölti a gyakorlatát, és már az állás is biztosítva van számára. Mehmet azt mondta, amint végez és letelik a két év, fel fogja ajánlani neki a társulást, és Mehmet szeretné, ha megszerezné a nemzetközi engedélyt is. Sokszor csak úgy áradozik a húgom eszéről, én meg dagadok a büszkeségtől. A társulás lehetőségét még csak nekem mondta, nem akarja terhelni vele Haticét, mert nem szeretné, ha erre összpontosítana. Drága barátom, Mehmet, úgy szeretném, ha újra boldog lenne. Jelenleg teljesen a munka tölti ki az életét. Írtam egy körüzenetet. Bízom benne, hogy mindenki válaszol és benne lesznek, úgy holnap olyan randink lenne, ami a barátainkkal közös, és jó kis program is. Amíg lezuhanyoztam, mindenki válaszolt. Helyes, velük is van mit bepótolnom. Ideje lefeküdnöm... fáradt vagyok, de boldog.

***

Reggel a napfelkeltében gyönyörködtem, mikor Emír megjelent két bögre kávéval.

– Jó reggelt, szépségem!

– Jó reggelt neked is! Gyere, ülj ide mellém.

– Ne haragudj, de Muzafer ma kicsit szétszórt volt.

– Semmi gond. Gyere, mesélj.

– Engem is mindig lenyűgöz ez a látvány.

– Pedig azt hittem, te már beteltél vele.

– Ezzel nem lehet.

– Na, mesélj, ne ködösíts.

– Tudod, van az a két lány... leültünk hármasban beszélgetni.

– És mi lett a vége? – vontam fel a szemöldökömet.

– Kiderült, hogy ők sem férfiként tekintenek rám, csak mint testvérre, bátyra.

– Na, akkor megnyugodtál?

– Nem teljesen. Találkoztam egy lánnyal. Elvarázsolt. Pár pillanatra összenéztünk, és ennyi. Azóta az a pillanat jár a fejemben.

– Akkor mi a baj? Keresd meg, és beszélgess vele.

– Nem olyan egyszerű. Ismerem, de nem igazán jár sehova. Mehmet irodájában is dolgozik. Most is a barátaival volt, és lehet, hogy az egyik fiúval több, mint barátság van közöttük.

– Azt miből gondolod? Vagy azt is tudod?

– Nem tudom, de amikor másodszor odanéztem, az a fiú pont átölelte a vállát és súgott neki valamit.

– Az még nem jelent semmit. Legalábbis szerintem.

– Lehet, hogy csak barátok, de így nem merem csak úgy felhívni. Kellene egy kis segítség a kiderítéséhez.

– Azt mondtad, ismered. Akkor derítsd ki másképp. Kérd meg Mehmetet.

– Dehogy, akkor a bátyám és az ő barátja is megtudja, hogy érdeklődöm utána.

– Az miért lenne baj? Komolyan nem értelek.

– Mert folyton vele cikiznének. És lehet, hogy nem is lenne közöttünk semmi.

– Akkor nincs több ötletem. Ha félsz attól, hogy esetleg viccelnének veled, akkor nem is fogott meg az a lány annyira.

– Azóta csak az a pillanat van előttem... de, megfogott. Viszont te beszélhetnél Cannal.

– Cannal? Mi köze neki ehhez?

– Érdeklődhetnél nála, ő biztosan tudja.

– Emír! Beszélj érthetően, kezdem elveszíteni a türelmemet.

– Can a bátyja.

– Tessék? Te megőrültél, szépfiú. Cannal pont eléggé nehéz út elején vagyunk, és most azt kéred, faggassam a húgáról, akit még nem is ismerek? Ugye ez nem komoly?

– De, pontosan azt szeretném kérni. – Olyan szégyenlősen mosolygott, hogy majdnem megsajnáltam.

– Nem! Biztosan, nem!

– Légyszi, légyszi...

– Nem! Ez az utolsó szavam. Most szerintem menj haza és aludd ki magadat. Az éjszakai munka valami galibát okozott a fejedben.

– Oké, rendben, de miattad maradok agglegény, ezt ne felejtsd el – azzal felállt, a bögréket is felemelte és elindult, mint egy durcás kisgyerek.

– Ez a viselkedés nem hatott meg, csak hogy tudd.

– Majd magyarázd el az apámnak, miért nem nősül meg a legkisebbik fia.

– Megmondom: többször megkérted a kezemet, de a szívem másé, így mindig kosarat adtam. Szép álmokat!

– Neked meg szép napot!

– Hát ez a gyerek... Megáll az eszem. Szemtelen fráter. Nem is értem, hogyan gondolta. Nem is ismerem Can húgát, és kérdezzem meg, van-e barátja? Aztán mit mondjak, miért érdekel? Viszont szeretem ezt a szemtelen kis frátert. Fel kell hívnom az apját. Mióta visszajöttem, nem is kerestem, pedig szeretnék beszélni vele. Majd reggeli után. Nicol neve jelent meg a telefonomon.

– Jó reggelt, Nicol! Tudsz nekem mondani valamit?

– Igen, álló csomagban kell feladni és rá kell írni, hogy törékeny.

– De nem fog eltűni, ugye? Hétvégén viselni szeretné az egyiket, és még rá is kell igazítani.

– Minden rendben lesz. Veletek együtt fog megérkezni.

– Fóliázni is kell?

– Biztonságosabb lenne.

– Oké, akkor légy szíves, intézd a foglalásokat.

– A szállodát intézed? Vagy intézzem én?

– Intézd, légy szíves. Nekem a szokásos szobák, a két lánynak meg egy szoba két ággyal. Küldd a számlát utána, légy szíves, és utalom azt is ma.

– Útlevélszámok?

– Az egyiptomi útra már egyszer átküldtem, nem tudod onnan átírni? Egyik az Emili, a másik Amanda.

– De, megoldom. Akartam is mondani, hogy az egyiptomi útból tíz százalékot visszautaltam.

– Miért?

– Mert annyit utazol, és mindig mindent velünk intéztetsz. Minden évben sok pénzt hagysz nálunk; mi így szeretnénk megköszönni a bizalmat.

– Köszönöm szépen. Ha nincs más, most megyek reggelizni.

– Mindent megbeszéltünk, még egyszer köszönjük, és további jó pihenést.

– Szép napot! – A zsebembe csúsztattam a telefonomat, fogtam egy tányért és elkezdtem nézelődni, mit is ennék. Muzafer utánam jött. Pont leültem egy asztalhoz, mire odaért.

– Oda sem jöttél hozzám.

– Neked is szia! Bocsánat, de pont telefonáltam. Gondoltam, visszafelé megállok egy teára.

– Oké. Akkor el van nézve. Mondd, minden rendben van?

– Még nem tudom, de majd alakul. Ne aggódj. Viszont ha már így utánam jöttél... két hét múlva lesz az esküvőd. Szerdán jövök két kolléganőmmel és a ruhákkal.

– Igen, tudom. Szerdától hétfő reggelig maradnak a lányok.

– Valamint én is. Ugye meglesz a szobám?

– Nálunk fogsz lakni?

– Igen, most miért csodálkozol?

– Azt hittem, csak a csajok fognak nálunk lakni, te meg Cannál.

– Akkor rosszul gondoltad. Nicol ma fogja lefoglalni. Viszont a repülőtérre ki kéne jönnie értünk valakinek. Jó lenne olyasmi autó, mint amivel apád jár. Ruhák miatt.

– El van intézve, csak kell majd a pontos időpont.

– Azt majd megkapom, azután tudom közölni.

– Van még valami, amit intézni kell? – Már sétáltunk vissza a recepcióra.

– Mi rögtön Ecéékhez megyünk, a csomagjainkat viszont jó lenne, ha ide hozná a sofőr, és felvitetnéd a szobákba.

– Elintézem. Ülj le, én pedig utánanézek a szobádnak és hozatom a teát.

Leültem, és felhívtam Emilit.

– Drágám, megkaptad az e-mailt?

– Igen, meg, pont most nyomtatom ki. Ez álomszép lett, de te nem pihenni mentél?

– Nekem az pihenés volt. Szerintem is felülmúltam önmagamat. Ha lehet, azokat az anyagokat rendeld meg hozzá, amiket írtam. Már nagyon várom, hogy nekiálljunk.

– Persze, persze. Melyik ruhákat kell majd összekészítenünk, tudod már?

– Hétfőn tudom meg, és rögtön üzenek.

– Oké, de kérlek, azért pihenj is. Szabadságon vagy, de folyton van valami.

– Igen, nagyon sok minden történt, de mostantól tényleg csak pihenek. Igaz, elkezdtem két ruhát, de majd meglátom. Most viszont tényleg megyek a partra.

– A „sok minden" érdekelne, de gondolom, nem most fogod elmondani...

– Jól gondolod. Puszillak, szia!

– Szia! – Lerakta.

Még ilyet... pedig el akartam még mondani, miszerint repülővel fogunk utazni, nem autóval. Írtam egy üzenetet. Odanéztem Muzaferre, aki még a gép előtt volt, így felhívtam Ferzi urat.

– Jó reggelt!

– Neked is szép reggelt, gyermekem. Akartalak hívni, de gondoltam, úgyis jelentkezel.

– Baj van? Vagy csak az eltűnésem miatt? Sajnálom.

– Sumruval lenne egy ajánlatunk számodra, csak az miatt. De mondd, miért hívtál?

– Csak sajnálom, amiért eltűntem, de gondolkodnom kellett. Milyen ajánlatról lenne szó?

– Üzleti. Ne haragudj, tudjuk, hogy szabadságon vagy és így is eléggé le vagy terhelve, pedig csak pihenned kellene.

– Kíváncsi lettem.

– Ha egy órakor odamennénk a szállodába, innál velünk egy kávét?

– Persze, úgyis itt leszek a parton. Csak három után megyek el.

– Tökéletes. Akkor később, addig is jó pihenést!

– Köszönöm, akkor később.

Pont letettem a telefonomat, amikor Muzafer megjelent.

– Hallod, hogy van ennyi energiád már kora reggel?

– Most takarékon vagyok – mosolyogtam rá. Végül is igazat mondtam, mert otthon is ötkor kelek, a kiskutyámmal sétálni megyek, utána játszom vele, megetetem, majd a teraszon vagy bent már a terveimen dolgozom. Utána megjönnek az alkalmazottak és a műhelyben folytatjuk, közben rendelésekkel vagy ügyfelekkel foglalkozom. Baráti találkozókat is beiktatok egy-egy napba, de van, mikor este ülök autóba és megyek a szüleimhez. Ha azt vesszük, most is dolgozom, csak most nincsenek időkorlátaim.

– Az utazási iroda átküldte a foglalásodat, azt is elintéztem, azért jöttem picit később.

– Akkor minden rendben?

– Persze, a szobákat is befoglaltam. Apámmal beszéltél?

– Igen, édesanyáddal egy órakor jönnek ide hozzám. Van valamilyen ajánlatuk. Tudsz valamit?

– Igen, tudok. Mi Ecével félórával később csatlakozunk, most kaptam az üzenetet.

– Komolynak hangzik, ha még titeket is mozgósítottak.

– Szerintünk az, és reméljük, neked is tetszeni fog.

– Na jó, erről ennyit. Most inkább mesélj! Hova mentek nászútra?

– Bora-Borára két hétre. A fiúk ajándéka volt.

– Nem semmi barátok. Én is nagyon régóta szeretnék elmenni oda, egyszer majdcsak sikerül.

– Igen, nagyon jó barátok. Amikor mind a négyen befejeztük az egyetemet, oda mentünk mind a négyen két hétre. Ott megegyeztünk: ha valamelyikünk megnősül, nászajándékként két hétre befizetjük őket. Most mi vagyunk az elsők.

– Nem értem... Mehmet nős volt, vagy nem jól emlékszem?

– De igen, jól. Mehmet még az egyetem befejezése előtt nősült meg.

– Értem. Szép nászajándék, az egyszer biztos.

– Hagyjuk most ezt, inkább mondd el, merre voltál.

– Nem mindegy? Itt vagyok. Egyedül kellett lennem.

– Nem kellett volna elmenned. Mindenki aggódott, Can még a kórházakat is ellenőrizte.

– Muzafer, gondolkodnom kellett, egyedül. Itt nem hagytatok volna békén... zárjuk le, kérlek!

– A lényeg, hogy épségben visszajöttél. Apámék, gondolom, tudtak valamit, mert teljesen higgadtak voltak, még Cant is nyugtatták.

– Megyek a partra, köszönöm a teát. Ha esetleg délig nem jelennék meg, akkor üzenj, légy szíves. Jó munkát!

Meg sem vártam a válaszát, felálltam, felmentem a szobámba. Felöltöztem a strandoláshoz, közben elutaltam Nicolnak a pénzt, majd indultam is a partra. Muzafer komolyan azt hiszi, hogy mindenféle körkérdéssel össze tud zavarni? Nem hiszem el; annyira már ismerhetne. De most csak a part lesz, és én. Kiérve Mohamed rámutatott egy helyre és intett, hogy mindjárt jön ő is. Lepakoltam, és most valahogyan szebbnek tűnt ez az egész partszakasz. Leültem és vártam.

– Szia! Ritkán jössz mostanában a partra.

– Szia! Tudod, most az esküvő miatt összekuszálódott minden, és történtek más dolgok is. Remélem, még legalább egyszer le tudok jönni. Szeretnélek megkérni... ha esetleg lesz időd, szólnál fél tizenkettőkor? Vissza kell mennem, mert lesz egy találkozóm, és előtte szeretnék rendes külsőt varázsolni magamnak – mosolyogtam rá.

– Ha lesz időm, mindenképpen, de most olyan csoportok érkeztek... á, hagyjuk is, semmi nem jó nekik.

– Mondta Muzafer is, sajnálom.

– Szeretnék kérdezni tőled valamit, de nem akarlak terhelni. Szabad? – Szerény és szégyenlős volt. Rámosolyogtam.

– Persze, nyugodtan kérdezz.

– Szeretném a szüleimet elvinni Magyarországra nyaralni, de nem tudom, pontosan hova. Segítenél ebben?

– Segítek, de jó lenne tudni, mi az elképzelésed.

– Szeretnek sétálni és kerékpározni, valami olyan hely kellene. Továbbá jó lenne a közelben valamilyen termálfürdő is, ahol árban sem húznak le.

– Oda, ahol én lakom, rengetegen jönnek, mert jó kis kerékpárutak vannak, sétára is alkalmas, és termálfürdő is van.

– Szerintem az tökéletes lenne. Szálloda is van akkor, gondolom, vagy apartmanok?

– Van mind a kettő, de a kényelem miatt a szállodát ajánlom. A neten keress rá, átküldöm telefonon. Kérlek, add meg a számodat.

– Köszönöm szépen. Nagyon sokat segítettél.

– Ha tetszik, segítek elintézni mindent, csak jelezd időben. Én is elkértem a telefonját, és beleírtam a számomat. Mondtam neki, ha bármi kérdése van, nyugodtan írjon rám.

– Nagyon szépen köszönöm, de most mennem kell – bökött a fejével az egyik kollégája felé, aki egy nővel próbálta megértetni a törülköző cseréjének menetét.

– Szívesen, jó munkát!

Nem irigylem szegényeket: sokszor látom, hogy egyes nyaralók azt hiszik, körülöttük forog a világ, vagy ők felsőbbrendűek. Tudom, emberekkel dolgozni nem egyszerű dolog. Felálltam, és besétáltam a tengerbe. Még nem olyan hőmérsékletű a víz, mint júliusban, de elég meleg, hogy élvezhető legyen. Azért is járok márciusban, mert ilyenkor még nem sokan jönnek le a partra, inkább a fűtött medencéket használják. Nem is tudom, meddig gyönyörködtem a vízi élővilágban, de ahogy kifelé sétáltam, hirtelen feltörtek az emlékek, mikor Cannal a tengerben majdnem szerelmeskedtünk. Olyan elevennek tűnt, hogy szinte a bőrömön éreztem a leheletét, perzselt a bőröm és égtem a vágytól. Nem hiszem el! A gondolata is vágyat tud gerjeszteni bennem... vajon ha eljutunk addig, mi fog történni? Kimentem a partra, a törülközőmbe csavartam magam és lefeküdtem az ágyra. Elővettem a könyvet, amit hoztam magammal. Eddig bele sem néztem, pedig már nagyon vártam a trilógia folytatását. Pár lapot elolvastam, amikor Mohamed odajött szólni, hogy lassan indulnom kell. Megköszöntem, és összepakoltam. Olyan érzésem volt, hogy szinte csak most jöttem le. Ránéztem az órára a telefonomon. Hm... jó sokat voltam a vízben. Hiába, repül az idő, de a könyv jó lesz, szerintem este folytatom. Bár nem tudtam, mit tervez Can, de este mindenképpen olvasni szerettem volna. Hogy azután mi lesz, az majd eldől. Úton a szálloda felé hirtelen ötlettől vezérelve írtam Cannak egy üzenetet, hogy hiányzik. Mire a szobámba értem, jött is a válasz: „Már visszaszámolok". A fürdőbe menekültem a gondolataim elől – legalábbis ezt gondoltam. Azután felöltöztem, és lementem ebédelni. Mire végeztem, Sumru asszony már a recepción várt.

– Üdvözlöm! – öleltem meg.

– Szépséges gyermekem, pár percre egyedül akartam lenni veled. Sikerült döntened?

– Volt segítségem, és ráébresztett, hogy egyedül ebben nem dönthetek.

– Nagyon igaza volt. Akkor megbeszéltétek?

– Igen, és úgy döntöttünk, együtt megyünk az úton, sajnos még gyötörnek kétségek. Elég leszek neki egy egész életen át?

– Ha a szerelmetek olyan erős, mint a miénk, akkor biztosan. Ez számomra elég korán ki fog derülni, neked majd csak később. Ne aggodalmaskodj, éld meg a szerelmet. Gyere, menjünk az irodába.

– Hú, ez elég hivatalosan hangzik. Azt gondoltam, a leülünk kávézóban.

– Szeretnénk nyugodtan beszélgetni, és ha minden igaz, Ferzi már előkészítette a rajzokat. Így az iroda maradt – ölelt magához, és adott két puszit.

Az irodába érve meglepett, hogy nem az íróasztal volt megterítve.

– Üdvözlöm!

– Isten hozott! Gyertek, üljetek le.

– Hoztam neked süteményt, én készítettem, jól fog esni a kávé mellé.

– Áldás a kezeire – néztem hol az egyikre, hol a másikra, mert kíváncsi voltam.

– Először beszéljünk az eltűnésedről, rendben? – kezdte Ferzi úr.

– Nagyon sajnálom, de mivel ennyire szoros baráti kapcsolatba csöppentem, senkinek nem akartam a tudtára adni, hova mentem. Tényleg egyedül kellett lennem.

– Nézd, Cant is nagyon szeretjük, és ismerjük kölyökkora óta. Nagyon jó gyerek, örülünk, hogy Muzafernek ilyen barátai vannak. De téged is szeretünk az első pillanattól fogva, szépséges gyermekünk. Bármi is lesz közöttetek, mi nem leszünk részrehajlók, de a véleményünket mindig mind a kettőtöknek meg fogjuk mondani – mondta Ferzi úr.

– Ezt nagyon jól tudom, és köszönöm is.

– Drágám. – Itt elhallgatott, és a férjére nézett. – Gondolom, az borított ki, hogy Can gyermekorvos és abból adódóan szereti a gyerekeket, neked viszont nem lehet. Te pedig annyira szerelmes vagy, hogy átengednéd egy olyan nőnek, aki képes lenne megajándékozni egy vagy két gyerekkel.

– Pontosan így volt, és még most is vannak kételyeim. Ezt az előbb el is mondtam önnek.

– Ha komolyak az érzéseitek, akkor együtt mindent meg fogtok tudni oldani. Ott a lombikprogram, akár azt meg is próbálhatjátok.

– Ő is pontosan ezt mondta, és felhozta az örökbefogadást is. Elmondta, hogy azt, miszerint gyerek nélkül éljen, el tudja fogadni, de a hiányomat nem bírná elviselni.

– Gyermekem, nekem egyszer egy bölcs asszony – ránézett a feleségére és rögtön tudtam, róla van szó – azt mondta: carpe diem.

– Tehát éljek a mának.

– Igen. Ne törődj a múlttal, mert azon már nem tudsz változtatni. A jövő még előtted van, de a ma, az ma van. Élj meg mindent a mában – mondta Sumru asszony. Majdnem elsírtam magamat; annyira összhangban vannak és olyan sok érzelem van a tekintetükben, főleg, ha egymásra néznek.

– Szem előtt fogom tartani. Köszönöm önöknek.

Ezután ezt a témát le is zárta, és rögtön elkezdte, ami miatt valójában ott ültünk.

– Nos, lenne egy ajánlatom számodra. Mint tudod, ez a szálloda az esküvő után Muzafer fiam és a felesége, Ece tulajdonába fog kerülni. Sokat beszélgettünk, mert tudjuk, hogy sokan imádják a ruháidat – meg kell, hogy mondjam, férfi létemre még engem is lenyűgöznek. Ezért itt, a szállodában, ha elfogadod az ajánlatunkat, szeretnénk egy esküvőiruha-bemutatóhelyiséget kialakítani. Nézd, itt van ez a rész, ami jelenleg kihasználatlan – mutatott a rajzra.

Tetszett, mert ha nyitnának egy ajtót, akár az utca felől is be lehetne lépni.

– Nagyon is tetszene, de mégis hogyan képzelik?

– Ece menyünké az ötlet, tehát ezt majd ő fogja elmondani. Ami minket érint, maga az üzlet megkötése lenne. A te bemutatótermed lenne, persze kell majd egy ügyes varrónő, aki rá tudja igazítani a ruhát az arákra. Úgy gondoltuk, rengeteg energiát elvesz tőled az ide-oda utazás, és plusz embereket is hozol, ha szükséges, mint most. Ha lenne egy termed itt is a ruhákkal, akkor csak ellenőrizned kéne időnként. Bérleti díjat nem kérnénk egy évig, ez lenne a felfuttatási idő, addig a ruhák bérbeadásából kérnénk harminc százalékot. Egy év után a bérleti díj fix összeg lenne, ami nem változtatható, és a százalék tizenötre módosulna.

– Első hallásra nagyon is tetszik, de lenne egy kérdésem. Itt, ezen a részen tudnának egy ajtót nyitni? Nem lenne gond?

– Nem, azt meg tudjuk oldani. Jó ötlet, akkor bárki bejöhetne. Okos.

– A bérleti díj összege?

– Mi arra gondoltunk a drága feleségemmel, hogy egy jelképes összeg lenne. Kétszáz euró. Mi ezzel szeretnénk támogatni a fiatalokat, és téged is.

– A termet én rendezhetem be?

– Igen, mindenképpen; mondom, az a te üzleted lenne. Mi csak a helyiséget adnánk, Ece szeretné felügyelni és foglalkozni vele. Azért kértük, hogy jöjjenek ők is.

– Még meghallgatnám a fiatalokat is, utána át kell számolnom a dolgokat, de ez egy nagyszerű lehetőség lenne.

– Mennyi időt szeretnél gondolkodni? Már az esküvő előtt jó lenne a szerződést megírni, ha benne lennél.

– Sziasztok! – lépet be Ece és Muzafer.

– Sziasztok! – Felálltam, és átöleltük egymást Ecével. Le is ült mellém.

– Olyan izgatott vagyok! Apuka elmondott mindent? – kérdezte rögtön.

– Ami a helyiséget illeti, szépségem, azt elmondta. A többi az ötletgazda feladata – válaszolta Sumru egy meleg mosoly kíséretében. Látszott, hogy nagyon szereti leendő menyét.

– Nos, mit szólsz? – nézett rám.

– Nagyon tetszik az ötlet, de a részletek is nagyon fontosak lennének a döntés meghozatalában.

– A helyiség elég nagy, ott lenne helye például tizenöt-húsz ruhának. Ha több, az sem gond. Lenne egy kis helyiség, ahol az átalakításokat meg tudják oldani. Először egy emberre gondoltam, azután, egy év múlva, ha elég ismert lenne, akkor kellene még egy.

– Ki alkalmazná? Mert ha nekem kellene, akkor csak Magyarországon tudom bejelenteni.

– Ezen még nem is gondolkodtunk.

– És ha úgy csinálnánk, hogy önök és ti kialakítjátok a termet, én berendezem, az alkalmazottat pedig Magyarországon betanítanák? Minden itt zajlana, én csak a ruhákat hoznám-vinném, és nem maguk kapnák a százalékot, hanem én.

– Mikor Ece felhozta a témát, én rögtön ezt mondtam – mondta Ferzi úr.

– Ha itt akarnék üzletet nyitni, akkor Törökországban is kellene egy vállalkozást nyitnom. Viszont annyira nem vagyok jártas az itteni törvényekben, de ha így döntenénk, akkor, gondolom, mindenben segítenének – néztem körbe.

– Persze, mindenben segítünk. A könyvelőnk is rendelkezésedre áll, de ezt neked kell most eldöntened.

– Át fogom gondolni. Ebben az évben még négy ruha érkezik Törökországba, és azért olyan drága, mert ha mindent felszámolok, akkor olcsóbban nem jön ki. Viszont, ha itt lenne pár ruha és negyedévente cserélnénk a kínálatot, akkor nem sokkal, de lehetne olcsóbb a bérleti díjuk, és még úgy is megérné.

Beszélgettünk még, és megittuk a kávénkat. A sütemény isteni finom volt. Azután kopogtak.

– Elnézést kérek, de Henriettát várják a recepción.

– Köszönöm, de ki az?

– Can Kaya úr. – Elvörösödött. Na, szóval ő is egy rajongó.

– Kérlek, mondd neki, hogy jöjjön be – mondta Ferzi úr.

– Máris szólok neki – azzal ki is ment. Pár másodpercre rá megjelent az ajtóban. Köszönt mindenkinek, hozzám lépett és megcsókolt.

– Munkából, fiam? – kérdezte Sumru asszony.

– Igen, csak randevúnk van, és jöttem a szerelmemért.

– Helyes, fiam. Szerintem mi mára végeztünk. Lányom, gondold át, akkor és hétfőn vagy kedden beszéljünk róla, ha megfelel.

– Rendben. Szerintem hétfőn egy órakor, ha mindenkinek megfelel, akkor találkozhatnánk, addig mindent kiszámolok. Ha Mehmetnek lenne ideje ránk, az sem lenne rossz, mert akkor teljesen képben lenne.

– Nagyon jó, gyermekem. Felhívom Mehmetet, és üzenek, ha esetleg egy másik időpont lenne neki jó.

– Köszönöm. Akkor mi megyünk, ha nem gond – néztem körül, de senki nem ellenkezett, így elköszöntünk, és kézen fogva távoztunk az irodából.

– Mindened nálad van, szerelmem? Vagy fel kell még menned a szobádba?

– Minden itt van, mehetünk. – Olyan boldog vagyok: itt a férfi, akiért bármit, még a szerelmemet is feladnám; kaptam egy egészen jó ajánlatot – már én is gondoltam rá korábban, de pont a cégalapítás miatt nem álltam neki. Valamint akkor többet kéne jönnöm, és azért az én életem Magyarországon van, nem lehetek minden héten itt.

– Elgondolkodtál. Baj van?

– Nem, pont ellenkezőleg: kaptam egy ajánlatot. Majd elmondom, de most csókolj meg, kérlek.

– Ezt kérned sem kell – azzal áthajolt, és egy érzéki csókot adott. Már nyitottam a számat, hogy utat engedjek a nyelvének, de valaki bekopogott az ablakon. Muzafer volt az.

– Ne haragudjatok, fiatalok, de apám küldött. Azt kérdezi, holnap tudnátok-e egy órával korábban jönni?

Összenéztünk, azután Can válaszolt:

– Persze, majd úgy alakítjuk akkor a napot. Jó munkát, barátom – azzal fogta magát és elindította az autót.

– Még a végén valami az eszükbe jut. Hazamegyünk, mert egy kicsit szeretnék kettesben lenni veled, azután estére programot készítettem elő.

– Jól hangzik. Este akkor megyünk valahova?

– Ne kíváncsiskodj. – Megcsókolta a kezemet.

– Oké, bízom benned.

– Remélem is, szerelmem.

Megérkeztünk. Megfogta a kezemet és úgy léptünk be a házba, de rögtön a falnak nyomott, és olyan szenvedéllyel csókolt, ami tele volt vággyal – szó szerint. Örömmel viszonoztam. Simogattam a tarkóját, a hátát. Nem tudom, meddig tartott, de megőrjített kemény férfiasságának érzése. Egyre bátrabban kezdtem simogatni, a kezem siklott lefelé a testén. De ő eltolta magát – azt sem tudtam, hol vagyok.

– Addig, amíg meg tudok állni – mosolygott rám, de a szemeiben a vágy még ott égett. – Lezuhanyozom, átöltözöm, és a tied vagyok. Érezd otthon magadat. – Adott egy kis puszit, és eltűnt. Nagyon boldog voltam, hogy velem van. Tudom, pár nap és haza kell repülnöm, de már egyre jobban hittem abban, hogy hamar meg fogjuk oldani ezt a gondot és együtt leszünk mindennap. Mert jelen pillanatban elég nagy gond lesz a távolság és a találkozások, de együtt mindenre képesek leszünk.

***

A munkából felhívtam egy volt osztálytársamat. Igaz, csak egy évig tanultunk együtt, de minden nyáron Törökországba jött, ám amióta megnősült és gyereke született, azóta csak két hetekre jönnek. Ő Ausztriában él, és nőgyógyászként dolgozik. Kértem, segítsen munkát találni nekem Ausztriában. Nagyon jól beszélek németül, az az oldala rendben is van. Csak az a kérdés, Heni milyen messze lakik a határtól. Hogy én fogok Magyarországra költözni, számomra nem is volt kérdés; Heni mesélte, hogy egészen kisgyerekkora óta Magyarországon szeretett volna élni, és hosszú évekkel ezelőtt sikerült ezt a vágyát teljesítenie. Nekem mindegy, hol dolgozom Európán belül, csak vele lehessek. A zuhany és a gondolataim jól elterelték a gondolataimat a vágyról. Megigazítottam a szakállamat, a hajamat szabadon hagytam – majd ha megszárad, összekötöm. Farmert és egy kedvenc, lyukacsos felsőt vettem fel. Mikor magamra veszem, mindig jót mosolygok rajta. Gyerekkorunkban, ha a pólónkon egy kis lyuk keletkezett, jó anyám már nem is engedte felvenni, rögtön varrta is meg, vagy selejtezte. Most meg ilyeneket árulnak. Anyám... na, igen, ő még hátravan. De biztos vagyok benne, hogy Henit imádni fogja. Azt nem tudom, hogyan fogadják majd, hogy esetleg vér szerinti unokával nem fogom tudni megajándékozni őket, de az is kiderül holnap. Heni mindenképpen el szeretné mondani. Valahol nagyon is megértem; egy idő után megakadt lemezként hallgatnánk: „Mikor alapítotok családot?". Ezzel pedig mindig Heni sebét tépnék fel. Azt én sem szeretném. Az én álmom is az volt, hogy egy szerelmi kapcsolat gyerekkel, boldog családként, de ha a sors úgy hozza, akkor csak mi ketten leszünk, csak egy család, nekem már az is több mint elég. Mindennap boldoggá szeretném tenni. Megkérdeztem, ha fordított lenne a helyzet és nekem nem lehetne gyerekem, akkor ő elhagyna? Pedig nálam a lombik sem jöhetne szóba. Gondolkodás nélkül rávágta: akkor is engem akarna. A kedvenc parfümömből egy fújás. Elindultam a kertbe, de ott nem láttam sehol. Hirtelen megijedtem, hogy elment. Indultam befelé, de kilépett a konyhából két pohár teával.

– Végeztél, szerelmem? Nem tudom, hogyan sikerült, most csináltam először – mosolygott rám.

– Ne tedd ezt velem, kérlek! Hirtelen azt hittem, elmentél. – Kiért a kertbe. Kivettem a poharakat a kezéből, és magamhoz öleltem.

– Can, van időnk, de a tea kihűl.

– Rendben, kóstoljuk meg az első teádat. – Felemeltem a poharat és beleittam. – Nagyon finom lett. Ki mutatta meg, hogyan kell csinálni?

– Senki, csak ha lehetőségem volt, mindig figyeltem, hogyan készítik.

– Akkor jó megfigyelő vagy. Hol szeretnél leülni? Maradjunk a kertben, vagy bent?

– Jaj, Can, csengett a telefonod, Walter Kurt neve volt rajta.

– Nem vetted fel?

– Nem, fel kellett volna? – lepődött meg.

– Szerelmem, máskor nyugodtan vedd fel a telefonomat. Walter egy kollégám, barátom még az egyetemről. Vissza kell hívnom. Nem baj?

– Nem, dehogy, én kint maradok a kertben.

– Ne butáskodj, gyere be a nappaliba.

– Beszéljetek csak! – azzal kiment. Ezt még tanulnunk kell. Rányomtam a visszahívásra.

– Szia, barátom. Kerestél. Ne haragudj, de nem tudtam felvenni. Most tudsz beszélni?

– Szia, barátom. Most igen, de körülbelül tíz perc múlva betegem érkezik. Gyorsan mondom. Három helyre keresnek gyerekorvost. Bécsbe, Badenbe, és Eisenstadtba.

– Ez gyorsan ment. Te helyileg hol vagy?

– Nekem Eisenstadtban van a rendelőm, de Bécsben is vagyok, a termékenységi klinikán.

– Akkor nekem azt kell megtudnom, melyik helyhez lakik a legközelebb a barátnőm. De ugye úgy kérdezted, hogy hétfőtől péntekig?

– Igen, ezek mind gyermekorvosi rendelők, nem kórházi állás. Hol lakik? Ausztriában vagy Magyarországon?

– Magyarországon. Ez amúgy gyorsan ment.

– Csak azért, mert Bécsben tudtam, hogy keresnek, csak azt nem, találtak-e már valakit. Itt, ahol nekem van rendelőm, a gyermekorvos barátom nyugdíjba akar menni, és pont ma mondta, keres valakit, aki átvenné a praxisát. Még besegítene neki pár évet, de már elege van – nevette el magát.

– Értem. Ami ott van a közeledben, annak örülnék a legjobban. Akkor össze is tudnánk járni. Mikorra kell a döntést meghozni?

– Minél hamarabb. Szeptember végétől szeretné átadni, de vele kell megegyezni.

– Holnap reggel felhívlak, úgy jó?

– Can, most kapcsolok... barátnő, aki miatt költözni készülsz?

– Igen, barátom, megtaláltam életem párját.

– Gratulálok, barátom, akkor beléptél te is a csatasorba.

– Köszönöm, de még nagyon sok mindent meg kell oldanunk, ezek közül a legfőbb a távolság.

– Na, akkor hajrá, drukkolok és várom a hívásodat reggel. Üdvözlöm a fiúkat. Ne haragudj, de mennem kell. Szia!

– Szia! Este átadom nekik. – Letettem a telefonomat és kimentem a kertbe. Heni a medencénél álldogált. Odamentem, hátulról átöleltem, lehajoltam és belecsókoltam a nyakába, aztán a fülébe súgtam:

– Annyira, de olyan nagyon szerelmes vagyok beléd, de most beszélnünk kell. Gyere be, kérlek.

– Én is nagyon szerelmes vagyok beléd.

Bementünk a nappaliba, leültünk az ülőgarnitúrára, és elmondtam mindent. Folytak a könnyei.

– Miért sírsz? Édesem, azt hittem, boldog leszel. – Csókokkal próbáltam a könnyeit elfojtani, de az ölembe ült, átkarolta a nyakamat és lágyan megcsókolt. Átfogtam a derekánál, és még közelebb húztam magamhoz. A nyelvem türelmetlenül vette birtokba az övét, egyre szenvedélyesebben csókoltuk egymást. A tűzzel játszol, édesem. A csípője pontosan a kemény férfiasságomon helyezkedett el és apró mozdulatokkal még jobban szította a vágyat; már szinte gondolkodni sem bírtam, annyira akartam.

– Ha most nem szállsz le rólam, akkor nem tudok tovább uralkodni magamon. – A szemembe nézett, ami tele volt vággyal. Pár másodpercig reménykedtem... de megtette. Úgy kívántam, hogy szinte már fájt, de tiszteletben fogom tartani az akaratát, legyen bármilyen nehéz is. Távolabb ült, bár láttam, neki is olyan nehéz, mint nekem, és kell pár perc, hogy összeszedje magát. Ő szólalt meg először:

– Ne haragudj, ösztönös volt. Olyan boldoggá tett a hír. De biztosan jól átgondoltad?

– Nem akarok távolságot kettőnk között, és nem szeretnék nélküled élni. Dolgozni a nyelv miatt jelenleg csak Ausztriában tudok, de meg fogok tanulni magyarul is, ígérem.

– De a családod? A barátaid?

– Te vagy az, aki számít, vagyis mi. A család és a barátok jöhetnek hozzánk, és mi is jöhetünk akár több napra is. Ezt majd közösen megoldjuk, rendben?

– Eisenstadt van a legközelebb hozzám. – Olyan csillogó szemekkel mondta, hogy legszívesebben magam alá fektettem és rögtön magamévá tettem volna.

– Rendben, akkor reggel felhívom Waltert. – Ránéztem az órára; lassan indulnunk kellett.

– Can, köszönöm az előbbit, ez most csak rajtad múlott. Ugyanúgy kívánlak, mint te engem. Szinte már fáj a vágy. Ezt tudnod kell.

– Szerelmem, elég nehéz nekem is, de míg nem állsz teljesen készen, addig próbálok józan maradni. Nem tudom, meddig bírom még.

– Nagyon szerelmes vagyok, és nem értem a pontos okát.

– Életem, eljön az a pillanat, mikor már ösztönből cselekszünk. Ki fogjuk várni, rendben? Most indulnunk kell, szedjük össze magunkat.

Elindultunk, bár nem szívesen; maradtam volna még vele kettesben, de megértettem. Az autóban beszélgettünk, és elmondtam, hogy Mehmettel és Merttel fogunk vacsorázni.

– Nagyon örülök, úgy is beszélnem kell Mehmettel.

– Holnap ugye együtt megyünk az évfordulóra?

– A szállodában lesz, nekem nem kell messzire mennem.

– A recepciónál megvárlak, és mehetünk együtt.

– Mint egy pár, hivatalosan. Tetszik. – Most ő csókolta meg a kezemet.

– Reggel fél nyolcra érted jövök.

– Miért? Eddig még nem beszéltünk meg semmit.

– De igen; beszéltem anyámmal és elmondtam, hogy be szeretnék mutatni valakit. Ezért reggelivel vár bennünket, meg, ha úgy alakul, az ebéddel is úgy készülne.

– Can! Nem abban maradtunk, hogy ez még korai?

– Beijedtél? – Olyan ijedt arcot vágott, hogy nem bírtam ki, nevetnem kellett.

– Te most kinevetsz? Oké, ezt megjegyzem – kacsintott rám.

– Az zavar, amit anyámról hallottál? Nyugodj meg, anyám tényleg nem szerette Fatmát, mint ahogyan a barátaim sem nagyon kedvelték, de mindenki más miatt. Ma már tudom az okot, ami anyámat vezérelte. Mielőtt megkérdezed: látta, hogy nem vagyok szerelmes, és mivel ismer engem, azt is tudja, mennyire nem szeretem a partikat és a bulikat. Fatma viszont nem csinált – és még ma sem csinál – titkot belőle, hogy neki mennyire az élete része. Volt olyan, hogy egyedül ment bulizni, pedig kértem, maradjunk otthon vagy grillezzünk a barátainkkal, de neki ez nem tetszett. Anyám ilyenkor mindig azt mondta: „ha szerelmes lenne, vagy legalább úgy szeretne, mint te őt, akkor otthon maradt volna veled".

– Akkor megértem anyádat. Nekem sem a világom a reflektorfény és a bulizás. Jobban szeretek otthon például egy könyvvel kikapcsolódni. Ennek ellenére komolyan korainak tartom. Még mi is nagyon az ismerkedés elején vagyunk. Alig van mögöttünk pár közös nap. Az viszont tetszik, hogy majdnem az egész napot együtt töltjük.

– Teljesen biztos vagyok abban, amit akarok. Nem tudom, hányszor kell még elmondanom, de több ezerszer is megteszem: az pedig te vagy, és egy közös jövő. Szeretni fognak, hidd el.

– Én is biztos vagyok az érzéseimben, de még mindig a gyerek-téma aggaszt.

Félreálltam, és magamhoz húztam.

– Mindent meg fogunk oldani, lassan felépítjük az életünket. Együtt.

***

Mindig olyan megnyugvást jelentett, mikor magához ölelt. Most is megnyugodtam, megcsókoltam, és a viszonzás nem maradt el. A rövid kis csók után indultunk tovább. Már nagyon éhes voltam.

– Éhes vagyok – közöltem tényként, amin jót mosolygott.

– A belvárosban van egy csendes kis klub, két részből áll. Először enni megyünk.

Gondolom, látta a fintort az arcomon, mert folytatta:

– Nem olyan klub, de ez meglepetés. Tetszeni fog, bízz bennem. Rendben?

– Rendben, bízom benned.

Kis idő után meg is állt egy szép nagy épület előtti parkolóban. Egy bowling klub és étterem volt. Ha játszani is fogunk, az nagyon fog tetszeni. Kéz a kézben mentünk, az étteremrészben az asztalnál már Mehmet és Mert várakozott.

– Azt hittük, már soha nem értek ide.

– Sziasztok, pedig még öt perccel korábban is jöttünk. Nagyon éhesek lehettek.

– Én is az vagyok, Can.

– Még ezt a szegény lányt is éhezteted, nem csak minket? – nevették el magukat. Na, kezdik az ugratást... de tetszett, főleg azért, mert engem védtek.

– Ma beszéltem Walterrel, mindenkit üdvözöl.

– Rendeljünk közben, mert éhen halok. Reggelizni is tízkor tudtam, iratokat iktattam a bíróságon, ebédelni meg nem is volt időm.

– Mehmet, azért ennyire nem kéne hajtanod. Vannak alkalmazottaid, rájuk is bízhatnál valamit – mondta Can.

– Hidd el, le vannak terhelve ők is, de a nemzetközi ügyeket inkább én viszem.

– Mert tiéd a felelősség és a dicsőség. Csak azért ilyen elismert nemzetközileg, mert éjjel-nappal dolgozik – mondta Mert.

– Ez nem igaz. Vannak olyan ügyfeleim, akik kezdettől fogva bennem bíznak, és ezt ki is akarom érdemelni. Amúgy meg éjjel aludni szoktam; tudom, hol a határ. Nem úgy, mint egyesek – nézett Canra. Ekkor jött a pincér, és felvette a rendeléseket.

– Pont ezen változtatok. Már nem kell nappal forgatnom, éjjel meg tanulni a forgatókönyvet. De jólesett kimondanod, igaz? Tudom, sok időt elvett, és ebből is elegem lett.

– Mehmet, nem bántad meg, hogy nem a bíróság mellett vettél irodahelyiségeket? – kérdezte Mert.

– De igen, testvérem, már nagyon bánom. Sokszor a dugókat sem lehet kiszámítani, és az is egy csomó időt elvesz valahonnan.

Kisebb-nagyobb ugratásokkal telt a várakozás, míg kihozták az ételeket. Engem is célba vettek, de vettem a lapot és nem késtem. Azután az ételek megérkeztek, s szinte mindenki csendben fogyasztotta el. Később felálltunk és elindultunk a másik helyiségbe, ahol már mondták, melyik két pálya a miénk. Leültünk a bokszba, és kértünk kávét meg üdítőket. Minek nekünk két pálya? Can rám nézett.

– Nos? Mit szólsz?

– Ez nagyon tetszik – adtam neki egy puszit –, de minek nekünk két pálya? Ki kivel lesz?

Ece és Elif hangját hallottam meg a hátam mögül.

– Természetesen a miénk az egyik pálya, és a férfiaké a másik. Sziasztok! – Muzafer is csatlakozott kicsit később, mert állítólag már nem volt a közelben parkolóhely. A játék nagyon jó hangulatban telt. Sokat nevettünk. Ez tényleg jó ötlet volt Can részéről, hiszen így még jobban meg tudtam ismerni a barátait.

***

Nagyon élveztük a játékot. Sokszor összenéztem Henivel, és éreztem a szerelmet minden egyes pillanatban. A lányok megegyeztek, hogy hétfőn együtt fognak ebédelni. Lelkem teljesen békés, a szívem boldog. A barátaim teljesen elfogadták a szerelmemet, és közös programokat is szerveznek. Fatmával csak akkor találkoztak, ha véletlenül eljött velem. Nem is tudom, miért ragaszkodtam hozzá. Most, így átgondolva, komolyan nem tudom a választ rá.

A játék vége döntetlen lett, azután mindenki elindult haza. Én is szívesen hazavinném és egész éjjel szerelmeskednék a szerelmemmel, mégis a szállodába vittem. Kiszálltam az autóból, és magamhoz húztam. Játékosan megcsókoltam, de gyorsan szenvedélyessé vált. A férfiasságom már kőkemény volt, ezért még jobban magamhoz szorítottam, hogy érezze, nem olyan könnyű betartani a józanságot mellette. Halkan nyögött. Elengedtem.

– Ha, rajtam múlna, most hazavinnélek és reggelig szerelmeskednék veled. Újra és újra, annyira kívánlak.

– Te mondtad, hogy eljön annak is az ideje, de attól tartok, egy éjszakával nem fogod megúszni.

– Szavadon foglak.

– Reggel akkor fél nyolckor itt találkozunk?

– Igen, szerelmem. Már számolom az órákat.

Egy rövidebb, de szenvedélyes csókot adtam neki és beültem az autóba. Még integetett, mikor elindultam. A felismerés, hogy pár nap és elmegy... „Allahom", ugye tudod, ez mennyire nem esik jól? Ekkor eszembe jutott valami, reggel fel is hívom Selimet. Egyből jobb kedvem lett, ittam egy teát, és elmentem lefeküdni.

***

Nagyon kellemes meglepetés volt az esti program. Igaz, én kértem, hogy találkozzunk a barátaival – barátainkkal –, mert szeretném jobban megismerni őket. Már a szobámban ültem, a teraszon, és ittam a kávémat. Közben a következő ruhát terveztem, de mindig abbahagytam, aztán félreraktam. Így nem megy. Tele vagyok sóvárgással, a testem még nem nyugodott meg teljesen. Nagyon kívánom, magamban akarom érezni. Egyre biztosabb vagyok benne, hogy valóban komolyan gondolja, miszerint Magyarországra költözik miattam. Ennél nagyobb bizonyíték nem kell, de még mindig ott a gyerek kérdése. Tudom, hogy azért nem akarok szerelmeskedni vele, de azzal is tisztában vagyok, sokáig nem tudom magam visszafogni. Nagyon akarom, és ez egyre erősebb; már elég csak rá gondolnom, és végem van. Carpe diem – ez a mondás kezdett a fejemben zengeni. Eldöntöttem, a mának fogok élni, mindent meg fogok élni, nem fogom magamat gyötörni.

Szombat reggel úgy ébredtem, hogy ezen a napon megismerem a szüleit. Féltem, ám tartottam magamat az elhatározásomhoz: nem fog számítani, ha nem kedvelnek, mert Can és én vagyunk a fontosak. Vajon mit vegyek fel? Gyorsan bementem a fürdőszobába, majd mire kijöttem, a bögre kávé a teraszon illatozott. Felvettem a kedvenc farmeremet, ami elöl több helyen is ki volt szakítva, és egy egyszerű, fehér, testhez simuló, pántos felső mellett döntöttem. Enyhén kisminkeltem magam, a hajamat szoros lófarokba fogtam, és a kedvenc parfümömből egy kicsi. Készen is voltam. Kimentem, és felhívtam Gülbahart.

– Édesem, nem akartalak zavarni, de sokat gondoltam rád! Milyen volt a tegnapi randitok?

– Jaj, Gülbahar, annyira jó volt! Ma még biztosan lesz időnk beszélni, most csak meg akartam kérdezni, tudod-e, apádék miért kérték, hogy egy órával korábban menjünk.

– Azért, mert mielőtt megjönnek a többiek, velünk akarnak lenni.

– Irigyrésre méltó a kapcsolatuk. Nekem mindig segítenek, bár a szüleim most is nagyon szépen megvannak, de voltak viharos napjaik. Hogy vagy, drágám?

– Ne gondold azt, hogy nálunk nem volt. Köszönöm jól, már kezdem érezni a babákat. Tudom, hülyeség, de pont hajnalban arra ébredtem, mintha megindult volna a hasamban valami.

– Az nagyon jó, akkor valószínűleg megmozdultak.

– Remélem is, de ijesztő. Mi lesz, mikor már nagyobbacskák lesznek? Egyik itt rúg, a másik ott üt – nevette el magát. – De imádni fogom minden percét, amíg csak az enyémek.

– Helyes hozzáállás. Ma megyünk – vagyis tíz perc múlva lent kell lennem – Can szüleihez.

– Tessék? Ez igen, nagyon szerelmes a fiú. Nagyon sok boldogságot kívánok nektek és remélem, szerencsés leszel az anyósnak valóval is.

– Gülbahar, lassan indulnom kell... szokás vinni valamit ilyenkor?

– Virágot, meg valami finom csokit. De ha nem viszel, akkor sincs baj.

– Köszönöm, akkor délután találkozunk, szia.

– Szia. – Már a liftben voltam, mikor ő is elköszönt.

Can a bejáratnál várt. Mintha összebeszéltünk volna: rajta is egy szaggatott farmer és egy nagyon divatos, fehér felső volt.

– Szerelmem, jó reggelt! – ölelt magához, és meg is csókolt – nem zavarta, ki látja.

– Jó reggelt, életem! Nagyon összeöltöztünk, pedig nem is beszéltünk róla. Megnyugodtam.

– Izgultál? Miért? Itt vagyok melletted.

– A farmer miatt.

– Ja, arra kapunk megjegyzést, de nem komoly.

– Can, meg tudnál állni olyan helyen, ahol tudok virágot meg valami finom csokit venni?

– Persze, de nem kell hoznod semmit, csak te kellesz.

– Én szeretnék, csak azt nem tudom, milyen virágot vigyek. Mi a kedvenc színe anyukádnak?

– Szereti a halvány színeket, de kimondottan nem ragaszkodik egyikhez sem. Gyere, te menyecske, hadd vigyelek magammal.

– A húgod is otthon lesz?

– Igen, de neki tényleg nem kell semmi, rendben?

Elindultunk, majd megálltunk egy szép kis üzlet előtt, és ott meg is vettem mindent, amit szerettem volna. Mivel kertes házban laktak, úgy döntöttem, egy három színből összefont leandert veszek; ez nem fog elhervadni, hanem hosszú ideig rám fogja emlékeztetni. Remélem, elfogad, mert ha nem, akkor lehet, hogy kinyírja még nekem ezt a szép virágot. Megérkeztünk. Nagy levegőt vettem, azután kiszálltam. Can mellettem termett, és megszorította a kezemet.

– Minden rendben lesz, gyere.

– Can, kérlek, a virágot nem hoznád? – Átölelt, megcsókolt, és kivette a csomagtartóból a virágot. Kéz a kézben indultunk a házba. Az ajtóban adott egy bátorító csókot, és benyitott.

– Szultánám, édesapám, megjöttünk, merre vagytok?

– Édes, egyetlen fiam! – bukkant elő az anyukája hirtelen valahonnan. Odajött és úgy ölelte, méregette, ahogyan csak egy anya tudja a gyermekét. Megjött az édesapja is, de ő kicsit férfiasabb üdvözlést választott. Látszott rajta, hogy mérhetetlenül boldog. Van az a mondás, miszerint „nézd meg az anyját, vedd el a lányát". Most, hogy láttam Can apját, rájöttem, hogy szerelmem a kiköpött mása. Eldöntöttem: lesz olyan is, hogy „nézd meg az apját, és menj hozzá a fiához". Az anyukája engem is átölelt, és ez nem muszáj-ölelés volt. Sok szeretet és boldogság volt benne. A virágot egyenesen imádta. Az apukája is átölelt, és a fülembe súgta:

– Örülök, hogy végre beléptél a fiam életébe.

A csokoládéra felcsillant a szeme. Can mondta, hogy ez a kedvence, így nem volt nehéz választani.

– Drága szüleim, engedjétek meg, hogy hivatalosan bemutassam nektek Henriettát, a szerelmemet.

Anyukája vette át a szót:

– Gyertek. Henrietta, érezd otthon magad, nagyon örülünk neked. Üljetek asztalhoz, gyerekek, remélem, még nem ettetek semmit.

– Én nem ettem... bevallom, nagyon izgultam.

– Akkor gyere, gyermekem, szedjél magadnak.

– Köszönöm.

– Anya, Hatice hol van? Nem mondtad neki, hogy ma jövünk?

– De, mondtam, mindjárt itt lesz, csak nagyon későig dolgozott a diplomamunkáján, így nemrég kelt csak fel. Nehéz időszak ez most neki.

– A minap is anyád parancsolt rá, menjen már el egy kicsit a barátaival kikapcsolódni. Folyton tanul, olyan, mint te voltál, drága fiam.

Az asztalon egy igazi török reggeli volt. Már tudtam, hogy otthon én is ezt a reggelit szeretném enni. Mindent meg szerettem volna kóstolni. Hatice is csatlakozott hozzánk, és nagy szeretettel fogadott. Rögtön látszott, mennyire szereti a bátyját, és ez kölcsönös volt. Reggeli után segítettünk Esra asszonynak rendet rakni és teákat készíteni. Can az apjával addig kiült a kertbe beszélgetni. Amikor mi is csatlakoztunk, Can elmondott mindent, azt is, hogy Magyarországra költözik és Ausztriában átvesz egy praxist. Aztán megfogta a kezemet és rám nézett. Bólintottam.

– Nagyon nagy az esély arra, hogy unokával nem fogunk tudni megajándékozni benneteket. Heninek sajnos nem lehet.

Az anyukája szólalt meg először. Rengeteg szeretet és melegség volt a hangjában.

– Gyermekeim, teljesen mindegy, hol fogtok élni. Látom, szerelem van közöttetek. Nekem ez a legnagyobb boldogság. Azt, hogy nem lehet gyereked, szerintem neked sokkal nehezebb volt feldolgozni, mint nekünk elfogadni. Egyet kérek: soha ne engedjétek el egymás kezét. Ha probléma merül is fel, együtt mindent meg fogtok tudni oldani. – Miközben ezt mondta, férje végig fogta a kezét. Látszott, hogy nagyon nagy a szeretet közöttük még most is. Azután az apukája folytatta:

– Leányom, az, hogy nem lehet gyereked, az még nem teljesen biztos. Az emberi szervezet folyton változik, és ha lombikprogram sem jön össze, még mindig ott a lehetőség az örökbefogadásra. Mi köszönjük, hogy ezt így őszintén elmondtátok. Nem fogunk kérdésekkel zaklatni ebben a témában, ezt megígérjük. Ha lesz valami, amiről úgy gondoljátok, nekünk is tudnunk kell, akkor el fogjátok mondani. De azt véssétek az eszetekbe, hogy mi mindenben támogatunk benneteket. – Elengedte a felesége kezét, odajött hozzám és átölelt.

Nagyon sokat beszélgettünk, jól éreztük magunkat, egészen úgy éreztem, mintha régóta a család része lennék. Ebédre is maradtunk, utána elköszöntünk, és Can visszavitt a szállodába, hogy legyen időm készülődni. Megegyeztünk, hogy négy előtt tíz perccel a recepciónál találkozunk. Sikerült időben elkészülnöm. Végignéztem magamon a tükörben és elámultam: tetszettem magamnak. A fodrász nagyon szépen elkészítette a frizurámat – igaz, egy csomó lakk kellett hozzá, de gyönyörű. A sminkem erősebb a megszokottnál. A ruha... na, azt egy csoda még viselni is. Elindultam a recepcióra. Can háttal állt nekem, és már Mehmet, Muzafer és Mert is ott voltak. Azután Mert megpillantott, és tátott szájjal nézett. Mehmet is észrevett, ő elismerően végigmért. Can megfordult, és láttam, teljesen odavan a látványtól. Na, ezért a pillanatért teljesen megérte. Odajött, átölelt, és egy szerény kis csókot kaptam.

– Gyönyörű vagy, szerelmem.

– Köszönöm. Sziasztok! – üdvözöltem a többieket. – A lányokat hol hagytátok?

– Itt vagyunk, csak kimentünk a mosdóba. Nagyon szép vagy. Ez a ruha valami csoda.

– Köszönöm. – Az ajtón belépett Gülbahar és Nazif. Pár napja láttam, de komolyan mondom, a hasa elkezdett nőni. Mosolyogva üdvözöltük egymást, pár szót váltottunk, azután bementek abba az étterembe, amely mára a családé lett, és más nem léphetett be. Eztán mi is bementünk, és mindannyian egy asztalhoz ültünk. Ferzi úr és Sumru asszony elmondták, hogy csak azért tudnak ennyi éve közösen együtt élni mert szerelmesek voltak, minden akadályt együtt küzdöttek le. A boldog pillanatokat is együtt élték meg, ezért mindegyikünknek azt ajánlják, hogy legyünk olyan boldogok, mint most ők is. Egy pincér osztogatni kezdett mindenkinek egy-egy kis tarisznyát. Az asztalunkhoz érve megkérdezte:

– Mert és Elif?

Mert átvette az ajándékot.

– Can és Henrietta? – Can vette át, majd sorra a többiek.

Sumru asszony állt fel, mikor a pincér jelezte, hogy mindenki megkapta a csomagot.

– Kérlek, nyissátok ki. Fogadjátok el tőlünk a negyven év tapasztalatai alapján összeállított csomagot, és mindig adjon erőt. Köszönjük, hogy ma velünk vagytok.

Mindenki kinyitotta a kis csomagot, amelyben egy feltekert papír volt, és egy aranyérme. A papírra „Can és Henrietta" volt írva. Az üzenetünk: „Minden kezdet nehéz, de együtt még a nehéz napok is szebbek lesznek.". Összenéztünk, és Can megcsókolt, nem törődött a társasággal. Azután megérkezett a többi vendég is, és elkezdődött a jókívánságok és az ajándékok átadása. Gülbahar és Nazif csendet kértek.

– Kérlek, figyeljetek egy kicsit ránk – szólt Nazif. – A mi ajándékunk végül is mindegyikőtöké lesz, de mi úgy döntöttünk, ma fogjuk átadni, kedves anyósom és apósom évfordulójukon. Az ok nagyon egyszerű, de ezt majd később eláruljuk.

Intett az egyik pincérnek, és elindította a felvételt. Egy tízperces összeállítás volt, nagyon szuperül megcsinálta. Mindenki csak nézett, pedig már ismét fehér volt a kivetítő. Gülbahar szólt:

– Látom, mindenkit lesokkoltunk.

Felocsúdva mindenki nagy örömmel rohamozta meg jókívánságokkal. Az este nagyon jó hangulatban telt. Mehmettel megegyeztem, hogy hétfőn egykor úgyis jön ide, úgy intézi, hogy legyen ideje még külön az én ruháimról is beszélni. Ferzi úrnak és Sumru asszonynak nagyon tetszett a gravírozás az éremben. Még táncoltam is, amit nagyon élveztem. Sőt az egész buli tetszett; olyan családias volt. Még Can is élvezte, de mi elég korán elköszöntünk, mert másnap reggel szerettünk volna minél korábban kihajózni. Can felkísért a szobámba, de az ajtónál beljebb nem jött. Ami kissé csalódás volt, de nem mondtam. Egy szenvedélyes csókkal búcsúzott. Bementem egyedül a szobámba, pedig csak arra vágytam, hogy egy kicsit kettesben lehessünk. Majd másnap.

11. FEJEZET

Vasárnap reggeltől késő délutánig a tengeren voltunk, nagyon élveztük egymás társaságát és nagyon sokat beszélgettünk a jövőnkről. Párszor csak összeölelkezve néztük az előttünk elterülő mélységet, még delfineket is láttunk. Can az ígéretéhez híven nem lépte át a határt, pedig már eldöntöttem, mindent meg szeretnék élni, de valahogy nem sikerült tennem érte, pedig csak ki kellett volna nyújtanom a kezemet. Visszavitt a szállodába, aminek nem örült, de megértette: át kell számolnom mindent, hogy tudjam, melyik ajánlatot fogadjam el. A szobámba kértem a vacsorámat, és nekiálltam kiszámolni mindent. Nagyon késő volt, mire mindennel végeztem.

Hétfőn reggel a teraszon üldögéltem, mikor üzenetem érkezett: Itt vagyok a recepción. Lejössz, szerelmem? Visszaírtam: Gyere fel te. Pár perc múlva kopogtak. Odamentem, és kinyitottam az ajtót.

– Gyors voltál, szerelmem.

– Nincs sok időm, csak egy csókra, és sok sikert akartam kívánni. – Becsukta maga mögött az ajtót, és már a falhoz is tolt. Rengeteg vágy volt a csókban. A csípőmet teljesen a kemény férfiasságához feszítettem, ő halkan felnyögött és a fülembe súgta:

– Benned akarok lenni, de most mennem kell, mert elkésem.

Adott egy gyors puszit, és elindult. Visszamentem, hogy még egyszer átnézem a számításaimat. Már ebédidő volt, így összeszedtem magam és lementem. Mire végeztem, Mehmet már a pultnál beszélgetett Muzaferrel.

– Szia, szépségem – üdvözölt.

– Szia, de légy szíves, te ne állj be a csatasorba. Mindenki így szólít mostanában, pedig teljesen hétköznapi ember vagyok.

– Drágaság, te nem csak kívülről vagy szép, de belülről is sugárzod a szépséget.

– Mindjárt itt lesznek apámék, csak Ecét is felveszik.

– Nagyon jó.

Mehmettel leültünk az egyik bokszba és elmondtam, hogy a ruháim nincsenek levédetve, de szeretném, ha ez megtörténne. Azt mondta, mindent el fog intézni, de mindegyikről kell majd minden adat, és fényképek is. Megérkeztek Ferziék is, és leültünk megbeszélni az üzlettel járó dolgokat. Mehmet javaslatát kellett elfogadnom, mivel ha levédetem a ruhákat, akkor csak az én nevemmel lehet forgalmazni, így a vállalkozással kapcsolatban is Mehmet lett megbízva. Ferzi úr felhívta a könyvelőjét, akivel megbeszélte, hogy az én üzletemnek is ő fog könyvelni. Sumru asszony hozott nekem szőlőlevélbe csavart húst. Berakom a hűtőmbe, majd este elcsipegem. Ha kibírom addig.

Este vacsorázni készültünk Merttel és Eliffel. Már készülődtem, mikor a telefonom megszólalt.

– Anyukám, szia. Baj van?

– Szia, nem. Csak azt akarom kérdezni Picurt megfürdethetjük? Nem akart bejönni, nem is tudtam beparancsolni, és tiszta sár.

– Persze, nyugodtan, de mi ütött belé, hogy esőben kint maradt? Otthon még sétálni sem akar olyankor.

A szomszéd cicája átjött, ő meg észrevette.

Pár szót váltottunk, azután jeleztem, hogy mennem kell, mert Can mindjárt itt lesz értem. Szerelmem pontos volt, mint mindig. Egy csendes kis étterembe mentünk, az este kellemes volt. Azután Cannal még elmentünk sétálni a Boszporuszhoz. Elmeséltem, mire jutottunk a bemutatóteremmel, nagyon örült neki. Ő pedig elmondta, hogy beadta a felmondását és április végéig marad, hogy legyen idejük keresni valakit a helyére. Már csak két napunk volt; három nap múlva felülök a repülőre és csak telefonon fogunk beszélni és videochatelni. Ez megrémisztett. Can elvitt a szállodába. Másnap nem tudtunk találkozni, mert Bursába készültem reggel Sumru asszonnyal, és valamikor este akartunk csak visszajönni. Ennek nem igazán örült, de elfogadta, és megígérte, hogy szerdán egy órakor jön értem, ebből nem engedett.

Kedden reggel nyolckor indultunk Sumru asszonnyal. Arról beszélgettünk, mennyire boldogok Gülbaharék bejelentésétől, mert már nem is remélték, hogy lesz gyerekük. Most viszont három egyszerre. Nagyon boldogok voltak.

A szállodában már elkezdték az élménypark építését. Az egész nap gyorsan eltelt, csak pár üzenetet váltottam Cannal. Nagyon hiányzott, bele sem mertem gondolni, mennyire fog hiányozni, ha otthon leszek. Már nagyon vártam a másnapot. Délelőtt nagyjából összepakolok és elmegyek a Boszporuszhoz, visszafelé bemegyek CeyCeyhez egy teára, azután megebédelek és várom Cant. A szállodába érve a pultnál Dilara volt. Kértem kávét, és felmentem. Felhívtam Cant. Pár percig beszéltünk, majd megígérte, hogy másnap tizenegyre jön értem, elmegyünk ebédelni, azután nála leszünk, mert senkivel nem szeretne rajtam osztozni. Így módosítottam a másnapi napomat: reggeli után lemegyek a Boszporuszhoz, utána majd meglátom, mire marad időm.

Reggel frissen és üdén ébredtem, a reggeli rutin után megreggeliztem, és elmentem. Leültem egy padra, onnan néztem a kilátást és hallgattam a sirályokat. Néztem a turistákat és az ittenieket. Ha lehet mondani, ez volt az első kedvenc helyem Isztambulban. Végiggondoltam, mi minden történt velem ez alatt a nyaralás alatt. Hálás voltam mindenért, és nagyon boldog. Mikor felálltam, megígértem, hogy hamarosan újra jövök. A szállodában Emír és Muzafer fogadott a hírrel, hogy Emír a továbbiakban már csak nappal fog dolgozni. Muzafer esküvője után még a nászútig itt marad, azután megy abba a szállodába, ami majd az övé lesz. Így ezt Ece és Muzafer fogja majd vezetni. Emírt félrehívtam.

– Nyugodtan hívd fel Haticét, nincs barátja.

– Köszönöm, egy életre az adósod leszek.

Ezután elköszöntem, gyorsan felmentem a szobámba és a tus alá álltam. Mikor végeztem, egy vidám nyári ruhát vettem fel, amit nagyon szerettem. Az egész egybe volt szabva, de mell alatt csak pántok ölelték körbe a derekamat. Maga a ruharész a bokámig ért. Hajamat szabadon hagytam, és fújtam a kedvenc parfümömből. Táska, telefon, és indultam is. Pont leértem, mikor Can megállt az autóval. Így csak intettem a fiúknak, és már szárnyaltam is. De Can gyorsabb volt: kiszállt és kitárt karokkal várt, szinte repültem. Magához ölelt, és egy hosszú, forró csókot kaptam. CeyCeyhez mentünk ebédelni, utána Can házába. Ott készítettünk teát, és leültünk az üllőgarnitúrára.

– Olyan szexi ez a ruhád, nagyon szép vagy benne.

– Csak remélni mertem, hogy tetszeni fog. – Hozzábújtam, és belecsókoltam a nyakába. Isteni volt az illata. Magamba akartam szívni, de felemelte a fejemet és egyből a nyelvemet követelte. Mennyire hiányzott ez a csók! Készséggel viszonoztam, és a kezemmel elkezdtem simogatni. Ekkor megszólalt a telefonom, így kibontakoztam az öleléséből és csak bámultam a kijelzőt.

– Menjek ki? Nem mered felvenni előttem? – viccelődött.

– Az anyukád hív.

– Akkor vedd fel, mert mindjárt engem fog hívni, és egészen addig, amíg valamelyikünk fel nem veszi, hívogatni fog. Nagyon kíváncsi vagyok, vajon mit akar.

– Estra, szia! – szóltam a telefonba.

– Szia, édesem, csak azért hívlak, hogy ha két hét múlva jösszsz, akkor találkozhatnák.

– Nagyon szívesen, de nem tudom megígérni, mert tudod, dolgozni fogok. Beszélek Cannal, lehet, hogy vasárnap át tudnánk menni hozzátok. Az jó lenne?

– Persze, az is jó lenne, de elmehetek a szállodába is, akkor időt sem veszítenél.

– Az időm nagy részét Ecééknél fogom tölteni. Ha látom, hogy állunk, akkor felhívlak, rendben?

– Teljesen, édesem. Én annyira boldog vagyok, hogy a fiam mellé egy ilyen nőt vezetett a sors! Ha megbántana, rögtön hívj fel, majd én elkapom. Szép napot, drágaságom!

– Én is nagyon boldog vagyok attól, hogy ilyen szeretettel vagytok irányomba. Nektek is szép napot!

– Mondtam én, hogy az első pillanattól imádni fognak téged, akárcsak én. – Megcsókolta a vállamat, tüzet lobbantva a testemben.

– Igen, te megmondtad. Én is nagyon megszerettem őket.

– Szerelmem, szeretnék kérni tőled valamit, de nem akarom, hogy félreértsd.

– Ígérem, végighallgatlak, mondd.

– Arra szeretnélek kérni, hogy maradj itt éjszakára is. Mielőtt válaszolnál... Tudod, van két vendégszobám, bármelyiket választhatod. Igaz, jobban szeretném, ha velem aludnál, de már az is nagyon boldoggá tenne, ha tudnám, hogy itt vagy a házban.

– Vigyél el a szállodába, kérlek! – azzal felálltam.

– Jó, akkor nem mondtam semmit, csak ne menj el ilyen korán, kérlek! – Ő is felállt.

– Can, vigyél el légy szíves a szállodába. Kell egy hálóing, fogkefe és váltóruha. Amúgy, a melletted lévő szobát szeretném.

– Köszönöm. – Magához húzott és megcsókolt, azután hirtelen elkapta a kezemet és elindult. Engem szinte húzott maga után.

– Hova ez a sietség?

– Olyan boldoggá tettél, hogy most rögtön viszlek – minél hamarabb vissza szeretnék jönni.

– Most olyan vagy, mint egy nagyra nőtt gyerek, de imádom ezt is.

Gyorsan megfordultunk. A parkolóban megvárt, pedig fel akartam hívni, hogy nézzük meg együtt a naplementét, de megígérte, hogy kivisz majd a tengerre, és majd ott megmutatja, milyen varázslatos a napfelkelte és a naplemente is. Így gyorsan összekaptam, amit akartam, és már indultunk is vissza. A házba érve megkérdeztem, hogy a hálóingemet és a fogkefémet itt hagyhatom-e.

– Szerelmem, ez volt az első olyan kérdésed, ami a jövőnkre vonatkozott.

– Ez nem igaz, sokat beszéltünk, beszélünk a jövőnkről.

– Igen, az igaz, de ez a gesztus, hogy itt szeretnél hagyni valamit magadból, nekem nagyon sokat jelent. – Elkapott, magához húzott, és lágyan megcsókolt. Rendeltünk vacsorát, amit elég gyorsan kihoztak. Utána megegyeztünk, hogy elmegyünk, lezuhanyozunk, és utána készítünk teát és keresünk valami filmet. A zuhanyozással szinte egyszerre végeztünk. Kissé zavarban voltam.

– Ne haragudj, de nincs köntösöm. Nem terveztem, hogy a szállodán kívül fogok aludni.

Párizsi, kék, földig érő hálóingemet nézte, amelyen, a mellrészen csak csipke volt, és mély dekoltázs. A szeme sem rebbent, erre ösztönösen a melleim elé kaptam a kezemet.

– Gyönyörű vagy. – Semmi mást nem mondott ezzel kapcsolatban. Rajta egy rövidnadrág és egy trikó volt. Még így is jól nézett ki.

– Elkészítjük együtt a teát? – kérdeztem.

– Ja, persze, a tea! Popcorn is jöhet? – Már összeszedte magát.

– Hát így este... de legyen, majd mosok még egyszer fogat.

A konyhában gyorsan végeztünk. Kiválasztottunk egy vígjátékot. A hátammal nekidőltem, de egy idő után felé fordultam és a mellkasára hajtottam a fejemet. Sokat nevettünk. A filmnek már vége volt, de mi ugyanúgy összeölelkezve ültünk. Simogattam a mellkasát, ő pedig felemelte a fejemet és a szemembe nézett. Lehajolt, és játékosan megérintette az ajkaival az ajkamat, ami azután lágy csókká alakult. Annyi érzelem volt benne! Szerettem ezeket a csókokat, így még jobban hozzásimultam, többet akartam. Azt akartam, hogy a nyelve a nyelvemet érintse, ezért kicsit kinyitottam az ajkaimat, hogy utat engedjek az ő vágyának is. Lassan, óvatosan fedezte fel a nyelvemet, azután egyre szenvedélyesebbé vált. Már nem voltam ura önmagamnak. Az ölébe ültem, egyenesen kőkemény férfiasságára, ami olyan tüzet csiholt bennem, hogy tudtam, innen nincs visszaút. Nem is akartam visszakozni, magamban akartam érezni. Kezeivel lenyúlt a lábamig, és a hálóing alá csúsztatta őket. Felfelé siklottak, egészen a fenekemig. Amikor a nyakamat kezdte csókolni, izgatni, a csípőm ösztönösen mozogni, követelőzni kezdett. Kezével irányította a fenekemet és halkan felnyögött, ahogyan én is lehajoltam és elkezdtem a nyakát izgatni, majd a szájára tapasztottam a számat, és szenvedéllyel csókoltam.

Abbahagyta a csókot, de a keze még a fenekemet izgatta, simogatta.

– Heni, ha folytatod, én már... – Számat a szájára tapasztottam, a nyelvem egyre követelőzőbb volt, a csípőmet egyre gyorsabban mozgattam. Mondta, hogy ne mozduljak, felállt velem együtt, a kezei a fenekemnél fogva tartottak, és elindult a hálószoba irányába. Közben szenvedélyesen csókoltuk egymást, és lábaimat szorosan a csípője köré fontam. Lefektetett az ágyára, és rám feküdt. Kezével a mellemet simogatta, ajka a nyakamat csókolta, és haladt egyre lejjebb. Először a csipkén keresztül izgatta nyelvével a mellbimbómat, közben csípőjével apró lökéseket igazított a csípőmre. Kifejtette a mellemet a csipke alól, a szájával birtokba is vette, a másik kezét a hálóing alá csúsztatta, egészen az ágyékomig. Mikor elérte és lágyan végigsimította, az ujjait, kéjesen nyögtem. Félrehúzta a bugyimat, és az ujjai már a bőrömet érintették. Utat engedtem a vágy hangjának; már nem érdekelt semmi. A trikója alá nyúltam, és lehúztam róla. Ő is lesegített rólam mindent, majd a szemembe nézett. Vágytam a csókjára, de a lábam szárától kezdett el felfelé csókolni, az ágyékom előtt elidőzött a belső combomon, majd nem váratott sokáig: a nyelvével érintett. Hangos, kéjes hangok sokasága tört fel belőlem minden egyes érintése után, aztán belecsókolt. Szinte majdnem felültem a gyönyörtől, amit így okozott. Az egyik kezével felkúszott a mellemig és elkezdte simogatni, a másik kezét segítségül vette igénybe. Ujjával behatolt a nyílásomba, és apránként tolta beljebb és beljebb, közben nyelvével továbbra is ingerelt. Hangosan felnyögött egyszer-egyszer, s már olyan vágyat csiholt a testemben, hogy én is kényeztetni akartam.

– Can, most én jövök, kérlek... – Felpillantott és felhúzta magát, hogy a szemembe nézzen, de a testét nem engedte rá az enyémre. Megcsókolt, azután hagyta, hogy felálljak, és ezzel őt is felállítottam. Abbahagytam a csókot, és elindultam a tökéletes testén, apró csókokkal és a nyelvemmel ingerelve. Elértem a csípőjéig, ahol letoltam a nadrágját, szinte csodáltam nagyra duzzadt, vastag hímtagját. Felnéztem rá, és teljesen letérdeltem elé. Először a kezembe fogtam simogattam, a nyelvemmel a csípője vonalát ingereltem és egyre vonultam a célom felé. Nyelvemmel megérintettem férfiassága végét, amitől szinte az egész teste megfeszült. De én is meg akartam őrjíteni, így nem vettem a számba; nyelvemmel az egész, hosszú férfiasságát bebarangoltam, közben a kezemmel segítettem. Amikor már anynyira vágyakoztam, hogy a számban akartam érezni, nem várattam őt sem tovább, bevettem és elkezdtem szopni. Mennyei érzés öntött el mindkettőket, kezemmel továbbra is segítettem. A nyelvemet félkörbe formáltam, hogy még azzal is megőrjítsem, s az eredmény nem is maradt el: hangos nyögései sűrűsödni kezdtek. Éreztem, lassítanom kell, mert közel van a gyönyörhöz. Ekkor megfogta a kezemet, felhúzott és magához ölelt. Lehajolt, és szenvedéllyel, egyre vadabbul csókolt. Visszafektetett az ágyra, fölém tornyosuló lábaimat még jobban szétnyitotta, és egyenesen belém hatolt. Apránként hatolt beljebb és beljebb, hogy szokjam vastagságát. Azután mikor teljesen bennem volt, rám feküdt, s a csípője az én csípőmmel egy ütemre kezdett járni, közben csókoltuk egymást. A lábaimat köré fontam; még mélyebben akartam magamban érezni. Vette az üzenetet, és erőteljesebben kezdett mozogni bennem. Amikor lassított a tempón, a csókot abbahagyta, hogy a nyakamat és a melleimet kényeztesse, és ismét egyre szenvedélyesebb, erőteljesebb lökéseket hatolt belém, ami a beteljesülés felé repített bennünket. A csókja finom, érzéki vággyal teli volt, férfiasságát nem húzta ki belőlem, aminek nagyon örültem. Pár percig csak csókoltuk, simogattuk így egymást, és éreztem, hogy ismét készen áll.

Oldalra akartam fordulni, de nem kellett mondanom, mit akarok. Teljesen összhangban voltunk, mintha már ezer éve ismernénk egymást. A hátára feküdt, így én kerültem felülre. A férfiassága bennem duzzadt. Lehajoltam, és a nyakát ingereltem a nyelvemmel. A hangos, kéjes nyögések, amik feltörtek, ütemes mozgásra kényszerítettek. Teljes nagyságában bennem volt, és immár az ütemet is én irányítottam. Egy idő után felült, és kitolt bennünket az ágy szélére. Kezeivel a fenekem alá nyúlt, és még jobban belém nyomult. Közben a melleimet ingerelte, azután vadul, szenvedélyesen a számat csókolta. Teljesen megőrjített. Kezeivel megemelte a fenekemet, és kérte, hogy üljek neki háttal. Hímtagját belém döfte, ami egy kisebb sikolyt eredményezett, de ez a gyönyör hangja volt. Erőteljesen járt ki és be bennem, a melleimet masszírozta és a nyakamat ingerelte. Az egyik mellemről levette a kezét és az ágyékomat kezdte simogatni – ha lehet ilyet mondani, még csodásabb és erősebb gyönyörben volt részünk. Pár percig mozdulatlanul ültünk így.

– Szerelmem, ezért megérte várni. Még szerelmesebb vagyok, mint voltam. A nap minden percében benned szeretnék lenni, és együtt repülni abba a gyönyörbe, amit adni tudsz.

– Én sem szeretném, ha kihúzódnál belőlem. Eddig még soha senki nem volt képes ilyen gyönyört okozni nekem. Le kell zuhanyoznunk.

– Együtt? Hm... Abból nem csak zuhanyozás lesz.

– Can, előttünk az egész élet.

– Tudod, eddig is szerettem szeretkezni, de ha kimaradt pár nap, nem okozott gondot, és általában eggyel, vagy esetleg kettővel beértem. De most úgy érzem, egy órát sem bírok ki, anynyira vágyom rád.

Válaszként megcsókoltam. A zuhany alatt ismét szenvedélyesen csókolóztunk és izgattuk egymást. Letérdelt elém, az egyik lábamat a nyakába tette, és már nyelvével őrjítő vágyat csiholt. Ujjával belém hatolt, halkan felnyögtem, mire még őrjítőbben kezdett izgatni nyelvével és az ujja is egyre gyorsabban mozgott bennem. Már nem bírtam, szinte könyörögtem, hogy hatoljon férfiasságával a számba. Kényeztetni akartam, meg akartam én is őrjíteni, azt akartam, hogy ő is átélje azt, amit nekem okozott. Felállt, teljesen a falhoz nyomott és megcsókolt. Kezemmel megmarkoltam ágaskodó hímtagját és elkezdetem simogatni. Halkan felnyögött. Letérdeltem elé, és a nyelvemmel elkezdtem izgatni. A számba vezettem a végét, és elkezdtem kényeztetni. Egyre mélyebbre engedtem. A csípőjét ütemesen mozgatta. Élveztem. Felnyögtem a vágytól. Felállított, háttal fordított, a csípőmet kihúzta, kezeimet a falnak támasztotta, és hátulról belém hatolt. Most egyből egész férfiasságát betolta, s én felsikítottam a gyönyörtől. Elkezdtem mozgatni a csípőmet. Két kezével fogta, úgy intézett erőteljes lökéseket. Teljesen megőrjített. Felcsúsztatta a melleimre a kezeit, a felsőtestét az enyémhez szorította, a fülembe nyögött, kihúzódott belőlem és szembefordított magával. Elkezdett csókolni, a fenekem alá nyúlt, megemelt és rögtön belém is csapódott. Lábaimmal a csípőjét öleltem. Szinte vadul járt ki-be bennem, de olyan gyönyört éltem át, amit még álmomban sem reméltem. Fejemet a vállára fektettem, és megcsókoltam a nyakát. Lábaimmal még mindig erősen szorítottam magamhoz. Kellett egy kis idő, hogy összeszedjem magam. Letusoltunk és visszamentünk a szobájába, ahol felvettem a hálóingemet.

– Szeretném, ha itt maradnál velem.

– Szerelmem, ezek után még nélküled sem szeretnék lenni. – Odabújtam hozzá. Ő csak egy bokszeralsót vett fel. Magához ölelt.

– Soha nem hittem, hogy ilyenekre vagyok képes. Veled olyan természetes, de ha valami esetleg sok neked, csak szólj.

– Most viccelsz? Imádtam, és még ki tudja, hányszor el tudnám viselni.

– Most már tudom, rád vártam. Ígérem, mindent ki fogunk próbálni, de meg kell beszélnünk, meddig mehetünk el.

– Szerelmem, ami mind a kettőnknek ilyen gyönyört ad, az rendben van.

– Maradj még legalább egy napot, kérlek!

– Nem lehet. A családom is vár, és vannak ügyfeleim, akik számítanak rám.

Összebújva, szótlanul simogattuk egymást álomba, de nem tartott sokáig, mert reggelig még kétszer szenvedélyesen szerelmeskedtünk. Nagyos szerelmes voltam és fájt a szívem, de haza kellett mennem. A reggelit szinte az utolsó falatig megettük, amin nem is csodálkoztam, amilyen este és éjszaka, hajnal volt mögöttünk.

***

Ott ült velem szemben, és akárcsak én, a reggeliét fejezte be. „Allahom", köszönöm. Ez a nő teljesen megőrjít. A szemei, a hangja, az illata, a mosolya. Férfiasságom már duzzadt, égett a vágytól, hogy ismét birtokba vegye és eggyé váljon a testével. Olyan erős vágy volt bennem, hogy felnyögtem. Felemelte a fejét és megnyalta a szája szélét. Ha tudnád, hogy ezzel abszolút nem segítettél... Sőt. Az emléke, ahogyan simogattad, a száddal izgattad... Istenem, még így senki nem kényeztette. Benne akartam lenni, de a telefonom megzavart; Selim volt az. Fel kellett vennem – reméltem, egy kicsit lehiggadok.

– Jó reggelt, Selim!

– Neked is! Can, mindent elintéztem, fél tizenkettőre ott kell lenned. Én is odamegyek, hogy mindent felügyeljek.

– Nagyon szépen köszönöm, ott leszek. – Letettem a telefont és ránéztem Henire, ebből csak annyit hallott, hogy valahova mennem kell.

– Muzaferék esküvője előtt egy nappal lesz egy nagyszabású parti a színészeknek és az egész stábnak, akik az utolsó filmen dolgoztak. Szeretném, ha velem jönnél. Kérlek!

– Ha így nézel, semmit nem tudok felhozni, hogy ne menjek, ráadásképp pont Isztambulban leszek.

– Köszönöm, szerelmem. Ott lesz a média, és akkor fogjuk bejelenteni, hogy visszavonulok és civil életet kezdek.

– Várjá, én nem szeretnék ilyen felhajtás részese lenni.

– Én sem szeretem, de veled leszek egész idő alatt. Fogom majd a kezedet. De ha mégsem akarsz jönni, akkor visszahívom Selimet, hogy intézze el nélkülem. Csak... a jelenlétemmel teljesen le tudnám zárni az egész fejezetet.

– Nem azt mondtam, hogy nem megyek. Csak a sajtó és a TV kissé megrémiszt.

– Ott leszek veled. Tudod, ha ott be tudjuk jelenteni, onnantól semmire nem kötelezhetnek. Ezért ajánlotta Selim ezt az eseményt.

– De nem fogják azt gondolni, miattam döntöttél így? Nem szeretek a figyelem központjában lenni.

– Szerelmem, minden csoda három napig tart. A bejelentésben az is szerepelni fog, hogy már egy éve gondolkodom a befejezésen és csak a hivatásomnak szeretnék élni.

Kávénkkal kimentünk a kertbe.

Nem is sejti, hogy ő fogja majd az én kezemet; nagyon nem szeretem ezeket a felhajtásokat. Őt viszont mindennél jobban. Hirtelen ötletből megkérdeztem, nincs-e kedve úszni egyet.

– Nincs itt a fürdőruhám – mosolygott rám.

222

– Nem kell ruha, csak ketten vagyunk, és senki nem lát be a kertembe. Szeretlek ruha nélkül látni. Gyere.

Én már dobáltam is le a ruháimat. Láttam, gondolkodik, de azután levetkőzött, a bugyit és a melltartót azonban magán hagyta. Nem baj, majd orvosolom a helyzetet. Kinyújtottam a kezemet felé, amit el is fogadott, és rögtön berántottam magamhoz. Átöleltem a derekát és magamhoz húztam, lehajoltam és megcsókoltam. Lábait körém fonta, és már mozgatta is a csípőjét, megőrjítve teljesen. Benne akarok lenni, most rögtön. Abbahagyta a csókot, és a nyakamat és a fülemet ingerelte. Felnyögtem, az egyik kezemmel kikapcsoltam a melltartóját, és kidobtam. Lehajoltam, az egyik mellbimbóját a számba vettem és elkezdtem szívni. A csípőmmel erősebb mozdulatokkal viszonoztam az ő mozdulatait. Halkan nyögdécselt. Ez még jobban feltüzelt. Leengedte a lábait a csípőmről, kezével a férfiasságomat markolta, és az ujjai olyan játékba kezdtek, hogy ha nem hatolhatok rögtön belé, akkor így élvezek el. A száját csókra nyitotta. Nem várakoztattam; vad szenvedéllyel csókoltam, egyre követelőzőbben. Kezem az ágyékához ért. Segített, mert letolta a bugyiját. Ujjam máris besiklott az én finom barlangomba, és elkezdtem mozogni. Közben leültettem a lépcsőre, szétfeszítettem a lábait a másik kezemmel, és már a nyelvemmel is segítettem. Két kezével megtámasztotta magát, úgy feszítette hátra a felsőtestét. A szája szélét nyalogatta; tudtam a férfiasságomat akarja. Nem várattam: felegyenesedtem és hagytam, hogy azt csináljon, amit szeretne. Rögtön a szájába vett és elkezdett kényeztetni. Kezével rásegített, s a vágy hangja egyre többször tört ki belőlem. Kihúzódtam a szájából, és a mellei közé simultam. Mennyei érzés volt, ahogyan a mellei között mozogtam. A fejét lehajtotta, és minden egyes lökésnél szájával ingerelte férfiasságom végét. Mit művel velem ez a nő? Abbahagytam, mert éreztem, már nem kell sok. Felállítottam, magamhoz húztam és megcsókoltam. Beljebb vittem a vízbe, és a medence oldalához szorítottam. Az egyik lábát felemeltem, és már benne is voltam. Csak apránként akartam beljebb hatolni; ezzel is meg akartam őrjíteni, de a csípője az egész férfiasságomat akarta.

Kijjebb húzódtam, de nem az egészen. Nem hagyta ennyiben; egy erősebb mozdulattal az egészet magába fogadta, mindkét lábával átölelt, és ütemesen elkezdett mozogni rajtam. Csókolt egyre szenvedélyesebben, s éreztem, már neki sem kell sok, így erősebb mozdulatokkal mozogtam benne. Ismét együtt éltük át azt a mennyei érzést. Pár percig csókolóztunk még.

– Szóval nem is úszni akartál, ezen törted a fejedet – mosolygott rám.

– Aha, már a reggeli közben is akartalak. De amikor kijöttünk és megpillantottam a medencét, eszembe jutott az öböl.

– Ó, ott nem sok hiányzott, hogy a tiéd legyek.

– Igen, tudom, de megígérem neked, hogy oda visszamegyünk, és befejezzük, amit elkezdtünk.

– Azt mondtad, ott mindig vannak, akkor sem sokáig voltunk egyedül.

– Ott foglak a magamévá tenni, ahányszor csak akarod, hidd el.

Csak beszéltünk róla, de a férfiasságom máris kőkemény lett és követelőzően elkezdett mozogni benne, amit a csípője már viszonozott is. A szája már a számon volt, a nyelve az enyémmel szította még jobban a vágyunkat. Abbahagytam, kihúzódtam belőle, megfordítottam, és hátulról hatoltam belé. Erőteljes mozdulatokkal őrjítettem meg; egyik kezem a csiklóját ingerelte, a másik kezemmel a csípőjét tartottam. Nem kellett sok a beteljesülésig. Mind a ketten eléggé hangosan adtuk át magunkat a gyönyörnek. Még jó, hogy jelenleg nem voltak szomszédaim. Hátulról öleltem, és a nyakát csókolgattam. Ekkor megszólalt a telefonja, így nem tudtam harmadszor is magamévá tenni. Kimentünk a vízből, és felvette a telefonját.

– Emili, szia!

– Szia! Mikor érkezel körülbelül?

– Nem tudom pontosan, szerintem öt vagy hat óra körül. Miért?

– Mert meg akartalak várni, de addig nem várakozom. Holnap?

– Holnap hajnalban indulok anyámékhoz, hogy hazahozzam a kis pamacsomat.

– Oké, akkor holnapután, de menj a műhelybe és nézd meg, mennyire vagyunk a ruhával. Jó utat, szia!

- Can, mennem kell, még be kell pakolnom, és fél tizenegyre jön értem az autó.

- Nem délre kell kint lenned a reptéren?

- De igen, viszont előtte még megyek, és elbúcsúzom Muzafer szüleitől.

- Ünneprontó. - Magamhoz húztam és megcsókoltam. Öszszeszedtük magunkat, azután elvittem a szállodához.

- Kivigyelek a reptérre? - Amint ezt kimondtam, meg is bántam.

- Nem, Ferzi úr küld értem autót. Elvisz hozzájuk, utána kivisz a reptérre. Már most hiányzol, pedig még itt ülsz mellettem.

- Szerelmem, amint leszáll a repülő, kérlek, rögtön hívj fel! - Magamhoz öleltem, amennyire az autóban lehetett. Egy könnycsepp gördült ki a szeméből, a szívem belesajdult. Csókommal próbáltam felitatni. - Kérlek, ne sírj! Mindennap beszélünk, és ha újra együtt leszünk, mindent bepótolunk, ígérem. Te vagy a mindenem, ezt kérlek, ne felejtsd el. Lesz majd egy meglepetésem neked.

- Mi az? - Egy halvány mosoly jelent meg az ajkain.

- Azért hívják meglepetésnek, mert meglepetés. - Most már teljesen biztos vagyok benne, hogy nagyon boldog lesz tőle. Felhívott a szobájába. Míg gyorsan összepakolt, én a teraszról figyeltem. Lehajolt, úgy pakolt valamit. Férfiasságom kőkemény lett; benne akartam lenni, ott rögtön. Odamentem, megsimogattam a hátsóját és kértem, ne mozduljon. Nekinyomtam magam a fenekének. Halkan felnyögött, elkezdte mozgatni a csípőjét. Több sem kellett. Alányúltam a ruhájának és lehúztam a bugyiját. Ismét felnyögött. Az egyik kezemmel a csiklóját kezdtem izgatni, de amint éreztem, hogy szabad az út, egy lökéssel tövig benne voltam; mennyei érzés volt, hangosan felnyögtem. Erőteljes lökésekkel jártam be és ki benne, a kezeimmel a csípőjét fogtam. A csípőjével körkörös mozdulatokat kezdett írni... megőrültem ezektől a mozdulatoktól. Egyre gyorsabban mozogtam, de teljesen egy ütemre, egészen a mámor pillanatáig. Megfogtam a melleit, felállítottam, szorosan magamhoz húztam, és a nyakát kezdtem csókolni.

– Can, most rögtön akarlak, de le kell tusolnom és indulnom kell. Ne csináld ezt velem. Kérlek...

– Teljesen a tiéd vagyok, a rabod lettem. Benned akarok maradni.

– Én is a tiéd vagyok, és a rabod lettem. Ha nem vagy bennem, megőrülök, úgy hiányzol, de tényleg mennem kell.

– Rendben, de elkaplak.

Kiment a fürdőszobába, addig a csomagját elvittem az ajtóig. A teraszra mentem, leültem és néztem az elém táruló látványt. Megértettem, miért szereti ezt a szobát. Azután megéreztem, hogy mögöttem van. Az illata mámorító volt.

– Na, útra kész vagy, szerelmem?

– Honnan tudtad, hogy mögötted vagyok?

– Az illatod, szerelmem. Az illatod.

– Can, olyan nehéz a szívem. Nem akarok egy percet sem nélküled lenni, de tudom, ezt most így kell végigcsinálnunk. Ennek ellenére is.

Megfogtam a kezét, és az ölembe húztam.

– Hamarosan mindennap együtt leszünk. Végig kell csinálnunk. Én is mehetek hozzád, és fogok is, mert nekem is nehéz. – Megsimogattam a szép arcát. Most néztem csak végig rajta. Egy fehér maxi ruha volt rajta, nagyon szexi. Felállítottam, hogy jobban meg tudjam nézni – és persze, hogy ne érezze, mennyire felizgultam. A mellrészen volt egy kis anyagdarab, amit egy háromszög kapcsolt össze az alsó résszel, ami három fodorrészből állt és egészen a bokáig ért, az oldalainál, derékrészen kilátszott a bőre. Végighúztam az ujjamat az oldalán. Becsukta a szemeit, és sóhajtott egyet.

– Ha nem hagyod abba, le fogom késni a repülőmet.

– Nagyon ott van ez a ruhadarab is a topomon. – Lehajoltam és megcsókoltam. Megfogtam a kezét, és elindultam az ajtó felé.

– Örülök, hogy tetszik, édesem.

Megszólalt a telefonja. Felvette, és csak annyit mondott: „megyek". Megérkezett az autó érte. A liftben megcsókoltam, a nyelve már viszonozta is. Örömmel fogadtam, és válaszoltam. Ekkor megszólalt a csipogó hang, ami azt jelezte, hogy pár perc, és nyílik az ajtó. Elköszönt Muzafertől és Emírtől, azután beszállt az autóba, ami rá várt. A szívem egyre jobban fájt, egészen addig néztem az autó után, míg el nem tűnt. Gyorsan haza kellett mennem. Beültem a kocsiba és elindultam. Otthon fogtam a már összekészített táskámat, és kivittem. Visszamentem és készítettem egy teát, arra még van időm. Ez a ház nélküle már nem ugyanaz... vele egy meleg otthonnak tűnt, most viszont üres. Elmostam a poharamat és indultam. Selim mindent tökéletesen elrendezett, már vártak, és fel is kísértek a helyemre. Volt két és fél órám, így beraktam a füldugókat és zenét hallgattam. Közben lejátszottam minden egyes pillanatot, ami ebben a pár napban történt. Kinéztem az ablakon és láttam, megérkezett a busz. Szemüvegemet feltéve meghúztam magamat, úgy figyeltem a felszálló embereket.

***

Ferzi úr és Sumru asszony már vártak. Megbeszéltünk pár dolgot és elbúcsúztunk. Az autó kivitt a reptérre. Egyre inkább azt éreztem, hogy nem bírok elmenni, de ott volt a másik oldala: a családom. Mindenki nagyon hiányzott. Feltettem a szemüvegemet, mert elkezdtek potyogni a könnyeim. Erőt kellett vennem magamon. A hajam teljesen megszáradt, így gyorsan benyúltam a táskámba, kivettem a gumit, és lófarokba kötöttem. Gondolataimba merültem. Ki hitte volna, hogy ez a nyaralás elhozza számomra a szerelmet? Pár órája még egy test voltunk, most pedig várnom kell két hetet, hogy megsimogassam, megcsókoljam, és a testünk újra egy testté válhasson. A könnyeim már folytak. Biztos, hogy igaz volt az egész, nem csak egy álom? De a szívem elárulta, hogy minden egyes pillanata igaz volt, fájt az elválástól, de hangosan dobogott, és ha ez nem lett volna meggyőző, a testem sóvárgott. Megkezdték a beszállást, így összeszedtem magam és én is elindultam. Megkerestem a helyemet – szerencsére ablak melletti volt, kinéztem. Ez a város már nem csak szimplán Isztambul a számomra. A könnyeim már patakzottak, de nem tudtam befolyásolni. Felszálltunk, a szívemben fájdalom keringett. Vissza akartam menni, de a családom hiánya is jelen volt. A stewardess hangja zökkentett ki.

– Hölgyem, minden rendben? Vagy tudok valamiben segíteni?

– Köszönöm, nincs semmi gond. Csak az elválás.

– Hozok magának kávét, vagy inkább teát kér?

– Köszönöm, most egy erős feketekávé nagyon jólesne. – Távozott, én pedig megtöröltem a szemeimet. Egy kávéval tért vissza, nagyon kedves volt.

– Igya meg, higgye el, kicsit jobban lesz tőle.

– A kávé nagyon jól fog esni, de jobban nem leszek; a szerelmemet hagytam Isztambulban – mosolyogtam rá. Bólintott, mint aki érti, miről beszélek, azután elment. Istenem, úgy viselkedem, mint egy kisgyerek. De amíg nem tudunk együtt élni, addig sajnos ez az elválás elég sűrűn jelen lesz az életünkben. Ki fogjuk bírni. Annyira biztattam magamat, hogy már csak a hangosbemondóban hallottam, leszálláshoz készülünk. Imádom a felhőket nézni, de most csak bámultam az ablakon át a semmibe. Bekötöttem magam. A gép leszállt, és elindultam a csomagomért. Megszólalt a telefonom. Can.

– Szerelmem, Bécsben vagy már?

– Szerelmem! Igen, nemrég szálltunk le, most megyek a csomagomért. Gondoltam, majd az autóból felhívlak.

– Olyan fátyolos a hangod. Csak nem sírtál?

– Az egész utat végigsírtam. Nagyon hiányzol!

– Te is nekem, nagyon! De mi van a hátad mögött?

– A hátam mögött? Nem tudom, mit hallasz?

– Nézd meg, légy szíves, életem.

Hátrafordultam, és ott állt előttem. Nem törődtem semmivel és senkivel, elkezdtem futni és szó szerint a nyakába ugortam. Lábaimmal átkulcsoltam a derekát és már csókoltam is, nyelvem mohón utat tört, csókunk így vált egyre szenvedélyesebbé. Itt van, de hogyan? Egy gépen kellett, hogy utazzunk, de biztosan nem velem szállt fel, azt észrevettem volna. Abbahagytam a csókot.

– Hogyan kerültél ide? Nem láttalak a terminálban sem. Hogyan?

– Selim intézett el mindent. Már a gépen voltam, mikor felszálltál. De menjünk, kettesben akarok lenni veled. Remélem, tetszik a meglepetésem.

– Imádom. – Felvettük a csomagjainkat, és mire kiértünk, már várt minket a transzfer, ami elvitt az autómig. Ott kifizettem a parkolást, lefoglaltam a következő utat is, és berakodtunk az autóba. Beszálltunk. Nem tértem magamhoz... itt van, velem. Mondtam neki, hogy meg kell állunk bevásárolni, úgyhogy még várnia kell a kettesben maradásra.

– Meddig tudsz maradni? Vagy Walterrel kell találkoznod?

– Egy hétig maradok, és csak veled. Walter nem tudja, hogy itt vagyok. Valamit tennem kellett, nem akartam annyi időt nélküled tölteni. Beleőrültem még a gondolatába is.

Megcsókolt, azután indítottam. Az autóban beszélgettünk, majd bevásároltunk, és egyetlen pillanatot sem hagytunk ki, amikor meg tudtuk csókolni egymást. Éreztem, ugyanúgy kíván, mint én őt. Meg is simítottam a férfiasságát; felnyögött.

– Mikor érünk haza?

– Még körülbelül huszonöt perc. Aztán a tied vagyok.

Felhúzta a szoknyámat és az ágyékomat kezdte simogatni. Lejjebb csúsztam, hogy jobban hozzám férjen. Nem is késlekedett, de pár mozdulat után elvette a kezét. Hagyta, hogy a vezetésre összpontosítsak. Bekanyarodtam az utcába és megálltam a házam előtt. Az arcát néztem. Döbbenet volt rajta.

– Ez hihetetlen! Az a ház olyan, mint az enyém.

– Pontosan ezt éreztem én is, mikor először mentem hozzád. A belső elrendezés különbözik, azt teljesen az én elképzelésem alapján lett kialakítva. Ott, hátul van a műhelyem és a bemutatóterem, meg egy dupla garázs. A medencém kisebb, mint a tiéd.

– Tele van citrusos növényekkel, gyönyörű. Én is terveztem, de még nem jutottam el addig. – Kinyílt a kapu és behajtottam. Visszanéztem és meggyőződtem róla, hogy a kapu becsukódott, addigra a garázs kapuja is kinyílt. Behajtottam. Kicsatoltam magamat és rögtön az ölébe ültem. Elkezdtem mozogni az amúgy is kemény hímtagján. Kezeimmel szabaddá tettem és elővettem, majd rögtön rá is ültem. Kezeivel a csípőmet fogta, úgy szorított magához, közben erősödő lökésekkel mozgott, amit imádtam. Rögtön felvettem az ütemet, s csókoltam közben. Gyorsan elélveztünk mind a ketten. A mellkasára borultam. Szorosan ölelt magához. Pár percig így maradtunk, majd bementünk a házba. Mindent sikerült egyszerre bevinni, hála a két erős karnak. Gyorsan kirakodtam a hűtőbe, azután javasoltam, hogy menjünk zuhanyozni és pakoljuk ki a ruháinkat. A zuhany alatt hosszú, szerelmes órát töltöttünk. Felöltöztem, és a konyhába indultam.

– Édesem, jó lesz vacsorára grillezve csirkemell salátával?

– Tökéletes, de jövök, és segítek én is.

Közben felhívtam az édesanyámat, hogy holnap megyünk. Mondtam, hogy úgy alakult, hamarabb tudom bemutatni Cant, mert meglepetésképpen egy gépen utaztunk. Megígértem, hogy majd másnap elmesélem. Annak nem nagyon örült, hogy este már jövünk vissza, de megmagyaráztam, hogy nagyon sok dolgom van. Megígértette velem, hogy a hétvégét náluk töltjük, azután elköszöntem. Elfogyasztottuk a vacsorát és felraktam a kávét, addig gyorsan körbevezettem a birodalmamban. Megígértem, hogy majd kint is körbevezetem. Nagyon tetszett neki, azt mondta, szerinte sokkal jobb így a ház elosztása. Elkészült a kávé, és kértem, üljünk ki, bár itt még nem volt olyan meleg, mint Törökországban, inkább finom, friss, ezért magamra kaptam egy kardigánt. Ő ezalatt felhívta az édesanyját, pár szót váltottak, azután Esra engem is üdvözölt. Végül írt egy körüzenetet a fiúknak, hogy egy hétig nem lesz. Mehmet rögtön hívta.

– Barátom, nem azt mondtad, hogy vége a forgatásoknak?

– Magyarországon vagyok, testvérem.

– Akkor értem, üdvözlöm Henit is, és érezzétek jól magatokat.

– Köszönjük.

A többiek üzenetben kérdezték, hol van, így válaszban megírta. Letette a telefont.

– Walter nem hívod fel? Ha már itt vagy, lehet, hogy tudnál találkozni azzal az orvossal is.

– Igazad van, de én csak veled szeretnék lenni ebben az egy hétben.

– Szerelmem, lesz rá elég időnk, és nekem is dolgoznom kell. Te is dolgoztál, mikor ott voltam.

– Rendben.

– Szép estét! Walter, barátom. Ugye már nem dolgozol?

– Szép estét neked is, barátom! Már itthon vagyok.

– Gyors leszek. Ma érkeztem Magyarországra. Egy hétig itt leszek, és azt szeretném kérdezni, meg tudnám-e nézni a rendelőt és tudnék-e találkozni a kollégával?

– Nagyszerű, holnap megkérdezem, mikor lenne ideje.

– Pedig nem terveztem semmi, de a szerelmem azt mondta, ha már itt vagyok, nézzem meg.

– Nagyon okos nő. Igaza van; ha nem felel meg, akkor még van időnk keresni. Tegnap beszéltem neki rólad. Szentül meg van győződve arról, hogy te fogod átvenni. Boldog lesz.

– Nem is ismer, miért ilyen biztos benne?

– Barátom, engem ismer, és mondtam pár dolgot rólad, így nála te vagy a befutó. De most le kell tennem, mert az én szerelmem főzőkanállal jelent meg az ajtóban. További szép estét!

– Akkor le is teszem, további szép estét nektek is.

Az este és az éjszaka csak a miénk volt, szinte mindenhol szerelmeskedtünk. Hajnalban ébredtem, kimentem kávét főzni, és mikor megfordultam, már az ajtóban állt.

– Jó reggelt, édesem. Most akartalak felkelteni.

– Felébredtem, hogy nem vagy mellettem.

Odajött, átölelt, és egy szenvedélyes csókot kaptam.

– Gyere, bújjunk vissza az ágyba.

– Can, lassan indulni kell, legkésőbb nyolc órakor anyuéknál akarok lenni.

Ránézett az órára.

– Ott leszünk, de előtte szeretnék beléd hatolni. Szeretnélek a nyelvemmel kényeztetni. A szádban akarom magamat érezni, utána a barlangodba szeretnék mélyedni.

Közben a nyakamat csókolgatta és a melleimet simogatta. A másik kezével szorosan magához húzott, éreztem lüktető vágyát. Lenyúltam, és a férfiasságát kezdtem simogatni. Felnyögött. Letérdeltem elé, és a nyelvemmel elkezdtem ízlelgetni.

– Teljesen megőrjítesz! Kérlek, vedd a szádba!

Engedtem a vágyának, a vágyamnak, a számba vezettem. Még jobban feltüzeve magamat, elkezdtem az ajkaimmal kényeztetni, és a kezemmel rásegítettem. Két kezével a fejemet fogta, ami még hatalmasabb fokra emelte a vágyamat. Elengedte a fejemet és felemelt a pultra. A bugyimat félrehúzta, és finoman elkezdett simogatni. Kéjesen hátrahajoltam, majd egyszer csak a nyelvét éreztem a kezei nyomában. Még jobban szét akartam feszíteni a lábaimat, érezni akartam mindenhol a nyelvét, de felnézett és összezárta a lábaimat, a fenekem alá nyúlt, és lehúzta a bugyimat.

– Ez zavart – kacsintott, és egyszerre ingerelt az ujjával és a nyelvével. Mikor érezte, hogy nagyon közel vagyok a beteljesüléshez, felállt és a melleimet kezdte csókolgatni. Bekapta az egyik mellbimbómat. Lejjebb húzott egy kicsit, míg a férfiassága végre bennem volt. De nem adta egyszerre: apránként őrjített meg, már könyörögtem, annyira vágytam arra, hogy teljesen bennem lüktessen. Amint teljesen bennem volt, elkezdünk egyszerre mozogni, közben csókolt, simogatta a melleimet, és ismételten átadtuk magunkat a gyönyörnek. Pár másodperig így maradtunk, azután gyorsan lezuhanyoztunk és futtában készülődtünk. Én vezettem, mert nem ismerte az utat.

– Nem tudom, mit csinálsz velem. Soha nem kívántam így senkit.

– Pontosan ezt érzem én is. Veled teljesen természetes bármikor és bárhol.

– Igen, bármikor, bárhol. – A ruhám alá nyúlt, és megsimogatta a fenekemet.

– Can, kérlek! Estig mindenképp ki kell bírnunk.

– Tudom, de azt nem tudom, hogyan. Elég csak a hangodat meghallanom.

– Uralkodnunk kell magunkon. Kérlek!

– Ígérem. Mikor érünk oda?

– Körülbelül öt perc.

Csendben tettük meg a hátralévő utat. Leparkoltam.

– Gyere velem, megérkeztünk.

– Minél gyorsabban meg kell tanulnom magyarul.

– Ez most honnan jött? Bár, ha szeretnél kommunikálni a családommal, akkor igen, így van.

Elindultunk. Amikor kinyitottam a kaput, a kiskutyám pont a kertben volt. Szinte repült a kezembe. Édes gyönyörűm! Nagyon hiányzott már ez a kis fehér pamacs. Így hárman léptünk be a házba. Bemutattam anyuéknak Cant. Testvéreim nem laktak otthon, de mindennap megálltak egy kávéra. Ha ma nem is, hétvégén biztosan meg fogják ismerni ők is.

A nap nagyon jól sikerült. Úgy néztem, a nyelvet leszámítva anyám és apám is kedveli. Késő délután az egyik testvéremék is befutottak. Thomasnak nagyon szimpatikus volt Can, mert megegyeztek, hogy hétvégén fát fognak hasogatni. Vicces volt a kommunikációjuk, de megértették egymást. Kérdeztem, segítsek-e, de Thomas azt mondta, ne törődjek velük, ők jól elvannak. Na, ezen mindenki nagyon jót mosolygott. Már este nyolc óra volt, mikor indultunk. Megkértem Cant, vezessen. Kis pamacsom a kezembe könyörögte magát, és ha leültem, azon nyomban az ölembe feküdt, úgy meg nehéz vezetni. Már körülbelül félúton voltunk, amikor Can kifakadt.

– Komolyan mondom, mikor legközelebb jövünk, már beszélni fogok velük. Nagyon kedvesen fogadtak így is. Az öcséd nagyon jó fej.

– Édesem, csak szólok, hétvégén jövünk.

– Tényleg... akkor majd azután. De nagyon jól éreztem magamat.

– Na, akkor mindent bele, segítek, ha kéred, de velem továbbra is törökül beszélj, kérlek. Ja, amúgy én is nagyon kívánlak.

– Na, szép, most válaszolsz. Mikor is súgtam a füledbe? Várj, már tudom. Cirka hat órája.

– Igen, de ha ott rögtön válaszolok, biztos vagyok benne, hogy kerestünk volna valahol egy romantikázásnak megfelelő helyet – mosolyogtam rá.

– Várj csak, ezért könyörögni fogsz – kacsintott rám.

– A szüleim előtt kellett volna egymásnak esnünk?

– Azt azért nem, de néha nagyon akartalak.

– Láttam, édesem, azért nem is reagáltam, pedig hidd el, gyorsan beleültem volna az öledbe.

– Szerintem sok alvásra ne számíts. Jaj, majdnem el is felejtettem, Walter hívott: hétfőn három órára kéne kimenni.

– Címet küldött? Az teljesen jó. Írj vissza neki.

– Küldött. Akkor légy szíves, írj vissza neki, a zsebemben van a mobilom. Kíváncsi vagyok.

Belenyúltam a zsebébe, és akaratlanul is megérintettem a férfiasságát; kőkemény volt. Összenéztünk.

– Messze vagyunk még?

– Körülbelül tíz perc.

Kikerestem Waltert és írtam neki.

– Üzeneted jött.

– Nézd meg, légy szíves.

– Walter írta. Várnak minket.

Haza értünk. Kipakoltunk mindent, adtam enni Picurkának, és rögtön mentünk zuhanyozni. Annyira ki voltunk már éhezve egymásra, hogy kétszer is magáévá tett. Gyorsan készítettünk salátát és grilleztem halat. Megvacsoráztunk, és mentünk a hálószobába. Ott majdnem megint hajnalig szerelmeskedtünk. Másnap mindent elintéztem, és az ügyfelem is elégedetten távozott. Mindig csodálatos érzés ez nekem. Megnéztem, a lányok mit hoztak össze az új ruhához. Nagyon szépek voltak az anyagok, pontosan ezeket szerettem volna. A ruha még nem volt összerakva, biztosan eltart vagy három hónapig, de teljesen biztos voltam benne, hogy ez lesz a legszebb ruha, amit terveztem. Össze kell szednem az összes ruhám tervrajzát és a fotóját Mehmetnek. Mivel mindent egy helyen tartottam, így csak megnéztem. Utána bementem a házba. Furcsa volt, mert a kis pamacsom nem jött elém, ma a műhelybe sem akart jönni. A nappaliban Can az kanapén ült és egy könyvet olvasott, Picurkám egészen szorosan mellette. Na, szép, még őt is meghódította.

Felnézett, és a kezét nyújtotta felém. Akkor láttam, hogy egy török–magyar szótárt tartott a kezében. Nagyon komolyan gondolta. Kivettem a kezéből a szótárt, ő pedig arrébb csúszott, hogy bele tudjak ülni az ölébe, ami már kőkemény volt. Hozzábújtam és megcsókoltam, a nyelvem utat tört, és egyre szenvedélyesebbé és követelőzőbbé vált a csókunk. Elkezdte lefejteni rólam a ruhámat, s én is segítettem neki levetkőzni. Kérte, úgy üljek az ölébe, hogy háttal legyek neki. Kicsit előredöntött és belém csúszott, azután magához húzott, megfogta a melleimet, és a nyakamat kezdte csókolni. Lassan elkezdett bennem mozogni, majd egyre gyorsabban. Teljesen átadtam magamat az ütemnek. A gyönyör már annyiszor átélt édes érzéssel töltötte el a testünket. Ennek a mámornak örökre a rabja lettem. Hátrafordítottam a fejemet, hogy a csókját élvezhessem. Gyorsan letusoltam, és elkészítettem az ebédünket. Ebéd után viszszamentem a műhelybe, Can és Picike elmentek sétálni. Belefeledkeztem a munkába, csak arra lettem figyelmes, hogy valaki figyel. Felnéztem, és Can állt az ajtóban. Elmosolyodtam.

– Mióta nézel?

– Már jó ideje. Úgy látom, jó volt az előétel, mert rengeteg energiával dolgozol – kacsintott rám. A medencém máris jelzett. Hm...

– Tökéletes volt az előétel, de el kellene mennünk bevásárolni.

– Rendben. Menjünk.

– Befejeztem a munkát, összepakoltam, azután indultunk. Anyuéknak is vettem halat, meg magunknak is kétfélét. Este étterembe mentünk. Hazasétáltunk, és nagyon jólesett a séta. Reggelikészítés közben azon gondolkodtam, vajon hogyan bírjuk ezt? A három napban szinte alig aludtunk, mégis tele vagyunk energiával és vággyal. Összepakoltunk pár ruhát, és elindultunk a szüleimhez. Thomas tíz órakor jött Canért. Kérdeztem, menjek-e velük, de mind a ketten azt válaszolták, hogy nyugodtan maradjak, ők megértik egymást. Megérkezett Jazmine a keresztfiammal, és elhozta az ikreket is, aminek nagyon örültem, sokat játszottam velük. A keresztfiam is játszott velünk, de ő már nagyfiú volt, és kezdte kiépíteni a saját kis életét, baráti körét. A szívemben annyi szeretet volt, főleg mikor odajött és átölelt, puszilgatott. Szerencsés vagyok, és hálás Jazmine-nek és a testvéremnek. A születése óta nagyon sok időt tudtam vele tölteni, és ma már tudja, nekem bármit elmondhat, velem mindent megbeszélhet. Az ikrek is nagyon szeretnek, igazi csajok. Jazmine odaadta az elkészült útlevél fénymásolatát, gondoltam, másnap átküldöm Nicolnak.

Szombaton Thomasék hazahozták Cant, és este kint üldögéltünk, beszélgettünk. Vasárnap Daniel öcsém is átjött az új párjával, így ők is megismerték Cant. Thomasék is átjöttek, így mindenki együtt volt. A keresztfiam csak úgy csüngött hol rajtam, hol az apján. Can-nal angolul beszélgetett, és úgy láttam, nagyon élvezte. Thomas testvéremék egy csodálatos hírt osztottak meg velünk: gyermeket vártak. Ezen mindenki nagyon meglepődött, mert kerek perec kijelentette, hogy neki nem lesz gyereke. Édesanyánk szinte repkedett a boldogságtól. Öröm volt látni. Édesapám is szinte a könnyeivel küzdött. Tudják, hogy nekem nem lehet gyerekem, és mindig is fájlalták, de annál nagyobb szeretettel törődtek a keresztfiammal. Megtudtuk, hogy véletlenül alakult így, de most már tele volt tervekkel a jövendő gyermekkel. Boldognak láttam a testvéremet, és ez teljesen átjárta a szívemet. Estefelé mi elbúcsúztunk, és elindultunk haza. Can vezetett, az én ölemben a kicsi pamacs már aludt. Can megfogta a kezemet, és megcsókolta.

– Nem rossz neked most, szerelmem?

– Nagyon boldog vagyok, és remélem, minden rendben lesz a terhesség alatt és egészséges leányt vagy fiút kapunk a családunkba.

– Ezt el is hiszem, de tudod, mire gondolok.

– Nem, semmi fájdalom nincs bennem, ne aggódj.

Most én csókoltam meg a kezét.

Hétfőn dolgoztam délig, addig ő elment Picikével sétálni és szorgalmasan tanult – beszerzett valami leckéket is. Imádtam minden egyes pillanatot, amit nálam töltött. Ő készítette az ebédet. Mikor bementem a házba, olyan finom illatok kavarogtak, hogy a gyomrom megszólalt.

– Szerelmem, pont időben jöttél. Éhes vagy? – nézett rám csillogó szemekkel.

– De még mennyire – léptem oda hozzá, és megcsókoltam. Ő még szenvedélyesebb csókkal folytatta.

– Can, ha nem eszünk, akkor éhesek leszünk, és indulnunk is kellene.

– Ez így van, nagyon éhesek leszünk... – Szorosan magához húzott, de nagy csalódást okozott, mert leültetett az asztalhoz és tálalt. Megebédeltünk, utána rögtön felkapott és bevitt a hálóba. A találkozóra időben odaértünk. Nem akartam bemenni, de Can és Walter is kérte, hogy menjek be, így beadtam a derekamat. Az épület pár éve épülhetett, a rendelő az első emeleten kapott helyet. Nagyon szép és tiszta volt. A váróterem egy kisebb óvodának is megfelelt volna: tele játékokkal, rajzfüzetekkel, még egy nagyméretű járóka is volt ott. Hát nem irigyeltem azt, aki mindennap takarított... gondolom fertőtleníteni is kell. Cant figyeltem; ragyogtak a szemei. Tetszett neki is. Walter bekopogott. Egy idősebb nő lépett ki.

– Édes fiam. Gyertek, már vártunk benneteket.

– Drága anyám, remélem, pontosak vagyunk – azzal megpuszilta az arcát. Tehát ez a szimpatikus hölgy Walter édesanyja. Meglepettek voltunk, mert egy nyugdíj előtti orvosra számítottunk, ehelyett egy ötven-ötvenöt év körüli, szimpatikus férfi jött elénk a másik helyiségből.

– Üdvözlöm önöket – és rögtön kérte, hogy tegeződjünk. Leültünk és elmondta, hogy szeretné a praxist átadni, de olyan valakit keres, aki szívvel-lélekkel végzi a munkáját, ő maga pedig szeretne egy-két napot dolgozni továbbra is a rendelőben, egészen a valódi nyugdíjáig. Can is elmondta, mi az elképzelése, annak pedig külön örültünk, hogy a kolléga még szeretne pár napot dolgozni. Szinte meg is egyeztek abban, hogy mi úgyis többször szeretnénk a szüleihez is menni, és ilyenkor az idősebb orvos fog rendelni. Még pár dolgot megbeszéltek. Május első hetére fixálták le a szerződés megkötését, addig az ügyvédeik egymás között elintéznek majd mindent, így Can átadta Mehmet elérhetőségeit Alexnek, ő meg a saját ügyvédjéét. Elbúcsúztunk, és úgy döntöttünk, elmegyünk, sétálunk valahol és bemegyünk vacsorázni valahova. Éjjel ismét hajnalba nyúló szerelmeskedésekbe feledkeztünk. Kedden reggel arra ébredtem, hogy frissen főtt kávé illata csapta meg az orromat.

– Jó reggelt, szerelmem.

– Jó reggelt. Komolyan az ágyba hoztad a kávémat? Köszönöm, szerelmem.

– Édesem, már csak mai nap és az éjszaka a miénk, holnap egy órakor a reptéren kell lennem.

– Jaj, ne is hozd fel, nem akarok még erre gondolni! – Leraktam a kávémat, és hozzábújtam. Megcsókoltam. Fölém gördült, s éreztem, tele van vággyal, akárcsak én. Minden reggel így kéne ébredni. Én átmentem a műhelybe, Can Mehmetet hívta, hogy megbeszéljék a szerződést. Megittam egy kávét a lányokkal, és beszélgettünk. Az elmúlt napokban nem sok időnk volt. Emili összekészítette nekem az összes ruhára vonatkozó dokumentumokat, azokat beviszem, és majd este összerakom, pontosan melyik rajz és leírás tartozik a készruha-fotókhoz. Megkértem őket, hogy azt az öt ruhát kezdjék előkészíteni, amiket Ecéhez viszünk. Megnéztük a másik két tervezésemet, és együtt eldöntöttük az anyagokat. Emili meg is rendelte, bár még nem voltak teljesen készen a rajzok, még finomítani szerettem volna rajtuk. A lányok azt kérték, hogy ők szeretnék elkészíteni azt a ruhát, amit még Törökországból küldtem át. Nem nagyon örültem neki, mert én szerettem volna a nagyja munkát végezni rajta, de beleegyeztem. Emili azt mondta, én leszek a próbababa. Na, ezen mindenki jót nevetett. Karolával megbeszéltem Gülbahar gyerekei kelengyéjének elkészítését, mert egyedül nem tudtam volna megcsinálni ilyen rövid időn belül. Azután elköszöntem tőlük, s mondtam, csak másnap délután jövök, mert Bécsbe viszem Cant, a reptérre.

Amikor bementem a házba, Can még mindig Mehmettel beszélt. Gondoltam, készítek valami ebédet. A hűtőben nézelődtem, mikor hátulról átölelt. Belecsókolt a nyakamba, amitől fel is sóhajtottam.

– Mostantól csak a tied vagyok, egészen holnapig – fordultam felé.

– Köszönöm. Annyiszor szeretnék benned lenni, ahányszor csak lehet. Bele sem akarok gondolni, hogy azután egy hetet kell várnom, hogy újra a karomban tarthassalak.

– Ne is beszéljünk róla! Mit ennél?

– Téged – csókolt meg, s nyelvével egyenesen a számba furakodott. Másnap délelőttig szinte jó, ha egy órát aludtunk. Folyton szerelmeskedtünk, azután együtt készítettünk ebédet. Úgy döntött, szinte mindent itt hagy nálam, csak a laptopját vitte kézipoggyászként.

– Úgyis itt fogunk élni, ruhám meg van bőven.

– Teljes mértékig igazad van. A költözésről nem is maradt időnk beszélni.

– Majd egy hét múlva azt is megbeszéljük.

Megcsókolt, megsimogatta a kis Picurkát. Úgy bújt hozzá, mint hozzám szokott. Teljesen elfogadta Cant. Na, ezért meg is tett mindent. Bement a műhelybe is elköszönni, azután indultunk. Én vezettem, mert nem volt biztos, hogy a reptérnél parkoló, és akkor sokáig nem is állhatok meg, csak annyira, míg kiszáll. Csendben, egymás kezét fogva tettük meg az egész utat. Belül nagyon fájt minden. Sírni akartam. Nem tudtam bemenni a reptérre. El kellett búcsúznunk az autóban. Megígérte, a következő héten kijön értünk a reptérre, de rávágtam, hogy Muzafer küldet autót, amiben a ruhák is elférnek, és mi a csomagjainkkal. Az sem nagyon tetszett neki, mikor mondtam, hogy a szállodában foglaltam szobát. Megígértem neki, hogy egyszer majd itt, és egyszer nála leszünk. Na, ez már felvillanyozta. Forró, szenvedélyes csókot váltottunk. Kiszállt és bement, én meg elindultam haza. Remélem, nagyon gyorsan el fog telni a hét.

12. FEJEZET

Férfi létemre majdnem elsírtam magamat, úgy fájt a szívem, pedig tudtam, hogy egy hét múlva ismét találkozunk. Egy örökkévalóságnak fog tűnni, főleg a délutánok. Haza kellett mennem, hogy mindent el tudjak intézni, és el tudjuk kezdeni a közös életünket. A kórházban még egy hetet kellett ledolgoznom, mert még volt egy hét szabadságom. Elméletileg az esküvő után már jöhettem viszsza én is, májusban pedig el tudom kezdeni a praxisomat. Annyi minden történt ez alatt a majdnem egy hónap alatt! Közben felszálltam a gépre. Még mindig nem értettem, miért kell a szállodában laknia. Ha jobban belegondoltam, egy napfelkelte vagy egy napnyugta a teraszról biztosan szép. Azt is tudtam, hogy dolgozni jönnek. Megadtam tehát magam. A mellettem ülő szólt, hogy kapcsoljam be magamat, mert felszállunk. Teljesen átadtam magam a hét eseményeinek. A családja nagyon kedvesen fogadott, bár nem tudtunk kommunikálni, csak ha ő segített. Meg fogok tanulni magyarul, legközelebb már valamennyit tudni fogok beszélni, az biztos – hála Allahnak, gyorsan tanulom a nyelveket. Azt vettem észre, hogy ereszkedik a gép lefelé. Mehmet már várt. Megöleltük egymást, és haza vitt. Kérdeztem, van-e ideje egy teára?

– Persze, ma már nem dolgozom, megbíztam Haticét, szedjen össze pár iratot holnapra.

– Akkor gyere, testvérem.

– Úgyis akartam még kérdezni pár dolgot a praxissal kapcsolatban.

Megbeszéltünk mindent és azt mondta, május első hetében akkor ő is utazik, hogy az aláírásnál ott tudjon lenni.

– Nagyon köszönöm, testvérem. Most kicsit magam alatt vagyok, rendkívül nehéz volt elválnom tőle. Nagyon szerelmes vagyok, nagyon hiányzik.

– Barátom, kívánom, legyetek nagyon boldogok, de ha elfogadsz egy tanácsot...

– Köszönjük, reméljük, úgy lesz. Hallgatlak.

– Ha össze is vesztek, soha ne aludjatok el úgy, hogy ne beszélnétek meg, ne békülnétek ki.

– Ezt megígérem. De ez most honnan jött?

Először mintha nem akart volna beszélni róla, majd nagy levegőt vett.

– A baleset előtt már jó ideje csak veszekedtünk. Sokszor úgy éreztem, nem is szeretjük egymást. Volt, hogy külön szobában aludtunk egy-egy összezördülés után. Már a válás is felmerült, de akkor teherbe esett. A világ legboldogabb emberének éreztem magamat, de nem tudtunk normálisan kommunikálni egymással, a szex is olyan vágykielégítésnek tűnt, pedig annak természetesnek kellett volna lennie. Rájöttem; szeretem, de nem szerelemmel, és ő is így volt ezzel. A baleset előtt is nagyon csúnyán összevesztünk. Most így visszagondolva, egy szinte semmiség miatt. Külön szobában aludtunk, reggel elmentem, mielőtt felébredt volna, és azután már csak a hullaházban láttam viszont. Sokáig magamat okoltam mindenért, belebetegedtem, ezért nem mentem, és hagytam mindent abba. Az ő halálát még csak fel tudtam valahogyan dolgozni, de a gyermekemét, aki meg sem született, még a mai napig sem. Ferzi úr sok mindent tudott, mert már akkor az ügyfelem volt, és előfordult, hogy fültanúja volt egy-egy vitának. Amikor nem bírta a szenvedésemet, eljött és kiosztott. Nagyon durva dolgokat vágott a fejemhez, és egyben mintha a gyermeke lettem volna. Szeretettel elém tárta a múltat és a jövő lehetőségét. Kijózanított.

Megköszöntem, hogy végre elmondta, mik voltak azok az okok, ami miatt annyira maga alatt volt. Elmondtam neki, hogy Heninek, úgy néz ki, nem lehet gyereke, de ezt el tudom fogadni, azt viszont nem lennék képes elfogadni, ha nélküle kéne élnem tovább. Szerelmesek vagyunk, és a jövőnket együtt szeretnénk megélni. A testi kapcsolat szinte megőrjít, annyira vágyom rá. Ennél részletesebben nem akartam róla beszélni. Ez az egy hét még biztosabbá tette számomra, hogy ő az a nő, akivel le szeretném élni az életemet.

– Feleségül szeretném venni, amilyen gyorsan csak lehet. – Ezt inkább magamnak mondtam, mint neki.

– Azta, Can Kaya nősülni készü!

– Igen, nősülni szeretnék, holnap meg is veszem a gyűrűt. A jövő héten meg fogom kérni a kezét. Beszélnem kell Ecével.

– Ecével? Na, itt valami tuti az agyadba fészkelte magát, de mennem kell, barátom. Hogy pontosan mikor utazunk, azt meg ráérünk később megbeszélni.

– Valamikor este elmehetnénk mindannyian valahova.

– Megbeszéljük. Jó pihenést!

– Neked is!

Még az ajtómig sem ért el, már hívtam is Ecét. Mondta, hogy menjek a szállodába, ott tudunk beszélni. Gyorsan beültem az autóba, onnan felhívtam apámat és megígértem, hogy este beugrom hozzájuk. Nagy örömmel fogadta. Ece rögtön mutatta, hova üljek, rögtön jön ő is. Egy pincér kávét hozott, és Ece is csatlakozott hozzám. Elmondtam neki, mire szeretném megkérni és mire készülök. Annyira boldog volt, hogy a nyakamba ugrott. Mindent részletesen megbeszéltünk. Neki is letelt a munkaideje, ezért kérdeztem, hazavigyem-e. Nagy örömmel el is fogadta, mert az autója szervizben volt. Anyámék vacsorával vártak, aminek nagyon örültem, mert ott tudatosult csak bennem, milyen éhes is vagyok. Elmondtam, hogy a következő héten meg fogom kérni Heni kezét, vagyis nősülni szeretnék. Anyám már rögtön azon törte a fejét, mi mindent kell elintéznie. Mondtam, hogy ne tervezgessen semmit, mert lehet, hogy esküvő csak jegy év múlva lesz, ezt majd Henivel még eldöntjük. Nekik most csak a szándékomat szerettem volna elmondani. Apám rögtön mellém állt. A húgom belém csimpaszkodott, mint egy kismajom, s ez rögtön a gyerekkorunkat juttatta az eszembe. Mondtam, hogy indulok haza, mert videóhívásban akarunk beszélni Henivel. Üdvözölték őt. Minden este videóhívásban beszéltünk két-három órákat, reggel telefonon keresztül köszöntöttük egymást – már csak egy nap, és újra ölelhetem őt.

Minden porcikám reagált erre a gondolatomra. Elmosolyodtam, mert hirtelen úgy éreztem, szexfüggő lettem. Igazából tudtam, hogy csak egy embernek lettem a rabja. Nagyon hiányzott a mosolya, a szemei ragyogása. Most már kibírom!

Mielőtt elmentem a barátainkkal, felhívtam és elmondtam neki, hogy pizzázni megyek a barátainkkal, így már nem fogom hívni később, hogy bírjon aludni, mert tudom, hajnalban már a repülőn lesznek. Mondtam, hogy nagyon várom a másnapot, hogy végre megöleljem. Jó szórakozást kívánt, azután indultam is. Mikor mindenki ott volt, elmondtam, hogy nősülni akarok. Mindannyian nagyon örültek, egyben céltábla is lettem az est további részére. Ece mindig rám nézett, és kacsintott is. Megegyeztünk, hogy a leány- és a legénybúcsú pénteken, nálam lesz: fürdőzni és bulizni fogunk. Muzafer megjegyezte, hogy gyanús neki az összetekintgetésünk Ecével. Ece erre azt válaszolta:

– Minden akkor fog kiderülni, mikor ott lesz az ideje.

Nem bolygatták a témát tovább, de kérték, hogy hívjam fel videóhívásban, hogy tudjanak neki köszönni. Így felhívtam. Mindenki mondott neki pár kedves szót. Nagyon boldog volt, hogy gondoltak rá. Nekem is jólesett, mert akkor tényleg elfogadták és szeretik. Elbúcsúztunk tőle. Mi még beszélgettünk a közelgő esküvőről és a pénteki buliról. Muzafer megígérte, hogy küldetni fog kaját, italt és pincért a szállodából, másnap pedig küld két embert, akik összetakarítanak.

Eléggé későn értem haza. Letusoltam és le is feküdtem; másnap munka után itthon fogom várni, úgy egyeztünk meg. Reggel egy üzenetet írtam: Égek a vágytól, hogy újra a karomban tartsalak. Bementem dolgozni. Már indultam bevásárolni, mikor jött egy üzenet tőle: Mára végeztünk Ecénél, megyek, a szállodába kipakolok és indulok hozzád. Megszólalt a csengőm. Szinte repültem ajtót nyitni, gondolva, biztosan ő az. Kinyitottam az ajtót, és még a mosoly is lehervadt az arcomról. Az ajtómban Fatma állt. Arcon csókolt és besétált.

– Fatma, isten hozott.

– Szerelmem, csak így üdvözölsz?

– Szerelmem?? Ha jól tudom, több mint fél éve nem vagyunk együtt, sőt nem is találkoztunk, csak ha kellett. Mit keresel itt?

– Beszélni akarok kettőnkről.

– Fatma, sajnos ma már tudom, olyan sohasem volt, hogy „mi", és nem is lesz.

– Can. Mindig visszajössz hozzám. Mi ez a távolságtartás?

– Fatma, sokáig tartott, de már tisztán látok. Nekünk sohasem volt közös jövőnk, és nem is lesz. Ez biztos.

– Ugyan már, még mindig meg vagy sértődve? Ne légy gyerekes!

– Fatma! Soha nem voltam szerelmes beléd. Szerettelek, tiszteltelek, de ez nem elég egy közös jövő felépítésére. Azért békültem ki veled, mert ragaszkodtam hozzád.

– De a szerelem jöhet még.

– Szerelmes vagyok, nősülni készülök, és nekem rajta kívül nem létezik más. Hidd el, nagyon szoros kötelék a szerelem. De ha csak ezt akartad, kérlek, menj el. Most jöttem haza a munkából, és szeretnék lezuhanyozni.

– Megvárlak, mert nem hiszek neked. De ha gondolod, zuhanyozhatunk együtt is.

– Fatma, esélyed sincs, kérlek, ne kelljen durván viselkednem. Menj el, és ne keress ezek után engem.

Bementem a fürdőbe. Mi az, hogy megjelenik csak úgy a semmiből, és Allahom, milyen egy modortalan? Vajon mindig ilyen volt, csak én nem vettem eddig észre? Sokszor mondták, hogy modortalan egy nőszemély. Soha nem értettem, mire fel mondják. Már a szakállamat igazítottam, amikor meghallottam a csengőt. Fatma beszólt, hogy kinyitja. Nem hiszem, el, hogy még mindig itt van. Remélem, Heni érkezett, Fatma pedig elmegy.

Oda ahonnan jött. Törülközőt tekertem a derekamra, úgy indultam kifelé. A bejárati ajtó felé néztem és Heni sírós arcát láttam. Szóltam neki, de ő sarkon fordult és elrohant, Fatma pedig becsapta az ajtót és visszajött. döbbenten néztem az elégedett arcába. Levette a ruháját – az én egyik felsőm volt rajta, de biztos voltam benne, hogy alatta nincs semmi.

– Mi volt ez? És miért nincs ruha rajtad?

– Van rajtam ruha. Mi van, nagyfiú, a szemeiddel is baj van? – azzal fogta és kioldotta a törülközőt rajtam, és ott álltam anyaszűz meztelenül előtte. Rendesen elkezdett méregetni, bennem meg egy bomba robbant; az sem érdekelt, hogy nincs rajtam semmi. Elkaptam a karját, és az ajtó felé ráncigáltam.

– Takarodj innen, és soha többet meg ne lássalak itt!

– Can, mit csinálsz? Én csak beszélgetni akarok veled. Szeretlek, és nagyon hiányzol.

Visszamentem és felkaptam a ruháit meg a táskáját, hozzávágtam, majd kinyitottam az ajtót.

– Most rögtön menj!

– Azt mondtad, barátok vagyunk – nézett rám szemrehányóan, de nem mozdult.

– Igen, amikor mondtam, úgy is gondoltam, de a mai viselkedésed után azt is bánom, hogy valaha bármi közöm volt hozzád.

– Ki volt az a nő? Miatta viselkedsz így velem?

– Nem tartozom magyarázattal neked, és most komolyan menj, vagy így, ahogyan vagy, teszlek ki az utcára.

Fogta és levetette a felsőmet és magára kapta a ruháját, de még mindig nem mozdult.

– Boldog voltam melletted, de te elhagytál, azután visszajöttél és megint elhagytál. Hidd el, én, ismerlek; megint vissza fogsz jönni hozzám. De most megmondom, hogy nagyon meg kell dolgoznod majd, hogy visszafogadjalak – azzal fogta magát és kisétált. Becsuktam az ajtót, és forrtam a dühtől. A telefonomat kerestem és rögtön hívtam Henit, de ki volt kapcsolva készüléke. Felhívtam Muzafert. Kérdeztem, hogy a szállodában van-e. Azt válaszolta, hogy még nincs, de egyből kiszúrta, hogy baj van. Mondtam neki, hogy most nem tudok beszélni róla, de indulok oda.

***

Leintettem egy taxit és kértem, vigyen Bursába. Az autóból hívtam Gülbahart.

– Szia! Örülök, hogy van időd felhívni. Mondd, kiválasztotta a ruhát? Annyira kíváncsi vagyok.

– Gülbahar, hozzád tartok, de senki nem tudhat róla. Körülbelül negyven perc múlva ott vagyok. – Ezt már sírva mondtam.

– Heni, kérlek, ne sírj! Várlak.

Az utat végigsírtam, és pörögtek előttem az események. Az ajtó kinyílt, egy szép, meztelen nő állt ott, és Can is meztelenül sétált elő. Fatma azt mondta, hónapok óta azon dolgoztak, hogy helyrehozzák a kapcsolatukat, és ma reggelre úgy döntöttek, összeházasodnak. Csak kiszórakozta volna magát? Éreztem a szerelmet, láttam a szemeiben. Ennyire jó színész lenne? Megérkeztem a szállodához, kifizettem a taxit, és indultam is be. Gülbahar és Nazif fogadtak. Bementünk az irodájukba. Elmondtam, mi történt. Nazif elindult, Gülbahar állította meg.

– Én felpofozom azt a hülyegyereket! Így nem lehet játszani egy másik emberrel.

– Édesem, kérlek, azzal nem oldunk meg semmit.

Hangos zokogásba kezdtem. Mind a ketten odajöttek és átkaroltak.

– Ne haragudjatok, hogy már megint hozzátok jöttem, pedig nektek is van most elég dolgotok, szégyellem magamat. Hívok egy taxit, és keresek valami szállást valahol.

– Nem mész te sehova. Nazif sem fog. Nagyon jól tetted, hogy ide jöttél. Nem akarom megvédeni Cant, de gyerekkora óta ismerem. Ne haragudj, de ezt most nem hiszem el, hogy igaz volna. Meg kellett volna kérdezned tőle, kérdőre kellett volna vonnod.

– Tudod, ha így van, és belemondta volna a szemembe, el tudnám fogadni. Nagyon nehéz lenne, de elfogadnám. De így megtudni azért eléggé megalázó volt.

– Heni, azt mondta neked az a fúria, hogy hónapok óta azon dolgoznak, hogy kibéküljenek, és mindent rendbe hozzanak. Igaz?

– Igen.

– De az elmúlt három hétben folyton együtt voltatok. Ha ez igaz lenne, csak feltűnt volna valami, nem?

– Ebben Gülbaharnak igaza van. Most menj fel a szobába és feküdj le egy kicsit, vagy menj sétálni, gondolj át mindent.

– Inkább most a szobába mennék. Reggelre tudnátok nekem taxit rendelni? Ecénél kell lennem kilenc órára.

– Majd a sofőr elvisz és visszahoz, mert, gondolom, nem akarsz ottmaradni – mondta Nazif.

– Nem, nem akarok ottmaradni, de a sofőrötök sem vihet: ismerik, és akkor tudni fogják, hol vagyok.

– Rendben, igazad van. Reggelre megrendelem a taxit. Mi most elmegyünk, de ha van valami, nyugodtan hívj.

– Köszönöm, de most tényleg egyedül akarok lenni. Jó pihenést nektek! – azzal kikísértek és odaadták a szoba kulcsát, ők meg hazamentek. Felmentem a szobába, bekapcsoltam a telefonomat, felhívtam Emilit. Közöltem vele, hogy kilencre Ecénél leszek. Azután felhívtam Ecét és megígértem, hogy másnap kilencre ott leszek, de ha Cant meglátom, azonnal elmegyek. Választ nem vártam, kérdéseket sem akartam, így leraktam a telefonomat. Ránéztem a kijelzőre – rengeteg üzenet és hívás volt, de nem mentem bele. Ferzi urat hívtam.

– Jó estét! Ne haragudjon, hogy ilyenkor hívom. Ne aggódjanak, jó helyen vagyok.

– Gyermekem, már vártam a hívásodat. Mondd, hol vagy, odamegyünk.

– Kérem, ne, ma senkivel nem szeretnék találkozni. Holnap reggel kilencre Ecénél leszek. Ott tudunk találkozni és beszélni. Kérem, csak maguk legyenek ott, ha Cant is meglátom, rögtön elutazom.

– Mit művelt ez a gyerek? Rendben, most nem kérdezek, pihenj, és reggel találkozunk. Jó pihenést!

– Jó éjszakát! – azzal letettem a telefont. Az üzeneteket nem volt sem erőm, sem energiám végigolvasni, de a hívásokat végigpörgettem. Legtöbbször Can keresett. Muzafer, Ece és Elif is jó párszor hívott. Mi ilyen fontos, hogy egész hadsereget izzított be? Nem lett volna egyszerűbb, ha a szemembe mondja? Álomba sírtam magam.

Reggel átöltöztem – még jó, hogy volt nálam váltás ruha. Hisz' az volt a tervem, hogy az éjszakát Cannal töltöm. Összerándult a gyomrom, de lementem. A taxi már várt. Az úton igyekeztem összeszedni magamat. Ecéék háza előtt már ott volt Ferzi úr autója. Ahogyan megállt a taxi, ők kiszálltak az autóból. Én rendeztem a fuvart és kiszálltam, majd odamentem hozzájuk. Sumru asszony nem mondott semmit, csak magához ölelt. Elkezdtek folyni a könnyeim. Ferzi úr a fejét csóválta, és az orra alatt mondott valamit.

– Köszönöm, hogy idejöttek, de be kell mennem; már várnak, és nem szeretek késni. Jöjjenek be, beszélek a lányokkal, és utána tudunk beszélni.

Szótlanul bementünk. Ece jött elénk, mondani akart valamit, de rászóltam, hogy nem akarok semmit hallani, hacsak nem a ruháról van szó. Így nem szólt semmit. Sikerült nagyon összeszednem magamat. Legalábbis, amit kívül mutatni tudtam. Belül minden egyes pillanat egy késdöfés volt.

A lányoknak elmondtam, mit csináljanak, közbe Ece beszámolt róla, melyik ruha mellett döntött. Mosolyogtam, mert pont ezt írtam egy borítékba, annyira biztos voltam benne. Emiliék elmentek Ecével, hogy felsegítsék rá a ruhát, én pedig megígértem, hogy mindjárt utánuk megyek és megnézem. Ha készen vannak, szóljanak, de most beszélnem kell Muzafer szüleivel.

– Heni, de ugye eljössz az esküvőnkre? Kérlek!

– Ece, ez a ti napotok lesz Muzaferrel. Sajnos most úgy alakult, hogy én nem tudok ott lenni, de a lányok képviselni fognak. Most menj, és vedd fel a ruhát, holnapra végezni kell vele, de azt hiszem, sokat nem kell alakítani rajta.

Odamentem és átöleltem. – Semmi sem változott közöttünk, csak most kicsit összezavarodtak a szálak, de minden rendben lesz – én is. Most bújj álmaid ruhájába.

– Lányok, tiétek a pálya – azzal megfordultam, és odamentem Muzafer szüleihez. Mindent elmeséltem nekik. A reakciójuk nagyon érdekes volt. Egyik sem hitte, hogy Fatma igazat mondott volna, mire azt válaszoltam, hogy az, amit láttam, igazolja, így erről nem szeretnék beszélni.

– Miért nem vontad kérdőre? – kérdezte Ferzi úr.

– Mert amit láttam, nem adott okot a kételkedésre.

– Mindenképpen meg kellett volna kérdezned. Ne haragudj, de gyerekkora óta ismerjük, mi képtelenek vagyunk elhinni. Can nem ilyen, ő mindig is a tiszta dolgokat részesíti előnyben. Beszélned kell vele.

– Mindenben támogatunk, de az esküvőre, kérlek, gyere el – mondta Sumru asszony.

– Nem mehetek. Cannak ott kell lennie, és biztosan Fatmával megy. Én azt most nem tudnám elviselni. Most pedig viszsza kell mennem Ecéhez. Köszönöm, hogy itt vannak, nagyon sokat jelent nekem.

– Megnézhetem a ruhát? – kérdezte Sumru asszony.

– Persze, jöjjön velem, már biztosan felvette.

– Képen láttam, elképesztően szépek, de élőben most fogom először megnézni, nagyon kíváncsi vagyok.

– Köszönöm, de egy ruha tényleges szépségét csak a viselője tudja kihozni. Én megtervezem, és szívvel lélekkel készítjük. Amikor felveszik, az egy leírhatatlan érzés. – Kinyitottam az ajtót, és bementünk. Mesebeli látvány tárult elénk; egyszerűen tökéletes volt. Sumru asszony le is ült.

– Ez... édes leányom, gyönyörű vagy. Szerencsés a fiam, de nagyon.

– Heni, ez a ruha mesébe illő. Áldás a kezeidre.

– Köszönöm szépen.

– Ece, itt van az a boríték, amit az albumba tettem?

– Igen, persze. Hozzam ide?

– Aha...

Odament az albumhoz, kivette, visszajött és felém nyújtotta.

– Nem, drágám, neked kell kinyitnod – mondtam neki. Kinyitotta a borítékot, és a szája elé kapta a kezét.

– Te már akkor tudtad, melyik ruha az enyém, mikor az albumot hoztad. Imádlak.

– Én is téged, de gyere ide, hadd nézzelek meg.

Szemügyre vettem, mit kell alakítani.

– Emili, kérlek, állítsátok Ecére mellben és derékban. Sok munkánk nem lesz, mivel majdnem a te méreted, drágám. Ece, az a cipő van rajtad, amit viselni fogsz?

– Igen, miért?

– Zavar ez a ruhahossz, vagy legyen egy centiméterrel rövidebb?

– Nekem teljesen megfelel, de rád bízom. Heni, annyira boldog vagyok!

– Lányok, a fejdísz is megvan?

– Azt csak holnap fogjuk tudni felrakni, mert a fodrász holnap készít neki próbafrizurát.

– Értem, akkor csináljuk.

Megnéztem a betűzéseket, egy-két helyen még igazítottam rajta, azután megbeszéltem a lányokkal, hogy az aljából is hajtsanak fel egy centimétert. Belemerültünk a munkába. Észre sem vettük, hogy ebédidő van, de szóltak, hogy menjünk enni, már meg van terítve. Elindultunk az étkezőbe. Hm, micsoda látvány!

– Mihrimar asszony, áldás a kezeire. Csodásak az illatok és a látvány.

– Köszönöm, édesem. Üljetek le, és egyetek.

Az ebéd isteni finom volt, aztán következett a desszert és a kávé. Emili kiment, majd zavartan jött vissza.

– Keres valaki téged, kéri, hogy menj ki a kertbe hozzá.

– Ugye nem Can az? Mert ha igen, kérlek, mondd meg neki, hogy nem megyek.

– Nem ő az. Nem ismerem, egy nagyon jóképű férfi. – Még jobban elpirult.

– Rendben. Mindjárt jövök.

Kiléptem a kertbe, és Mehmet várt. Biztosra vettem, hogy Can küldte.

– Mehmet!

– Heni, köszönöm, hogy kijöttél, nem akartam mindenki előtt beszélni veled.

– Mehmet, ha Can küldött, nem vagyok kíváncsi rá. Megmondhatod neki is nyugodtan, hogy mi végeztünk – azzal sarkon fordultam, és indultam volna vissza.

– Heni, ne menj! Can nem tudja, hogy idejöttem. Ferzi úrral beszéltem, ő mondta, hogy ide jön és te is itt vagy.

– Akkor nem Can küldött?

– Nem, hajnaltól a telefonját sem veszi fel, nagyon aggódom. Tegnap, amikor elrohantál, mi mind téged kerestünk, Can hajnalig biztosan az utcát járta. Legalábbis amikor utoljára felvette a telefont, még az utcákat járta és téged keresett. Mert mondta neki, hogy hívja fel Ecét, ő biztosan tudja, hol vagy. Ece azt mondta, reggel hívta is őt, de elmondta Cannak, mit mondtál, így nem jött, és nem is fog idejönni. Fontos neki a barátja esküvője. Nem fog semmit kockáztatni.

– Nézd, Mehmet, amivel tegnap szembesültem, nagyon mély sebet okozott, nagyon megalázva érzem most magam. Cannak el kellett volna mondani, és hidd el, elengedtem volna. Elfelejteni nem tudom soha, de ő kapott volna esélyt a családalapításra. Őszintének kellett volna lennie velem.

– Nem tudjuk, mit mondott neked Fatma, mert Can hiába akarta tudni, nem mondta el. Csak annyit tudok, hogy nagyon nehezen tudta kidobni a házából.

– Mi az, hogy kidobni?

– Ezt nem nekem kéne elmondanom. Kérlek, hívd fel Cant! Én csak azért jöttem, mert az, hogy megjelent Cannál, úgy érzem, az én hibám.

– Hallgatlak. Miért gondolod ezt?

– Valamelyik nap összefutottam Fatmával, és kérte, igyunk meg egy kávét. Belementem. Elkezdett Canról áradozni, és azt mondta, most már biztosan össze fognak házasodni, mert azért jött vissza, hogy kibéküljön vele. Mivel soha sem szerettem, így közöltem vele, hogy Cannak kinyílt a szeme végre, és esélytelen az, hogy valaha is egy pár legyenek. Kinevetett. Azt mondta, Can az ő rabja, nem hiába ment vissza hozzá már kétszer. Felálltam és kimondtam végre, amit gondoltam róla, mert már nem kellett tekintettel lennem Canra. Azután faképnél hagytam.

– De nem értem, miért a te hibád.

– Azért mert felcukkoltam. Ezután megjelent Cannál. Biztosra veszem, hogy miattam viselkedett úgy, ahogyan, de hogy mi zajlott a házban, azt Cannak kell elmondania. Én tudom, de ezt nem mondhatom el. Kérlek, hívd fel és hallgasd meg. Még valami. Én dolgozom a szerződésen, ami a praxis átvételét illeti. Gondolod, ha kibékült volna azzal a szipirtyóval, dolgoztatna fölöslegesen engem?

– Köszönöm, Mehmet, igazad van, beszélnem kell vele. Meddig dolgozik?

– Munkába sem ment. Felhívtam a kórházat, de beteget jelentett, szerintem otthon van.

– Igaz barát vagy, Mehmet. Légy szíves szólj bent, hogy el kellett mennem, Fejezzék be, amit kértem, és holnap találkozunk – azzal fogtam magam és elindultam. Leintettem egy taxit, és Can házához vitettem magam. A ház előtt vacilláltam, de erőt vettem magamon. Megnyomtam a csengőt – semmi. Vártam egy kicsit és még egy kísérletet tettem – megint semmi. Rendben, én itt voltam... Megfordultam és indulni akartam, mikor megfogta valaki a vállamat. Biztos voltam benne, hogy Can az a valaki. A szívem úgy kalapált, mintha most akarna éppen kiugrani a helyéről. Megfordultam, és a szívem nem csapott be. Csak néztünk egymás szemébe, de egyikünk sem szólalt meg. Ő sem nézett ki jobban, mint én.

– Isten hozott. Gyere be, kérlek.

– Szia, ha nem zavarok, akkor bemegyek.

– Soha nem zavarsz, szerelmem. Tegnaptól téged kereslek, hívtalak, üzenetet írtam, már a kórházakat hívogattam.

Közben bementünk a napaliba.

– Miért nem mondtad, hogy kibékültél vele?

– Nem békültem ki vele! Csengettek, azt hittem, te vagy. Meglepődtem, mert ő állt az ajtóban. Mit mondott neked? Kérlek, szóról szóra mondd el, mert Fatmából semmit nem tudtam kihúzni.

Elmondtam mindent, ami elhangzott.

– Nem volt okom kételkedni a szavában, főleg azután, hogy te is megjelentél egy törülközőbe csavarva. Rajta meg a te pólód, és szerintem alatta nem volt semmi.

– Nem békültünk ki, sőt szerintem most mutatta az igazi arcát ki. Elmagyaráztam neki, hogy most, miután megismertem a szerelmet, tudtam teljesen reálisan szembesülni azzal, hogy mi soha nem voltunk és nem is leszünk egy pár. Nincs közös jövőnk, de ő meg sem akart hallgatni. Igen, elmentem letusolni, de kértem, hogy mire kijövök, menjen el. Megdöbbentem, mikor megláttam rajta a felsőmet, te meg sírva ott álltál előtte. Mikor becsapta az ajtót, lekapta rólam a törülközőt. Olyan ideges voltam, hogy az sem érdekelt, nincs rajtam ruha, kitártam az ajtót és úgy akartam kidobni. De még mindig csak hajtotta a

252

magáét. Hozzávágtam a cuccait, a nyitott ajtóban öltözött át, és még akkor is azt mondta, vissza fogom könyörögni magamat.

– Értem. Szóval azt mondod, teljesen meztelenül voltál és nem történt semmi sem közöttetek?

– Igen, tiszta meztelenül hajítottam ki. Szerelmem, ez a férfi már csak érted él, nem érdekel más nő, ezt el kell hinned. A testem sem reagál, és a szívem sem más nőre. Csak utánad vágyom, de azt mindennél jobban. Te vagy a jövőm! Nélküled egy senki vagyok. Ki kellett dobnom, fel kellett öltöznöm, és azóta csak téged kereslek.

– De nem értem, miért állította azt, hogy kibékültetek és össze fogtok házasodni?

– Az nekem is homályos. Eddig azt hittem, barátok vagyunk, de a tegnapi viselkedésével ezt a kaput is teljesen bezárta. De kérlek, ne foglalkozzunk vele többet. – Kinyújtotta felém a kezét. Egy darabig néztem, azután megfogtam. Magához húzott és akkorát sóhajtott, hogy mindent elhittem; ebben a sóhajban a megnyugvás és a vágy is benne volt. Én is teljesen megnyugodtam, de ez a nő örökre belevéste magát az eszembe. Lehajolt és lágyan megcsókolt, de vágytam már rá. Kibontakoztam az ölelésből.

– Can, tudod, hogy Mehmet magát okolja az egész miatt?

– Igen, nekem is elmondta, de ez hülyeség. Fatma mindig is ilyen volt, csak engem etetett, és annyira akartam, hogy működjön, hogy mindig meg is győzött. Mehmet semmiről nem tehet. El is mondtam neki.

– Volt egy pillanat, mikor azt gondoltam, biztosan a gyerek miatt döntöttél mellette.

– Téged akarlak, és mindig is akarni foglak. De ha legközelebb bármi olyan adódna, ami kétséges, kérlek, ne fuss el, rögtön beszéljük meg.

– Megígérem. Többé nem akarok nélküled lenni. De bízom benne, hogy semmi olyan nem fog történni, amit ne tudnánk rögtön megbeszélni vagy megoldani. – Most én csókoltam meg, de már követelőzően, tele vággyal.

– Magamban akarlak érezni, most, kérlek!

Nem kellett könyörögnöm, mert rögtön maga alá fektetett, felhúzta a ruhámat, segített levetni a bugyimat, ő is letolta a nadrágját, és már bennem is volt. Csókoltuk, simogattuk egymást, a testünk egy ütemre mozgott, egészen a gyönyör kapujáig. Élveztem, mikor rám feküdt, főleg, ha még bennem is maradt. Megcsókolta a melleimet, a nyakamat, mire elkezdtem mozgatni a csípőmet, de kihúzódott belőlem és kérte, hogy forduljak meg kutyapózba. És már bennem is volt még mélyebben, és erőteljes lökésekkel repített a mennyekbe. A zuhany alatt is a magáévá tett. Utána elmentünk a szállodába. Megegyeztünk, hogy együtt szeretnénk megnézni a naplementét. Csodálatos volt együtt átélni ezt a gyönyörű folyamatot. Az egész éjszakát a szállodában töltöttük. Semmit nem aludtunk; sokat beszélgettünk és szerelmeskedtünk. Reggel letelefonáltam, és kértem két bögre kávét, amit Muzafer hozott fel. A napfelkeltének mind a hárman tanúi voltunk. Utána Cannal CeyCeyhez mentünk reggelizni. Can bement dolgozni, én pedig a lányokkal Ecéhez mentem. Megnéztem a végleges beállításokat, a fodrász végzett a próbafrizurával. Az általam ajánlott fejdíszt próbáltuk meg elsőként, ami tökéletes sikert aratott, így összepakoltunk – mi teljesen végeztünk.

– Drága barátnőm, a ruhád és a fejdíszed készen van. Este találkozunk, mi most megyünk.

– Nagyon szépen köszönöm, tényleg úgy fogom magamat érezni, mint valami hercegnő.

Can felvett munkából hazajövet. Muzafer ötre küldte az ételeket és a pincéreket, így addig még egymásra is volt időnk. Kezdtek érkezni a vendégek, akik elég sokan voltunk. Nagyon jó kis társaság lett, mindenki mindenkivel beszélgetett, voltak időszakok, mikor csak egy embert ugratott majdnem mindenki – főképp Muzafert és Ecét vették célba. Ece és Can nagyon sokat beszélgettek, de ez abszolút nem zavart. Amit észrevettem, Mehmet szinte csak az én Emilimmel társalgott. Lehet, hogy alakul valami? Amikor mindenki elment, Can megkérdezte, mit szólnák egy kétszemélyes medencés bulihoz. Odaléptem hozzá és kibújtattam a felsőjéből.

– Ezt le kellett vennem, mert vizes lenne – kacsintottam rá.

– De akkor neked is le kell venned ezt a ruhát, mert ez is vizes lesz, szerelmem.

Segített kibújni a ruhámból. Megsimogattam az arcát. Lehunyta a szemeit, úgy adta át magát az érzésnek, közben szorosan a testéhez simultam. Kezeim nyomán haladva csókoltam végig az arcát, a nyakát, a mellkasát. Kezem már a kemény férfiasságát markolta, mire felnyögött. Ez engem még jobban feltüzelt. Letérdeltem, és elkezdtem csókolni a csípőjétől egészen a hímtagjáig, nyelvemmel ingereltem a már így is tornyosuló férfiasságát, s ujjaimmal segítettem. A számba vettem, egyre mélyebbre engedtem, a nyelvemből egy félkört formáztam köré, és elkezdtem kényeztetni az ajkaimmal. A csípőjével segített, annyira élvezte. Kiengedtem a számból, és a melleimet simogattam férfiasságával. Amikor az álló mellbimbómat érintettem, láttam, szinte az őrületbe kergettem. Felállított és bevitt a medencébe, de leültetett a legfelső lépcsőre, így csak a lábaim érintették a vizet. Ő lejjebb lépett, lehajolt, és rögtön a számban volt a nyelve. Vad szenvedéllyel csókolt, ami egyre követelőzőbb lett. Keze a fenekemet simogatta. Két ujját belém csúsztatta, és elkezdett ingerelni. A másik kezével a melleimet simogatta, azután a szája követte, és elkezdte a nyelvével becézni a mellbimbóimat. Mohón hol az egyiket, hol a másikat. Hangot adtam a gyönyörnek, amit okozott, azután lesiklott a nyelve a testemen egészen az ágyékomig, ahol nyelvével kezdett izgatni. Kihúzta belőlem az ujjait, és a nyelvével belém hatolt. Soha nem éltem még át hasonló érzést. Megemeltem a csípőmet, s a nyelve olyan élvezetben részesített, hogy nem bírtam tovább: az eddig nem tapasztalt, mennyei beteljesülést szinte sikítva éltem át. Hátradőltem, s egyszer csak rajtam feküdt. Elkezdtem mohón csókolni, kezem a kőkemény férfiasságán járt. Felültetett és a melleim közé helyezte. Minden egyes lökésnél kényeztettem az ajkaimmal és a nyelvemmel, míg a melleim között járt, s éreztem, ő is közel van a beteljesüléshez. Ujjaimat rá a férfiasságára fontam és a számba engedtem. Egyre mélyebbre hatolt, és egyszer csak mennyei nedűjét a számba és a melleimre lövellte.

Hátradőltem, ő fölém feküdt, éreztem kemény férfiasságát, és már készen is voltam egy újabb fergeteges szerelmeskedésre. Kérte, hogy menjek utána, majd felállt, és egyre beljebb ment a vízbe. Mikor megállt, magához húzott és nekinyomott a medence falának. Mohón csókolt, egyik keze a melleimet simogatta egyre erősebben, ez pedig még jobban felcsiholta a vágyamat. – Can, kérlek... – A fenekem alá nyúlt, és szó szerint magára húzott. Erőteljes mozdulatokkal elkezdett bennem mozogni, szájával a nyakamat izgatta. Mind a ketten hangosan éltük át a beteljesülést. Így maradtunk pár percig. Kimentünk a vízből, és még ki tudja, hányszor részesítettük egymást hasonló gyönyörben az éjjel.

***

Hamarabb ébredtem. Óvatosan kimentem a konyhába és készítettem reggelit. Még mindig nem tudtam felfogni Fatma viselkedését. Pontosan nem is értem, mi volt a célja ezzel, de remélem, a partin, mikor bejelentjük, hogy befejezem a filmezést és civil életet kezdek, végre felfogja, hogy semmi esélye nálam már barátként sem. Ha lesz alkalmam, akkor szeretném neki bemutatni leendő feleségemet is. Hangosan dobogott a szívem, és melegség járta át a testemet erre az egy szóra. „Feleségem." Megfordultam, és ott állt az ajtóban. Az egyik ingem volt rajta, alig egy-két gomb begombolva. Irtó szexi volt, már meg is keményedtem. Odamentem hozzá, és egy csókot loptam.

– Jó reggelt, szerelmem.

– Jó reggelt neked is, édesem. Korán keltél. Van időm lezuhanyozni reggeli előtt?

– Persze, menj csak, de én is megyek veled, utána reggeli.

Nem bírtam türtőztetni magamat, rögtön indultam utána. Vidáman viccelődve tértünk vissza a konyhába. Reggeli után a kávénkkal elindultunk a kertbe, de megszólalt a csengő. Összenéztünk, azután Can elindult ajtót nyitni.

– Isten hozott benneteket, gyertek be.

– Jó reggelt! Muzafer úr küldött, hogy rendet tegyünk.

– Sziasztok – mosolygott Heni a háromfős társaságra.

– Gyertek, pont a kertbe indultunk. Van kint pár dolog, de a tegnapi srácok nagyon ügyesek voltak, így sok dolgotok nem lesz. Kértek kávét vagy teát?

– Nem, uram, köszönjük.

– Ne uramozzatok, most nincs itt a főnökötök. Mit kértek? Többször nem kérdezem meg, csak bemegyek, és azt fogjátok meginni, amit hozok.

Három kávét kértek. Láttam, nagyon jólesik nekik. Míg elkészítettem a kávékat, Heni beszélgetett velük. Kivittem a forró italokat, s mondtam, üljenek le és igyák meg nyugodtan. Megitták, és nekiálltak a dolguknak. Henivel megbeszéltük, hogy másnap reggel elmegyünk anyámékhoz egy rövidke időre. Odajött az egyik srác, hogy befejezték és indulnak. Odahívtam, és pénzt adtam neki. Biztos vagyok benne, hogy Muzafer is vastagon adott, de így jobban éreztem magam. Nem is tévedtem.

– Can, Muzafer úr már adott nekünk borravalót.

– Tegyétek el nyugodtan, és köszönjük.

– Mi is köszönjük. Szép napot!

– Jó munkát nektek a nap hátralévő idejére – azzal el is mentek. Ránéztem az órára.

– Szerelmem, mit szeretnél csinálni? Még van pár óránk.

– Hát, ha van pár óránk, akkor lenne ötletem – azzal felállt és felém lépett. Olyan kemény voltam, hogy szinte fájt a vágy.

– Hallgatlak.

– Menjünk sétálni a Boszporuszhoz.

– Én nem éppen erre gondoltam, de ha te azt szeretnéd, akkor megadom magam.

Magamhoz húztam. Azt akartam, hogy érezze, mennyire kívánom, de biztos voltam benne, hogy teljesen tisztában van vele és ő is ugyanígy vágyik rám. Hátrálásra invitált egészen az egyik székig, keze a nadrágomban dolgozott, hogy férfiasságomat szabaddá tudja tenni. Leültem, a ruhája alá nyúltam, és segítettem kibújni a bugyijából. Egyből ráült kemény hímtagomra, közben olyan hangot adott ki, hogy nem bírtam; megemeltem a fenekét és keményen elkezdtem mozogni benne. Egészen addig, amíg a mámor el nem öntött bennünket. Rajtam maradt, elkezdett csókolni, tele vággyal és egyre követelőzőbben. A csípőjét elkezdte mozgatni... de még hogyan! Rögtön felvettem az ütemet, és ismét együtt éltük át a gyönyört. Gyönyört, amit ettől a nőtől annyiszor megkaptam. Megcsókoltam a nyelvemmel utat törve, közben kezem az egyik mellét szabadította ki. Amint szabad volt és megéreztem a kemény mellbimbóját, a szám már oda is vándorolt. Elkezdtem kényeztetni ajkaimmal, amitől hangosan nyögdécselt. Még egyszer keményen magamévá tettem. Már a zuhany alatt voltunk, mikor magamhoz húztam.

– Hát ezt akartad?

– Igen, szeretem teljesen magamban érezni a férfiasságodat. Szeretek hosszan szerelmeskedni, imádom, mikor csak a nyelveddel kényeztetsz, és azt is imádom, mikor megkívánom a férfiasságodat, kényeztetni tudlak és a számba élvezel. Szeretek szeretkezni mindenféle pózban, és szeretem, mikor hirtelen vágyból csak úgy elkapsz és keményen a magadévá teszel. Veled minden olyan természetes. Mindegyik után vágyakozom, bármikor, bárhol magamban akarlak érezni.

– Én is ugyanezt érzem, mindig meg tudsz őrjíteni. Nem csak a szívemmel, de a testemmel és a lelkemmel is a tied vagyok. Most viszont, szerintem, indulnunk kellene.

– Ünneprontó – csókolt meg –, de igazad van.

Elvittem a szállodába, ahol már várták. Megegyeztünk, hogy három órakor felveszem őket. Hazamentem. Nekem nagy készülődés nem kellett, így úgy döntöttem, olvasok egy kicsit. Ledőltem az üllőgarnitúrára a könyvvel a kezemben. Olyan boldog voltam! Mindig is az volt a vágyam, hogy megtaláljam életem párját, akivel bármiről lehet beszélgetni, tervezni. Nevetni. Élni. Minden új dolgot felfedezni. Hogy a szexuális étvágyam is így megváltozik, arra nem számítottam. Azt gondoltam, nekem elég a heti pár alkalom. De most már tudom, akikkel eddig együtt voltam, azokba nem voltam szerelmes, és soha nem is éreztem egyiknél sem, hogy ő az, akivel szeretnék megöregedni. Fatmával volt egy olyan tervem, de most, így belegondolva nem is értettem, miért ragaszkodtam annyira hozzá. Szexuálisan sem tudott még csak megközelítőleg sem feltüzelni annyira, mint Heni. Na, tessék, csak a nevét mondtam ki, és a férfiasságom már kemény is. A telefonom jelzett: üzenetem érkezett. Megnéztem. Ece üzent. „Jobban izgulok, mint az esküvőm miatt". Elmosolyodtam. Hálás voltam Ecének, amiért belement a tervembe. Visszaírtam: „Azért azt ne felejtsd el, ez a te és Muzafer napja, drágám.". Jött a válasz: „Azt semmiképpen nem fogom, de szeretlek benneteket és szeretném, ha olyan boldogok lennétek, mint mi Muzaferrel." A szívem tele volt szeretettel és hálával. Mindennap hálás vagyok, hogy ilyen barátaim vannak. „Köszönöm, hogy vagytok nekem" – csak ennyit írtam, és mennem kellett készülődni, így bevonultam a fürdőszobába. A szakállammal kezdtem. Nagyon megszerettem, de azt nem, mikor hosszabb, így minden másnap átmentem rajta a géppel. Mikor végeztem, bementem a hálóba. Fehér inget és a fekete Armani öltönyömet vettem fel. Nyakamba akasztottam a kedvenc nyakláncomat és fújtam a parfümömből egy keveset a bőrömre. Végignéztem magamon. Megállapítottam, hogy jól nézek ki, akkor azonban a gyomrom jelzett. Ránéztem az órára: nem maradt sok időm. Ennek ellenére bementem a konyhába és bekaptam két szelet sajtot. Beültem az autóba, és indultam. A szállodában a recepciónál várakoztam. Kinyílt a lift, és megláttam a kilépő csajokat. Hát, nem hiába hallottam sokszor, hogy „a magyar nők a legszebbek a világon". Nagyon szépek voltak. Amikor megpillantottam Henit, még a lélegzetem is elakadt egy pillanatra. A haja gyönyörű fonott kontyba volt fogva, és az a tűzpiros ruha, ami rajta volt...

– Hölgyeim, a taxijuk előállt. Ha megengedik, önök gyönyörűek. – Odamentem, átöleltem és megcsókoltam Henit. Ahogy átöleltem, akkor vettem észre, hogy a háta teljesen szabadon volt. Nem elég, hogy elöl combközépig hasított volt a ruha, még a háta is szabadon maradt. Egyszerűen gyönyörű volt. Nem tudtam, hogyan fogom kibírni így mellette, de ahhoz, amire készültem, ez a ruha tökéletes volt. Bíztam benne, hogy minden rendben fog menni.

– Can, úgy nézel ki, mint aki most lépett ki egy divatújságból. Egyszerűen tökéletesen áll neked ez az Armani.

Szemei csillogásából tudtam, mennyire szerelmes – akárcsak én. Átkaroltam, és kimentünk az autóhoz. Elmentünk a helyszínre, ahol már vártak Merték. Elif meg is jegyezte, hogy olyanok vagyunk, mint akik fotózásról jöttek ide. Henivel kezdett el beszélgetni, és Mehmet is csatlakozott. Szemeit le sem vette Emiliről.

– Mondtam én nektek, ezek a magyar nők... nincs párjuk e világon.

Megveregettem a vállát és a fülébe súgtam:

– Látom, nagyon is élvezed a látványt, testvérem.

– Mire gondolsz? – tett úgy, mint aki nem tudja, miről beszélek, pedig már pénteken is észrevettük, hogy szinte egy percre sem hagyta magára Emilit. Vibrált a levegő közöttük.

– Semmire... menjünk, ne várassuk az ifjú párt.

Ahogy most visszagondoltam, többször találkoztam a volt feleségével is, ám soha nem tapasztaltam ilyen vibrálást közöttük. Nem firtattam. Muzafer kissé idegesnek tűnt.

– Mi van, már nem tetszik annyira a nősülés? – kérdezte Mert.

– Ne viccelj, minden vágyam teljesül, ha Ecével élhetem le az életem hátralévő éveit.

– Akkor mi a baj?

– Nem szeretem én ezt a felhajtást, de magyarázd meg az anyáinknak.

Tökéletesen megértettem.

– Ha meglátod Ecét, hidd el, mást nem is fogsz észrevenni.

Muzafer a hagyományok szerint elment Ecéért Ferzi úrral. Nem sok idő telt el, mikor beléptek az ajtón. Minden pillantás Ecére szegeződött, aki gyönyörű volt. Magamhoz húztam Henit, és belesúgtam a fülébe:

– Áldás a kezeidre, gyönyörű ez a ruha, Ece egy igazi hercegnő benne.

Válaszul megpuszilta az arcomat. Megköttetett a frigy, és Muzafer idegessége sehol nem volt, csak csodálattal nézte a feleségét, szinte le sem vette a szemét róla. Ece rám nézett és kacsintott – tudtam, lassan én következem. Bejelentették, hogy az ifjú ara el fogja dobni a csokrot, és kértek minden hajadont, hogy álljon fel, majd sok sikert kívántak. Heni nem mozdult mellőlem.

– Szerelmem, menj te is – pusziltam meg az arcát.

– Nem, én innen, mellőled fogom nézni.

– Minden hajadont várnak, ne sértsd meg őket.

– Rendben, megyek, de nem tetszenek az ilyen fajta játékok, csak, hogy tudd. – Adott egy puszit, és elindult. Amint elment mellőlem, egy pincér egy nagy kékrózsa csokrot hozott nekem. Megköszöntem, és próbáltam a sorban álló hajadonok mögé kerülni. Sikerült is. Ece felemelte dobásra a csokrot, mindenki izgalomban volt. Pontosan Heni mögé sikerült beállnom. Ece megfordult, és elkezdett a kis csapat felé sétálni. Megállt Heni előtt, és átadta a csokrot neki. Döbbent arccal vette át. Nem értett semmit, de a körülötte állók már szerintem mindent értettek. A lányok félrehúzódtak, így le tudtam térdelni. Heni még mindig Ecét nézte, aki a pillantásával bökött az irányomba. Felém fordult, szája elé kapta a kezét. Átadtam neki a kékrózsa csokrot, elővettem a kis dobozt, és kinyitottam.

– Amióta beléptél az életembe, egyre jobban érzem, hogy nélküled már csak fél-ember lennék, veled teljes az életem. Szeretném, ha szerelmünk bizonyítékául elfogadnád ezt az ékszert, és hivatalosan is összekötnénk az életünket. Ezért szeretném megkérdezni tőled, Henrietta, megtisztelnél-e azzal, hogy a feleségem lennél?

– Igen, igen és igen!

A könnyei folytak. Felálltam, és felhúztam a gyűrűt az ujjára. Megsimogattam az arcát, és megcsókoltam. Hozzám bújt, szorosan magamhoz öleltem. Jó sokan jöttek oda gratulálni. Elkértem a mikrofont és megköszöntem Ecének, hogy segített megvalósítani a lánykérésemet és üdvözöltem az ifjú párt. Így már nem is mi voltunk a középpontban. Az asztalunknál a barátaink mind gratuláltak. Mert céltáblája lettem.

– Can Kaya megnősül? Nagyon vártam már ezt a pillanatot, testvérem. Most visszakapsz mindent – nevette el magát. Heni nem értett semmit, így elmagyaráztuk, hogy ez egyfajta játék a baráti körben. Ugratások, és hasonló beszólások.

Az esküvő nagyon jó volt. Szinte észre sem vettük, milyen sokan vannak; mi elvoltunk ott a baráti körrel. Muzaferék is odajöttek, és gratuláltak nekünk. Mi hajnal egy órakor elbúcsúztunk, a lányok még maradtak. Mehmet azt mondta, majd elviszi őket a szállodába, így mi nyugodtan hazamentünk. Leparkoltam otthon, és Heni az ölembe ült. Megcsókolt, tele vággyal. Gyenge voltam, követelőzően visszacsókoltam, majd eltoltam magamtól.

– Nem akarom most itt. Élvezni akarom a tested minden egyes porcikáját, gyere. – Bementünk a házba, a virágot vízbe rakta, és már fel is kaptam és egyenesen a szobánkba vittem. Kint már világosodott, mikor kielégülten összebújtunk. Tíz órakor felkeltem, végignéztem a mellettem fekvő nőn. A szívemet melegség járta át. Kimentem reggelit készíteni, és kávét főztem. Írtam anyámnak, hogy most keltem fel, és csak ebédre érünk oda. Indultam a szobába, hogy felkeltsem, de üres volt az ágy. Indultam kifelé, mikor jött velem szembe. Magamhoz húztam, és hosszan megcsókoltam.

– Szép reggelt, szerelmem!

– Neked is legyen szép napod! Can, már majdnem dél van.

– Igen, tudom. Van reggeli, ha szeretnél enni, azután indulhatnánk.

– Hova? Azt hittem, úgy egyeztünk meg, hogy délre megyünk anyukádéhoz.

– Oda igen, de szeretném, ha előtte megvennénk a karikagyűrűnket.

– Ó, Can!

– Csak ennyit tudsz mondani? A hagyományainknak megfelelően szeretném azt felhúzni az ujjadra.

– Az mit jelent?

– Szeretném, ha ma közösen kiválasztanánk, és majd az édesapád engedélyével szeretném az ujjadra húzni, piros szalaggal, amit édesapád vág át ollóval.

– Értem. Legyen így. – Vágyakozva megcsókolt, de tudtam, rövid az idő, mert éjjel indulnia kell vissza Magyarországra, így eltoltam.

– Intézzünk el mindent, azután ígérem, annyiszor teszlek a magamévá, ahányszor csak megkívánjuk. Lesz egy kis meglepetésem is, de majd később mondom el.

– Can, most miért csinálod? Ne csigázz, kérlek!

– Később. – Magamhoz szorítottam, belecsókoltam a nyakába és megfogtam a mellét. Felnyögött. Végem volt, már nem volt több önuralom. Ott rögtön a magamévá tettem.

– Nem azt mondtad, hogy most nem? – mosolygott rám kielégülten csillogó szemeivel.

– Ha így nézel, garantálom, ma sehova nem megyünk. Ne játssz a tűzzel, kislány! – kacsintott rám. Gyorsan bekaptunk pár falatot, rendbe szedtük magunkat, és úton voltunk a gyűrűnket kiválasztani. Sikerült is olyat találni, ami mind a kettőnknek elsőre megtetszett. Volt a méretünkben is, úgyhogy el is tudtuk hozni. Szüleim gratuláltak nekünk, majd megebédeltünk. Húgom teljesen el volt ájulva az eljegyzési gyűrűtől, és a karikagyűrű is teljesen elnyerte a tetszését. Megmutattuk a videót, amin megkértem a kezét. Édesanyám agyoncsókolgatott mind a kettőnket, szinte a levegőben repkedett a boldogságtól. Hazamentünk, és egymásba mélyedtünk. Tíz órára elvittem a szállodába. Éjfélre kellett kint lenniük a reptéren. Muzafer küldte az autót, mert mindent visznek vissza. Ahogy pakolni kezdett, elkaptam, és bár nem órákon keresztül, de szerelmeskedtünk. Holnap beszélek az igazgatóval. Nem akarok sok időt tölteni nélküle. Fájt a szívem... még csak belegondoltam, hogy rögtön elrepül, máris ürességet éreztem. Magamhoz szorítottam.

– Nem akarom, hogy elmenj. Maradj itt, kérlek!

– Can, tudod, hogy nem tehetem. – Könnyek folytak végig a gyönyörű arcán. Csókokkal itattam fel őket.

– Kikészítenek ezek az elvállások, és téged is megviselnek. Sajnálom. – Megcsókoltam lágyan, egyre követelőzően, de megérkezett az autó. A sofőr bepakolt, és indulniuk kellett. Pénteken reggel hatkor viszont én megyek ki elé a reptérre. Addigra mindent el fogok intézni. Pénteken este együtt megyünk Mert és Elif eljegyzésére, szombaton pedig megyünk a partira. Remélem, a továbbiak úgy alakulnak, ahogyan szeretném. Fájó szívvel hazamentem.

Reggel rögtön hívtam. A kávénkat együtt ittuk meg, azután mennem kellett dolgozni. Miután beértem a munkába, rögtön hívtam az igazgatót, hogy a nap folyamán szeretnék beszélni vele. Egy órakor tudott fogadni. Ennek nagyon örültem. Belevetettem magam a munkába. Elmentem ebédelni, majd rögtön mentem is az igazgatóhoz. Elmondtam neki, hogy ez az utolsó hetem itt, mivel van még tíz nap szabadságom. Nem akart elengedni, mindent bevetett, hogy maradásra bírjon, de közöltem, hogy szerelmes vagyok, hamarosan megnősülök, de életem párja Magyarországon él, így odaköltözöm. Így megenyhült, és már nem próbált marasztalni. Aláírta a papírokat és sok boldogságot, sok sikert kívánt az új praxisomhoz. Sok minden hátra volt még. Útközben hazafelé felhívtam Mehmetet, hogy este menjünk el vacsorázni. Felhívtam Muzaferéket és Mertéket is. Nem tetszett Mehmet, valami nem volt rendben vele. Ki kellett derítenem az okát.

A házat mindenképpen meg akartam tartani, mert ha jövünk, szeretnék egyedül lenni Henivel. A szállodában visszább kellett fognunk magunkat, de itt, vagy nála... Na, erről beszélek: csak elmélkedem, és kőkemény a férfiasságom. Megkérem Haticét, hogy párszor jöjjön el. Ötkor elindultam a Boszporusz Étterembe. Mehmet már ott volt. Észre sem vett, folyton a telefonját bámulta.

– Mehmet, drága testvérem!

– Isten hozott, testvérem! Miért többszemélyes asztalt rendeltél?

– Mert jönnek a többiek is, csak kicsit később. Előbb én akartam beszélni veled.

– Miért? Történt valami?

– Mondd meg te. Nagyon furcsán viselkedsz napok óta. Tudni szeretném, mi van veled.

– Nincs semmi – és már megint a telefont bámulta.

– Mehmet, ha nem ismernélek pelenkás korunk óta, lehet, hogy el is hinném. Ne terelj!

Megérkeztek Muzaferék és Merték is.

– Rendeltetek már?

– Isten hozott benneteket. Még csak italt rendeltünk.

Intettem a pincérnek. Felvette az italrendelést és mindenki megmondta, mit szeretne enni. Senki figyelmét nem kerülte el Mehmet szótlansága. Muzafer nem bírta tovább.

– Mehmet, kérlek, mondd el végre, mi a bajod!

– Barátok vagyunk jóban-rosszban, emlékszel? Vagy az bánt, hogy mi hárman megtaláltuk életünk párjait? – kérdezte Mert.

– Ne hülyéskedjetek! Nagyon örülök mindhármatoknak.

– Akkor mondd el végre, mi a franc bajod van! – emeltem fel kissé a hangomat. Rám is néztek döbbenten. Nem volt jellemző rám, de már nagyon ideges lettem. Alig figyel ránk, csak a telefonját bámulja. Kezdtem azt hinni, hogy valamelyik ügy nem úgy végződött, ahogyan szerette volna, és megfenyegették. Bár ebben azért kételkedtem.

– Emili. Most már örültök?

– Mi van Emilivel?

– Tetszik nekem, nagyon sokat beszélgettünk, még pár csók is elcsattant közöttünk. Úgy éreztem, én is bejövök neki.

– Mondd, hogy ő is tud törökül – mondta Mert.

– Dehogy, csak magyarul és angolul. Olyan régen éreztem ennyire közel magamhoz egy nőt.

– Akkor mi a baj? Mehmet, boldognak kéne lenned, de te nem vagy még csak önmagad sem. Folyton a telefont babrálod.

– Mert nem tudom, mi van. Írtam neki, míg itt volt, válaszolt is az üzeneteimre, de amióta elment, nem reagál, pedig már jó pár üzenetet írtam neki. Lehet, hogy túl messzire mentem. Nem értem.

Megszólalt a telefonom.

– Szerelmem! Baj van? Ilyenkor nem szoktál hívni.

– Édesem, nem, nincsen. Most csak azért hívlak, mert kéne Mehmet telefonszáma.

– Átadom neki a telefont, este mindent elmesélek, most éppen vacsorázunk mindannyian.

– Jó étvágyat nektek, akkor adnád Mehmetet?

Mehmet egyik percről a másikra megváltozott – ha nő lett volna, szinte azt mondtam volna, hogy kivirult, mint egy virág.

– Köszönöm, szépségem, visszaadom Cannak és ő elküldi neked.

– Szerelmem, átküldenéd most Mehmet telefonszámát? Nagyon hiányzol, de most mennem kell, jöttek ruhapróbára. Este hívj, ha hazamentél. Jó szórakozást!

– Te is nagyon hiányzol. Hívlak akkor, ha hazaértem.

Átküldtem Mehmet telefonszámát, és kérdőn néztem rá, akárcsak a többiek. De ő vidáman falatozott. Muzafer lefogta a kezét, amivel pont egy falatot akart a szájába emelni.

– Egyetek már, ki fog hűlni.

– Ügyvédkém, na ne szórakozz velünk! Mi történt? Ki vele! – szóltam rá.

– Emili a hazaúton valahol elveszítette a telefonját. Can, elküldted Heninek a telefonszámomat?

– Igen, el.

– Köszönöm – azzal evett tovább. Mi összenéztünk. Mert nem hagyta ennyiben.

– Most azt mondod, együnk? Az elmúlt félórában szinte öszsze voltál zuhanva. Itt vagyunk veled, mert fontos tagja vagy ennek a baráti társaságnak – mutatott körbe a jelenlévőkön. – Nem gondolod, hogy valamit illene mondanod?

– Mert, drága testvérem, egyél, mert ki fog hűlni a bárányod. Mondtam nektek, nincs semmi bajom. Mit vártok még?

– Ennél kicsit többet, ügyvédkém.

– Testvéreim, egyetek, jól vagyok. Ha lesz valami, amit el kell mondanom, el fogom mondani. Emilivel nagyon az elején vagyunk valaminek, amiről még nem lehet tudni, hogyan fog alakulni. Igen, letargikus voltam, és igen, nem nagyon kommunikáltam. Azt gondoltam, csak beképzeltem magamnak, de mivel most már tudom, hogy nem azért nem írt vissza, mert nem akart, így kérlek, hagyjatok élni. Rendben?

Nekiálltunk mi is enni. Beszélgettünk, a hétvégi eljegyzés is szóba került. Mehmet is aktívan részt vett a társalgásban, így megnyugodtam. Ezek szerint Heninek igaza volt: szerelem van a levegőben. Mert mondott egy érdekes dolgot.

– Can, tudod, hogy a melletted lévő és a szembeni házat árulják?

– Nem, tudod, hogy én nem nagyon foglalkozom, ki mit csinál a szomszédban. De ez érdekelne engem is. Mit tudsz?

– Holnap megyünk Eliffel megnézni a melletted lévő házat. Kívülről nagyon tetszett mindig is. Úgy gondoltuk, ha visszajövünk, akkor családot szeretnénk.

– Mikor nézitek meg?

– Délután. Átjössz te is?

– Nem, de megnézném azt, ami szemben van.

– Szólok az ingatlanosnak, szerintem meg is mutatja.

– Az nagyon jó lenne.

– Minek neked még egy ház, ha Magyarországon fogsz élni? – kérdezte Mehmet.

– Az én házamat nem akarom eladni. Többször jövünk majd, és szeretnénk egyedül lenni. Arra gondoltam, Hatice néha ott lehetne nálam, hogy lássák, van mozgás, de most, hogy ez az információ a fülembe jutott, megvenném neki diploma-ajándéknak.

– Rendben, reggel beszélek az ingatlanossal és írok üzenetet.

Elbúcsúztunk. Hazamentem, és kiszálltam az utcán az autóból. Átmentem, hogy kívülről szemügyre vegyem a házat. Kimondottan tetszett. Felhívtam a húgomat, hogy másnap délután tegye szabaddá magát és jöjjön ide, majd délelőtt írok üzenetet, hogy pontosan mikor. Tudtam, hogy sokat tanul és minden idejét beosztja, de szerettem volna, ha megnézi. Végül is neki szántam. Behajtottam, és már az ajtóból videóhívást indítottam. Elmondtam Heninek is a tervemet. Nagyon örült, hogy nem adom el a házat, mert szerinte is kell, hogy kettesben tudjunk lenni úgy, ahogyan mi szeretjük. Megbeszéltük Mehmet és Emili esetét a telefonnal. Egy véleményen voltunk ebben is. Mikor elbúcsúztunk, akkor éreztem igazán, mennyire hiányzik. Azt nem mondtam el neki, hogy a hétvégén vele együtt már én is megyek Magyarországra. Szerettem volna meglepni vele. Másnap az ingatlanos Merték előtt megmutatta a házat. Hatice húgomnak nagyon tetszett. Azt mondta, egy két változtatást végezne, ha az övé lenne, de nem értette, miért nézek házat, ha úgysem itt fogunk élni, amikor pedig itt leszünk, arra ott az enyém. Mondtam neki, hogy Henivel ajándékba szeretnénk adni egy házat, de mivel ő nincs, kellett egy nő véleménye. Szerencsére megelégedett ezzel a magyarázattal. Az ingatlanosnak mondtam, hogy ha döntök, jelentkezem. Amint elment a húgom, rögtön fel is hívtam, hogy megveszem, és mondtam, hogy az ügyvédem intézi az adásvételi szerződést. Felhívtam Mehmetet, lebeszéltem vele, hogy másnapra elkészít mindent a megvételhez. Este már alig vártam, hogy végre láthassam Henit, és beszélhessek vele. Annyi minden történt! Elmondtam neki mindent. Nagyon örült, főleg annak, hogy Haticét elvittem és tetszik neki.

– Szerelmem, még két nap és megölelhetlek. Annyira hiányzol!

– Te is nekem. Már be vagyok csomagolva – nevette el magát.

– Édes szerelmem!

Még beszélgetünk egy kicsit.

Szerdán, hála Mehmetnek, a ház nagyon gyorsan a tulajdonom, vagyis Hatice húgom tulajdona lett. Csak a földhivatalra kellett várni, hogy a tulajdonlap is elkészüljön, de az ráért még. Felhívtam Nazif testvérét, hogy megbeszéljem vele az átalakításokat. Meg is egyeztünk, hogy ötkor ide jön és megnézi. Örültem, hogy ennyire lefoglalnak az elintéznivalóim, így annyira nem kötötte le a figyelmemet Heni hiánya. Este majdnem három órát beszélgettünk.

Végre csütörtök! Már csak egy napot kell egyedül aludnom... jót mosolyogtam. Olyan vagyok, mint egy kisgyerek karácsony előtt. Munka után elmentem a szüleimhez. Míg anyám kávét főzött és apám befejezte a fűnyírást, megelevenedett előttem, mikor vasárnap itt voltunk. Apám is szinte megkönnyezte, hogy eljegyeztük egymást. Mind a ketten úgy ölelték magukhoz leendő menyüket, mintha a gyerekük lenne, a húgom pedig ugrált örömében. Mind a ketten leültek, így elmondtam jövetelem okait. A Haticenek vásárolt házat, és hogy már Henivel utazom az új hazámba. Mind a ketten nagyon örültek. Anyám megkönnyezte a költözésemet, de apám átkarolta és megcsókolta.

– Estra, drága szerelmem, a gyerekeink boldogok lesznek, és ennél nagyobb ajándék nem kell, igaz?

– Igen, de még kevesebbet fogom látni az egyszem fiunkat.

– Drágám, jönni fognak, és tudod, mi is mehetünk, és megyünk is.

– Igazad van. Gyere ide, fiam, hadd öleljelek magamhoz! – nyújtotta felém karjait az én Szultánám.

Este rövid ideig beszéltünk Henivel, mert hajnalban kelnie kellett. Reggel hatkor már a karomban tarthatom. Ezzel a tudattal feküdtem le.

Hajnalban már négykor kidobott az ágy, azonnal most indultam volna. Megfogtam a telefonomat. Üzenet szerelmemtől: „Már Bécsben vagyok, számolom a perceket. Csókollak." Nem válaszoltam, mert már úgysem lehetett bekapcsolva a telefonja. Ötkor elindultam, és megálltam egy virágboltnál.

13. FEJEZET

A repülő már leszállni készült. Egyre gyorsabban dobogott a szívem: lassan a karjaiban, a csókjaiban fogok elveszni. Reméltem, nem kell már sokat várnunk az összeköltözésre, és hogy elkezdjük a közös életünket. A családom nagy örömmel fogadta, hogy Can megkérte a kezemet. Can átküldte a videót, és meg tudtam mutatni nekik az egész lánykérést. Annak még jobban örültek, hogy egészen szépen halad a magyar nyelv elsajátításával. Hát, nagyon jó a nyelvérzéke... Ahogy ezt kimondtam magamban, már bele is sajdultam odalent. Olyan erős vágy kerített hatalmába, hogy szinte fájt, de elindultam a bőröndömért. Tekintetemmel kerestem Cant. Meg is találtam: egy kisebb csapat fotózkodott vele. Autogramot adott. Eddig csodálkoztam is, hogy több helyen voltunk, de ilyet most tapasztaltam először. Észrevett, valamit mondott, majd pár lépést követően már a karjaiba is kapott, és forró üdvözlő csókot váltottunk. Egyik karjával átölelt, a másikban a bőröndömet fogta. Odanéztem a kis csapatra, és magamban üzentem nekik: Kedves rajongók, Can Kaya már csak az enyém. Beszálltunk az autóba, és felém fordult.

– Ugye hozzám, és nem a szállodába szeretnél menni?

– Hozzád, életem. Azt hiszem, a szálloda már a múlté.

Persze, hogy hozzád; a szállodában figyelnünk kellett, hogy mást ne zavarjunk a szerelmes óráinkkal. Nálad olyan hangokat engedhetünk szabadon, amik éppen feltörnek belőlünk. A gondolataimba merülve nem is vettem észre, hogy megérkeztünk. Can magára rántott. Most én toltam el.

– Tudod, szerelmem, a kölcsönkenyér visszajár.

– Igazad van, ünneprontó – azzal kiszállt, és kivette a bőröndömet és egy nagy csokor kékrózsát. Utóbbit oda is adta, és egy vággyal telt csókot. Bementünk a házba. Amint mindent leraktunk, egymás karjaiba kapaszkodtunk. A tus alatt újabb csodálatosat szerelmeskedtünk. Úgy döntöttünk, pihenünk egy kicsit – én mindenképpen, mert fáradt voltam, kora hajnalban keltem. Dél körül ébredtünk. Rendeltünk ebédet, amíg kihozták, úsztunk egyet a medencében. Ebéd után a nappaliban ittuk a kávénkat. Hirtelen az ölébe ültetett, és elkezdett követelőzően csókolni. Segítettem kiszabadítani a farkát a nadrágjából, ő pedig félrehúzta a bugyimat és már mélyen bennem is volt. De szerettem ezt az érzést! Egy ütemre elkezdtünk mozogni. Néha körkörös mozdulatokat végeztem a csípőmmel, mert tudtam, ezzel teljesen megőrjítem. A hatás most sem maradt el: hangosan éltük át mindketten azt a mennyei érzést, ami szinte rabbá tett minket. A szerelem rabjává. A mellkasának dőltem és a nyakát csókoltam, ő pedig a hátamat simogatta.

– Annyira hiányzott... remélem, mindig így fogunk érezni. Te vagy az én drogom. – Maga alá fektetett, és elkezdett bennem finoman mozogni. Közben a melleimet kényeztette a nyelvével, hol az egyiket, hol a másikat. Az ujját a számba csúsztatta, és elkezdtem kényeztetni. Ez már olyan vágyat csiholt mindkettőnkben, hogy egyre gyorsabban és mélyebben járt a bennem. Nem bírtam tovább, hangosan élveztem el. Kivette a férfiasságát, és a melleimre élvezett el. Elmentünk zuhanyozni, utána készülődnünk kellett Merték eljegyzési bulijába. Már felöltözve az utolsó simításokat végeztem magamon, mikor hátulról átölelt.

– Olyan szép vagy! – csókolt a nyakamba. Kemény férfiasságát éreztem a fenekemnek feszülni.

– Életem, valahogyan moderálnod kell magadat.

– Mintha úgy rémlene, ezzel nem vagyok egyedül.

– Szóval a fagyi visszanyalt – mosolyodtam el.

– Valahogy úgy. Gondolod, hogy negyven vagy ötven év múlva is tudunk ilyen vágyakat kelteni egymásban?

– Ha ennyiszer nem is, mint most, de remélem, igen. – Felé fordultam és megcsókoltam. A nyelvem rögtön a szájában kutatott. Pár percig csókolóztunk, de tudtuk, most ennél többre nincs időnk. Fogtuk az ajándék aranyat és elindultunk. Nagyon jól éreztük magunkat, hajnal kettőkor értünk haza. Milyen furcsa ezt így kimondani, de nagyon jó érzés. Kissé rám tört a szorongás. Can rögtön észrevette, hogy valami nem stimmel. Beparkolt és felém fordult.

– Szerelmem, mi a baj?

– Can, biztosan mennem kell nekem is arra a partira? Nem az én világom. Nem akarok felhajtást magam körül.

– Gyere, ülj az ölembe! – kérte lágyan. Gondolkodás nélkül másztam át, és ültem az ölébe.

– Én sem szeretem, de ahhoz, hogy nyugodt, médiamentes legyen a közös életünk, a jövőnk miatt igenis szeretném, ha mellettem lennél. Nekem nagy erőt adna a jelenléted.

– Rendben. – Fejemet a vállára hajtottam. Pár percig így ültünk.

– Gyere, menjünk be, szeretnélek a nyelvemmel kényeztetni. Beléptünk az ajtón. Felkapott, és a hálóig le sem tett. Lefejtette rólam a ruhámat, majd én is segítettem megszabadulni az övéitől. Több órás szerelmeskedésben volt részünk, majd kielégülten, kimerülten aludtunk el. Reggel szinte együtt ébredtünk. Reggeli után a szüleihez indulunk majd. Együtt készítettünk az ételt. Étkezés közben egy csodálatos hírt osztott meg velem: vasárnap már jön velem Magyarországra. Olyan boldog voltam, hogy rögtön a nyakába ugrottam.

– Ezt hogyan sikerült elintézned? Miért nem mondtad hamarabb?

– Meg szerettelek volna lepni. Csak a parti után akartam elmondani, de úgy gondoltam, ez a hír segíteni fog átvészelni a ránk váró esti eseményt.

– Jól gondoltad. Annyira szeretlek! Imádlak! Nem is tudom, hogyan fokozzam.

– Köszönöm, hogy vagy nekem, szerelmem! – azzal megcsókolt.

– Indulnunk kell, sajnos.

– Igen, anyám idejön, ha húsz perc múlva nem jelenünk meg az ajtójukban.

Na, ezt el tudtam képzelni Esráról. Jót mosolyogtunk, és inkább indultunk. A délelőtt nagyon kellemesen telt. Can Haticével megbeszélt pár dolgot, majd megebédeltünk és elbúcsúztunk. Akkor esett le teljesen, hogy a szülei már tudták, hogy jön velem. Hazafelé megálltunk a Boszporusznál. Sétáltunk egyet. Otthon bevonultam az egyik szobába, hogy nyugodtan el tudjak készülni. Egy fehér, bokáig érő, csipkével kombinált ruhát hoztam erre az alkalomra. A hajamat szabadon hagytam. Fújtam a kedvenc parfümömből. Erősebb sminket raktam fel. Belenéztem a tükörbe, és tetszett, amit láttam. Can a nappaliban várt. Amikor meglátott, még a szeme sem rebbent.

– Eszméletlenül szép vagy, ígérem, gyorsan hazajövünk.

– Te sem panaszkodhatsz, pazar a külseje, Can Kaya úr.

Kéz a kézben érkeztünk meg a helyszínre. Bemutatott Selimnek, aki kint várt bennünket. Can megkérte, hogy minél hamarabb legyünk túl rajta. Megbeszéltük, hogy bejelentheti, miszerint eljegyzett, és amilyen hamar lehet, össze is szeretnénk házasodni. Selim azt válaszolta, hogy a többit viszont Cannak kell elmondania, és kérnie a médiát, hogy tartsák tiszteletben. Selim megígérte, hogy majd int, ha ő következik, így elvegyültünk a tömegben. Beszéltünk pár szót egy-két kollégájával, azután megjelent Fatma.

– Can, édesem, már mindenhol kerestelek – lépett egyenesen oda. Meg akarta ölelni, de Can nem engedte.

– Fatma. – Eléggé befeszült, éreztem, hogy ideges. Ekkor Selim jött oda és szólt, hogy Can következik. Mentünk Selim után, aki bejelentette, hogy Can Kaya befejezte a filmezést, és menyasszonyával civil életet fog élni. Sok kérdés követte ezt a bejelentést, ezért Selim átadta a mikrofont Cannak, aki válaszolt pár kérdésre, majd elmondta: ez az utolsó alkalom, hogy nyilvánosság elé állt. Hamarosan megnősül, és szeretné, ha tiszteletben tartanák a magánéletét. Megcsókolt, majd megköszönte a rajongóknak és a médiának, hogy figyelemmel és szeretettel voltak iránta. Elsétáltunk volna, de Fatma elénk állt.

– Fatma, ne akarj jelenetet rendezni, mert garantálom, te húzod a rövidebbet.

– Szóval ő az.

– Igen, ő a menyasszonyom, és hamarosan a feleségem lesz. A szerelmet nem lehet kierőszakolni. Neked és nekem nem sikerült együtt. Kívánom, te is találd meg életed párját, és sok sikert kívánok a karrieredhez.

– Nem emlékszem a nevedre, de ha szereted a szexet, akkor ajánlom, keress egy szeretőt is, mert Can jó, ha heti egyszer, ha jobb hete lesz, talán kétszer...

– Kedves Fatma, ha magadból és a rosszindulatodból indulsz ki, akkor elárulom: valami nem működött közöttetek.

– Drágám, három évet együtt voltunk, tudom, miről beszélek. Naiv vagy.

– Ha megbocsátasz, mennünk kell.

Otthagytuk, csak hápogott.

– Komolyan egy ilyen rosszindulatú nővel voltál együtt három évig?

– Sajnálom, de igen. Nekem mindig a cuki oldalát mutatta, de mindenki másnak a rendeset. Minél többen le akartak beszélni róla, annál jobban be akartam bizonyítani, hogy tévednek.

– Értem.

– Kérlek, ne haragudj, szerelmem!

– Semmi gond, reméljük, utoljára láttuk.

Pár kolléga gratulált nekünk, és sok jót kívántak a civil életéhez. Selimmel kezet fogtak, és megköszönte mindazt, amit érte tett. Úgy döntöttünk, nekünk bőven elég volt ennyi a partiból. Az éjjel hátralévő részét nem olvasással töltöttük. Reggel felhívta Mehmetet, hogy ebédeljünk együtt. Utána Mertet hívta, hogy mikor találkozzunk a reptéren. Reggeli után csomagoltunk, mert a szerelmem másnaptól velem élt. El sem hittem, de nagyon boldog voltam. Végre végeztünk a pakolással. Idő volt, így rögtön indultunk az étterembe.

– Olyan fárasztó ez a pakolás... most tudnék aludni, azt hiszem.

– Kifárasztalak, szerelmem, ne haragudj.

– Dehogy, életem, nem a te hibád. Én is akarom, de tény, hogy keveset alszunk – mosolyogtam rá, és megpusziltam a kezét.

– Szerelmem, mit szólnál, ha szeptemberben összeházasodnánk?

– Idén? – néztem rá döbbenten.

– Szerinted túl korán lenne? Vagy nem vagy teljesen biztos kettőnkben?

– Kettőnkben és a jövőnkben teljesen biztos vagyok, de szeptemberben lesz Mert és Elif esküvője. Szeretnék a feleséged lenni, de még a karikagyűrűt sem húztuk fel.

– Igazad van, de lehetne egy héttel később a miénk. – Megfogta a kezemet, és a szívére tette. – De ha később szeretnéd, akkor úgy lesz. Ez a szív már csak érted, értünk dobog.

– Ezt beszéljük meg később. Mehmet már vár.

– Igazad van, később megbeszéljük.

Pont egyszerre szálltunk ki az autóból Mehmettel. Az ebéd alatt mindent megbeszéltek.

– Mikor szeretnéd átadni a házat Haticének?

– Amikor megkapja a diplomáját, ez lesz a mi ajándékunk.

– Megérdemli. Komolyan mondom, jobb lesz nálam is a kiscsaj.

– Azért azt nem hiszem, te nemzetközileg elismert vagy. Neki azért még dolgoznia kell, de jó tanára van. Most mennünk kell, barátom.

– Nekem is mennem kell, át kell néznem valamit. Megkérhetlek benneteket valamire? – Olyan vicces volt ennyire zavarban látni ezt a jóképű, jó hírű ügyvédet.

– Bármit, mondjad.

– Szeretném, ha ezt odaadnátok Emilinek. – Egy szép, hosszúkás, fekete bársonydobozt vett elő a táskájából.

– Testvérem, örülök, hogy megértitek egymást. Bízom benne, hogy idővel több is lesz belőle, és újra ragyogni láthatjuk a szemeidet.

– Még nagyon korai beszélni erről. Jó úton haladunk, maradjuk ennyiben, de azért köszönöm.

– Tudod ugye, hogy gyakran jövünk majd, és téged is szeretettel várunk? A ti barátságotok számomra is nagyon fontos.

– Köszönöm, Heni, te egy kincs vagy. Remélem, a barátom is tudja ezt.

– Az első naptól tudom, és míg élek, hálát adok „Allahnak".

Elbúcsúztunk, hazamentünk, összeraktunk mindent egy helyre. Leültünk, mert elfáradtam. Can magához húzott. Csókokkal borította az arcomat és a nyakamat. Fáradtságnak már a nyomát sem éreztem, teljesen más érzések uralkodtak a testemen. Maga alá fektetett és úgy bánt velem, ahogyan egy szűz leánnyal kell bánni az első alkalommal. Teljesen más érzéseket és érzelmeket keltett; még erősebben éltem át a beteljesülést.

Azután gyorsan kapkodnunk kellett, mert egy óra múlva jött a taxi. Összenéztünk, és elnevettük magunkat.

– Can, nem rossz neked most, hogy velem jössz, és a családod, barátaid itt maradnak?

– Nem szerelmem. A családommal és a barátaimmal is bármikor találkozhatunk, jövünk mi is, és jöhetnek ők is. A munkámat sem kell feladni; dolgozni fogok, de mindennap veled fekszem és melletted ébredhetek. Ez a legfontosabb.

Ebben a pillanatban dudáltak: megjött a taxi. Bepakoltak. A reptéren már várt minket Mert és Elif. Úgy döntöttek, korábban eljönnek. Felajánlottam, hogy lakjanak nálunk, így lesz pár napjuk megismerkedni a környékkel, ugyanis csak szerdától lett kibérelve nekik a lakás. Elif megkérdezte, minden rendben van-e velem. Megnyugtattam, hogy minden rendben, csak keveset aludtam, nagyon sűrű volt az elmúlt pár nap. Otthon be kellett hoznom pár dolgot, és itt az eljegyzés, a parti, a csomagolás.

– Hallgatni is sok, inkább azt kérdezem, miből vagy?

Beszélgettünk egy kicsit, és el is aludtam húsz percre. Mire Bécsben a bőröndökért mentünk, teljesen fittnek éreztem magamat. Ki is nevettek. Hazafelé én vezettem. Mikor már a garázsban voltunk, kivettem egy kis dobozt a kesztyűtartóból.

– Üdvözöllek, szerelmem, az új otthonodban.

Kinyitotta, majd rögtön felkapott és megcsókolt.

– Üdvözlünk benneteket, érezzétek otthon magatokat – mondta Mertéknek.

– Köszönöm, szerelmem, csodás ajándék. Megmondom őszintén, én erre nem is gondoltam.

Nagyon boldognak tűnt. Hagytam, hogy ő nyissa ki az ajtót, és megmutattam Mertéknek, melyik szobát foglalhatják el. Bementünk mi is a szobánkba, hogy kipakoljunk. Ahogy becsukódott az ajtó, már az ágyon, alatta is találtam magamat. Ösztönösen a csípője köré fontam a lábaimat, kemény férfiassága már lüktetett. Mohón csókolt, amit viszonoztam, majd a csípőjét a csípőmhöz dörgölte. Tele voltam vággyal, magamban akartam érezni. Elkezdtem a felsőjétől megszabadítani, nem is várakoztatott sokáig. Letolta a nadrágját, segített megszabadulni a bugyimtól, és már bennem is volt. Csodálatos érzés volt.

– Ha most nem lennének vendégeink, reggelig kényeztetnélek, de ígérem, este pótolni fogom a kiesett időt.

– De vendégeink vannak, édesem, és szerintem már kipakoltak, és lehet, hogy már kint vannak. Can, ugye nem voltunk túl hangosak?

– Szerintem nem, de én gyorsabban átöltözöm, a konyhában találkozunk.

Megcsókolt, és eltűnt a fürdőszobában. Gyorsan letusoltam, felvettem egy farmert és egy bodyt. Szinte Eliffel egyszerre lépünk ki az ajtón. Láttam, ő is zuhanyozott, a haja is nedves volt.

– Komolyan mondom, ezek a pasik... ki akart pakolni, és tudod mit csinált?

– Nem, mit?

– Úgy ahogyan otthon belepakolt a bőröndbe, kivette egészben és berakta a polcra.

Jót nevettünk rajta. A konyhában már falatoztak a fiúk. Mondtam, ha éhesek, akkor átsétálhatunk most az étterembe.

– Csak nassolunk a testvéremmel – nézett ránk Mert.

– Te folyton éhes vagy, nem is értem, hogyan nézhetsz ki ilyen jól – nevetett Elif.

Megegyeztünk, hogy iszunk, egy teát, azután átsétálunk az étterembe. Mivel nem voltam otthon, sajnos ma főzni nem tudtam, de Emili apróságokat bevásárolt nekünk.

– Amúgy döbbenet, hogy kívülről ugyanolyan a házad, mint Cané Törökországban. De a belső elrendezés jobban tetszik – mondta Elif. Kértem, hogy jöjjön velem, és átvittem a műhelybe. Pár ruha a próbababán már elő volt készítve másnapra.

– Atyaúristen, élőben még szebbek, de ezt mondtam is, mikor Ecét megláttam. – Végigsimogatta őket. A szemei csillogása felért a gyémánt fényével. Visszamentünk a fiúkhoz. Az étteremből hazaérve mindenki fáradt volt, így elbúcsúztunk. Szinte az egész éjjelt átszerelmeskedtük, de visszafogtuk magunkat. Reggel Can segített reggelit készíteni. Mire elkészültünk, Emili meghozta a kis pamacsunkat, aki hirtelen nem is tudta, kihez fusson hamarabb, de én győztem. Eliféket is azonnal elfogadta.

Mozgalmas napokon voltunk túl. Mehmet is megérkezett, Muzaferék pedig beköltöztek a lakásukba. A szerződést is aláírták, így Can május tizenötödikétől hivatalosan ismét munkába állt. Alex egy hónapig mindennap ott lesz vele, azután csak heti kétszer fog dolgozni. Megbeszélték a novemberi nyaralást, és mondtunk, még nem döntöttünk száz százalékban, de lehet, hogy szeptemberben összeházasodunk, és utána nászútra is szeretnénk elmenni. Teljesen partner volt mindenben. Anyuéknál is töltöttünk pár napot, felhúztuk a karikagyűrűket az ujjainkra, és apum elvágta a piros szalagot. Időközben eldöntöttük, hogy Merték után egy héttel tartjuk az esküvőnket, de mivel az én szüleim repülőre biztosan nem ültek, a hosszú utat sem bírta volna az anyukám, így Magyarországra terveztük az esküvőnket. Míg Can nem kezdett el dolgozni, minden időt kihasználtunk, ami forró szerelmeskedésekkel telt.

**

Nagyon boldog vagyok, ma kezdek dolgozni. Izgulok, hogy hogyan fognak fogadni, bár most egy hónapig Alex is velem lesz. Segít megismerni a jövendőbeli kis betegeimet. Nagyon hálás vagyok érte, mert így nem érzem, hogy bele lettem dobva a mélyvízbe. Még otthon ittam a reggeli kávémat, mikor Heni kiment a műhelybe egy pillanatra. Amióta eldöntöttünk, hogy nem várunk és szeptember huszonötödikén egybekelünk, azóta nem mehettem be a műhelybe. Egyszer csak megjelent. Rögtön meg is csókolt.

– Mikor indulsz?

– Pár perc, és muszáj lesz – simogattam meg szép arcát, és a gyönyörű szemeibe feledkeztem.

– Sajnálom, de boldog is vagyok. Eddig tartottak a mézeshetek.

– Szerelmem, míg élünk, minden egyes nap a mézeshetünk napja lesz.

– Szeretnék sok sikert kívánni neked, szerelmem. Legyen könnyű napod. Délután várni foglak, és bebizonyíthatod a mézes napot – csókolt meg.

Nagyon gyorsan eltelt az első munkanapom. Igaz, hosszabb ideig dolgoztam, mint Isztambulban, de nem zavart. Alig vártam, hogy hazaérjek, és minden élményemet meg tudjam osztani vele. Otthon már a vacsorát készítette, mikor megérkeztem. A nyakamba ugrott és összevissza csókolt, mintha ki tudja, mióta nem láttuk volna egymást. Én is így éreztem, ezért szorosan magamhoz öleltem, és forrón, tele vággyal csókoltam.

– Édesem, üdvözöllek itthon. Gyere, mesélj, milyen volt az első napod?

A konyhába mentünk, ahol leültem a pulthoz és beszámoltam mindenről. Nagyon boldog volt. Átöltöztem, együtt elmentünk sétálni Picivel, megvacsoráztunk, és végre a magamévá tettem. Nem bírtam leállni, de ő sem. Hajnalban elaludtunk.

Gyorsan elrepült a hét. Pénteken már nem dolgoztam, de Bécsbe kellett mennem, mert Muzaferék végre el tudtak szabadulni a hétvégére. Nagyon vártuk őket. Heni a műhelyben dolgozott, de egyszer csak megjelent. Íróasztalomnál ültem, és egy cikket olvastam.

– Szerelmem, nincs sok időm, de nem szerettem volna, ha úgy mész el, hogy el sem köszönök – azzal beleült az ölembe, férfiasságom rögtön tettre kész volt. Még a csípőjével is ingerelte amúgy is kemény hímtagomat. Kihámoztam a mellét, és elkezdtem kényeztetni hol az egyik, hol a másik mellbimbóját, hangosan nyögdécselt. Felültettem az asztalra, szinte leszakítottam a bugyiját, már annyira kívántam. Nyelvemmel birtokba is vettem odalent. Felállított és elém térdelve ingerelt. Mennyire imádom, ahogyan ajkaival kényezteti a férfiasságomat, teljesen megőrjít! Éreztem, közel vagyok a végéhez, ezért felállítottam, majd és visszaültettem az asztalra és rögtön tövig el is merültem benne. Mind a ketten hangosan jutottunk el a gyönyör kapujába.

– Szeretlek, szerelmem!

– Én is, szerelmem. Most két napig megint vissza kell fogni a hangunkat, de tetszik az is; olyan, mintha titokban szerelmeskednénk. Nekem annak is megvan a varázsa.

– Igen, igazad van, erre még így nem is gondoltam. Most indulnom kell.

– Tudom – nézett rám szomorúan. Megcsókoltam, bementem a fürdőbe és elindultam. A kis szerelmi légyottunkat követően pont akkor értem oda, mikor Muzaferék kiléptek az ajtón. Gyorsan félreálltam és integettem.

– Testvérem, itt vagyok, erre gyertek.

– Testvérem, annyira örülök, hogy végre össze tudtuk hozni.

– Ece, szebb vagy, mint voltál. Látom, jót tett a házasság – kacsintottam rá.

– Can, ne légy szemtelen! Nagyon jól nézel ki, boldog vagy, és ez sugárzik is belőled – fenyegetett meg nevetve Ece. Bepakoltuk a bőröndöket.

– Azért kíváncsi vagyok, hogyan sikerült a hétvégéből öt napot kihoznotok. Köszönöm, Ece, nagyon boldog vagyok.

– Apám és Emír segítettek. A hétvégét meg a szerdai napot bevállalta Emír, apám pedig a hétfőt és keddet. Így Mertékkel is lesz időnk találkozni. De mit hallottunk?

– Csupa fül vagyok, meséljetek.

– Nem, nem, barátom, szerintem neked – vagy nektek – kell mesélni.

– Ha nekünk, akkor várnotok kell még félórát, míg hazaérünk. Mire hazaértünk, már Merték is megérkeztek. Kint grilleztünk, mikor újra felhozták a témát. Nem tudtam, mire gondolnak, így kértem, segítsenek, de nem voltak hajlandóak. Szerelmem az ujjára mutatott. Megfogtam a kezét és magamhoz öleltem.

– Ha arra gondoltok, hogy eldöntöttük, összeházasodunk, akkor igen, szeptember huszonötödikén egybekelünk. Muzafer, szeretném, ha te lennél a tanúm. Megtisztelnél bennünket.

– Testvérem, végre! Boldogan leszek a tanúd. Gratulálok nektek. Legyetek nagyon boldogok!

Ece is gratulált.

– Már csak Mehmet hiányzik, és a mi baráti körünk bezárul.

– Szerintünk az is gyorsan bekövetkezik – néztünk össze a szerelmemmel.

– Can, mit szólsz az öcsém és a húgod kapcsolatához?

– Meglepődtem, de ha szeretik egymást, csak azt tudom kívánni, legyenek nagyon boldogok.

– Mi is, bár még nagyon az elején vannak.

– Nézzétek, ha mégsem egymás mellett van a helyük, akkor meg segítenünk kell nekik, hogy barátok tudjanak maradni. A mi barátságunknak függetlennek kell maradnia. Bele nem szólhatunk. Én így gondolom.

– Egyetértek. Mehmet itt van még?

– Igen is, meg nem is. Repked rendesen.

– Most Mert cégénél van, holnap Ausztriában lesz, nagyon sok az ügyfele. Azt mondta, mielőtt visszamegy, eljön hozzánk is.

– Hatice húgodra rendesen lecsapott. Valamelyik nap együtt nyilatkoztak egy ügyben, és a húgod brillírozott.

– Én nagyon sokra tartom Mehmetet, nagyon jó az esze, így tudom, a húgom a legjobbtól tanul. És szereti is csinálni. Mehmet azt mondta, ha így folytatja, akkor sokkal többre viheti, mint ő.

– Annyira ismerem, hogy a levegőbe biztosan nem beszél.

– Lehet, de egyetek végre.

Nagyon jó hangulat volt. Merték is nálunk aludtak.

Szerettem ezeket a pillanatokat. Ha még Mehmet is itt lenne, na, akkor lenne teljes a baráti társaság. A lányok átmentek a műhelybe, mi pedig kosárra dobáltunk, mint egyetemi éveink alatt. Nagyon gyorsan eltelt ez a pár nap. Mehmet is megérkezett, és mindannyian együtt mentünk Isztambulba. A húgomnak meglett a diplomája. Nagyon büszke voltam rá. Vacsorázni hívtuk a szüleimet és Haticét is. Ma szerettük volna átadni neki a háza kulcsait. Az átalakítások is készen lettek. A falakat a következő héten fogják festeni, de azt majd Hatice elmondja, melyiket milyenre szeretné. Foglaltam asztalt a Kiz Kulesiben, este fél nyolcra. Úgy gondoltam, méltó hely a diploma megünneplésére. A szüleim nagyon örültek nekünk, Hatice pedig, mint mindig, szinte csüngött rajtam. Nagyon szeretem. Vacsora után átadtam neki a ház kulcsait és a tulajdonlapot. Szinte a nyakamba ugrott. Utána a Heniébe. Megbeszéltük, hogy a házat én vettem, Heni a berendezésre ad pénzt, a szüleink pedig a kertet csináltatják meg.

– Nem kell nálatok aludnom, ennek nagyon örülök. Köszönöm mindenkinek, de most, hogy mindenki itt van, nekem is vannak bejelenteni való dolgaim. Emírrel komoly a kapcsolatunk, és a jövőnket együtt képzeljük el. Mehmet felajánlotta a partnerséget a cégnél, amit el is fogadtam. Igazi nagy koponya az az ember, nagyon sokat fejlődhetek mellette, így tovább fogok tanulni: a nemzetközi jogot is el szeretném sajátítani. Szeretnék méltó partner lenni.

– Gratulálok, húgom. Nem csak szép vagy, de nagyon okos is. Azt tudd, mindenben támogatlak. – Ránéztem Henire. – Vagyis támogatunk.

Nagyon szeretem a húgomat, nagyon erős kötelék van közöttünk, és ezt a szüleinknek köszönhetjük, amiért rendkívül hálás is vagyok. Nagyon kellemes este volt. Hazafelé még sétáltunk egy kicsit, utána elbúcsúztunk. Otthon már a hálószobában voltam, mikor megjelent jövendőbeli feleségem abban a csodálatos hálóingben, amit első szerelmeskedésünk alkalmával viselt. A férfiasságom úgy állt, mint a szög, reméltem, míg élek, így fog reagálni, akárhányszor csak meglátom. Kinyújtottam a kezemet, amit rögtön meg is fogott. Magam elé húztam. Elengedtem a kezét, és végigsimítottam a lábain, egészen a combjáig. Halkan felnyögött, ez a vágy hangja volt. Most nem akartam sietni, minden egyes pillanatot meg akartam élni. Szerelmem a karjaiban feküdt kielégülten, boldogan. A Kámaszútrát simán taníthatnánk.

Reggel Bursába mentünk Gülbaharékhoz. Heni időközben elmondta, mind a kétszer náluk volt. Nagyon hálás voltam nekik, hogy nem ellenem fordították, hanem arra ösztönözték, hogy beszéljen velem. Gülbahar és Heni nagyon megszerették egymást, olyanok lettek, mintha testvérek lennének. Ma mi is megtudjuk talán, hogy milyen neműek lesznek a babák, akikkel Gülbahar várandós. Heni fogja készíteni a kelengyéjüket. Most így elnéztem Gülbahart a gömbölyödő pocakjával, és arra gondoltam, lehet, hogy mi ezt a boldogságot sohasem fogjuk átélni. Nem is magam miatt, de tudtam, Heni nagyon szeretett volna egy gyereket. De mindennap boldoggá fogom tenni. Thomasék is bejelentették, hogy gyermeket várnak. Ezen mindenki nagyon meglepődött, de felhőtlen boldogság kísérte a hírt. Heni elmondta, hogy Thomas mindig azt mondta, neki soha nem kell gyerek, most viszont nagyon boldog. A jövendő sógornőm meg arról panaszkodott, hogy szinte semmit nem akart engedni neki. Mindig azt mondta neki: „pihened kell". A jövendő anyósom próbálja jobb belátásra bírni, de hajthatatlan, szinte a széltől is óvja. Fáj-e, hogy talán soha nem élhetem át? Nem! Megtaláltam azt a nőt, akit mindig is kerestem, így együtt örülünk azokkal a családtagjainkkal vagy barátainkkal, akiknek megadatik. Mi megegyeztünk, adunk magunknak időt és megpróbáljuk a lombikprogramot. Elméletileg két évben egyeztünk meg, de Heni az egyik szerelmeskedésünk után felhozta a témát. Szeretné decemberben kivizsgáltatni magát mindenre, hogy egyáltalán érdemes-e belevágnunk. Mindenben támogattam, nekem az ő boldogsága mindennél fontosabb. Ha esetleg olyan eredményt kapunk, hogy lombikkal sem lenne esélyünk, akkor remélem, a szerelmemmel enyhíteni fogom tudni a fájdalmát. Naziffal egészen jó barátok lettünk. Igaza volt Muzafernek: tényleg csupa szív ember. Azt is elmondta, hogy a Fatmás ügy miatt fel akart képelni. Olyan gyorsan eltelt az idő, hogy szinte sajnáltam én is, de indulnunk kellett. Másnapra is volt meghívásunk: Ferzi úrékhoz, vasárnap pedig a szüleimmel ebédelünk, és este repülünk is vissza Magyarországra. Apámtól elkértem a hajót holnapra. Messzire nem nagyon hajózhatunk, de szerettem volna a tengeren tölteni egy kis időt a szerelmemmel. Heninek még nem mondtam, meglepetésnek szántam. Hazafelé már annyira éreztem, hogy tele van vággyal, akárcsak én. Megsimogattam a combját. Ez még jobban feltüzelt, többet akartam. Félreálltam, és magamhoz húztam. A csókom szenvedélyes és követelőző volt. Megsimogatta a férfiasságomat, és lehúzta a cipzárt. Megfogtam a kezét.

– Ezt itt nem lehet, ha elkapnak, börtönben is végezhetjük.

– Csak megsimogatom, esetleg megcsókolom. Kérlek!

A kezeim felett sem volt már hatalmam, nem hogy rajta. Az övé voltam testileg, lelkileg. ujjam már belecsúszott, csókoltam, simogattam a melleit. Benne akartam lenni. Elvette a száját és a férfiasságomat kezdte kényeztetni, de még hogyan. Már nem érdekelt, ki lát. Kértem, tolja le a bugyiját és üljön a férfiasságomra. Először csak éppen beleült és játszadozott, de most nem bírtam, megfogtam a csípőjét és magara húztam teljesen. Felsikított, de ez a vágy hangja volt. Elkezdett mozogni rajtam. Erőteljes mozdulatokat végzett; tudtam, nagyon vágyik a férfiasságom teljes hosszára. Mellbimbóját a számba vettem, elkezdtem az ajkaimmal kényeztetni, az én mozgásom is teljesen eggyé vált az övével. Szinte szétrobbantam a testében. A mámor, ami elöntött minket, a szerelem mámora volt. Pár másodpercig így maradtunk. Hazaérve egyenesen a fürdőbe mentünk. A zuhany alatt nem nyúltam hozzá, de amint végeztünk, felkaptam, egyenesen az ágyra fektettem, és egy vad, szenvedélyes éjszakát tudhatunk magunkénak. Reggel kihajóztunk. A tengeren töltött idő felejthetetlen volt. Szerintem erre mind a ketten sokáig fogunk emlékezni. Gyorsan eltelt ez a két nap. Apám vitt ki minket a reptérre. Megegyeztünk, két hét múlva eljönnek egy hétre, hogy megismerkedjenek Heni szüleivel is. Mikor magához ölelt, a fülembe súgta: Vigyázz nagyon erre a nőre. Még egy ilyet nem fogsz találni.

– Tudom, apám, tudom.

***

Már a repülőn ültünk. A tengeren történtek jöttek elő az emlékeimben. Soha nem fogom elfelejteni, az biztos. Igaz, a vízbe nem mentünk bele, de csodálatos órák voltak. Közben leszálltunk, mentünk a csomagjainkért, s kértem Cant, vezessen ő. Már annyiszor megtette ezt az utat, szerintem álmában is simán hazatalálna.

– Min gondolkozol, szerelmem?

– Most konkrétan azon, hogy két hónap múlva már a feleséged leszek.

– Igen, az leszel.

Felemelte a kezemet, és megcsókolta.

– Most már el kell kezdenünk szervezni, hogy mindenkinek legyen szállása. Olyan gyorsan megy az idő.

– A jövő héten elkezdjük. Két hét múlva jönnek anyámék is. – Annyira kívántam, hogy kezemet rátettem a férfiasságára, de már kemény volt. Elkezdtem simogatni. Felnyögött. Mennyire szerettem ezt a reakciót!

– Ha ezt nem hagyod abba, rögtön félreállok – kacsintott rám. Vettem a célzást, és tudtam, komolyan gondolja. Sóhajtottam egyet, és elvettem a kezemet. Megegyeztünk, hogy nincsenek tabuk. Ami mind a kettőnknek örömet okoz, az rendben van. Mondjuk, eddig még nem volt olyan, amit elvetettünk volna. Néha csak szájjal elégítjük ki a másikat. Van, hogy előjáték nélkül kap el, és hátulról, keményen tesz a magáévá. Nagyon imádom, bár mindennap szerintem nem viselném el, de időközönként kimondottan kívánom. Annyira kívánom, hogy már fáj. Összeszorítottam a lábaimat, s ez nem kerülte el a figyelmét.

– Bírd ki, szerelmem, otthon teljesen a tiéd leszek. – Rámosolyogtam. Az idő gyorsan telt; pár hónapja voltunk együtt csak, az egymás iránti vágy nem csillapodott, néha úgy éreztem, az csak folyton nőtt. Szerencsés férfi, már ami a nemi szervét illeti: nem csak átlagon felüli a hossza, de még vastag is. Összefutott a nyál a számban. Néha volt olyan is, hogy csak szájjal elégítettük ki a saját vágyunkat. Szerencsés vagyok: szerelmesek voltunk, és szexuálisan is teljesen összhangban voltunk. Már haza is értünk. Annyira elmerengtem, hogy észre sem vettem. Bementünk a házba, a kis pamacsunk rohant elénk. Emili vigyázott rá. Mind a ketten foglalkoztunk vele egy kicsit, de egy idő után Can megfogta a kezemet és a fürdőszobába húzott. Csalódott voltam, mert nem szerelmeskedtünk, mint ahogyan általában. A konyhában főztem egy jó fekete teát, de ő még mindig csak egy törülközőben a derekán mászkált. Leült és a picikével játszott, míg be nem vittem a teát. Ivott belőle, és felállt. Picit a helyére tette, engem pedig felkapott és bevitt az ágyba. Lefektetett, és a nyelvével kényeztetett egészen addig, míg el nem élveztem. Rögtön ő is rám élvezett. Beváltotta az ígéretét. Letusoltam és visszamentem.

– Ez isteni volt, szerelmem.

– Az volt a célom, szerelmem – és már maga alá is gyűrt, és újra elkezdett kényeztetni, de most én sem maradtam ki. Reggel mind a ketten visszaálltunk a csatasorba. Reggeli után mindenki dolgozni ment. Nagyon gyorsan eltelt másfél hónap. A szüleink nagyon jól kijöttek, bár beszélni csak a mi segítségünkkel tudtak. Can már szépen beszélt magyarul, amin nem csodálkozott senki, mert Jazmine sem beszélt magyarul, mikor a családunk része lett, de ő is fél év után szinte tökéletesen kommunikált. Még voltak hiányosságok, de már nem kellett neki segíteni. Az írás az nem volt tökéletes, de azon is dolgozott. Merték esküvője a hétvégén lesz, a miénk egy héttel később, így megegyeztünk, hogy Törökországban tartunk egy búcsúbulit a szabad életünk tiszteletére. Szerdán indultunk. Összekészítettem a ruhákat, amiket vinni akartam, azután kimentem a műhelybe. Már az utolsó simításokat végezték a menyasszonyi ruhámon. Végül is, amit a nyaralásom alatt terveztem és a lányok akarták csinálni, az lett az én ruhám. Igazi hercegnőnek éreztem magamat benne, akárhányszor fel kellett vennem a beállítások miatt. Én Gülbahar babakelengyéjén dolgoztam – így már könnyű volt, hogy tudtuk, egy kisfiú és két kisleány fog érkezni. Nagyon sokat beszéltünk videóhíváson keresztül. Megkértem Emilit, segítsen befejezni, mert ezeket is vinni szeretném. Egy teljes napot Bursában fogunk tölteni, már nagyon vártam.

Sikerült mindent befejezni, már a repülőn vártuk, hogy leszálljunk. Mehmet vállalta, kijön értünk, bár sejtettem, mi a valódi oka: Emili. Rápillantottam: szerelmes volt, semmi kétségem, és Mehmet is. Bursában végre minden a helyére került a babák fogadására. Gülbahar szépen kigömbölyödött, azt mondta, folyton aludna, de nem akar ellustulni, így Naziffal sokat sétálnak, dolgozni is csak négy órát engedi, de azt is már csak két hónapig. Voltunk kint az öbölben is, és szerencsénk volt: majdnem négy órán keresztül csak mi voltunk. Kétszer is szerelmeskedtünk: egyszer a parton, és egyszer a tengerben. Az egymás iránti vágy sokkal erősebb lett. Minden adódó pillanatot kihasználtunk. A szüleivel is töltöttünk egy napot. Hatice teljesen berendezte a házát, és már ott lakott. Nagyon szép lett. Esténként a Boszporusznál sétáltunk. Egy este az egyik elhagyatottabb helyen leültünk a kövekre és csak néztük a tengert. Can szólalt meg:

– Szerelmem, már csak két hét és a nevemet fogod viselni. Annyira boldog vagyok.

– Tényleg, Henrietta Kaya. Eddig még sohasem mondtam ki. De tetszik. – Odanyújtottam a számat. Egyből meg is csókolt, de én többet akartam; nyelvemmel utat törtem a szájába. Annyira szenvedélyesen sikerült, hogy az ölébe ültem, és elkezdem körözni a kemény férfiasságán.

– Nem lehet, itt nem. Kérlek, ne körözz, megőrjítesz.

– Akarlak, most, itt. Kérlek, légyszi...

– Heni, ezt nálunk keményen büntetik, nem lehet.

Elkezdtem a nyelvemmel izgatni a nyakát, magamban akartam érezni, már annyira, hogy szinte fájt. Kiszabadítottam a férfiasságát, ő pedig felemelte a fenekemet, félrehúzta a bugyimat és magára húzott. Mohón és mélyen fogadtam magamba. Pár erőteljesebb mozdulat volt, és már együtt repültünk a vágy beteljesülése felé.

– Nem vagy normális, de tetszik – csókolt meg lágyan. Öszszeszedtük magunkat és elindultunk haza.

– Te is partner vagy mindenben. Vannak neked is őrült pillanataid, de nekem is tetszik.

CeyCeynél rendeltük meg az ételt. Hatice nagyon sokat segített. Emili leellenőrizte Elif ruháját. Egy estét csak mi nyolcan töltöttünk, együtt. Mehmet és Emili már hivatalosan is egy pár voltak, így teljes lett a baráti kör. Grilleztünk és fürödtünk. Can a hátam mögé úszott és megsimogatta a fenekemet. A fülembe súgta: – Ma ide is be szeretnék hatolni –, és megsimogatta az ánuszomat. Hátranyúltam és elkaptam a férfiasságát. Azután visszasúgtam: – Ha nem hagyod abba rögtön, itt, mindenki előtt magamba fogadlak.

Így visszament a fiúkhoz. Kiszálltam a vízből, és bementem a konyhába. Vittem ki kávét és teát. Nagyon jól szórakozott mindenki. Tíz óra után mindenki elment. Ketten maradtunk. Amint becsukódott az ajtó, ki is oldotta a bikini felsőmet, a melleimet simogatta, szájába vette a mellbimbómat és elkezdte kényeztetni. Mennyei érzés volt. Felnyögtem. Felkapott és bevitt a hálóba, az éjjeliszekrényen már elő volt készítve minden: síkosító és óvszer. Letett az ágyra és elkezdett csókolgatni, és ujjával belém hatolt. Majd a nyelvével követte, elkezdett a szájával kényeztetni, csókolni lent, az ujja pedig járt ki-be bennem. Felültem, és mohón kényeztetni kezdtem. Az egyik kezemmel a péniszét markoltam, és dolgoztam rajta, a másik kezemmel a golyóit masszíroztam. Kérte, hogy forduljak háttal neki. Ujjával az ánuszomat izgatta, kent rá síkosítót felhúzta az óvszert és nagyon lassan hatolt be. Amikor már magamba fogadtam, nem mozdult, várt. Egyik kezével elkezdte a melleimet simogatni, a másik kezével a csiklómat izgatta. Közben a nyakamba csókolt, s elkezdett mozogni lassan, de nagyon akartam, így a csípőmet elkezdtem gyorsabban mozogni, aminek az ütemét ő is felvette. Elképesztő mámorban volt részem. Lehúzta az óvszert, behatolt egészen tövig a hüvelyembe, s akkor már együtt élveztünk el. A zuhany alatt még kétszer a magáévá tett.

Másnap tíz órakor ébredtünk. Ebédre Ferzi úrékhoz mentünk, majd megálltunk a szüleinél visszafelé. Azután ötkor hozták az ételeket, hatra pedig érkeztek a vendégek. Tizenegy órakor mindenki elment, hogy az esküvőn mindenki kipihenten vehessen részt. Gülbaharék a szüleinél aludtak, amit sajnáltam, de megértettem. Elif gyönyörű volt, úgy vonult be, mint egy királynő, Mert meg sem tudott szólalni. Jó kis lakodalom volt. Hajnalban hazamentünk. Reggel indultunk vissza Magyarországra, Hatice majd átjön, hogy CeyCey el tudjon vinni mindent. Otthon intézkedésekkel telt a hét. Mindenkinek foglaltunk szobát, és kértük, hogy párat foglaljanak le, hogy ha a gyerekeket le szeretnék fektetni, legyen hova. Az én és Can szülei nálunk fognak aludni, pénteken már ők is érkeznek. Mert vállalta, hogy elmegy Bécsbe az érkezők elé. A Magyarországról érkezőknek is felajánlottuk, hogy küldünk buszt, de nem kellett. Mindenki összefogott, és több autóval érkeznek majd pénteken este. Már nagyon izgultam, nagyon vártam a ruhámra adott reakciókat. Szerintem ez lett a legszebb az összes közül. Mivel sokan leszünk, egy nagy grillezést iktattunk be péntek estére. Can reggel indult munkába.

– Szerelmem, nem lenne kedved meglátogatni ma engem a rendelőben?

– Can, anyukádék és az én szüleim is itt lesznek, mit mondjak, hova megyek?

– Mondd, a szerelmeddel kell szerelmeskedned.

– Bolond. Meglátom, de nem ígérem biztosra.

Az öcsém hívott, hogy egy óra múlva megérkeznek. Későbbre vártam őket, de jó lesz ez így; Can szülei körülbelül ötre lesznek itt, így biztos voltam benne, hogy meg fogom látogatni a munkában. Utánanéztem, hogy minden rendben van-e. Thomasék hozták a szüleimet. A sógornőm szépen gömbölyödött. Anyukámmal és sógornőmmel átmentünk megnézni a ruhámat. Reggelit nem kértek, de elkészítettem az ebédet. Tizenegykor mondtam, hogy van még dolgom, és el kell mennem pár órára. Bementem, lezuhanyoztam, és már ott is voltam Cannál. Pénteken mindig fél tizenkettőig rendelt. Pont akkor értem oda, bekopogtam és megvártam, míg ajtót nyit. Eljátszottam, hogy vizsgálatra jöttem, és meg is vizsgált – kétszer is.

– Imádom, mikor vendégek jönnek hozzánk, csak azt nem szeretem, hogy olyankor mindig várnunk kell, hogy kettesben lehessünk – mosolygott rám.

– Komolyan így vagyok vele én is, de mennünk kell, szerelmem. A szüleim és Thomasék már ott vannak. Szerintem Danielék és Jazminék is hamarabb fognak jönni.

– Értettem, de ilyet csinálhatnánk néha.

– Szerepjátékra vágyik, kedves doktor úr?

– Csak rád vágyom, egyedül rád. – Magához húzott, és hosszan megcsókolt. Nem tévedtem: Danielék félórával előttünk érkeztek, Jazminék pedig pont akkor, mikor mi. Üdvözöltünk mindenkit, a keresztfiam és az ikrek folyton rajtunk lógtak. Estére szinte mindenki megérkezett. A hotelbe mentünk üdvözölni őket, és mondtuk, hogy nyugodtan menjenek le vacsorázni és írassák fel a szoba számlájára, de nekünk is írják fel, mit fogyasztottak, hogy az elszámolásnál minden rendben legyen. Az estét a családtagjainkkal és a közeli barátainkkal töltöttük. Majdnem mindenki játszott a gyerekekkel. Mikor már csak hatan maradtunk, a szüleink elmentek lefeküdni, végre mi is ágyba kerültünk. Először, mióta együtt voltunk, tényleg csak aludtunk. Reggel Can a hotelbe ment, a neki foglalt szobába; a mi hagyományaink szerint a városházán fog látni először talpig fehérben. Elkészültem. Anyukámék és Can szülei vártak a nappaliban.

– Gyönyörű vagy, gyermekem – mondta szinte egyszerre az anyukám és a leendő anyósom. Apukám büszkén kihúzta magát, és Can apukája is büszkeséggel nézett rám. Már nagyon izgultam. Segítettek beszállni az autóba, ők pedig egy másikkal követtek. Apukám kísért Canhoz, aki szinte kővé meredt, mikor meglátott. A szemeiben határtalan szerelem tükröződött. Mindenki engem nézett, de már nyoma sem volt az izgalomnak, csak egy ember létezett a számomra. A ceremónia után Cannal közös autóval érkeztünk a hotelbe. Mindenki kint várt minket, gratuláltak, és együtt vonultunk be. Nagyon jól éreztük magunkat, bár mind a ketten egy dologra vágytunk, de arra nagyon. Éjfélkor elmentünk átöltözni. Az ajtóban felkapott, úgy vitt át a küszöbön.

– Olyan gyönyörű vagy, és már az én feleségem. Köszönöm.

– Ma te is különleges vagy, és már az én férjem. Köszönöm.

Segített kibújnom a ruhámból, és azzal a lendülettel már bennem is volt. Sok időnk nem volt, de arra éppen elég, hogy kielégítsük a vágyunkat. Visszatértünk a násznéphez. Hajnali háromkor szinte mindenki ment lefeküdni, így mi is hazatértünk. Reggelig szerelmeskedtünk. Semmit sem aludtunk, de nem is éreztem fáradtnak magamat. Reggelire hidegtálakat raktunk össze a családunk részére; pont végeztünk az asztalok megterítésével, és meg is érkezett mindenki. Thomas Cannal beszélgetett, engem Jazmine félrehívott.

– Heni, Daniel tudja, hogy minket is viszel Egyiptomba?

– Igen, tudja, megbeszéltem vele.

– Akkor nem lesz gond belőle, ugye?

– Nem, ne aggódj, nagyon örült neki. Még mindig szeret téged, és élete végéig fog is. Te vagy a fia anyja. Ne aggódj. Segített kávékat készíteni és kivinni. Mi egy kicsit elmentünk, mert törökországi vendégeinknek indulniuk kellett. Így megköszöntük, hogy megtiszteltek minket. A magyar vendégek is indultak. Már csak a családunk maradt, akik ebéd után keltek útra. Anyuék vitték magukkal a kis pamacsunkat. Ketten maradtunk. Úgy döntöttünk, lefekszünk. Hosszú volt.

Hétfőn elrendeztünk mindent és bepakoltunk, kedden indultunk nászútra Bora-Borára. Merték Isztambulból indultak. Indulásig szinte folyton szerelmeskedtünk.

Merték előtt érkeztünk két órával, amit ki is használtunk. A recepciónál vártuk őket. Üdvözöltük őket, azután mi beültünk a bárba egy kávéra. Mondtuk, hogy nyugodtan pakoljanak ki, megvárjuk őket az ebéddel. Gyönyörű volt az egész. A bungalónk, mint a képeken, a tengeren állt. A víz eszméletlenül szép volt, pont olyan, mint a képeken. A két hét nagyon gyorsan eltelt. Voltak közös programjaink Elifékkel, de a nászút nagyja részét mindenki a saját párjával töltötte. Enni általában együtt mentünk, és mintha mindenki engem vett volna célba. Folyton azt hallottam: „szinte semmit sem ettél". De könyörgöm, ilyen környezetben, a nászutamon én másra vagyok éhes. Utolsó esténken együtt vacsoráztunk. Mert már a következő utat tervezte ide.

– Ha Mehmet is megnősül, akkor jöhetünk mindannyian vissza.

– Szerintem az még odébb lesz – mondta Can.

– Ahogy elnéztem az utolsó egy hónapot, szerintem hamarosan – mondta meggyőződéssel.

Vacsora után mindenki elvonult a saját kis bungalójába. Can rögtön a karjaiba kapott. Hajnalban indult a gépünk, így semmit nem aludtunk. Mert és Elif sem, szerintem. Ők is velünk tértek vissza Magyarországra. A repülőn Elifel ültem. Megkérdezte, minden rendben van-e.

– Persze, miért kérdezed?

– Olyan, mintha fogytál volna.

– Az lehet, nem nagyon van étvágyam, de majd vissza fogok állni. Az utóbbi idő nagyon megterhelő volt.

Még beszélgettünk egy kicsit, azután én elaludtam. Mikor felkeltem, már Can ült mellettem.

– Szerelmem, lassan megkezdjük a leszállást.

– Végigaludtam az utat? – lepődtem meg.

– Hát, nem teljesen, de a nagyja részét igen. – Odahajolt és megcsókolt, azután a fülembe súgta: – Most úgy az ölembe kapnálak.

– És én hogy benne is lennék!

Azt vettem észre, hogy az utóbbi időben jobban kívánom. Lehet, hogy függő lettem? Amikor ezt megemlítettem Cannak, ő kinevetett. Azt mondta, ő is mindig bennem lenne. Közös autóval mentünk haza, amit én vezettem, mivel kialudtam magam. Mertéket kitettük a lakásuknál, mi pedig helyet cseréltünk és hazamentünk. Írtam mindenkinek, hogy hazaértünk, és este majd telefonálunk. Amint szabad volt a kezem, már Can férfiasságát markoltam, ami kőkeményen várt. Kiszabadítottam a nadrágból és elkezdtem kényeztetni. Can félreállt, úgy adta át magát az élvezetnek. Otthon behajtott a garázsba és szinte kikapott az ülésről, az ölében, ruhástól egyenesen a fürdőszobába vitt. Zubogó víz alatt szabadultunk meg a ruháinktól, és egy kemény aktusban volt részünk. Mennyei érzés volt, pont erre volt szükségem. Este felhívtuk a szüleinket. Hajnalban elmentünk Picikéért, délben már vissza is voltunk. Beálltam a garázsba. Emili jelent meg az ajtóban.

– Sziasztok, üdv itthon, de bocsánat előre is. Heni, egy kicsit be tudnál jönni a műhelybe?

– Bent várlak. – Can magához ölelt és megcsókolt.

A műhelyben folyt a ruhák készítése, már azokkal a ruhákkal foglalkoztunk, amelyek az isztambuli szalonban kapnak helyet. Emili a laptop elé invitált. Rengeteg e-mail jött Törökországból, és a ruháimat akarták. Nagyon boldog voltam. Amik törökül voltak írva, kijelöltem, és leírtam egy papírra, mit válaszoljon. Amik pedig angolul, azokra is elmondtam, mit válaszoljon: november végétől Isztambulban is bérelhetők lesznek. Már nagyon vártam, bár Emili fogja elkísérni a ruhákat, mi csak pénteken megyünk pár napra. Először nyaralunk Egyiptomban. Mire mindent átnéztem és bementem a házba, Can már lezuhanyozott.

– Nem vártál meg? – Kissé csalódott voltam.

– Szerelmem, vártalak, de két órája mentél a műhelybe.

– Annyi időt ott voltam? Észre sem vettem. – Elmondtam, miért kellett bemennem, azután elmentem lezuhanyozni. Térdig érő csipke hálóingben tértem vissza.

– Gyere id! Hú, te aztán tudod még fokozni a vágyamat.

Odasétáltam, kezeivel rögtön a lábaimat kezdte simogatni. Szépen egyre feljebb. A fenekemnél megállt, és elkezdte simogatni az ánuszomat. Beleremegtem, annyira kívántam. Az egyik lábamat áttette a vállán, és a csipkebugyin keresztül elkezdte a nyelvével kényeztetni a csiklómat, az ujjával közben az ánuszomat izgatta. Hirtelen felállt és felkapott. Bevitt a szobánkba, lehúzta a bugyimat, és az ujja már a hüvelyemben lüktetett, a nyelvével pedig teljesen megőrjített. Már szinte könyörögtem, hogy tegye a számba férfiasságát, de inkább még dolgozott rajtam. Felültem és bekaptam nagy, vastag péniszét, amit már annyira kívántam, hogy elég mohón kezdtem el kényeztetni. Hangosan élvezte, ez még inkább fokozta a vágyamat. Maga alá fektetett és belém hatolt. Először óvatosan, majd egyre gyorsabb ütemben mozogtunk, a mellbimbóimat izgatta nyelvével felváltva. Kihúzódott, felhúzta az óvszert, és kérte, hogy forduljak meg. Bekente síkosítóval, majd az ujjával ingerelt. Mikor érezte, hogy készen vagyok, behatolt az ánuszomba, lassan egyre beljebb és beljebb. Megfogta a csípőmet, úgy lökte magát belém egyre mélyebben, de nem bírtam, elkezdtem a csípőmet mozgatni. Mikor érezte, hogy közeledünk a beteljesüléshez, kihúzódott, levette az óvszert, majd a hüvelyembe merült. Erőteljesen, tövig járt bennem, míg mind a ketten elélveztünk és átéltünk együtt a beteljesülést. Kihúzta férfiasságát, hanyatt döntött, és már készen volt az újabb aktusra, amit nagy örömmel fogadtam.

– Nem bírok betelni veled – mondta, és magához ölelt.

– Én sem veled. – Megcsókoltam és hozzábújtam. Nem is tudom, mikor aludtunk el. Reggel az órára ébredtünk. Aznap már mindenki dolgozni ment. Most három nem lesz hétig Alex doki, így Can mindennap dolgozni ment. Már majdnem minden kis betegét ismerte. Én is elkezdtem dolgozni. Először az e-maileket néztem át, azután elővettem a vázlataimat. Bora-Borán két menyecskeruhát sikerült terveznem, bár nem is tudom, mikor. Egyszer csak Can jelent meg a műhelyben. Odajött és megcsókolt, kezét a fenekemen felejtette.

– Isten hozott, szerelmem! Észre sem vettem, hogy ennyi az idő. Megvársz?

– Persze, leülök addig. – A lányoknak mondtam, hogy menjenek haza, hiszen már félórája ott sem kellett volna lenniük. Én még befejeztem egy e-mailt. A lányok elmentek, Can ott állt mellettem.

– Főnökasszony, segíthetek még valamiben? – kérdezte. Szóval játszani akar. Ám legyen!

– Ha nem okozna gondot, megmasszírozná egy kicsit a hátamat?

– Persze, szívesen. – Nagyon jólesett, de egyre csak előrébb jöttek a kezei, már a melleimet masszírozták.

– Fiatalember, ne legyen szemtelen!

– Elnézést, akkor valamit félreértettem. – Mellém lépett meredező pénisszel. Már zsibongott a hüvelyem. A szemeibe néztem, megnyaltam a szám szélét.

– Azt hiszem, mégis tehetne még valamit, ahogy így elnézem. – Lehúztam a cipzárját.

– Állok rendelkezésére, hölgyem.

Nagyon jó ez a szerepjáték. Néha teljesen felforr a vérem tőle. Nagyon gyorsan eltelt a három hét. Az egyik reggelinél megjegyezte:

– Szerelmem, mostanában nem nagyon eszel. Szerintem fogytál is. A melleid mintha nagyobbak lennének.

– Eszem én egész nap, de tényleg öt kilót fogytam, és ezért látod nagyobbak a melleimet.

– Szerelmem, aggódom, minden rendben? Biztosan?

– Szerelmem – odamentem hozzá és beleültem az ölébe, a csípőmet elkezdtem mozgatni –, minden rendben van velem, csak jó edzőm van. Szinte minden adódó pillanatban edzésben tart, ne aggódj.

Sokáig nem kellett ingerelnem, mert felállt, letolta a nadrágját, és hagyta, hogy visszaüljek az ölébe, de már a férfiasságára.

– Imádom ezeket a reggeleket, amikor így indul. Bár, mondjuk, eddig mindig így indítottunk – nevette el magát.

– Délután megyünk anyuékhoz. Mit gondolsz, ott alszunk?

– Végül is, ha aludni szeretnél – kacsintott rám.

– Ott sem szoktunk sokat aludni – vágtam vissza, és kiöltöttem a nyelvemet.

– Csak öltögesd. Akkor biztosan el fogok késni.

– Oké. De később behajtom. – Odahajoltam, és adtam egy csókot. A nap gyorsan eltelt. A szüleimnél aludtunk, és megvártuk Jazminékat. Velük együtt mentünk Magyarországra, ott a gyerekek megpihentek. Az alkalmazottaim is megérkeztek a családjaikkal, és a transzfer is, amit rendeltünk. Már a repülőn ültünk. A keresztfiam duzzogott, hogy minek kellett az anyjának és a húgainak is jönnie. Elmagyaráztam neki, hogy nekünk programjaink vannak, és ha nem akar velük lenni, akkor csak velünk lesz, így megnyugodott. Most nekem is kissé hosszúnak tűnt az út, el is aludtam. Can hangjára riadtam fel.

– Szerelmem, kösd be magad, mindjárt leszállunk.

– Megint elaludtam. Ezt nem hiszem el. – A keresztfiam az én kezemet és Canét szorította. Megpusziltam.

– Édesem, már régen leszálltunk. Észre sem vetted.

– Körike, ez most komoly?

– Gyere, nézz ki az ablakon! – mondta neki Can.

– Tényleg. Ez nem is volt rossz, legközelebb is szeretnék repülni.

– Kincsem, mondtam, hogy minden évben elhozlak ide, ha szeretnéd.

– Igen, szeretném. – Büszkén lépdelt előttünk. Kis mafla, tudtam, hogy szeretni fogja. A szállodában minden úgy volt, ahogyan kértem. A keresztfiam velünk volt egy szobában és mindenhova együtt mentünk, bár a helyemet a quadozásnál átadtam Jazmine férjének. Szinte az összes férfi és nagyobb gyerek elment a sivatagba. Salome fia körülbelül egyidős volt a keresztfiammal, és jól ki is jöttek. Jazmine ikrei élvezték a hatalmas, gyerekeknek kiépített vízi parkot, nem is igazán lehetett kiszedni őket onnan. Voltunk mindannyian delfinezni, és egy hajótúrán is. Az idő nagy részét a szálloda partján és a medencéknél töltöttük. Can egészen jól kijött Jazmine férjével. Igaz, csak németül tudtak beszélni, de elég közel kerültek egymáshoz. A fiúknak nagyon tetszett a sivatagi túra, kérték, intézzem el, hogy még egyszer el tudjanak menni. Az egyiptomi programszervező örömmel teljesítette. Nagyon gyorsan eltelt az egy hét. A keresztfiam még a tengerben is búvárkodott. Jazmine is tudott pihenni. Ennek nagyon örültem. Indulás előtt a keresztfiam szinte könyörgött, hogy maradhasson még velünk egy hetet.

– Életem, most iskolaidőd van, és tudod, ezt az egy hetet azért tudtuk megoldani, mert nagyon okos vagy és nagyon jó jegyeid vannak. Ha komolyan tetszett, akkor minden évben elhozlak. Rendben?

– Nagyon szeretlek, körikém, sokat fogok tanulni, hogy jövőre is jöhessek, de olyan rövid volt.

– Én is nagyon szeretlek, te vagy a mindenem, ugye tudod? – Már a nyakamban is volt. Nekem a keresztszüleimmel szinte semmilyen kapcsolatom nincs, és nem is volt. Én más akartam lenni, és születése óta az élete része vagyok. Nagyon sokat foglalkozom vele, ha Jazmine nem bír vele, akkor nem az apját hívja fel, hanem engem. Már mindenki a recepciónál gyülekezett, így mindenkitől el tudtunk búcsúzni. Egy hét kettesben. Nagyon élveztem az elmúlt hetet, de vágytam már arra, hogy kettesben lehessünk. Ezzel Can is így volt. Nagyon gyorsan eltelt az egy hét. Sokat voltunk a szobánkban, de csináltunk kisebb programokat is. A Vörös-tengert is mindennap megcsodáltuk, reggelente és esténként hosszú sétákat tettünk meg. A napfelkeltét és a napnyugtát is igyekeztünk mindig megnézni, nem lehetett megunni. Nekünk is eljött az utolsó nap, kicsit szomorú voltam. Még szívesen maradtam volna, de pakolnunk kellett. Hirtelen fordultam meg és majdnem el is estem, de az én hercegem ott termett és elkapott.

– Minden rendben, szerelmem? – Hangjában aggodalom volt.

– Semmi baj, csak hirtelen akartam fordulni, hozzá ez a meleg, és éhes is vagyok... szerintem keveset is ittam, ne aggódj.

– Itt már nem tudunk enni, de a reptéren veszünk valami elemózsiát. Innod viszont kell.

– Can, előjött belőled az orvos. Nem vagyok beteg, de a szendvics nagyon jó ötlet. – Végeztünk, és a hordár levitte a csomagjainkat. A reptéren már a terminálban várakoztunk. Beültünk egy kis szendvicsezőbe. Majdnem két szendvicset megettem.

– Tényleg éhes voltál. Az utóbbi időben nem láttalak ilyen sokat enni – mosolygott rám.

– Szerelmem, az elmúlt hónapok tele voltak határidőkkel. Folyton valamit el kellett intéznünk. Meglátod, most már viszsza fogok térni a normális napokhoz. A csodálatos férjemmel. És ami azt illeti, az elmúlt egy hétben sok energiát égettünk és kevesebbet ettünk – kacsintottam rá.

– A csodálatosan szép feleségemmel, és ne felejtsük Picit sem. Igen, szeretem az energiát égetni veled, de még mennyire.

– Na, őt nem is szabad – nevettem el magamat. Most szívesen megcsókoltam volna, de az itteni törvények nem engedték. Még szigorúbb szabályok voltak érvényben itt, mint Törökországban. Szerintem Can is erre gondolt, mert megfogta a kezemet. A repülőutat szinte megint végigaludtam, ami miatt nagyon csalódott voltam. Imádtam a felhőket nézni. Mert várt minket a reptéren. A hetek nagyon gyorsan teltek, de tele voltunk munkával. Folyamatosan bővítettem az isztambuli szalon kínálatát, ami teljes siker lett. Kéthetente repültünk Isztambulba, és kéthetente mentünk az én szüleimhez is. Péntekenként Merttel és Eliffel voltak közös programjaink, de volt, mikor együtt repültünk. Can is mindennap dolgozott – most Alex doki volt szabadságon. Az egyik nap Cannal üzent Walter, hogy december huszadikán vár az első vizsgálatra. Már nagyon vártam. Tudni szerettem volna, hogy mi a helyzet. Megígértem Cannak, hogy bármi is lesz az eredmény, elfogadom.

A műhelyben pont csomagoltuk a következő szállítmány ruhákat. Emili ment velük. Ecével nagyon jó barátnők lettek. Ennek is nagyon örültem; teljesen elfogadta és szerette mindenki.

Mehmettel nagyon jól érezték magukat, sokat voltak együtt. Mehmet azt tervezte, hogy ő is ideköltözik. Hatice volt a jobbkeze.

– Heni, nem lenne gond, ha nem vasárnap jönnék vissza?

– Nagyon sok a munka. Mikor szeretnél jönni?

– Mehmetnek hétfőn lesz egy tárgyalása, és kedden ő is jönne, szeretnék vele utazni. Munkába csak szerdán jönnék.

– Megoldjuk, de szóltál az ismerősödnek?

– Igen, hétfőn ide jönne. A pontos időt még nem tudom, mert csak este tudja megmondani.

– Rendben, majd írd meg, ha tudod. Ha olyan jó, mint ahogyan mondtad, akkor biztosan felveszem.

– Nagyon jó, velem járt iskolába. Most is egy jó kis szalonban dolgozik, de nem fizetik meg. Magát a munkát szereti.

– Nagyon várom. Ha most megvagyunk, akkor én bemegyek.

– Igen, minden készen van. Visszajössz még, mielőtt indulok?

– Nem tudom. Főzni szeretnék, és van két ruha, aminek a tervezését is be szeretném fejezni. De ha indulsz, gyere be te.

Odamentem a többiekhez és szóltam, hogy menjenek korábban haza. Már mindenki karácsonyi lázban égett. A munkák nagy részét már úgyis elvégezték. A konyhában előkészítettem mindent, hogy amikor megjön a szerelmem, frissen grillezhessem a halat. Grillzöldséget gondoltam hozzá. Leültem, a rajzaimat néztem, aztán úgy belejöttem, hogy észre sem vettem, mennyire elszaladt az idő. Emili jött be elbúcsúzni. Pár percre rá Can is hazaért –csak délig rendelt. Odajött és felhúzott, magához ölelt és szenvedélyesen megcsókolt. Felkapott és rátett az asztalra. Csípője köré fontam a lábaimat. Már a nyakamat izgatta a nyelvével, kezeivel a melleimet simogatta. Kioldottam a nadrágját és megmarkoltam kemény férfiasságát. Teljesen kész voltam ettől a pasitól. Bármikor, bárhol magamba tudtam fogadni. Szerencsés voltam. Este egy étteremben találkoztunk Mertékkel. A hétvége csak kettőnké volt. Hétfőn reggel Can munkába készült, én is öltöztem, mert aznap kellett Walterhez mennem.

– Nem hiszem el! – mérgelődtem.

– Mi a baj, szerelmem?

– Nem tudom összegombolni a nadrágomat. Lehet, hogy reggelente megyek veled futni én is.

– Örülni fogok neki. Van egy-két eléggé elhagyatott hely – kacsintott rám.

– Keresek valami ruhát inkább. – Visszamentem a szekrényhez. Utánam jött és megcsókolt.

– Ha végeztél Walternél, bejössz egy csókra?

– Ezt kérned sem kell. – Can elment, én felöltöztem, és indulás előtt még bementem a műhelybe.

Walter vér vett, azután kérte, hogy vigyek vizeletet. Már az irodájában voltunk, és kérdéseket tett fel.

– Mikor menstruáltál utoljára?

– Pontosan nem emlékszem, mert van, hogy fél évig meg sem mutatkozik. De ha jól emlékszem, augusztus végén, szeptember elején volt utoljára.

– Hát, ez nem éppen jó hozzáállás.

– Tudom, de belefáradtam. Sokszor fel sem tűnt, hogy kimaradt. Most sem.

– Mostantól, légy szíves, írd fel. Addig, míg a kivizsgálások tartanak, mindent írj. Az eredmények két nap múlva lesznek meg. Utána tovább folytatjuk. Rendben? Azt hiszem, először is majd a menstruációdat kell rendszeresítenünk. De majd szerdán megbeszéljük.

– Írni fogok mindent. De ugye nem felejtetted el? Most csak szeretném, ha teljesen ki lennék vizsgálva, hogy tudjam, mi a helyzet. Ha lehetséges lesz a lombikprogram, majd csak két év múlva szeretnénk belevágni.

– Igen, nem felejtettem el. Ez jó, mert ha két év alatt mindent rendbe teszünk, akkor nagyobb esélyt látok rá.

– Nem akarok reménykedni, de tisztában szeretnék lenni a helyzettel.

– Megértelek. Szerdán kettőre van időpontom. Megfelel?

– Úgy alakítom, hogy megfeleljen. Most viszont beköszönök a férjemnek. Szép napot! – azzal el is indultam Canhoz. A rendelőben páran várakoztak. Caren néni szólt, hogy mindjárt bemehetek. A várakozóknak annyit mondott, hogy pár percet kér a doktor úr, nekem pedig szólt, hogy most bemehetek. Can jött elém és megölelt. Mohón a szájára tapasztottam az ajkaimat, nyelvemmel már a szájában kutattam. Annyira kívántam, hogy szinte fájt.

– Szerelmem, most nem tudlak a magamévá tenni, de nagyon kívánlak.

– Én is, Can, szinte fáj. Nagyon akarlak.

– Otthon reggelig benned leszek, de most komolyan nem lehet.

– Jó, tudom. Láttam, kint várnak rád. Akkor én otthon foglak várni. – Kikísért a váróig, és megcsókolt.

– Sietek haza, szerelmem.

Elköszöntem a várakozóktól és Caren nénitől. Hallottam, hogy megköszönte a türelmüket. Olyan szerelmes voltam, és mostanában mintha jobban kívánnám. Normális ez? Vagy függő lettem? Bementem az egyik élelmiszerboltba és bevásároltam. Otthon munkával foglaltam le magamat. Amikor hazaérkezett a szerelmem, rögtön tudtam, hogy neki is olyan nehéz volt kivárni, mint nekem. Rögtön a magáévá is tett, és tényleg majdnem reggelig folyamatosan. Kielégülten aludtunk el, már amennyi időnk alvásra maradt. Szerdán kettőre Walternél voltam.

– Hogy érzed magadat?

– Köszönöm, nagyon jól. Baj van?

– Nem hiszem, de menjünk a vizsgálóba.

Az eddigi jókedvemnek nyoma sem maradt, ideges lettem. Ennél kicsit bővebb tájékoztatást vártam, de nem szóltam.

– Ne idegeskedj, érzem, be vagy feszülve. Először alulról vizsgállak, aztán ultrahangot nézünk.

– Csak azt hittem, többet mondasz az eredményeimről.

– Majd mutatni akarom – mosolygott rám. Mit akar mutatni? Mintha érteném az orvosi zsargont. Nekem mondja meg emberi nyelven.

– Oké, feladom – csak ennyit mondtam. Megvizsgált alulról, de idegesített, hogy milyen jó kedve van. Bekente a hasamat a géllel és a monitort nézte, közben állandóan azt hajtogatta: „szuper", „csodálatos". Felém fordította a monitort. Kérte, hogy nézzem meg.

– Nos, a helyzet a következő. Látod ott azt a pontot?

– Igen, mi az? Műteni kell? Az miatt nem lehet gyerekem?

Egyszer csak arra lettem figyelmes, hogy az a kis pontocska mozog. A szám elé kaptam a kezemet, és már folytak is a könnyeim.

– Igen, jól látod, gyermeket vársz. Gratulálok, kismama.

– Ez hogy lehet? Azt mondták, hogy nem lehet.

– A természet egy csodálatos dolog. Bevallom őszintén, ami eredményeket hoztál magaddal, teljesen egyetértettem a kollégával. A lombikra láttam esélyt, de megviccelt benneteket a természet. Nyomtatok ki nektek képet. Cant idehívjam?

– Ha lehet, kérhetek három képet? Cannak majd én szeretném elmondani.

– Ahogy nézem, ez a baba körülbelül szeptemberben fogant, a méretek alapján a tizenkettedik vagy tizenharmadik hétben lehetsz. Akarod hallani a szívét?

– Igen, kérlek.

Bekapcsolta a hangot. A könnyeim ismét útra keltek; csodálatos, erőteljes ütemet hallottam.

– Fel tudom venni a mobilomra?

– Igen. Hol a mobilod?

– A táskámban, az irodádban. Idehoznád?

Felállt, és kiment a vizsgálóból. Én a csodálatos hangot hallgattam. El sem hittem. Gyerekünk lesz... én pedig semmit nem vettem észre. Felvettük a kicsi szívdobogásának hangját.

– Holnapra kiírlak pár vizsgálatra, arra mindenképpen el kell menned. Utána még pár lesz.

– Walter, hogy lehet, hogy semmit nem vettem észre?

– Az első terhességnél szinte normális, és nem mindenki van állandóan rosszul.

– Akkor ezért vagyok állandóan éhes és gyakran érzem fáradtnak is magamat, de másra gondoltam.

Az irodában kitöltötte a kiskönyvet és beleírta a következő vizsgálatok dátumait. Bementem Canhoz. Nagyon nagy erőfeszítés kellett, hogy ne ugorjak a nyakába és mondjam meg, gyerekünk lesz. Elmentem, bevásároltam pár kelléket, mert ma a tanár úr korrepetálni fog. Egy kis szerepjáték, néha bevetjük a szerelmi életünkben. Azután még bementem egy nagy raktárba, venni pár dolgot. Közben eldöntöttem, ez lesz mindenkinek az én személyes karácsonyi ajándékom. Főleg az én szerelmemnek. Olyan izgatott voltam, hogy mikor hazaértem, a kutyámnak elmondtam, hogy bővül a családunk. Olyan volt, mint aki megértette, mert a kis tappancsával a hasamra bökött. Előkészítettem mindent, azután átmentem a műhelybe. Az alkalmazottaim aznap dolgoztak utoljára, így vittem a mindenkinek szánt borítékot és egy kis csomagot. Pont ruhát próbált valaki választani, de nagyon tanácstalan volt.

– Szia, segíthetek?

– Szia, az jó lenne. Emili már próbálta, és még így sem tudom kiválasztani a ruhát. Szívem szerint mindet felvenném.

– Ő a tulajdonos, és ő alkotta ezeket a csodákat. Ha valaki, akkor ő biztosan tudja, melyik lenne a te ruhád – mondta Emili kedvesen.

– Emili, kérlek, hozd ki a harminckettes modellt. – Rögtön hozta is, és segített felvenni az ifjú arának. Mikor megpillantotta magát a tükörben, szinte sírt.

– Ez a ruha az álmaim netovábbja! Ezt hogyan csinálta? Körülbelül két órája keresgélek, de egyik szebb, mint a másik. Ebben a ruhában viszont úgy érzem magam, mintha nekem készült volna. Köszönöm.

– Szívesen, és sok boldogságot kívánok.

Míg Emilivel elintézte a foglalást, én a lányokkal beszélgettem. Mikor Emili is csatlakozott, bezártam a kaput, így erre az évre hivatalosan is bezártunk. Átadtam mindenkinek az ajándékomat, és kellemes ünnepeket kívántam. Az új évben már kibővült csapattal kezdünk dolgozni. Megvártam, míg összepakolnak, és együtt indultunk ki. Egyenesen a konyhába mentem. Annyira megkívántam a túrós-sajtos málna pohárkrémet, hogy rögtön neki is álltam. Előkészítettem a vacsorát is. Fáradtnak éreztem magamat, így lefeküdtem. A kis pamacsom is odabújt hozzám, kis fejét a hasamra tette. Eddig ilyet még nem csinált. Elkönyveltem, hogy megértette a kis titkomat, és már most vigyáz a gyerekünkre. Csókra ébredtem.

– Szerelmem, már itthon is vagy? Azt hiszem, elaludtam.

– Elfáradtál?

– Már nem, ennyi elég is volt.

Eztán meg korrepetált, de még mennyire. Isteni volt. Remélem, soha sem fogom megunni. Megvacsoráztunk, azután indultunk lefeküdni. Másnap reggel elmentem azokra a vizsgálatokra, amiket Walter kiírt. Délben indultunk az ünnepekre szüleimhez. A telefonomban a szívhang készen várta, hogy boldogságot okozzon. Az ultrahang-képekre különböző szövegeket írtam. Már nagyon izgatott voltam. Anyósomékkal is lebeszéltem, hogy videóhívásban leszünk, mikor Can megkapja az ajándékát. A keresztfiam is velünk volt már, és Cannal átmentek a testvéremékhez. Én segítettem anyunak a készülődésben. Este végre mindenki meg fogja tudni. Ebéd után a testvérem hazavitte a keresztfiamat, majd Cannal este megyünk érte, és másnapig velünk lesz. Délután lepihentem egy kicsit. Can Thomaséknál volt, valamit segített neki. Este fél hétkor mindenki asztalhoz ült. Az egész családom ott volt. Vacsora után elindítottam a videóhívást, és átadtam Cannak az első ajándékomat, ami a telefonjára érkezett. Kértem, halhassa meg. A gyermekünk szívdobogása volt.

– Ez egy szívdobogás – mondta mosolyogva. Szerintem azt hitte, az én szívem. Átadtam a borítékot, amiben a neki szánt üzenettel a gyermekünk első ultrahangfelvétele volt.

„Immáron tizenkét-tizenhárom hete növekedem anyukám szíve alatt. Apukám, várom a pillanatot, mikor a karodban pihenhetek, de arra még várnunk kell. Jelenleg nagyon jól érzem magam a pocakban, ami otthont biztosít még nekem az elkövetkező huszonhat-huszonhét hétre." Felugrott és felkapott. A boldogság könnyei mind a kettőnkből kitörtek.

– Gyerekünk lesz, szerelmem? Komolyan?

– Igen, szerelmem. A természet nem akart két évet várni, és a lombikot sem akarta. Köszönöm, szerelmem.

Mindenki, de főleg a szüleink sírtak velünk örömükben.

UTOLSÓ FEJEZET

Három év telt el az óta a csodálatos karácsony óta. Júniusban megszületett a kisfiunk, aki apukája után a Can nevet kapta. Most ismét december van, és karácsony napja, indulunk a szüleimhez. Can a fiunkkal hóembert készített az udvarban, míg én összekészítettem mindent. Most az ablakból néztem a két legfontosabb férfit az életemben. Határtalan szerelem van a szívemben. Az életünk megváltozott. A gyermekünk az első. A szerelmünk és a vágyunk ugyanúgy ég bennünk, és mindig megoldjuk, hogy egymás testét élvezzük, amikor szeretnénk, mert ugyan szülők lettünk, de férfi és nő maradtunk. Intettem a férjemnek, hogy pakolhat, én már készen vagyok. Felkapta a fiunkat és beültette az autóba. Addigra én is kiértem. Átkarolt, szenvedélyes csókot váltottunk, közben a gömbölyödő pocakomat simogatta. Igen, ismét gyermeket vártunk, de most ikreket, és kislányok lesznek.

A kiadó

Aki feladja,
hogy jobbá váljon,
feladta,
hogy jobb legyen!

E mottó alapján a novum publishing kiadó célja az
új kéziratok felkutatása, megjelentetése, és szerzőik
hosszútávú segítése. Az 1997-ben alapított, többszörösen
kitüntetett kiadó az egyik legjelentősebb, újdonsült
szerzőkre specializálódott kiadónak számít többek között
Ausztriában, Németországban és Svájcban.

Valamennyi új kézirat rövid időn belül egy
ingyenes, kötelezettségek nélküli kiadói
véleményezésen esik át.

További információkat a kiadóról és a könyvekről az
alábbi oldalon talál:

www.novumpublishing.hu